JN130665
礼金0
敷金0
仲介料0
ロミイの代辯
寺山修司単行本未収録作品集
コインロッカー
血液検査
婦人科
礼金0
contents
03-3366-7777

1

2

3

4

5

附録

2

写真・装丁　緒方修一

ロミイの代辯

寺山修司単行本未収録作品集

凡例

一、本書は著者の寺山修司が生前に発表した散文、詩歌等の、単行本未収録のものを中心にまとめた作品集です。散文のなかには著者自身が撮影した写真も含まれています。各章で四二篇、附録で四篇、計四六篇を収録しました。

一、本書の各扉、目次等を除く本文中の図版は全て初出誌からの引用です。

一、本文の表記について、原則として散文は新字・新仮名遣いに改めました。「解説」内の引用文も同様です。詩歌については掲載時の表記のままとしています。たとえば「ゐむ／いむ」「マッチ／マッチ」等の表記、あるいは「道を駈けて／道駈けて」といった表現が、同一作品でのちに掲載されたものと異なる場合も揃えていません。

一、本文の割り付けは本書の形式に則っていますが、送り仮名も含め全篇を通した表記統一は行なわず、また踊り字やアステリスクなど符号は原則として初出誌に倣っています。

一、著者による固有名詞および引用文の誤記は原則として正しました。

一、初出誌によっては行末の句読点等を省略しており、その場合は補いました。

一、本文中〔　〕に括られたルビや注釈等はすべて本書編集時に付したものです。

一、ルビについて、読み方の判断がつかなかったものには振っていません。

一、各篇末尾にその初出誌の刊行年等を「西暦・月・日」の順に記しています。たとえば『週刊　生きる女性』一九六一年一月一二日号なら「『週刊　生きる女性』一九六一・一・一二」と記しています。

一、今日では不適切とされる表現も散見しますが、著者が故人であることを考慮し、原文どおり掲載しています。

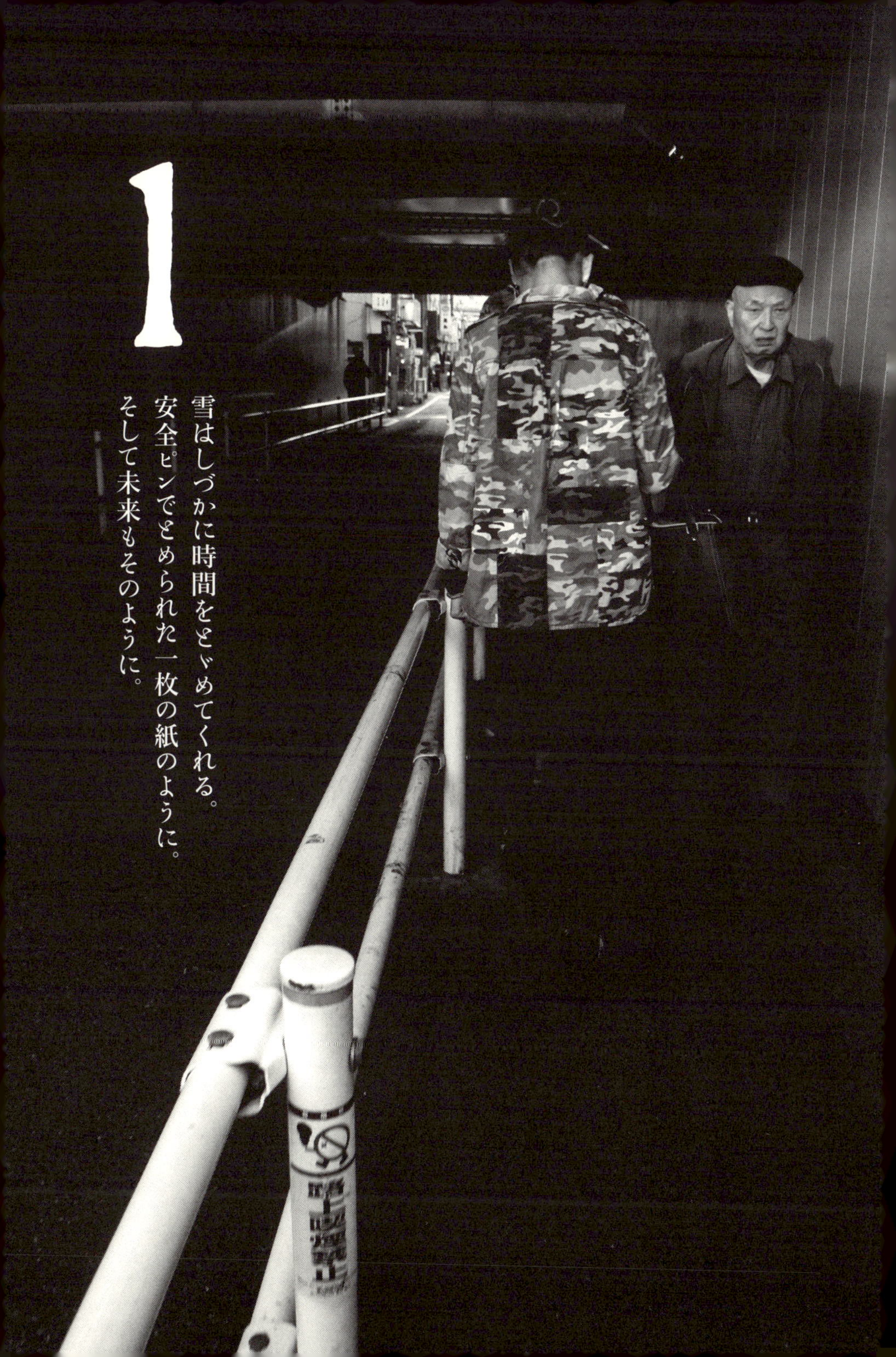

1

雪はしづかに時間をとゞめてくれる。
安全ピンでとめられた一枚の紙のように。
そして未来もそのように。

ロミイの代辯

――短詩型へのエチュード

なにからはじめようか――そうだ、一ばん最初にぼくは名乗らねばならないだろう。ぼくは、ぼくの作者つまり寺山修司のなかに内在する第三の存在、もっと俗にいえば作中人物である。

仮に名づけられてロミイとでもしておこうか。ぼくの作者が短詩型の中の二つのジャンル、俳句と短歌の共通課題へのコロンブスの卵的な試論をなぜ自分で語らないでぼくに語らせようとするのかは極めてはっきりしている。ぼくは――彼のロマネスクの未来的な経験者であり、しかも絶対に彼とは同一人物ではない。多くの、たとえば石田波郷氏の「俳句は私小説である」などという警句を待たないまでもメモリアリストのみの既成の歌俳壇にはぼくの存在など認めてもらえそうもない。

しかし、こうして喋っていること自体が、どうやらぼくの存在を証明しているようだし、やがてはぼくの同類もたくさんでてくるだろうと思われる。だからぼくの作者はぼくを傷つけずに自分だけで責任を負おうという思いやりからこんな代辯（だいべん）形式をとったのであろう。

けれどもぼくは決して幻想フィクション的な人物ではなくて、町に生活するひとりの少年、（いわばヘンリイコスターの「気まぐれ天使」ではなくて太宰治の「私」ぐらいの）として寺山修司の操り糸のみによってうごくロマネスクとして、今日は彼にはごく内緒のことまでも、彼のノートを引用して披露しようと思う。

作者よ。安らかにその間を睡っていたまえ。

⁂

はじめに、これはぼくの作者には極秘だけれども（喋らないで下さいよ）、ぼくはどうせ一つの生活を設計してもらえるならば、こんな限られた舞台の上ではなしに、むしろ散文ジャンルを通じて大河小説のような手法で、（例えば「チボー家の人々」のジャックのように）じっくりと成長を画いてもらいたいと考えていたのが本音である。

なぜなら日本の文学が、アジアのモンスーン地帯の農耕民族の生活意識と関係して、つまり常にあたらしい種がまかれ、やがて亡びてゆくという半ば仏教的な縦の一本の線につらぬかれてきたということさえ改良の時期になったと考えたからである。

俳句なら俳句という一つのジャンルだけではぼく個人のモノローグが許されるだけがせいぜい一杯で、横の関係（たとえばヨーロッパの牧畜のような生命不滅の永遠性）なんかちっとも考えてもらえない。

つねに一つが終了して次がはじまるという形をとっているから。

ぼくは行為が画かれない即物詩のなかではやはり窒息しそうだし、最近俳壇でとやかくいわれている「もの」の問題にしても、ものの描写が行為を暗示するという線でのみ妥協できるのである。

そこでこの限られた短詩型の舞台で一つの人生が試みられうるためにはジャンルの駆使（たとえば、俳句も短歌も）ということが問題になってくる。

ぼくの作者のノートには朝日新聞の伊藤整氏の感想文の切り抜きが貼ってある。

「俳句や歌というものは詩の一形式にすぎないのである。しかし歌人が俳句をつくらず、両者とも自由な詩は書かない、という狭い考え方が横行している現状はとてもこれを現代の文芸のあり方とよぶことはできない。

一般に前進的詩人は一種類の文芸形式にしばりつけられなかった。」

そして実例として子規、啄木、白秋、虚子、佐千夫、節、晶子、藤村などをあげてある。氏はさらにこの文章を

「詩が三種類に分れて、それぞれの専門家の間に軍隊式な序列があるなどということ、そしてその中の古いものが日本人の文芸教養の根幹をなしているということを、私は封建的な不具の状態だと思う。

素人はそれでもいゝが指導者たちだけはもっと自由な詩人であってほしいものだ」

という文章でむすんでいる。

こう書いてきてぼくにも思いあたるふしが沢山あった。

新世代の歌誌「荒野」、それに俳誌「牧羊神」の同人たちで単一ジャンルのみで詩作している人がほとんど皆無にちかい位だということである。

これはぼくやぼくの同類が、ときに背のびもし、一寸深刻なゼスチュアもみせ、ときには大声で叫びたい、などという衝動にさえかられるときに、いつも同一の舞台だけでは寸法があわなくなるということである。

俳句が「神の言葉」であることは一向にかまわないがぼくらは神の言葉の中でのみ薔薇室の中にたゝされ、むしろ舞踏会の入口の番人のように退屈でさえあるのはどうしたらいゝというのか。

作者に、ぼくらは変化する演技に沿って変化する舞台を準備してほしい――といつも要求しつゞけているのである。

⁂

ところである一人の作者が、いわゆる韻文ジャンルを駆使できることの必要を前提として、一つのエモーションを俳句と短歌の両ジャンルで作る場合がある。

たとえばぼくの作者の場合がそうである。

チエホフ忌頬髭おし〔ママ〕つけ籠桃抱き

という俳句の中でのぼくはやっぱり窮屈でしようがなかった。
ぼくは永い間、ぼくの作者寺山修司にこのことの不満をぶちまけつゞけたが、彼はやっとそれを次の歌に展開させてくれたのであった。

籠桃〔ママ〕に頬いたきまでおしつけてチエホフの日の電車にゆら〔ママ〕る

こういう意味では

桃太る夜はひそかな小市民の怒りをこめしわが無名の詩

はやゝ冗漫にすぎていたのだが、ぼくの作者は

桃太〔ママ〕る夜は怒りを詩にこめて

とそれを引締めている。
このようにイメージをちゞめたりのばしたりして一つの作品を試作してゆくことは既成の歌、俳壇ではインモ

ラルなことと受けとられるらしいが、しかし至極ぼくには当然のように思われる。

この夏に、ぼくの作者が短歌を五十首をつくるにあたって特に野心をみせたのは次の点であった。
一、現代の連歌
二、第三人物の設計
三、単語構成作法
四、短歌有季考
これら rebellion〔反抗〕の精神からぼくは誕生した訳だが、この四つの項にわたってぼくが代辯することはきわめてあいまいにとゞまるかもしれない。
なぜならこれらすべて一つづつでエッセイとしての書かるべき価値をもつからである。

＊＊＊

連歌に対するぼくの作者の興味は、先にのべた日本文学の縦の線を横の線におきかえる意図にはじまっている。牧畜がつねに繁殖によって永遠性をたもち、ヨーロッパの愛への認識が「不滅」という概念につらぬかれているように連歌も終了をもってはじめとなっている。

死をもって復活の媒介とする考え方とは根本的にちがって、ギリシャ的なのである。

五十首にあらわれたかぎりではこの実験はバナルで幼い。ぼくの作者はこれを沈黙のまゝつゞけて開花する機運にいたって公表しようと考えていたのだが、ぼくはそれをいま喋ってしまおうと思う。


アカハタ売るわれを夏蝶越えゆけり母は故郷の田を打ちていむ〔ママ〕

蛮声をあげて九月の森にいれりハイネのために学をあざむき

チエホフ祭のビラの貼られし林檎の木かすかに揺るゝ汽車すぐる〔ママ〕たび

夾竹桃咲きて校舎に暗さあり饒舌の母をひそかににくむ

向日葵〔ひまわり〕は枯れつゝ〔ママ〕花を捧げおり〔ママ〕父の墓標はわれより低し

これらはすべて前半五七五で切れてしかも季語をもっている。つまり上句はそのまゝで俳句である。しかもこれにつゞけてゆくとどれもテーマある現代詩的可能性をも持ちうるのではないか——とぼくの素人考えは発展する。

しかしぼくの作者のこの野心はまだそっとしておいた方がよいとも思われるのである。

新ジャンルの復活、などという黄色い声がときとしてどこかに湧く日があるかないかをまだぼくは公言できないので。

⁂

次の項はぼくの誕生にかゝわっている。

歌人——たとえば「形成」の増子良一氏と先日話しあいをもつことができて、このフィクショナーレが「歌人」としてはインモラルだといわれていることがわかった。

ぼくの誕生はぼくの作者の世界観とロマネスクが次元を超えて握手しあったところを馬小舎としている。歌人は、ぼくの歌をすべてぼくの作者の行為とうけとるから、それら作品の中で美しい行為をすることは自己に誠実でない――とおっしゃるのである。しかし断じてぼくの生活行為はぼくの作者のそれとは同じではない。たゞ共通しているのは世界観でありロマネスクである。

メモリアリストの最大の欠点は作品を通じて自己の弱点を超えられない、ということで、如実な例が日本の私小説である。

伊藤整氏の初期の作品が心理主義などというかたちで自己の弱点を超えようとこゝろみていたとしてもあのパターン、鳴海仙吉の登場も敗北でしかなかった。

歌人たちがメモリアリストのまゝで歌作することをもって自己に誠実であるなどと考えているとしたらそれは大間違いではなかろうか――記録は自己を決して拓いてくれないしその場のオブジェが必ずしもその場のエモーションを暗示するのに最高のものとはかぎらないのだから。そこで自己の前に生活する自己の理想像をおき、自己をそれに近づけてゆくことが、真の意味で自己に対して誠実でありしかも現代文学の明日を背負っているパターンではなかろうかと考える。

ネルヴァルはこんないゝ言葉をぼくの作者の手帖にのこしている。

「私は見たことを詩にかくのだ。

この世のものであろうがなかろうが、私が斯くも明瞭に見たことを疑うことはできぬ。」

⁂

三項目の実験は単語の構成作法である。

マラルメが詩を書いてときにイマージュがまとまらない個所を抜かしておき、あとでそこへいゝ言葉をさがしていれたり、また芭蕉の弟子達が上句をぬかして作ってあとで上五をおいた――というようなところからその歴史が発生したのかも知れない。

でも、まじめな話で「VOU」クラブの詩人たちがアブストラクトからノン・フィギュラティーフの造型詩美などということをとなえはじめ、助詞、助動詞を捨て、主語、動詞のおき方も考えなおしはじめた（「chaos」小平義雄）ような機運、つまり視覚としての詩情が現代の短歌にはとくに欠けている、という事実をも考えねばなるまい。

秋元不死男氏がふと洩らしていた創作動機にノートへ控えた単語のモンタージュ、つまり一つの動作と一つの名詞の組合わせによる作品構成もメチエ（表現技法）の一つだということである。

しかしぼくの作者はこゝでは完全な敗北をしている。

隠圧——そんな言葉が安部公房氏の「〔壁——S・〕カルマ氏の犯罪」に出てくるが、空っぽな胸に沙漠を吸収したように、構成しようとして使用した俳句的なものがそのまゝ同じ構成で出てくる。という様な失敗が寺山修司における実験の火傷となっている。時事新報あたりで叩かれて可愛そうな位彼はしょげていた。歌壇では、あれもこれも草田男の真似だといって大喜びしていると聞くが、このパターンで可能的にわかる詩美と構成はきっと誰かゞ完成してくれるだろう。あまりにノンフィギュラティフにならずに、しかも俳句性、俳句的即物具象性をレトリックとして、茂吉から誓子、草田男へ受けつがれたものをふたたび短歌にかえすのは、むろんたゞ構成だけではできっこないことだが、つねに美学を伴おうとする上では忘れることのできない大きな事柄である。

⁂

おしまいに、ぼくの作者のこの頃力説している短歌有季論があるのだがどうやら紙面はつきたようだ。

そしてぼくの作者のランプに灯が入るとぼくは登場の準備をせねばならない。

たゞ、多くのことをぼくの作者が意図している場合に、その現象だけをみずにもう少しの間あたゝかく見守ってほしいということである。すべてはやっぱり道程の半ばにすぎないし、青い鳥をぼくがとらえて作者に渡す日が案外近いかも知れないのである。

とにかく諸君。

雪はしづかに時間をとゞめてくれる。安全ピンでとめられた一枚の紙のように。

そして未来もそのように。

（十二・二）

『俳句研究』一九五五・二

チエホフ祭

青い種子は太陽の中にある

ソレル

アカハタ賣るわれを夏蝶越えゆけり母は故郷の田を打ちてゐむ

かわきたる桶に肥料を滿すとき黑人悲歌は大地に沈む

蟇〔ひき〕の子の跳躍いとほしむごとし田舎教師にきまりし友は

音立てて墓穴ふかく父の棺下ろさるゝ時父目覺めずや

亡き父の勳章はなを離さざり母子の轉落ひそかにはやし

蠻聲をあげて九月の森にいれりハイネのために學をあざむき

小走りにガードを抜けて來し靴をビラもて拭ふ夜の女は

莨火〔たばこ〕を床〔ゆか〕に踏み消して立ちあがるチエホフ祭の若き俳優

チエホフ祭のビラの貼られし林檎の木かすかに搖るゝ汽車通るたび

籠の桃に頬痛きまでおしつけてチエホフの日の電車に搖らる

勝ちたるに嘲〔わら〕われいたる混血兒まつ赤に人蔘土中にふとれ

向日葵の下に饒舌高きかな人を訪わずば自己なき男

勝ちて獲し少年の日の胡桃のごとく傷つきいるやわが青春は

西瓜〔すいか〕浮く暗き桶水のぞくとき還らぬ父につながる想ひ

非力なりし諷刺漫畫の夕刊に尿まりて去りき港の男

この家も誰かゞ道化者ならむ高き塀より越え出し揚羽

桃太る夜はひそかな小市民の怒りをこめしわが無名の詩

啄木祭のビラ貼りに來し女子大生の古きベレーに黒髪あまる

日がさせば籾殻が浮く桶水に何人目かの女工の洗髪

列車にて遠く見ている向日葵は少年が振る帽子のごとし

向日葵は枯れつつ花を捧げをり父の墓標はわれより低し

ころがりしカンカン帽を追うごとく故郷の道を駈けて歸らむ

バラックのラジオの黒人悲歌のバス廣がるかぎり麥青みゆく

わが天使なるやも知れぬ小雀を撃ちて硝煙嗅ぎつつ歸る

煙草くさき國語教師が言ふときに明日という語は最もかなし

黒土を蹴つて馳けりしラグビー群のひとりのためにシャツを繼ぐ母

首飾りは模造ならむと一人決めにおのれなぐさむ哀れなロミオ

草の笛吹くを切なく聞きており告白以前の愛とは何ぞ

一粒の向日葵の種まきしのみに荒野をわれの處女地と呼びき

叔母はわが人生の脇役ならむ手のハンカチに夏陽たまれる

包みくれし古き戰爭映畫のビラにあまりて鯖の頭が青し

夾竹桃咲きて校舎に暗さあり饒舌の母をひそかににくむ

そゝくさとユダ氏は去りき春の野に勝ちし者こそ寂しきものを

蕈火を樹にすり消して立ちあがる孤兒にもさむき追憶はあり

埼玉県川口市幸町一ノ三九坂本方。歌歴皆無なりしも十月「荒野」に参加。
昭和十一年一月青森に生る。早稲田大学教育学部一年。

『短歌研究』一九五四・一一

火の継走

ヘッセのデミアンの中で、例の陰気な調子の音楽青年ピストーリウスがこんなことを言っている。

――君を飛ばせる飛躍はだれでもが持っているわれわれ人類の大きな財産なのだ。

落葉とそして失なわれてゆく時の中で僕らが短詩型に求めうる可能性、それはやっぱり死からの解放、生の建設であろうと思う。そして僕らのパターンは全く現代人の美意識と世界観につらぬかれたものでなければいけないし、リズムは〈現代の呼吸〉にぴったりと合致していなければなるまい。

***

しかし、現在の歌壇で言う「新しい」ということばは所詮は技巧や思いつきのそれであって已(すで)に決められた新しさでしかなかった。

僕はよく帽子屋の話をする。

新しい帽子を本当にかぶろうとするムッシュウが帽子屋でそれを買う――という歌壇の現況はかなしまねばな

るまい。

寸時でも、本当に新しい帽子を被りたい人は自分が無人島のデザイナーになる必要があるということを。

⁂

新しい言葉の中に新しい生活がある。短歌が拓く生活はそれ自体で思想であることは無論である。現代は神を待つ段階だという定説を抜いても人間達は待ちすぎるのではなかろうか。漠然として何かを待つことは、それだけで詩的な行為とも言えるが弱きにすぎる。

鉛筆をもってる間、僕らは設計しなければならぬし、しかもこれほど限られた時間の一刻をも無駄にすることはできまい。

⁂

たとえば一つの〈正義〉の例として僕は「短歌研究」の勇気に帽子をぬごうと思う。

僕に短歌へのパッショネイトな再認識と決意を与えてくれたのはどんな歌論でもなくて中城ふみ子の作品であった。

洲に咲く百合が〈正義〉であると同じ様に、「短歌研究」の中城ふみ子推選はまったく〈正義〉の一典型であった。——しかしここに約束されたたゞ一つの種子も乳癌という鴉（からす）のために啄（ついば）まれてしまい、歌史は一つのrayを喪失してしまった。

⁂

そこで僕は僕の設計図にこうメモをした。

僕はある意味ではやはり私小説性内蔵型であるかも知れないしちっとも新しくはないかも知れない。しかし一つ、僕は決してメモリアリストではないことを述べようと思う。僕はネルヴァルの言ったように「見たこと、それが実際事であろうとなかろうと、とにかくはっきりと確認したこと」を歌おうと思うし、その方法としてはふみ子のそれと同じ様に新即物性と感情の切点の把握を試みようとするのである。僕は自己の〈生〉の希求を訴える方法として、飛躍できうる限界内でモンタージュ、対位法、など色々と僕の巣へ貯えた。

⁂

とにかく火の継走、「お魚のようにものも言えなくなった」ふみ子を、僕だけがプレメテのように継ごうと思うし青空は広いようだ。むろん——空から卵や剣が降ってくることは覚悟している。（本誌第二回五十首特選）

『短歌研究』一九五四・一二

座談会

明日を展く歌

〈傷のない若さのために〉

寺山修司　北村満義　大澤清次　永井禧有子　石川不二子　中井英夫〔『短歌研究』編集長〕

昭和二十九年〔一九五四〕十一月十四日　於銀座かるうえ

中井　始めに御紹介しましょう。こちらは今度の第二回五十首募集で特選になられた寺山修司さん。最近「荒野」という十代の短歌雑誌が出来まして、それにも入っておられる。次がその「荒野」の主要メムバーの北村満義さん、大澤清次さん、永井禧有子さん。それぞれ別に「形成」「まひる野」「コスモス」にも所属しておられます。それから石川不二子さん。「心の花」で〔佐佐木〕信綱先生に直接ついておられますが、第一回の五十首募集で中城ふみ子さんと一緒に最も注目され、大いに嘱望されておられる新人です。

きょうはそういう二十歳前後の若い方ばかりにお集まり願ったんですが、それというのが今度十代作品特集をしまして評判を伺ってみますと、今迄伺った限りではまああの特集は意表に出たというかたちでその意味では成功だった。しかし作品のいい悪いは自ら別問題というわけで、まあ早くいえばそう真正面から賞められるシロモノじゃないってわけでしょう。中には頭ごなし「子供の歌で」といわれる方もあるし、或いは寺山さんだけについていえば「達者すぎていけない」とか「俳句の模倣だ」とか、とにかく作品の評判としてはあまり香〔かん〕ばしくない。香ばしくないこと自体はしばらく置くとして今の十代ってものが持ってる意味がてんで通じないとすればこれは問題ですからね、そこんところを今日はもすこし突込んで喋っていただきたいと思うんです。

傷痕派への訣別

中井　こちらの考えを申しますと、何よりこれまで戦後の歌壇の主潮として、今の四十代にさしかかられた方々が自分たちの負った傷のありかを精一杯さし示す、指摘するということで戦後派の意味があった。ところがそういうものを全然身に負わない若さってものが漸く戦後十年目に出てきたって気がするんです。始めて若さが若さらしく発言権を持ったということですね。だから戦後派の仕事が理解されなければ十代の意味も判って貰えないだろうし、逆に十代の意義がのみこめないとすれば戦後派のやってきたことも理解できないことになると思うんです。結局はあの戦争をどう受取ったかということですべて決ってくることでしょうが、ところが実際「荒野」を拝見し、「荒野」だけに限っていえば、ぼくなんかの考える傷のない若さってものを持っておられる方はごく少ない。むしろやっぱり十代なりの傷を無理にも示すとか、或いは戦後派の人たちの末席に連なって、被告席の隅っこで首を垂れてるみたいな歌が多い。そういうことだったらとても年期の入った人たちに技術的には及ばないし、精神的な深さからいってもかないっこないと思うんです。十代にはもっと十代だけの主張がある筈だし、歌の上でも新しく示すものがあり得ると思うんですが、北村さんどうでしょうか、その点……

北村　だいたい「荒野」に集った動機というのが、みんなそれまでに結社などに入っていて、結社の中でそれぞれやっていたわけですね。ですから一つのイズムを持って集ったとか、何を主張してこれから進もうということは全然未知数なんです。創刊号はぼくらの集りの出発の合図として、各人十五首づつ発表し合ったわけなんです。今はっきり言えることは、各々ばらばらで混沌状態であるということ、同じ世代に生きているという共通した十代――だけです。この現在の盛り上りはぼくたちの成長に従ってやがて一つの形を成してこなければならないと思ってます。当然ぼくらは何かを主張することになるでしょう。けれど今は十代という共通だけで既成のものへ反発し何かを創造してゆくことしか出来ないんですね。いまの混沌は一つの過程で、要はぼくら一人一人の健康な何かへの前進ということになると思うんです。

寺山　中井さん、ちょっと。反対側の、つまり大人の立場からいうような結果になるけど『傷のない若さの美しさ』ということは一種のナルシシズムということになるでしょう？　それがだんだん形を変えてゆくと小さいファッショみたいになるかもしれないということをお感じになりませんか。

中井　ええ感じますよ。まごまごすりゃ寺山さんなんか新しいファッショの先頭を切るようになるかも知れないという気がするんですよ。だから、ただオレは絶対そこへ行かないという今の決意だけじゃない、作品の上でも絶対そういうものとは結び合わないという点はどこかを探らなくちゃいけないんだけれど、これはもう少し先へいってから喋りましょう。とりあえず北村さんや大澤さんから、いまどういう気持でいらっしゃるかをお伺いしたいんですがね。

大澤　北村さんがいわれたように まだ集ったというだけで、ぼくたちの理論というものはこれから生み出されてくるわけですが、幾人かの人たちはこんな方向に進みたいと考えていると思うんですけど……

中井　幾人かの人たちはいいんですよ。大澤さん個人の意見……

大澤　ぼくの意見としては、さっき中井さんが「四十代の人が傷痕を負って」といわれたんですが、今の三十代、二十代にしてもその多くが現状の社会機構からくる生活の苦しさや精神的圧迫とか、ビキニの灰や内灘や松川事件などの社会問題を流行を追うごとく安価な感動を持って制作したり、花鳥風月のたぐいをあっちこっちから見わたして薬にもならない美しさを見出して技巧だけで歌にしている作品をあきれるほど氾濫させていると思うんです。それでぼく達はこれらの短歌に心から耐えられなくなって「荒野」というものを作ったわけですから今後のぼく達の短歌にはこんな要素を含んでいるものは一切作るべきじゃない、そして現代歌人のどんな良心的な面さえも否定することによって、その上でぼく達十代の理論を確立したいと思ってるんです。

永井　私はね、昔、明治時代の晶子とか啄木の短歌が小説より先に行ったのに、今は小説より後に来てるのはどういうわけかということなんです。それを現代に恢復（かいふく）したいんで、どうやったら出来るかということはすぐには判らないんですけど何かあると思うんです。それを私は探したいと思ってるんです。

北村　いわゆる四十代、三十代の「傷痕派」とでもいうべき人たちが現代短歌のイニシャティヴを握ってるんですね。つまりそれらのエピゴーネン〔亜流〕が余りにも多すぎるということ。ぼくたちが短歌に興味をおぼえてたとえば作り初めに結社に誘われて入ったということは、傷痕派の人たちの中に入っていかなければ今迄は勉強出来なかったんですね。

寺山　一寸待って——結社に入らなきゃ勉強出来なかったというのは「歌人」になれなかったというだけのことじゃないの？　結社からぼくらが得るものは、メチエとか交友そして「歌人」というひどく家庭的なふんい気だとぼくは思うんだけど。結社はあってもいい、けどそこから新しいイズムを標榜する者は、生れるときに結社を棄てるだろうということです。そして歌人になるというだけの意味だったとしたらぼくは短歌は簡単だ——とも言えると思いますね。こういうと歌人はプライドを傷つけられて怒るかも知れないけど、だけどエクスプレッションとかメチエは、三十一文字じゃ創作の構成や詩の発想にくらべてはるかに簡単だし、むろんそれは時計修理みたいな精密さがいることはわかりますけどね、でもやっぱり結社のみに拘泥している間、短歌はテーマとか人間とかを喪失してメカニックになってゆくと思うんです。

北村　そう、今までの歌人というレッテルの大多数は、歌壇とか、そういったサロンの中に安住しているだけで容易に獲得できたんですね。つき合いとかなれ合いだけで。「作品が一切だ」ということがはるか彼方に置き忘れられちゃって、いろいろな会合に顔を出したり、先人にへつらったりして——そんな要素が結社にあることは否めないけれど……

中井 石川さんはいかがでしょう、あなたの場合は「心の花」でずっと信綱先生が見て下さっていらっしゃるんですけど、若さと結社の問題は……

石川 若さっていわれると……「心の花」は歴史も古いし、同人の平均年齢も非常に高いんです。おそらく五十歳ぐらい(笑)。しかし年寄くさい歌などたまに作ると先生に叱られます。でもやっぱり年代の差は感じることがあって、結局は自分しかない、と思うんですが……

寺山 さっき永井さんがいったでしょう、小説や他のジャンルより短歌が先行した時代があって、これからは何かを摑まなければならないって。その何かに例えばロマネスクをあげるとしますね。三島由紀夫なんか作家系列からいったらその意識からして十代に近いかもしれないけれども、やはり多くの作家は傷の痛みの訴えが多かれ少かれ根底にある。太宰の「トカトントン」なんてのはその極端な例でしょう。ただぼくらは違うんだ。ぼくらは例えば悪くいえばモラルとか義理を非常に無視しているけど、鋳型にはまらなくても生きてゆけるという無形の財産を歴史からいただいた訳だ——で、しょう。だから悪くすれば美空ひばりや雪村いづみでも通用するわけで、ぼくら無傷だといって手放しじゃいられない。ただしかし手ぶらで出てきたってこと、これは大事じゃないかな。何にもお荷物がない、何でも出来るってことは現代にドンキホーテが生れる可能性があるってことだ。ロマネスクを愛するならその中に生きることだって出来るわけだ。

中井 さっき何とかいってたけど寺山さんは一体傷のない若さを主張することに賛成なのかな。今度の十代特集でもそれを主張出来るのは貴方だけだという意味での特選なんで、平澤みゑ子さんなど美事だけれど線の弱い耽美派という傾向ですからね。

寺山 賛成ですよ、むろん。

中井　だけども新しいファッショに結びつく可能性もあるというわけでしょう。ぼくのいいたいのは、今ここで新しいものを作り出そうとする人が、仮に四十代の人たちと人間的な苦しみは一緒にしたっても時代的な苦しみまで真似て同じく首うなだれた姿勢になっちゃいけないだろうということ。そりゃ十代だって傷だらけといえば傷だらけさ。でもそこの処で首をあげ得るものが今の十代の筈だということなんだけど。

寺山　はじめにファッショのことをいったのはちょっと前後転倒だったけど、そういう予感がしたのでいったんです。

北村　もちろんぼくらだってある意味では傷を受けてる一人だろうと思いますね。しかし歴史的にはとにかく無傷であると言えることと、中井さんのいわれたように首を持ちあげ、古い世代から訣別した一つのエポックを形成することの可能性は充分に持ってるわけです。可能というよりやはり必然ですね。——それが結社という三十代、四十代の傷痕の呻きの絶間ない中にいることは、相当の自覚がなければマイナスなのです。半面その無傷を盲滅法（めくらめっぽう）に媚びる形で叫ぶことは危険ですね。

寺山　媚びるというより、良くいうと天真爛漫、悪くいうと無知厚顔。人はどうでもいい、ぼくたちはぼくたちの世界を持ってやるといっても、現実が大きすぎるので傍からみるとドンキホーテに見えるんじゃないかな。でも見えてもいいんで、ぼくたちの世界を作って、誰が何といってもこの次にくる者の神話を創らなければならないし、その創ることの出来るのはぼく達、戦争に神話を崩された者よりほかにないと思うんだ。このことを後の人に伝えてゆく。要するに先頭だよ。先頭に立たなきゃいけないんだ。前の世代とはだからはっきり断絶しなきゃ。

中井　断絶することが継ぐことでしょうね、戦後派があっての十代なんだから。先人の風を学ぶことが継ぐことだと決められ勝ちだけれど。

大澤　ぼくも大人達が何と言おうが、ぼく達が新しいものをぼく達で創造しようと決意したのは、現在の大人達への不信なのだから、そんな大人達にたとえばドンキホーテに見られようが、ぼく達にはぼく達でなければ歌えないものを威勢よく歌ってゆくべきだと思うんですが——そしてね、ぼく達の作品は歌壇の大人達だけに見て貰うのじゃなくて、もっと文壇全体、もっと大きく日本のあらゆる階層の人々にみて貰うのだという意欲で当りたいですね。もっとも偉そうなことをいって、後で全くのナルシズム［ママ］だと証明された時がもしあっても、結社の中で主宰にへつらって服従している哀れなディレッタントに比べたら、意欲だけでも誇っていいと思うんです。

中井　そうなると後は作品を見せて戴くほかないということになりますがね、これはこの前北村さんには申上げたことがあるんだけれど、どだい「荒野」という意識が十代としてはおかしいと思うんです。いま主に三十代の詩人が「荒地」をやっていますが、そういうものとは違う筈だと。

北村　もちろんです。最初「荒野」とつけた時は、さして傷の意識とか荒野の意識といったものは考えられなかったんですが——最初集ったころの動機としてはですね。でもいま外部から見た場合そういう傷の意識が窺えるとすれば問題があると思います。「戦争の試練を経て来ない十代は本物でない」という考え方への反逆、傷の呻きか、或いはそれをまるきりバカげたことにみるかという二つの潮流に、ぼくらはどっちにも属したくないと思うんです。傷のありかも知ってなお傷のない若さを誇る、まっとうな青春を取戻す実験を「荒野」でやりたいと思っています。

中井　それから寺山さんと、北村さん大澤さん達とはだいぶ違う。まるきし違うといっていいでしょう。それを寺山さんの方向に皆が無条件に賛成するのはおかしいし、歌を見たって「荒野」の中では異端者ですね、寺山さんは。

北村　そういうこともないけど……

中井　どうも感心しないってことじゃなかったんですか。つまりそれは異色だとは見られていたけど先頭のものだとは見られていなかった……

北村 ええ、先頭だとは思っていなかったんですね。「荒野」に集った半数ぐらいは結社に属しているんで、何度もいうようだけれど、やはり三十代四十代の傷痕に喘いでいる人たちに混ってやることは多少とも影響を受けることになると思うんです。むしろそのエピゴーネンのようなものを皆が生んでいたその中に寺山君の作品が現れて一応みんな自分の作品と較べたんじゃないか。それでこれが本物かなと考えただろうし、俺の方がいいんだと思ってるんだってまだ沢山あるでしょう。何といっても現在はカオスの状態だけれども、一人一人が先頭の意識を持つことだけは大切だし、今のところそれに頼ってゆくほかないですね。

結社生活の矛盾

寺山 でも具体的にどんなものをこれから打ち出してゆこうとしているかをいわなきゃ先頭の意識だけじゃ判ってもらえないんじゃないかな。

北村 それは具体的に摑めていないわけさ、やろうという意気は盛んだけれども……

永井 何かを求めてはいるわね。

寺山 それが「何か」じゃなくてさ……つまり態度の問題だけれど、具象的な方法があるんじゃないか。去年の日本短歌の二月号だかで見たんだけど、「今歌いたいもの」というアンケートに皆、今年も精一ぱいやりたいという抱負だけに終って、現在何をやりたいかということがない。みんなメモリアリストなんだ。ぼくは逆に一番大切なことととして、どういう歌を作ろうということを先に設定して、そのために自分の生活を変えてゆこう――いまは先に生活があってさそれも生活といえない惰性的なもので、それに従って生ぬるい短歌が作られるんで、これじゃたまらない。

永井 文学のためにという気構えがないんじゃないかしら。生活の方を第一にして文学が附録みたいでしょう。

文学を第一にして生活を第二次的にすればいいという簡単なものじゃないけど……

北村　今までは限られた「短歌的な基盤」がちゃんとあって、そこからだけ歌い出されて文学全般に通じる思想とか懐疑から全然出発してないんですね。だから仮りに結社の中で騒がれた場合もしょせん結社の中だけの新しさで歌壇には通じないし、まして一般文学の上では全然無視される位置にあるというのはそんな短歌的基盤、あれは短歌じゃないとか歌になってるとかすぐ言い出すような約束だけで作られるからじゃないですか。それを壊してかからなきゃ。

中井　石川さんはどうなんですか、さっぱり黙って聞いてらっしゃるけど。石川さんはそれほど結社生活の矛盾といったものは感じてらっしゃらないでしょう?

石川　矛盾がないというより、いささかも拘束を感じないというか、結社自体に拘束がないと思うんです。感じれば感じる方が悪いんじゃないですか。私のいる結社が特別かも知れませんが。

永井　拘束は感じないけど物足りないんじゃないかしら。

石川　物足りないことは非常にあります。

中井　結社が、いま北村さんのいったような短歌的基盤――ひとつの約束ごとを作り易いという点はどうですか。

石川　しかしそんなものは決して強力なものでも免れ得ないものでもない。結社の機構より私達の意識の方がずっと問題だと思います。

中井　大澤さんはいかがですか、いま「まひる野」におられて。

大澤　ぼくは結社にいて何の拘束も受けていません。結社は自分の作品を発表する機関、友人や先輩を作るためのもの、それに技術をある程度習得するための場所。これだけに割切ってるわけです。しかしこんなことというと生意気だといわれちゃうんですけど、現代短歌を一新するような短歌というものは結社から起らないと思うんです。もう生れないと思うんです。

北村　というのは？

大澤　だいたい結社には主宰と呼ばれるような人がいて、この主宰がふつう先に立ってやっているわけですが、会員の作品の採否もこの人が決定するとなると、会員は一首でも多く採って貰いたいし、また発表した作品を認められたいという欲望を持ってくるのが当り前で、そうなればどうしても主宰に追従することになってきます。卑屈な気持でなくったって無意識の内にそっちへ行っちゃうし、もっと主宰を腹の底から尊敬してる場合だとまるで冒険しようとしないし、ですから新しい短歌なんて結社からは絶対に誕生しないと思うんです。

永井　私なんか宮（柊二〔しゅうじ〕）さんを好きだから「コスモス」にいるでしょう。何か気にいらないことがあっても後になるとみんな肯定しちゃうんです。宮さん自身を私が好きなもんですからね。どういうものかしらんね。

寺山　本当はそれじゃいけないんだけれど、要するに作家は孤独だから自分の所にたくさん人を集めておいて、——私性の文学だからたくさんの人に自分を判って貰おうとする。そうなってゆけば主宰者の小型が沢山出てくるのは当然なわけだ。（笑）中には逸物が出た例外の場合はあっても大方そうなるでしょう。結社によって拘束されないというけれど、一つの雑誌をどうしても丁寧に読んで一つの傾向のものばかりをたくさん見てゆけばそれは自然頭に残るし、いつの間にかまひる野調とか何々調というものが自分の歌の中に出てくる。というのが本当の拘束じゃないのかな。

北村　結社は最初作るとき、何か文学的理念を持って作られるのだろうけれど、それが何年か経つうちに消極的になって、ただ人が集って毎月雑誌を出していればいいということになるのが普通ですね。そして閉鎖的な排他的なものだけによって結社の存在を主張したり対立関係が生れたりして凡そ文学とは程遠い雰囲気がはびこり始めると思うんです。

寺山　要するにこれから新しいものが雑誌として生れるならば同人雑誌の形しかない。それも人数が殖えたらなんにもならんと思うんです。ある分り合った人数だけで何かを持ってゆくという恰好。だから「荒野」だってもっと形が変らなくちゃ。

北村　結社が一つのイズムを永く厳然と持ち続けられればまだ意義があると思うけれど、今のところ殆んどんな雑誌を見てもそういったものは確立されてないような状態だし、だからそういうものから新しいものは生れてこない。

石川　だからというのは？

北村　練習の場だからですね。例えばその結社のイズムを信奉して自分のものとしてこれから進もうということがありますね。しかし形態だけを保っているだけでサロン的な集りに終始している場合にはもはや結社そのものの中からは秀れたものが出にくいと思うのです。怠惰の空気といったものからはですね――

大澤　ぼくもさっき言いましたように結社の中から新しいものは生れないと信じていますが、自分は結社に入ってるのでそこに矛盾があるわけですけど。（笑）

永井　結社の中で活躍しないで、自分で勝手に活躍すりゃいいわけでしょう。

大澤　ぼくが結社に入っている理由は、前にいったように交友と技術の習得のためなんです。技術面ではひとりで作っていると余程の才能がない限り、古くさいひとりよがりの短歌になるんじゃないかと思うんですよ。だからこの二つが欠けてしまったら止めるつもりでいますけど、正直なところ、技術の方はたいして進歩しないことが判ってきたんですが……

永井　私も結社に入ってもちっとも進歩しないんですよ。

石川　ちょっとさっきの話を蒸し返しますが「練習の場から新しいものが出てこない」とおっしゃったんですね。どうしてですか、それをもう一回おっしゃって下さい。

北村　たとえば何々的抒情というスローガンを掲げてる結社があるとしますね。イズムとはいえないけれど。

石川　その結社の掲げてるところから出てこないんですか。

北村　掲げてるものをいつまでも厳然と持ち続けていれば、それに徹した強力な作品があるいは出てくるだろうと思えます。かりにぼくが何々的抒情を掲げてる所に入ってるとすれば、それをぼくのものとしてこれから進んでゆこうと努力するでしょうけれどね、そういう主張が薄れてしまっている場合、根底となるものは何もないということは単なる練習の場になっていて、あとは何もないと思いますよ。

中井　だって薄れちゃってるというのははたから見ることで、中の人達はちっとも薄れていないと思っているでしょう。

寺山　でも結社のイズムを大まじめに信じてるのなんていやしないし、主宰者だって何か旗じるしがないと具合わるいってのがほんとのところでしょう。それを末端にまで無理にも滲透させようなんてもっての外じゃないの。そんな中でうろうろして半ば以上になると人の作品を直したりして、主宰者は主宰者で作品の問題より人事の問題で苦労したり、そんな位なら上の方の人だけで同人雑誌をやればいいんだ。技術の修練をそんなところでやってもっと大事なものを失くすほうが問題だと思うな。

北村　自分の歌が何首活字に組まれて発表されたという喜び。その喜びだけでは革命的なものは生れない……

短歌の底辺と頂点

中井　だけどねえ、現実には暇のない家庭の主婦や、療養所で何の慰めもない人たちが精いっぱい一首ずつ作っている。そういう人たちの歌をはっきり否定できますか。たとえば死にかけてる悲惨な病人が精いっぱい作って、それでも下手クソだという場合「そんなものは文学じゃない」と蹴とばすことが実際に出来るかということ。そういう人たちが現代短歌の底辺になっているわけで、結社だってそうした人々に支えられもし、逆に支えもしているわけでしょう。

寺山 それはイズムと、短歌が私性の文学である事実と、その二つがどういう形で相容れるか容れないかということで、またもう一つ別の問題じゃないかな。

中井 別に考えてもいいし、結社の問題と一緒に考えたっていい。

大澤 結社ではね、全然新鮮さのない従来のものをいつまでも作っている人が殆んどなんですね。だけど小説なんかも本格小説と中間読物と通俗小説という風にあるように短歌だって第一流、二流三流とあると思うんです。芸術として認められなくても作っているんだから仕方ない——あってもいいと思うんです。

中井 あってもいいってことじゃないでしょう。とにかく現在それが現代短歌なんだから。話が飛ぶようにきこえるかも知れないけど、始めから作家意識をもった作家がいまどれほどいるかということ。底辺の問題でもあり頂点の問題でもあるんで、そういう形の底辺から登った恰好で頂点があるってことですよ。

大澤 すくなくともこれから短歌をやろうという人たちだけは今までと違ったものを作ろうとしなけりゃ駄目だと思うんです。芸術としての短歌を。

永井 そうなると、でも結局判る人には分って判らない人には全然判らない歌になるんじゃないかしら。

大澤 芸術としての短歌ばかり目指していると一般の大衆から判らないものになっちゃうだろうということ。それはいま現代詩が全然知性の遊戯みたいになっちゃって大衆から離れちゃってるでしょう。だけど短歌の場合は国民文学ですからね。もっとみんなに読まれて愛されなけりゃ……

永井 わたしは一般人にアッピールしない歌はだめだと思うんです。全然短歌に関係のない友達に晶子だとか啄木の歌を見せると判るけれど、今の短歌を見せると判らないんですよ。土屋文明〔『アララギ』選者〕でも誰でもね。

中井 それは判りすぎて判らないということじゃないですか。

永井　もっと判りよくした方がいいと思うんですよ。

中井　意味の上でいくら判りよくしたって駄目でしょう。

大澤　今のリアリズムの方法が駄目だと思うんです。

寺山　ちょっと、皆こうしていろんなこと喋ってるけどもっと大事な、言い忘れてることがあるんじゃないかな。芸術としての短歌はまるで判らないものだみたいにいうけど、何が芸術かということをさ。芸術だから判らないなんてバカなことはないんで、つまり文学を愛する人によく判る歌を作ればいいんでしょう。判らないってことは大した問題じゃないんじゃないかな。

北村　要するに現代短歌はどこが面白いか判らないということですね。それが段々孤立化していってインフェリオリティ・コンプレックスの権化みたいに隅の方でぼそぼそ呟くようになってしまって、つまらないといえばこれ程つまらないのは無いかも知れない。しかしですね。……

歌人的な姿勢

中井　昨日の朝、伊藤整さんが朝日新聞に書いていましたの、読みましたか。詩と歌と俳句と本来一つであるべきものがみんな別れちまってそれぞれ軍隊式な序列があるなんて不具な状態だということですよ。だけども「荒野」の人たちは、聞いてみると歌だけが面白いって人はあんまりいないそうですね。寺山君でも、ぼくは寧(むし)ろ俳句の方がいいと思うし、VOUで詩を作っていた。段々これからそういう人たちが殖えてくると思うんですが、ただこれまでそういう若い人が積極的に短歌に入ってこなかったのは、入口からひょっと覗いてみると何だかおっかない。十年二十年て歌歴が歌はどうであっても優位を占めたり、詩や俳句をやってることを、異端みたいに、改宗してから出直して来いといわんばかりのところがあって、とにかく尋常な雰囲気じゃなかった。そういうことも歌が狭くなっていった理由でしょうけど……

寺山　昨日の朝日は読んでないけど、伊藤整は去年の「新潮」の詩歌特集でも喋っていますね。「一人の人間が、ぼくは詩人だ、歌人だ、俳人だというのはおかしな話だ。詩人であり歌人であり俳人であり、だから文学者だ」というような言葉で。すると誰かが皮肉って「伊藤整みたいな八面六臂の男は文学者で通じるけれど、ぼくは小説家でいい」ということをいっていたが、一つだけしかやれないということはおかしいと思う。亀井勝一郎は「偉大な文学者は短命の連続だ」といってるけど、もっともだと思うんですね。つまりいろいろと……

石川　文学のジャンルをはっきり分担してかからないで……

寺山　要するに歌人的ものの見方、俳人的ものの見方がいけないということですね。

北村　短歌だけをやってる人たちには、詩とか俳句とかまでやるのは何かインモラルいう感じがあるんですね。短歌は純粋であるなどといって短歌一筋にしがみついて他の文学からの吸収など考えてもみないようになっている、それを打破していろいろなジャンルの要素を基盤にして短歌なり俳句なりをやっていくことが肝要だと思います。

中井　そういう点で石川不二子さんは、これは姿勢の上から感じることだけれども、短歌だけに入り込んでしまっているような気がするんだけれども、どうでしょう。第一回の五十首で思ったのは、中城さんの歌ならどこの文学雑誌に出しても作品として通用する、けれど石川さんの歌だと一般には首をかしげる人が多いだろうということなんです。歌壇じゃ逆だったけれど。

石川　どうも残念ながら外のことは出来ないんじゃないかと此頃思うようになったんです。

中井　いや出来なくったって一向差支えはないんで、ただ、歌がいわゆる歌人的な姿勢で固まっているということ——詩や俳句を好きは好きなんでしょう？

石川　好きですけど……

寺山　結社生活は長いんですか。

石川　はっきり竹柏会〔ちくはく〕に入ったのは高等学校一年の時です。ですから六年前。

寺山　結社生活って他ジャンルへの創作意欲も削るようになるんじゃないかな。

石川　さあ。

北村　結社の中にはいっていると短歌以外のことを口にしたり、「詩では……」などと言うのは絶対にタブーで、それを言うと罪人みたいに扱われるようですね。

永井　私も何だか短歌に閉じ込められてるみたいで、何とか破ろうと思ってるんですけどね。

寺山　逆のこともいわれていますね。一つのジャンルだけに徹底して、小説家は小説がうまければいいというような、名人気質みたいなもの……

中井　結社に入って主宰の歌を尊敬するってのはこれは当然でしょうけれど、すぐ信仰にまでゆきかねないんで、そうなると孫弟子、曾孫弟子位になると大変なことになっちまう。他流の歌のことも知らずまして他のジャンルは文学と関係ないみたいに扱われ出すという狭さは確かにありますが……この辺で話題を変えて、石川さんと寺山さんにお互いの批評をしていただきましょうか。ひとつ寺山さんから石川不二子評を……

石川、寺山相互評

寺山　ほめるとすれば大方いい尽されたことかも知れないけれども、健康であるという点。それから意識してか無意識にかしらないけれども、本当は実に短歌的に構成されているのに、案外ちょっとだけ把握にデフォルメがあるということ。それからものの見方が新鮮だということ。僕は思うに、あの新鮮さぐらいが結社から生れる限界じゃないか。(笑)それから農学生という立場のために得してる点があるということ。

中井　素材がおもしろいからという点……

寺山　それもあるけれども、私性の文学という点からも読者との約束がすでに出来てるわけで、石川さんは農学生で若い女の人であるということが頭にあるわけでしょう。「農学生」というのは自体得な役柄ですものね。四十越した農民の作だったら面白くない、けれども少女だからという考え方がある。

中井　それじゃ石川さんから寺山修司評を。

石川　……

中井　どこが不満かということを……

石川　私には、歌に破綻があるということが気になるんです。短歌のキメが粗い。

寺山　荒っぽい、ね。メチエが荒っぽいということかな。でも自分じゃ新しい野性を企図したつもりなんだけど。

中井　いいところは？

石川　口が悪いので悪いことばかりいうクセがついてるんですが……とにかく私は反逆するんじゃないんです。反逆すること出来ないんです。だからうらやましいんです。それから、一首一首、稀薄でないし、一本立でちゃんというだけのことをいってる。えらい歌人でもずいぶんだらしのない歌を作る人がありますけれど、そういうことが全くないですね。ただ計算は確からしいけれど、短歌というものは、それが露わになったり失敗したりすると致命的だということを考えていただきたいと思います。

中井　ところで時事新報に出ていた俳句を歌にしたって非難——あの中で自分の句を歌にすることまで悪いようにいってあるのは変ですが草田男の句の方（註・中村草田男氏に「人を訪わずば自己なき男月見草」がありそれが寺山氏の歌に使われている〔二〇頁参照〕）は一応説明をきいときたいんだけれど、何だか無意識みたいなことといってるんで、それだったら却って問題だと思う。むろんぼくはあの歌全部に原典があったって驚かないし、大体「チエホフ祭」って題も始め「父還せ」っていう題だったのをぼくが変えちまったんで、入選をしらせた時もそれを断って「草田男さんがにやりとするでしょうけれども」（註・草田男氏に「燭の灯を煙草火としつつチエホフ忌」の句あり）って書いたくらいですからね。それはいいんだけれど、こういう場合はどうかな、何しろ短い詩型だし、エリオットの荒地みたいにいちいち註をつけたって追っつかないと思うんだけど……

模倣問題について

寺山　あの五十首作ったとき、いろんな新しい実験をすることを考えたんです。俳句的モチーフを持つ短歌――俳句的レトリックで短歌を作ってみることもその一つなんだけれど、その中で皆意識して構成していったのに、草田男の句だということだけケロリと気がつかなかったんですね。三好達治にも「鳴かなければ自己のない鵞鳥」というのがあるけれど、草田男の「自己なき男」って句はこの夏大澤君たちにこういうものでなくちゃいかんなんてさんざ喋ってたくらいだのに、まるで――。やっぱりこういう試作の発表はもすこし慎重にします。

中井　でもそんな風にちょろっと人の句が出てくるっていうのは問題ですね。何々しなければ何々でない、という形のバリエーションを幾つも作ってゆくのは面白いけど、それはあくまで意識した上でなくちゃ。

寺山　すみません。でもこういう単語の構成はまだいろんな可能性があるし、ぼくのこれは確かに失敗だけれど、だけど……

北村　それは、さっきもいったように短歌のほかに俳句や詩もやろうとするとインモラルみたいに見る風潮からいえば、自分の句でも歌でまた試みるなんてことは不純だということになるんでしょうね。

中井　何ていうのかな、短歌はやっぱり心境吐露の告白文学であるって考え方が絶対でしょう。石（いわ）ばしる垂水（たるみ）の上の早蕨（さわらび）の、っていうように一息に詠み下したもの、直情を訴えたものだけが本物だという風に。

寺山　俳句では「吐く」っていいいますね。

中井　作者がそういう風で、また読者の方では専らその中にどれほど実感が籠っているかということだけを探す。どこまで本音を吐いたかってんで、その度合が鑑賞のメドみたいになってるんで、だから原典を持つ構成とかモンタージュなんていっても詩壇ではむしろ当り前で通るけれど歌壇では通じない、一寸通じないってことだけはいえそうですね。まして「自己なき男」みたいにナマな出し方をしたんじゃ。

（中井付記）

のちに「短歌人」十二月号及び「短歌新聞」で模倣問題として御指摘いただいたが、差当ってこれ以上付加えることもないように思われるのでこのままとする。また「俳句研究」二月号にもこれに関し特集する旨きいているが、それが更に新しい展開となれば、これまで模倣と影響のみに限って論ぜられていたこの問題を諸々の作品に就き一層拡げた形に於て小誌上に検討していただく考えである。なお参考のために寺山氏の作品二十二句を揚げる。

〈花ふる復活〉　寺山修司

沖もわが故郷ぞ小鳥湧き立つは
青む林檎水兵帽に髪あまる
花賣車どこへ押せども母貧し
二重瞼の仔豚よぶわが誕生日
燃ゆる頬花よりおこす誕生日

麥一粒かゞめば祈るごとき母よ

目つむりてゐても吾を統〔す〕ぶ五月の鷹

桃ふとる夜は怒りを詩にこめて

この家も誰かが道化揚羽たかし

土筆〔つくし〕と旅人すこし傾き小學校

鵞鳥の列は川沿ひがちに冬の旅

山鳩鳴く祈りわれより母ながき

ラグビーの頰傷ほてる海見ては

車輪繕ふ地のたんぽゝに頰つけて

芯くらき紫陽花母へ文書かむ

寒雀ノラならぬ母が創りし火

熊蜂とめて枝先はづむ母の日よ

軒つばめ古書賣りし日は海へゆく

わが夏帽どこまで轉べども故郷

ひとりの愛得たり夏蝶ひた翔くる

母は息もて竈〔かまど〕火創るチエホフ忌

桃うかぶ暗き桶水父は亡し

俳句から短歌へ

中井　まあこれはぼくの責任でもあるんだけれど、もう一つ時事でも挙げていた自分の俳句を歌にするってこと、たとえば

青む林檎水兵帽に髪あまる

啄木祭のビラ貼りに来し女子大生の古きベレーに黒髪あまる

という二つの場合だったら俳句の方がよっぽどすっきりしてる。ところが

チエホフ忌頬髭押しつけ籠桃抱き

籠の桃に頬痛きまでおしつけてチエホフの日の電車に揺らる

だったら歌の方がいいんで、こういう試みについてどうでしょう。

寺山　一つのテーマを両方やって、いい方を自分のものにするということはいけないことじゃないと思うんですよ。むしろぼくは義務じゃないかと思っています。

石川　寺山さんの歌が俳句的だというのは、例えばこれは私の好きな歌からだけど「父の墓標はわれより低し」とか「古きベレーに黒髪あまる」とか「鯖の頭が青し」というようないい方から感じられることだと思うけれど、俳句本来ならばそこはもっと名詞でものをいうんじゃないんですか。用言止が多くなったのは、俳句が短歌に近づいて主情的になって以来だと思うんです。しかし短歌だと助詞や助動詞や、そういったもので何かいおうとしますね。それがあんまりごたごたこんがらがって来て……。寺山さんの若々しい魅力は突っぱなした終止形の魅力ですよ。こんなところからも短歌が息をふきかえすきざしが見られるんじゃないでしょうか。俳句よりよほど可能性があると思います。私も学校の句会で勉強して句を歌にしたり、歌を句にしてみたりしたんですが、私の俳句はやっぱり短歌的で駄目です残念ながら（笑）

北村　そういうことはどしどし試みられていいと思うんです。一つのケースとして実行されなければならない筈です。そういうことに不道徳みたいな気持を歌人が持つとしたらおかしいし、そんなこともこれからどんどんぼくらの手でしなければいけないと思うんです。何も短歌に決められたものはないと思うんですよ。

石川　決められたものはないというより、そういう実験を通じて本当に短歌的なもの、俳句的なものというか、本質的なものが判ってくるんじゃないですか。

寺山　お互い影響し合うから。

大澤　寺山さんのやってる「牧羊神」、あの中では寺山さんの句は個性的じゃないんですよ。

大澤　それが短歌にした場合だと物凄く目立つんです。そういう場合どんどん同じものを短歌として試みていいんじゃないか。

北村　時事新報であんな風に書いてるのは、それみろ短歌は俳句に及ばないじゃないかという気持もあるんだと思うけれど、たしかに俳句は進んだ面があるけど、それとは又問題が別ですね。

石川　でも現代の俳句は普通の人が読んだ場合歌よりも判らないんですね。

寺山　それは俳句が可能性の限界に突当っているということもあるし、その意味で歌の判らなさと違って詩としての難解さがあるってこともいえるだろうし。

中井　加藤楸邨［しゅうそん］さんの短歌って読んだことありますか。

寺山　全然ありません。

中井　ぼくもほんのすこししか拝見したことがないし、研究したわけじゃないんでめったなことはいえないですが、でもとにかく俳句の持味をそのまま生かそうとされるようなものじゃなくて、やっぱり短歌の性格に従って作られた感じ——そういう点でね、寺山さんは俳句をそのまんまドサッと持込んできた。それは今の歌人からいわせるとつまらないということなんでしょうね。短歌には短歌の進むべき道があるんで、歌人はこれまでそういう方向にずっと努力して来たのを、今更俳句的なものを持込んできて何になるって気持……つまりね、昨日の伊藤整さんの言葉だって、中にいる人にしてみればそんなことは判ってる、だけれどもこれまで最も短歌的なものは何か、俳句的なものは何かてえことを銘々の道で追詰めてきた挙句がこうなったんだから、それを今更また全部ザルをあけてまぜこぜにするということはつまらないと考えたとしても自然でしょう。

寺山（手でしぐさしながら）ここに歌壇があってここに俳壇があって、どっちかからこっちへあけたらいいが全然違うものがここに飛出した場合……短歌的、俳句的ということはもっと根本的に歌人や俳人が研究していることでさ、オレたちの作った詩までどうこうということになってきたら……

石川 全然新しい素材にぶつかってゆく、あるいは作者の方が、感じ方なり考え方なり以前と断絶してしまった全く新しいことをやろうとする場合、短歌とか俳句とか既成の形式をひっさげてゆくというのが大体冒険なんで、いわゆる短歌的とか俳句的とかそんな観念的なものは多分役に立たないだろうと思います。しかし五七五なり、五七五七七なり、それだけから来る制限でやはりその方法が異り、その制約の上で俳句になるものか、短歌になるものかははっきり岐（わか）れると思うんです。

寺山 ぼくもこの間までそう考えていたけれども、頭に浮びあがるイメージ、文学的な濃霧——醗酵ともいうべき手合のものが大事なんで、それをどういう形で表現した場合成功するかということの方が一義的になってきた。やはりこれは短歌の材料だ、こっちは俳句の材料だといえるかどうか判らない。それを表現した場合短歌で成功した場合がある、俳句で成功した場合がある。どっちも成功しないから詩にした時成功するということもある。頭に浮ぶ思想と美のモンタージュ自体に素材としての新鮮さがあると思うんです。

北村 どのジャンルで生かされるかということ……

寺山 それを既成の偉い人がどうのこうのいうことは……

中井 おかしいといえばおかしいんですよ。物には両面の見方があるからね。ちょいと話がじれったいけど、歌人俳人にいわせれば伊藤整のいい方はおかしいし、伊藤整に限らず局外者と称される人たちには俳句と歌で何ら交流のないのがおかしいし、でも両方でおかしがったりバカにしあったりしてたんじゃそれっきりのことで、今ぼくがいうのも、寺山君などのやろうとすることを全然無意味だと思う人が歌壇にも沢山いるわけでしょう、そういう人たちの考え方をかくもやあらんかと御紹介申上げたわけ、そういう考え方も自然だろう、というかたちで。だから……

寺山　判りますよ。だからこれからの短歌なり俳句なりはそういうものじゃない、一つのジャンルに固まった人たちにしか判らない形になってしまえばそこでいくら玄人たちが通（ツウ）がったって始まらないので、そうじゃない、もっと文学的生活を愛する人たちのために作られるべきだし、ぼくたちはそれをやっていこう——というい方は生意気かな。

中井　たいへんな結構ですよ。それじゃおしまいに皆さんから具体的に何をやりたいかを伺おうと思うんだけれど、石川さん、いかがですか、どういうものを目指してゆかれたいか……なるべく具体的にどうぞ。

石川　宮さんだの近藤さんだの、「自分達が最後だ」といってらっしゃるこのことはどうかと思うんです。そう簡単に滅びるものじゃないでしょう。殊に現代詩は雲の上にいるし……歌が新しくなる、よみがえるってことね、いまの十代がどうこういわれてるでしょう？　昭和八年と九年の間にははっきりした断層があると思うんです。私も二十代のシッポなんで、つくづく悲哀を感じさせられるんですけど、例えば、寺山さんに悪いけれど、私の歌の中の言葉なんかでもヘンなよみ方をなさることがあるんですよ。そういう方達が歌を作るようにならなければ短歌の用語や語感すら革（あらた）まらないということ。それに今の歌がつまらないと思って歌を作り出した人達にも、一生懸命真似してた歌人達にも、私たちはかなわない——結局宙ぶらりんなんです。

中井　ところが歌壇で石川さんをほめるということはその宙ぶらりんだからでしょう。シッポだということで安心出来るから。

寺山　近いからね。

石川　私がほめられたのは無器用さとのんびりさだと自分では思ってます。そんなところが目新しいのかも知れない……それで、何が作りたいかって、何をしていいか判らないんです。結局手さぐり。何か摑めるまで。近藤芳美さんが現代は悲歌の時代だといったでしょう。物凄く反発を感じたのだけれど、隠遁もいや、ファッショもいやとなると悲歌にゆくよりないかも知れ……笑うのにはとっても大きな精神が必要でしょう。ただ安穏なところから歌いたくない、メソメソした歌は作りたくないとだけは思います。

寺山　メソメソしないということはセンチメンタルにならないということ？

中井　すぐ首うなだれるような歌じゃないものね。

寺山　その限度ね。感傷過剰……

石川　過剰なものは我慢出来ないんです。殊に感傷とかナルシズム〔ママ〕とか……

中井　大澤さんは、

大澤　いま寺山さんがぼくの云いたいこと皆いってくれるんで嬉しくなっちゃいましたけれど、短歌的な短歌を作りたくない、誰にでも分って貰える、愛して貰える短歌を作りたいんです。そのためには、いつでも天邪鬼じゃない反逆者でいたいと思っています。

永井　私はやっぱり明治時代の短歌が小説よりも上をいったということをよく考えてみたいと思ってるんです。

北村　どういうものを具体的にやりたいかということ、もちろん既成歌壇にはびこっていたようなトリビアルな、たとえば木の枝の先が動いたということに宗教性や神秘性をこじつけた歌や、意味のない社会詠といったものは軽蔑します。それから寺山君の作品と石川さんのものを読んでみて、石川さんのはメロディアスなんですね。その点にも問題を感じます。こういうものであっていいかと。寺山君のは造型的だし構成的ですね。そういったことも短歌に取入れて――つまりおのずからの声調が結局は調子に頼るということに置き換えられてしまうんだから、そういう面を拒否した方法を採ってみたいんです。とにかく昔からぼくらの年代に与えられた課題、つまりぼくらだけの持っている夢を新しく短歌に創造しなければならないと思うし、そういう意味ではもっと甘美さへの憧憬というか、たぐいないドリームハンターになることも重要だと思っています。

寺山　ぼくはロマネスクの中に自己を生かしてゆきたいということをいったんだけれど、それと同時に「笑い」ということとも四つに組んでみたいと思ってるんです。短歌はどうしても私性の文学でしょう。自分がロマネスクに徹しても敗北を最後に感ずるなら今のうちに、たとえば、私性の文学だからエゴイズムは動かせない問題だ。そういうエゴイズムと詩的な美しさの折衷をどういうふうにしてやってゆくかということ。

それから二重人格の問題——悪の部分を美しく誤魔化そうとする意識と笑いと……それらはやっぱりHOW TO LIVEへつながると思います。享楽を人生の支とする人々の美しい亡びへの過程、セックスのことも入ってくる。そうなるとやはり不条理と取組むということになるでしょう。これを一時期ごとに分けて、三ヶ月こういうテーマでやってゆくという風にしたい。方法としては必ず物を通してやる。観念的にならないように肉体（色感としての季語など）を通して歌うことによって読者にサービスするわけです。それと同時に作品自体を美しくしてゆくということ。それだけです。

大澤　もし読まれ愛される短歌を目指すんだったら、本当に読者へのサービスということは必要ですね。

中井　さてそれじゃ、まだ喋り足りないようですがこの辺で……寺山さん、何か……

誰がストリッパーか

寺山　ちょっと、このことといっときたいんだけれど、フィクションの問題なんだけど、今までフィクションというと必ず幻想的なものしか指さないでしょう、そうじゃなくて可能性のフィクションとでもいうものをもっと取入れていかなくちゃと思うんだ。たとえばぼくの「アカハタ売るわれを夏蝶超〔ママ〕えゆけり」の歌なんか読むと、すぐお前アカハタを売ったことがあるか、嘘をつくなとか、自己に誠実でないとかいわれるでしょう。このことは先日北村君とも随分議論したんだけど、それはたしかにぼくはアカハタを売ったことはない、だけど売ってる奴を何人でも知ってるし、そうした人たちと同感出来る以上「アカハタ売るわれ」といったっていいということ。短歌を第一義にして生活をそれに従属さしてゆく恰好で自分は立って売らなくてもアカハタを売る意識の中に住めたということ。そういう可能性のフィクションをやってゆかなきゃ、——みんな自分の生活を歌の上で過大評価しすぎると思うんだ。ぼくだって父親は兵隊にとられて死んで、母親に働かせながら大学へ行ってるということで、社会に対する怒りをメモリアルにやるならいくらでもやれる。だからってプロレタリア短歌的なパターンに頼っていられるかい。第三存在を設定することで、もっと本質的な生へ迫ることが出来るならちっぽけなことじゃないか、自分の一個の生活なんて。

大澤　フィクションというと大野〔誠夫(のぶお)〕さんの「蟻の合唱をききにゆくらし〔上句「午睡よりさめし王女は階下りて」〕」とか、女になってみせるとか、そういう幻想的なものしか考えないんですね。

寺山　出来るだけ自己に誠実であろうとするために「アカハタ売る」っていうんで、なんならいちんちぐらい立って売ったっていい。（笑）お前カンカン帽かぶったことがあるか、ないだろう、なんて得意なんだ。大体現代人が生きてるまんまでまっとうにものがいえる世の中かどうか考えた場合、言えないことはみんな避けて、無難なことだけをいうってのが誠実なことかどうか。ほんとに自分に誠実であるためには、どんな手段でもとっていいたいことをいうべきだ。そこになんかの形で修飾や諷刺や、演技ということが入ってくるんで、そういうものを見ると眼の色変えてポーズだなんてけなすのは滑稽だと思う。彼らにほんとにいいたいことがないってことじゃないか。中城ふみ子が演技という形でしか物を言えなかったとしても、あれが誠実ないい方なんだ。

北村　ぼくらにいわせればもっともまっとうな言い方だってことになる。なぜポーズがいけないのか、とききたいね。ひどいのになるとストリップと並べてみたり、自分の薄汚い裸を大事がるというほうがよっぽどストリッパー的だよ。そういう前近代的な歌人が歌壇ではいばっていられるということの不思議さですね。

中井　話がだいぶ面白くなってきたところで残念ですが、この辺で終りたいと思います。何より作品でもってこうした主張を裏付けていただきたいと思いますので近くもう一度、「荒野」の方ばかりでない各結社の十代の方々からも作品をいただいて、もう一度十代特集をやりたいと思っていますが、その時はどうぞいいものを見せて下さい。どうも長い時間ありがとうございました。

『短歌研究』一九五五・一

空について　――シャンソンのための三つの試み

ノオト

定型詩の一つの方向として当然目をむけるべく、曲をつけるための短歌をかきました。Ⅰは歌曲風に、Ⅱはむしろ語りかけるような調子に、Ⅲは詩としての意味を抽象的にして音感を中心にした歌にしてみたいと思います。

Ⅰ　季節が僕を連れ去つたあとに

草にねて戀うとき空をながれゆく夏美と麥藁帽子と影と
どのように窓ひらくともわが内に空を失くせし夏美が眠る
野兎とパン屑に日ざしあふれしめ夏美を抱けりベッドの前に

夜にいりし他人の空にいくつかの星の歌かきわれら眠らむ

わが寢臺樫の木よりもたかくとべ夏美のなかにわが歸る夜を

青空より破片あつめてきしごとき愛語を言えりわれに抱かれて

木や草の言葉でわれら愛すときズボンに木洩れ日がたまりおり

萱草（わすれぐさ）に日ざしさゝやく午後のわれ病みおり翼なき歌かきて

愛すとき夏美がスケッチしてきたる小麥の綠みな聲を喚ぐ

空撃つてきし獵銃を拭きながら夏美にいかに渇きを告げむ

枯れながら向日葵立てり聲のなき凱歌を遠き日がかへらしむ

II　ガラスの仔鹿

白鳥をぬすみ去られし地下室の鍵穴のなかに少年眠る

殺人者歸りきさびしいオーバアのポケットに草の種子をこぼして

にせものの首飾りたれのためにもち飛行士はとぶ春の運河を

サアカスの牝豹にげだしたる夏をマダムはふとれり汗ばみながら

舞踏會みにくい母の復讐のために少年が胸にさす薔薇

コキュなりし男の葬の先頭をとびし黒蝶ゆくさき知れず　〔cocu（仏）＝妻を寝取られた男〕

仔鹿そして風・日のひかりあつまりてはじまるひとりだけの舞踏會

ガラスの鹿どこまでも追いきしわれが失くせしたつた一つの言葉

葡萄熟れし夜をあこがれてまつくらな鏡のなかに墜ちゆく少年

メキシコ・タンゴ踊りつかれた夜をひとり川にながしてやる赤い薔薇

忘れゆきしガラスの舞踏靴がうつす夜を經て朝となる森の色

Ⅲ　そらのうた

たれかをよぶわが聲やさしあお空をながるる川となりゆきながら

漂いてゆくときにみなわれをよぶ空のさかなと言葉と風と

空のない窓が記憶のなかにありて小鳥とすぎし日のみ戀おしむ

海よその青さかぎりのないなかになにか失くせしままわれ育つ

わが胸を夏蝶ひとつぬけゆくはことばのごとし失ないし日の

駈けてきてふいにとまればわれをこえてゆく風たちの日日を戀うこえ

空のなかにたおれいるわれをめぐりつつ川のごとくにうたう日日たち

遠ざかる記憶のなかに花びらのようなる街と日日はさゝやく

『短歌研究』一九五八・一

時間性の回復を

連作が僕たちに期待させるものは短歌が喪った〈時間性〉の回復である。

連歌や歌仙がこころみられなくなったあとで、歌は空間的な自発性として人たちのなかに生きてきた。潜在的に日本人の感受性がひめている琴線とくりかえし一回性の歌のひびきあいが小野十三郎に「奴隷の韻律」と警告させるほど親密だったわけである。

しかし歌がそのもっとも特質とするリズムを失い散文化して、ルポルタージュ文学的になってきている時には歌のもつメタフィジカルな空間性の回復より先に〈時間性〉に正当さを与えることを思いつくのは間違っていない。連作は前の一首との対立をくりかえすことによってドラマ迄たかめられることや、新しい韻律詩、定型詩を生む可能性を内蔵している。

ただ僕には連作とは態度の問題であるよりも、むしろ結果の呼称であるという考えが強いのだ。すべて現象として何首か並べられたものは連作であるし、そこに一つの紐帯（ちゅうたい）がないならばたとえメモリアリストの作品でも彼は方法を身につけない生活態度を恥ずべきではないか。一首の完璧さはそうした条件の下でしか生れる訳はないし、とりたてて大作として扱かわれたものから何でもなげにある十五首迄、相対的に線の上で連作としてつながっているというのが僕の考である。

自選十首

冬の斧立てかけてある壁にさし陽は強まれり家継ぐべしや

寝にもどるのみのわが部屋生くる蠅つけて蠅取紙ぶらさがる

マッチ擦るつかのま海に霧ふかし身捨つるほどの祖國はありや

父の遺産のなかに数えむ夕焼はさむざむとどの畦〔あぜ〕よりも見ゆ

一粒の向日葵の種子まきしのみに荒野をわれの処女地と呼びき

失いし言葉かえさむ青空のつめたき小鳥撃ち落すごと

海を知らぬ少女の前に麦藁帽のわれは両手をひろげていたり

ころがりしかんかん帽を追うごとくふるさとの道駈けて帰らむ

撃たれたる小鳥帰りてくるための草地ありわが頭蓋のなかに

電話より愛せめる聲はげしきとき卓の金魚はしづかに退る

『短歌研究』一九五九・八

双児考

「模倣的な作品が投稿され、それがそのまま作者の作品として選を受けることは、たとえ無意識でもよいことではない筈だ。」と船橋市の関口豊文さんが読者サロンに投稿しています。

少し極端なサンプルになりますが、このうち「模倣的な」という部分は「短歌研究」昭和三十年一月号斎藤正二氏の「創造と創意と」の中の言葉そのまゝであり「作品が投稿され、」という部分は昭和三十三年二月の「短歌」の読者短歌の選後評の一部分「それがそのまま」という部分はHペローの「でぶの悩み」の一部で「作者の作品として」は江藤淳氏の「永井荷風論」の一節、「選を受けることは」というのは昭和三十二〔ママ〕年芥川賞の近藤啓太郎氏の受賞のことばの中の一節です。

だからこの関口豊文さんの文章は盗作である、と弾劾したら笑い話になるということは誰にでもわかる。なぜわかるかといえば、このように指示的機能の文章のなかにあっては独創は言語のユニヴァサリテをなくしこそすれちっとも機能性を発揮しないからであり、第一、言語そのものが共有物であることはわかりきったことだからです。

もし言語に於て一切の模倣を拒否したら、われわれにとってコミュニケーションは不能になり百万の唖〔おし〕が呪文をとなえあう不気味な毎日がやってくるにちがいない。ところで「模倣」とは一体何だろうか。まず、こゝで問題になるのはその限界と解釈についてであるように思われます。

模倣を相対線上の一点で区切って、こゝまでは何でもなくこゝからは模倣だとするとしたら、その一点をきめるべき方則が必要になる訳ですが、しかし多分そんな方則は御都合主義になりやすい。なぜなら文学に於ては価値体系が客観的なものではありませんし、もし決めるとしたら全体の何パーセントが他人の作品のある一部を使用しているか、といったことになるでしょう。ところでエズラ・パウンドに於て18％が他人のものであったから、エズラ・パウンドが模倣詩人であった、とは決していわれませんし、反対に無名の西村みゆき氏の場合だと5％に充たなくとも盗作家にされてしまう。

結局これを量の問題において計算して、作家の価値を決めるとなるとリミットぎりぎりにおいて「模倣」しようという、逆の弊害があらわれることだってわかりきっています。そこで、模倣は、借用するセンテンスの量ではなく、作家の態度ということになりそうです。

ぼくは模倣が詐欺行為になることはいけない、という点では関口さんの意見に反対ではありません。つまり、模倣盗作が経済的な問題として、他人の労力を借用することで金もうけにあやかろうとするのは劣情にひとしい。しかしこの場合にも「引用」と盗用の区別はきめがたく、パロディかそうでないかも作者の技量次第によってはなかなか判じがたい場合があることはたしかです。

しかし、言を極めるならばすべては経済的に詐欺行為であるかないかによってきまるといってもよい。芸術的な問題では模倣に出発しないものはありえないし、「完全なる独創」という不幸な夢にとりつかれる人は現実にはもうそんなに多くはないことでしょう。シュールリアリストのコラージュの問題を挙げずとも、作品の効果に於ては、かつての名作が読者のなかに根を下ろしているのを利用したい場合だってあるし、表現形式によってコミュニケートする対象がかわった場合、ラジオや映画の脚色というジャンルが芸術として存在するように、「作りかえ」もまた要請されてくるのです。

作品は一人なのだ。

つまりいつまでも作品を作者の私有物だという考え方が、「模倣するな」という関口さんの意見をうむのですが、すべては作品が感動的なものであるかないかにかゝっているだけで、山上の気狂いがしゃべりまくる、全く独創的な無意味なつぶやきは芸術ではなく、ナンセンスです。

ぼくは、かつての大家やすぐれた詩人のいくつかの模倣のサンプルをひいて、「実状はこういうものだ」と言っているのではない。そうした言い方が無意味だということはわかりきっている。たゞ、作品が感動的であるなら誰のものでもいい。つまりシェークスピアとぼくの合作だっていゝ訳で、たまたまシェークスピアが先に死んでしまって合議でできなかったために模倣よばわりされるという喜劇にはまきこまれたくない、と思う訳です。

日本では私小説の伝統の根の腐敗の下に、作者の人格化を作品と同一線上で考えるために、この模倣問題をモラルとしてとらえられる訳ですが、むしろ他人の作品に無関心でいられるアモラルぶりがこゝでは問題になっていい筈です。多くの歌人たちは、ちっとも他人に影響されようとはしないし、だから影響される不安とよろこびをわかっていない。たゞ手垢のついたネムプレート（名札）を自分のメモリアルな愚痴にはることに熱中しているためにいゝ作品が生まれないのだ、と私は思っています。

もっとインターナショナルな気分で考えてみたらば、関口豊文なんて名はいらないのだ。ぼくが茂吉の歌をよしとするならば多分あれが淫売のものでも、うちの母の不倶戴天の仇の歌でもいゝわけで、ましてや、シェークスピアとネルソン・アレグレン〔ママ〕のミックス合成品でもいゝのです。「模倣、偽作は習作ノートの上だけのことであって、投稿欄で発見されたなら入選をとり消せ」と関口さんは言っていますが、何より投稿欄こそ習作ノートの延長じゃありませんか。こゝで作品が出たからといって原稿料数万円もらえるわけではなし、まして何かの名誉だなどと考えたりしているような島国根性のもち主でもいたらぼくは微笑してしまう。「入選」はいゝ歌のサンプルをみせるもので、すぐれた歌人を紹介しているのではない。ぼくも十年前には「日本短歌」に投稿していましたが、決して特選をわが子の出世のごとく思ったり、「わが子の純潔」のごとく影響をのがれたりはしませんでした。

むしろ緻密に構成してい丶歌をつくるためにはすでに完成したイメージと、自己の内部のそれへの衝突という方法が要請されたことは勿論です。

こんなナンセンスな議論より、い丶歌をひとつ作ることを考え、他人の純潔よりも自己の冒険をゆめみたらどうですか。

『短歌』一九六〇・一〇

盗作病

あなたは盗作していませんか。

もししていないと答えることができるならばあなたは光栄ある気狂いの一人として社会の片隅に疎外されねばならない。

この病気の初期的症状は、まず〈他人〉のすることなすことがひどく気になりだすことからはじまります。そして自分のしていることが、ひどく変っているために〈他人〉に理解してもらえなかったらどうしよう、という不安に襲われだす。

社会という一つの単位のなかの一胞子である自分が、もし自分の内部を志向するあまり不良品のレッテルを貼られたらどうしよう、と思いはじめたらもう、かなり重症です。

たとえば私は最近、数字だけで長篇小説をかきました。

「$\frac{1}{6}\times 3=\sqrt{4.2\pi}+3+3+3$」という題で、まあ言ってみれば、ある大家族の中に一人の狂人がいるということがわかり、お互いにお互いを監視しはじめ、変ったことをして自分が気狂いだと思いこまれるのがいやだから、みんな共同で行動し、お互いに似せるように似せるようにして見わけがつかなくなってしまう……〔ママ〕」というような筋ですが、全部数字でかいてあるために諸誌は全部掲載をことわってきました。

いまの文壇には適応しないし、第一コミュニケーションが成立しない、というのです。コミュニケーション、という視点からすれば独創者はいつでも敗北をみとめぬわけにはいかない。

安保デモの日にイワシを生で食べる男がいて、それが彼のオリジナルの抗議の方法だ、と言いながら下痢便を政府へ提出しても、デモ以上の効果が上ったとは決して考えられないのは、それがコミュニケーションの媒体となりがたいからです。

われわれは日常を演じているのではなく、日常を作っている。と誰でも信じているくせに、朝起きるとまず歯をみがきながら新聞のスポーツ欄、テレビ欄へ目をやる、という〈盗作〉行為からはじまり、ハシで食事することから味噌汁はおワンでのむという行為まですべて独創とは言いがたい。

歩き方だって、服装だって、すべて〈かくあるべきもの〉という概念の盗作によって他人を志向し、他人とのつながりを辛うじて守っている、という印象を受けます。

勿論、私は盗作が相対的な問題である、ということも、また同胞性の共通点を守ることと盗むことは違うじゃないか、という考え方もわからぬではありません。

きみ、これは芸術の話だよ。

大藪春彦問題などなぞってくれればいいんだよ、と仰言るならばまた話は別です。

だが、このような時点に立つと、私は文学は本来、無署名であったってかまわぬものではないか、といった印象を受ける。

つまり大藪春彦というのは作品の題だっていい訳です。コミュニケーションという貞操を守ろうとすればする程、それは低次の公約数の中でくりかえし、独創性の敗北、といった壁につきあたります。

いや、大藪春彦の中の〈作家〉を責めているんじゃあない。他人の作り話で金をもうけた詐欺的行為を責めているならば、それはまた違う。紹介、飜訳、脚色といった意味で、自分がつくるよりもむしろ手間をかけたのですから金を貰ったっていいではないか、と私は思う訳です。

人間に共通の盗作土壌を与えたのは、はじめは官僚的機関、リアル・ポリティックの中の人間疎外であったと私は思っています。

そして無論、家族的背景、友人関係、宗教的信仰、政治への忠誠といった因子も見のがせない。人は画一的であろうとすればする程、盗作せねばならない。コミュニケーションが現代のように遠くなればなる程尚更のことです。

夫婦はつねに盗作し、究極的には同化し、同じになってしまう。こうしたときに、相対的に独創を守り、西部の町の片隅のじゃがいも畑を争ってにらみあうワイアット・アープとビリー・ザ・キッドまがいの芸術家たちの実験も不毛な時がまもなくやってくるのではないかと私は思っています。

ところで、この文章は実は全文、一九六〇年七月の「社会人」の文芸時評の、そっくりそのままの盗作であります。


といったらどうお考えになりますか。

私は社会的であるよりは狂人でありたい、と思いながら、結局こうした文章の因果律を盗作してこの一文を書いている訳です。

『現代詩』一九六一・九

短歌が現代詩に與えうるものは何か

それは皆無である。

あるいは冗い言い方をして現代短歌のもつ信仰性とか国民文学性、音楽性に言挙げすることは手易いだろう。しかし短歌は、(少なくとも現代短歌は)そのような現代詩を袋小路へ追いこむ要素こそあれ、発展させるべきものを内蔵しているとは僕には思えない。

在るべきものがない、そういった娯しさはたとえばプロコフィエフの『キージェ中尉』にある。レコードをかけて僕はこの不毛な宿題を投げだしてしまえばいゝのだが、しかしそれではあまりにも残念である。残念であるよりも次のような理由によって不当でさえあるのだ。


なるほど短歌が現代詩に与えうるものは詩の創生期においてはともかく、現在の状況のもとでは見出しがたい。皆無と言いきってしまってい丶ほど長所で普遍性、共通性のあるものは稀であろう。しかし短歌の本質であるべき〈短歌性〉(あるいは〈私〉性)が現代詩の現状へ与えうるものは決して寡少ではない。そしてこの短歌が喪失している本質の価値については現代詩の側よりも、むしろ現代短歌の扉の側に向って再認識の必要を叫ばねばならない事に僕たちは気づくだろう。

日本文化の性格の一つとして俗に東洋的といわれている「無への憧憬」を挙げることができるが、この「無」は絶対の「無」ではなくて中断された「無」、次の始まりを暗示した「無」、立方体を成り立たせるべき種類の「無」であることを僕たちは知っている。むろんその原因が原始生活を農耕に依ったせいで、終結なしには開始がない、西欧の牧畜を通じて横につながりをもつ思考法に比較した縦の線であることも僕たちは知っている。たとえば泉をなつかしく汲むためには渇きが必要である様に、僕たちの祖先は桜を賞美するためにどれほど冬の季節を愛したことか。

この既知の繰返しが完成美をたしかめる性格と結びつき、能、狂言をはじめとするわが国独特の芸術を生みつけてきた。これはブロンズの芸術、もっと過言を許されれば鏡を前にした自惚れのつよい美少年の芸術性と言えそうである。鏡にうつる己れを見るときの少年の目は当然己れの目ではない。それは他人の目、拍手をもちあわせる観衆の目である。

しかし鏡にうつっている顔の目はどうか。それは何も見ていない。何も話しかけはしない。そこには主体性が失われていることに僕たちは気づくのである。

この事は牧畜に生活の因を依った西欧に演劇をはじめ、ダイアローグ性のつよい芸術が生れたことと考え併わせると、一層明瞭となる。つまり本質が存在の先にある、わが国では技術的な世界観が作品の価値を決めていたのである。こうした土壌から短歌もまた芽生えたのであるが——そして定型という一見決定的でさえあるような枷を負ってはいるが、短歌ははっきりとそのダイアローグ性によって他から区別されることができた。ポンジュの「人間は人間の未来である」という詩句を抽(ひ)くまでもなく、僕たちは自分を創作すること、自分の生涯になりきることが何よりの生甲斐であるとすれば、自分を価値づける尺度として当然他人が必要となる訳だ。そこで他者への呼びかけによって自己の存在を証明するジャンル、(無視も当然呼びかけである)としての短歌がわが国の血統正しい数多くの芸術の中で特異性を持っていることにきづくであろう。他人なしで生きてゆくことの不可能は「他人が認めてくれて始めて自分が何者であるかを納得する」という定理に明らかである。

たとえばサルトルに《出口なし》という戯曲がある。一つの巨きな石室に三人の死者がいる。一人は男、一人は女、そしてもう一人は半分女である。イネスが半分女である理由は彼女が男を愛せない、つまりゴムラの習性〔同性愛〕をもつ女であることによって説明される。観念的シチュエーションはこうして設定され、この中で三人はお互いに任意の一人を愛そうとしては残りの一人に「見られる」という意識がつよい。浮気女のエステルがいゝ例である。彼女はお化粧するためには鏡が必要であった。そこでイネスの瞳を借りてそれをするのだが、たゞ一人の男性ガストンは彼女を見ない。エステルはガストンのために己れを美しくしようとするのだからガストンなしでは化粧の理由がない訳だ。こういう台詞がある。「あたし達は最期まで一緒にいるんだ。」これは戯曲の話ではない。僕たちは最後まで一緒にいるかぎり、その存在証明をしてくれるのは無表情にしろ仮面のまゝにしろ、他者への呼びかけなしでは在り得ない。短歌というジャンルはそこでとりわけ「作者」の必要な、もっとくわしくは作者がおのれの存在を証明するためには第一の芸術である点、少なくともその起源では他の日本の芸術とは違っていた。

散文形式が法則に従うものと法則を創るものの対比によって問題意識を掘り下げるのにひきかえ、短歌には始めから「私」がある。「私」対アンチテーゼという図式こそ文芸様式によるアンガジェの最も確かなものではないか。

現代詩は読者を失い現代短歌は作家を失くしている。——一般的状況だけで判断していいならば僕にはそう考えられる。

現代詩のアナーキー化は「現代詩」という言葉の使い方にさえ戸惑いを覚えさせるが、観客を呼びあつめえない入場券の高さでは共通しているし、現代短歌は性急なエゴイスムからかかわりばんこに読者になり終には皆が読者になってしまって本当の作者を失ってしまった。しかし現代詩人達は必らずしもこの陥し穴の弊に気づいていない訳ではない。アヴァンギャルドたちはこゝで大衆との対決のためにポエム・オブジェの展覧会、また放送を通しての詩と前衛音楽との結合などのレパアトリイを組みはじめた。舞台から観衆を見、見ながら見られる。自分の存在証明を作品によって果すもっとも高踏的な手段を選んだ訳である。49号のVOUの後記では「われわれは目の前にある或る色のついた形をながめてみて——そこに椅子がある、という。しかしわれわれがそこに見たのは単に色のついた形なのである。もしこれが芸術家だったら恐らく彼は一気に椅子の観念にまで飛躍しなかったかもしれぬ。——彼は非常に高度の教育をうけた人間で大変な苦労をはらってこのように容易に椅子を無視する力を獲得したからである」とホワイトヘッドを引用してある。

はじめから僕たちは外部の事象とは無縁であった。「私」の内的、あるいは実用的必然によってその機能は創りだされる。惰性は決して許されるべきではない。だから短歌性の与えうる「私」性はアヴァンギャルド詩人達にはすでに態度として自覚されていると僕には思われる。むろん作品の首尾について性急に審判を下すことは僕の仕事ではない。

「荒地」「櫂」「地球」「歴程」（etc. この並列は無論正当ではないが、アヴァンギャルドにパンポエジイ、GALA、天蓋、JEUを加える程度には正当である）の詩人達は前述の色のついた形を既成の概念でもって椅子と認め、その「椅子」として在るものを鍛えることに熱中している。したがって「荒地」「歴程」などの傷痕多い詩人達の仕事に僕は興味をもたないが、「椅子」を鍛えて「私」を外から凝視する態度をもう少し見ていようと思うのだ。アヴァンギャルド詩人達が「私」を発見する行為の没入の中に私を見失って類型化するように、あるいはもっとはげしくこゝでは「私」がすりへらされているが、「よく見ればそれは動いている——」といった感じを僕は抱く。ここに、短歌性が与えうるものは、あきらかに「私」を再認識することだが、しかし早口の押し売りはもう少し待とう。

現代詩の一つの現象としてサークル詩、職場詩などの繁栄を挙げることができるが、これはもっとも平面的に短歌に類似しており短歌の短所を「与えられ」ている。作品の首尾を言うのではない、態度を言うのである。

これらの作品群は現代短歌と同じ位に作者を不在にし、そして信仰性を帯びている。短歌のダイアローグ性、アンガジェへの意志は舞台からではなくとも、どんなところからでも「私」を確立できる点にあるのだが同時に「私」に責任をもつ、全体に責任をもつことが前提となる。全体の感情に「私」を捨て去ったり、政治的（すなわち匿名的）であることは一見いかにもダイアローグ的でありながらその実、全体に対して最大の無責任であることに気づかねばならない。サークル詩、職場詩人達、そして現代歌人達は「短歌性」を一番欠いて、そして一番短歌的だ。

こゝに例を抽くまでもなくこれらに短歌が与えうるべきものは「私」の発見である。

抵抗の本質は対象を変えることに極まるのだから「私」を変えることよって全体を変えなければならず、そのゆえに短歌性の認識が必要なのである。例えば「人間の本質は善である」という十八世紀の哲学者達の考えを前提にする人があるが、どうして絶対の「善」という定義があるものか。「私」の発見とはこうした一つ一つの観念から、画一主義から人間を解放したいという意志を前提にする。

方法論としての韻律は短歌の自発的性格、その長さからいって不可欠のものではあるが、これが現代詩に与えうるものを口軽に言うことは僕には出来ない。

僕に言えることはたゞ「これから始まるものが本当に始まるものである」ということだけである。

《青銅》

『短歌』一九五六・三

2

ただひとつ
そんなわたしの不愉快は
かなしんでいるのに
かなしい事が起らぬことだ

夏のノオト

莢豆（さやまめ）がはじける音におどろいた　それが僕の季節なのだ　灣の方から裸足の少年たちがやつてくる　ぼくはそこでぼんやり考えて見る
雲は僕にとつて飛ぶ教室であつたがこの綠蔭は一體僕にとつて何であるか
僕はそこで目ざめる譯である　すると青空がハンモックを片づけてくれる　僕は寝呆けて百日紅（さるすべり）や花樗（はなおうち）や桑の實と自分を區別しはじめる　もはや僕がここにいることは明白となつた
葉越しに聲がかかる
マダムが夏のホテルでいまシャワーを浴びているのだ
「どう　昨日は勝てまして？」
僕は一寸まごついて
「何がです？」
マダムが大聲で笑い出す　シャボン玉がばら色にとびあがつて　それがまるで時間のように消えてゆく
「何がつてあなた　蹴球のことよ
戀のことなんか聞いてないわ」

僕はそこでにこにこする　なるほど僕は縞のジャス（ママ）をもつている（あれはすこし葡萄の汁でよごれていたかもしれないな）僕はそこで素早くごまかす
「ああ蹴球ですか　あれは勝ちました
僕はまた　戀のことかと思つた」
するとマダムはまたばら色のシヤボンを笑いながら飛ばす　こんどは消えない
そんな筈はない　絶對にそんな筈はないのだ　僕はおどろいて見つめている　すると
「あなた　何をぼんやり見つめているの？」
とマダムがとがめる
「シャボン玉ですよ　奥様」
するとマダムがかるく微笑して
「あらあれは揚羽蝶よ」
なるほど　よくみるとそれは蝶たちなのだ　僕はまつたく頬をあからめる
するとチョッキのよく似合う黒ん坊給仕があらわれる　僕とマダムの間にはいつのまにかテエブルがあつたので彼の出現は大變にあたりまえのことだつた　彼はおじぎすると小鳥のようにずるいウィンクをマダムに送つた
マダムは黒色が好きなのだろうか　僕は得意の大學生服と黒ん坊給仕の腕とを氣ずかれぬように比較する
すると「やア　恥かしいな」
と彼は快活に笑つた　僕は作り笑いして幾何原理かカレル・チャペクの短篇集のカットをめな（ママ）がら不氣嫌そうに
「海のヨットのせいですよ」という
これはすこし拙かつた　するとマダムがとりなしてくれるように

「そうなのよ　海のヨットのせいなのよ」
黒ん坊給仕はぎこちない賴もしさでアルバムのような料理表をひらく
「いつものでいいわ」とマダムはそれを見ない　これはいい傾向である
「はい奥様」
黒ん坊給仕は後じさつて扉をあける　すると扉の外はすぐに海なのだ　黒ん坊給仕はもうあらわれまい
マダムと僕はこうして向きあう　とどこからか少女たちが聲をそろえて
「ここにもいないわ」
「ここにもいないわ」
と唱つているのに氣がつく　少女たちもよもや魚類ではあるまいか
僕はびつくりしてかなしく
「ここだぞオ」
と大聲をあげる　けれども合唱はやまないのだ　ホールの食堂のがらんどうへ　僕はいきなり駈けだしてキックオフする　すると時計が落ちてくる
マダムは「あなたお強いのね」と　その時計をふんでやつてきて　やさしく僕を抱きしめる　僕は失神しそうになつてこのマダムの黒子をさがしはじめた　すると　黒ん坊給仕が海にすこしも濡れないで嬉しそうに入つてくるではないか僕は彼を嫌いである　彼はグラスを二つテエブルに置くとマルチニをすずしく注ぎこむのだが何ということだ　そのグラスには小さい一匹の魚が泳いでいるではないか
「あ　君」と僕が呼びかけるのと同時に彼も僕を呼んだ
「何だい」僕はハンカチをとりだして香水「レモンの耳」の匂いをそつとマダムに嗅がせながら聞きかへす
「社會氏から電話でした」

「社會君が？」
僕はいやな顔をする　ああするとこれは一體どうしたことだ　黑ん坊給仕もいやな顔をする　そして彼の顔は僕の顔なのだ　僕はびつくりして彼の顔を手でおさえる　すると何も見えない　ほんとうに何も見えない
僕は受話器をとりあげる　すると「マダム、おおマダム」と僕の切ない聲がするではないか　仕方なく僕は歩きだした　僕はもう何も要らない
そこで道ばたの人ごみの、ビーチパラソルや避暑客とはなれたところでねむつている鸚鵡（おうむ）にたづねた
「ねえ、君、僕は一體どこにゆくのだろうね」
すると鸚鵡はかすれた聲で
「海のヨットのせいなのよ」

『VOU』一九五五・七

マダムがシャワーを浴びる間に

シャワーを浴びるあいだ
若いジゴロをランニングさせて
おいて下さい

五月はギターだ
蹴球だ　小鳥の爆發だ　音だ
そうして僕は泥棒です
帽子をとつたらまず電話を
お食べなさいな

Ne Savez-vous pas danser?　〔踊りかたを知らないの?〕

さらば　おゝ

シャボンに戀唄をつけて
このミズーリをわたろうよ

『VOU』一九五六・一

ダイアナ

床屋で
首のまわりを剃られているぼく
鳥は
遠くの倉庫に翳をおとす

運送屋で
首を吊つた
首を吊つて
死んだ男がうたう
ダイアナ
おおダイアナ
波止場の雨が　ぼく
の生れた街

を洗いながす

床屋の鏡
ぼくの遠い路上で殺戮された
鶏の羽根が無数に吹きよせられ
羽根が羽根を分娩し
羽根が舞いあがり
まつくらな床屋の鏡のなかの
はてしない闇で
ぼくの喉　剃刀をあこがれる
床屋の鏡のなかへ
だれかが捨ててきた赤児が泣く

首を吊つて
首を吊つた
運送屋で
縄は麻づくり
死んでうたう
ダイアナ
おおダイアナ

樽がうたう
おおダイアナ
地下鉄の壁がうたう
縄がうたう　天井がうたう
おおダイアナ

床屋の鏡に
毛が生える　手で撫でると
まつくらに　無数の毛が密生して
はてしない夜の鏡の天体
一つの星に　ぼくの喉は呼びかける
あのはるかな　一つの星を爆破するためには
この鏡の枠をくぐりぬけてゆくためには
ドラム罐が入用だ
ドラム罐　ドラム罐
ドラム罐のなかで　血は立つたまま眠つている

首を吊つて
首を吊つた
死んで笑つたその男

父の豚め
父の豚め
ぼくの瞼のうらがわで　玉葱が
怒りで発芽する
おおダイアナ
父の豚め
おおダイアナ

ぼくの　積みこまれた　トラックが疾走してももう　どんなに遠くまできたかと思つても　やつぱり床屋の鏡のなかにうつつているままならば致し方なし　鏡の枠に縄を吊り　ぼくも歌え　ダイアナを

曇つた床屋の鏡に
無数の鶏の羽根がひしめき溢れ　そこへ牡牛のように　ぼくがドラム罐をかついで後むきにうつされる　すこし傾いて　闇に浮かびながら　遠ざかる　消える
ぼくの顔を鏡のなかにのこして
顔だけを鏡のなかにのこして
おおダイアナ
おおいつまでもダイアナ

『現代詩』一九六〇・一

タバコ・ロード ——BLUES OF KILLER

1

アルを裏切つてきた　罐切りに血がついている　アルはステッフィを売つたからだ　バケツが猫の毛に蔽われている　アルとは誰か　ステッフィなんているのか　電柱に十一月のさかさにぶらさがつた風だ　さよならしてきてふりむくと　公衆便所で便器が叫んでいる　遠い町での出来事さ　ぼくには何事も関係ない　立ちどまつて煙草に火をつける　すると背後で町じゆうの便器たちが一せいに叫びはじめる。

2

空が
部屋へ入るとすぐあつたり
する

疲れた
手の上に
十一月のレモンがある
これは終着駅だ
かえりつくまでには
さよならが
もうあと何べん
いるだろう

3

きみに地下鉄の切符をあげよう　おととしのやつだ　おととしの電車を待ち呆けて老衰したやさしい母よ　この遊動円木のある公園にも　おととしの電車はゆつくり走つています　ただ違うのは　もう止らなくなつたことだけだ

4

隣人が
日毎にどこか変つてきた
と言いにきて

男は
ぼくを見てぎよつとして
帰つていつた

乾いた
冬田をはさんで
男が眠つているとき
ぼくは剃刀をといでいたりする

まもなく男が
隣人の様子がどこも変つてない
と言いにきて
土産の種子をおいていつた
そのときから　男は
どこか変つていた
と思う

ながい冬のあいだ
ぼくはその種子を手でぬくめていた
だから

ぼくが発狂したのは
彼よりあとのことなのだ

『現代詩』一九六〇・三

わたしに似た人

あなたの思い出

犬になつてしまつた
のである
いつからだか知らないが
犬になつてしまつた
のである
私はしみじみとみつめる
その犬

しかし
だれが一体犬になつてしまつた
のであろうか

犬になる前
あなたは私の知人の
だれでしたつけ?

私はながめまわす
私のおしやべりな妻
私の内気な息子
工業学校の会計をやつている従弟
動物病院長の叔父　そして
いつも計算尺を使つている
恋人
みんないる
みんなちやんともとのまま　だ
では
犬になつてしまつたのは
だれなのか
訪ねてきた赤毛の雑種犬は
いつたい　何者なのか
私はしみじみと
その犬を観察する

だれだかわからないからか
それとも
犬になつてしまつたからか
私は
とにかくさみしい

私のなかに
あなたの思い出はない
もしもあなたのことを
思い出すときは　たぶん
他の事を全部
忘れてしまうとき
私自身が　町角で

ワン　と吠えるとき
ワン　と吠えるとき

恋人が死んだ

恋人と

公園のベンチに腰かけていたときだ
突然
新しい言葉を発見したのは

マダガスカル島語よりやさしく
ラテン語よりまるく
意味がないようで　有り
鳥にだつて絶対
わかりやしない

外国へ行つたみたいね
と
恋人がその言葉で言い
わたしは言語学者のように　それを
解釈し　鑑賞した
ところがある日
その恋人が
市電から落ちて
死んでしまつた
木の葉がバケツにいつぱいで

公園にのこされた
わたしはひとり……

新しい言葉で
話しかけても牛乳配達夫は
首をひねつた
子供たちは笑いころげ
ベーカリーでは　パンを
売つてくれない

わたしは図書館で調べたが
その言葉の項はなく
だれにもわかつてもらえないということ
がわかり
言葉と泣いた

もしも
べつの恋人を作つたら
新しい言葉が通じるかもしれない
と

精神病院の帰りにわたしは思い
電車の中で
女学生に微笑したら
女学生も微笑したので　近寄つて
新しい言葉で
話しかけると
女学生は遠くを思い出すように
首をかしげた

わたしはいつそう
声高く
新しい言葉でまくしたてた
新しい言葉でまくしたてた
女学生は首をかしげ
市電は
海のほとりをすぎ
博物館の前をすぎ
なみだはながれ
それでも
それでも声高く　泣き出しそうに

両手ひろげて話しかけた
新しい言葉で
新しい言葉で

生れた年

肖像画に
まちがつて髭をかいてしまつた
ので仕方なく
髭をはやすことにした
門番をやとつてしまつたから
門をつくることにした

一生は
すべてあべこべで
わたしのための
墓穴がうまく掘れしだい
すこし位早くても
死のうと思つている

恋人ができたから
恋をし
海水パンツを買つたから
夏が突然やつてきたのだ
と
思うことがある

小学校の頃から
いつもすこしづつ　人より
遅れたものだ
半鐘が鳴りだしたから
あわてて放火したり
包帯があるから
あわてて血を流したり

そして
中年になつたから老けて
順応について考察し
ズボン吊りを上げたりさげたり
しているのに

ただひとつ
そんなわたしの不愉快は
かなしんでいるのに
かなしい事が起らぬことだ

この数年間
わたしはかなしみつづけ
それから耳をすまして
待つてみたが　かなしみは
やつてこない
かなしみのやつ
挨拶の仕方を忘れたか
と
わたしはふとつた腹をなでながら
ありあまる人生を
ただひたすらに
かなしむことによつて
かなしむ
という
ことにしているので

ある

バナナ・トレイン

一人の男がピアノを弾き終つたところからまたべつの男がつづけて弾く
一人の女がお祈りし終つたところからまたべつの女がつづけてお祈りする

叫び終らないうちに
またべつの一人がつづけて叫ぶ

一つの点はすぐ線にかわり　線はみるみるうちに巾広い流れにかわる　心のなかで

すべて終りのないくりかえしなのでわたしはわたしであたしであることによつてわたし以外の人に引継がれる

ああ
わたしの失つたものをすぐ誰かが見出す
わたしの捨て去つたものをすぐに誰かが拾いあげる
あの空の
波打際の青さのなかに

まだ終らないうちに青春をひきつがれてしまつたもうひとりのわたしが立つている
わたしは歌
どこまでもかわらないひとつの歌
そして一つづつの記憶の停車場に
とりのこされてゆくからつぽ
それでもわたしはつづき
つづきのつづき
もう決して止むことのない
かなしい歌
こころはひたすらさかのぼり
からだはぼんやり外套のまま
煙草に火などをつけている

なにかを忘れたふりをして
なにかを忘れたふりをして

『現代詩』一九六一・一〇

わたしに似た人

詩人の理由

ある日
気がつくと　言葉を一つ失くしていた
さあ大変
虫眼鏡で探してみても
見つからないのだ
図書館へ行き
言語辞典をことごとく調べ
A から ZONE まで
〈亜〉から〈腕力〉まで
ラテン語からモウモウ語まで
くまなく探してみたが

わからない
彼の失くした言葉がもしも
見つからないなら
彼に恋について語ることもできないし
彼の死亡通知にだつて
欠字ができるに決まつている
と不安になり
勿論　結婚してからのコミュニケーションにも自信がもてず
独身のまま
言語学者になつたという

彼の記憶の屑の屑をあつめても
ほんの簡単な
その
一つの言葉が見つからぬまま
インドにも渡り
原子計算機による言語分類も試用し
五十年経つたが
結局
その言葉は見つからぬまま

彼は死んだ

死ぬとき
彼は言つた
「ああ、そうだ。いま思い出した」
彼の生徒である学者たちがびつくりしてきいた。
「何です？」
彼はさみしく微笑して
「何だ、こんなやさしい言葉だつたのだ」
と言つて
死んだ

その言葉が
いま私ののどをついて出ようとしている
やさしい
たつた一つの言葉！
せめて
そんな言葉の一つ位

あつてもいいのでは
ないだろうか

鱒

鱒は言葉を泳ぐ
わたしがそれを読みとるのはずつとあとになつてからだ
だがそのときはもう手遅れで　オースチン氏は自殺してしまつていたり
石油会社の株価は暴落してしまつていたりするのだ
わたしの鱒は
新しい言葉を泳ぐために
いつもプールにはじつとしていず
わたしはいつも月遅れで
鱒の予言を受取るのである

要するに
この鱒は散文を泳いでいるにすぎない
明日の生甲斐を読みとらされてたまるか
と

わたしは下男と二人
この鱒を殺して食べた
古い事件にソースをかけて
他人の息子を一人招待し
たらふく食べて
安心することにした
「死んでしまえば鱒も一つの言葉だ」
シューベルトを聴きながら
わたしと下男と
他人の息子は
それからいつぱい
笑いあつた

ただそれだけのことである
そのほかには何もない
しかし下男がわたしに言つた
「こんどは樹です
樹は言葉をそよいでいる　読みとりましようか、それとも………」
と。

読むために
樹の番したつて何になる?
追いついたときにはすべて終つていて
どうせわたしたちは
言葉に遅刻するだけだ
生れた年からこのかたずつと
予言に遅刻のしつづけだからね

「樹伐つたなら
次は何?」
とわたしはきいた　すると下男が青い顔をした
「わたし自身が………怖ろしい」

誇りと探検

十人の大学教授が集まつて
十回大激論を交したすえに
地図の上に
小さな胃袋みたいな島を
発見した

という
その島が
実はわたしの寝室にある

だから
わたしは毎日
その島へ旅行にでかける
わたしが旅行にいつてしまつて居ないのに
訪問者はわたしがそこにいると思つて
空つぽの椅子に向つて
話しかける
わたしを訪問してくるのは
大抵背広を着た犬である
犬達はみな名刺をもつていて
奇妙に笑いながら政治の話などをする
そして
わたしがそこにいるかいないかの区別もつかず
ただしやべりまくるだけだ
そこでわたしは寝室のドアに

「旅行中」という貼札をしてから
出かけることにする
島はいつでも
すばらしい
島では男はみんなで犬を殺し
犬をスープにしてのむ
わたしは自転車にのつて
一日中島をまわり
女はみんな犬のようにチンチンして蹤〔つ〕いてくる
島の男はみんな詩人で
島には精神分析学などはない
島はいつでも夏休みで
わたしだけではなく
みんな地上で泳ぐかたちをする
だからわたしも
いつのまにか寝室の
ベッドの上で泳ぐかたちを
する

訪問してきた背広の犬と

とりみだした家族の犬は　ドアの前を
いつたりきたりしながら
わたしの旅行の真意を知らず
まるで顔のないかなしみみたいに
尾をふりあつて
絶望する
愉快なことには
犬には旅券が下りないのだ

『現代詩』一九六一・一一

ボクシング

1　隅田川

彼女は深川に住んでいるテレビ工場の女工であった。

私は偶然のことから彼女と知りあいになり話しあっているうちに彼女が好きになった。

彼女はテレビ工場につとめている癖に電気工学などには全く無知であり、自分の作っている部品がテレビのどの部分の役割を果すかにさえ全く無関心なのであった。

橋の下には隅田川が流れていた。

私は彼女のために恋人を探してやりたいと思って、どんな青年が好きかと訊ねた。

彼女はこたえた。

「強い青年が好きだわ」

橋の下には隅田川が流れていた。

私と彼女は「強い」ということについて話しあった。それは場末の映画館の渡り鳥シリーズの主人公ともちがっていた。

権力者になることとも
決して老いない心臓の持主となることとももちがっていた。
橋の下には隅田川がながれていた。
私たちはいつもこたえが出ないままに別れたものだ。

安保闘争もすぎ
一つの眠りから醒めた若者たちは、またべつの眠りにおちこもうとしている。

自分自身の変革なしで体制の変革をゆめみようとするものはゆめの熱さに火傷するばかりだ。

私はアパートの階段に腰をかけて、ぼんやりと遠くの工場の灯を見ていた。

そしてふと彼女に手紙を書こうと思った。

「強さについて考えることが
強くなることではなかったでしょうか」

橋の下には隅田川がながれていた。

橋の下には隅田川がながれていた。

ノオト
森秀人の「なにさ、という理論」と題されたエッセイのなかで、森秀人と女工さんが知りあいになって眠狂四郎論議などをやる件りを面白くよみました。冒頭の二行は森秀人のエッセイを参照したことをお断わりしておきます。

2　血と灰

工場からのきみの葉書の感傷は川に忘れてきて眠るべし

手の中で熱さめてゆく一握の灰よりにがきにがき闘志か

冬の犬コンクリートににじみたる血を舐めており陽を浴びながら

目のさめるごとき絶望さえなからむ工場の外の真青な麦

〈サンドバッグをわが叩くとき町中の不幸な青年よ　目を醒ませ〉

アパートの二階の朝鮮人が捨てし古葉書いまわが窓を過ぐ

いたく錆びし肉屋の鉤を見上ぐるは夢の重さを量りいむ子ぞ

3　約束の土地

工事場のコンクリートの壁から

答をさがしてくれるのは誰だろう
鉄道構内の鳥の巣から
学校の古い世界地図から
答をさがしてくれるのは誰だろう
屠殺場の塀から
公園の緑から
恋人たちの抱きあった腕から
答をさがしてくれるのは誰だろう
質問はかぎりなくふえてゆくのに
答はいつでもたった一つなのだろうか

そんな私の頭上めがけて
血をふくように朝はやってくる

4　日本人

怒りこめて何ふりむくや川向うの工場の灯一つずつ胸に消え
冷蔵庫のなかのくらやみ一片の家長の父の肉冷やすべし

ジュークボックスにジャズがかかればいつも来るポマード臭ききみの悪霊

田園に母親捨ててきしことを血をふくごとき思い出とせむ

暗闇に朝鮮海峡荒れやまず眠りたるのち・・・喉かわき

戦艦にあこがれいしが水甕に水充たりしおり家の深きに

5　手紙

青年について書こうと思っていたのです
ユリシーズのような雄大な叙事詩のかたちで、昨日失ったものを今日回収しよう、というのがぼくの念願でした
でも、それは結局未完のままです
ぼくは夜になるときまって、自分の頭上で橋を架けるような音を耳にするのです
多分　あしたぼくは自分自身で橋になってしまうかもしれない
だがしかし、誰がそのことを証言してくれることができるでしょうか

6　五時の影

架かりゆく未完の橋に山羊つなぎたそがれにまた帰りくるべし

選ばれてゆくとき墓の裏が見ゆ青年時代を何にて劃(かく)さむ

跳ぶまえに見る指導者は麦青む村の低地を引きかえしゆけ

さみしくて西部劇へと紛れゆく思想が馬となりゆく　きみら

縊(くび)られて一束の葱青かりき出奔以前の少年の日も

天理教の一団が過ぎ曇天の肉屋の玻璃にわが顔のこる

心臓のなかのさみしき曠野まで鳩よ　航跡暗く来たるや

『短歌』一九六二・二

3

調子のいいこととおしゃべりだけが売り物で数十年俺は
青春煽動業をやってきた。

洪水以前

地下水道いまは一羽の小鳥の屍漂いていむわが血とともに

青空と同じ秤で量るゆえ希望はわかしそら豆よりも

空をわが叔母と呼ぶべし戦いに小鳥のように傷つきしのみ

わが耳のなかに小鳥を眠らしめ呼ばんか遠き時の地平を

ひまわりの見えざる傷のふかくとも時はあてなし帆船のごとく

空は本それをめくらむためにのみ雲雀(ひばり)もにがい心を通る

一本の樫の木やさしそのなかに血は立ったまま眠れるものを

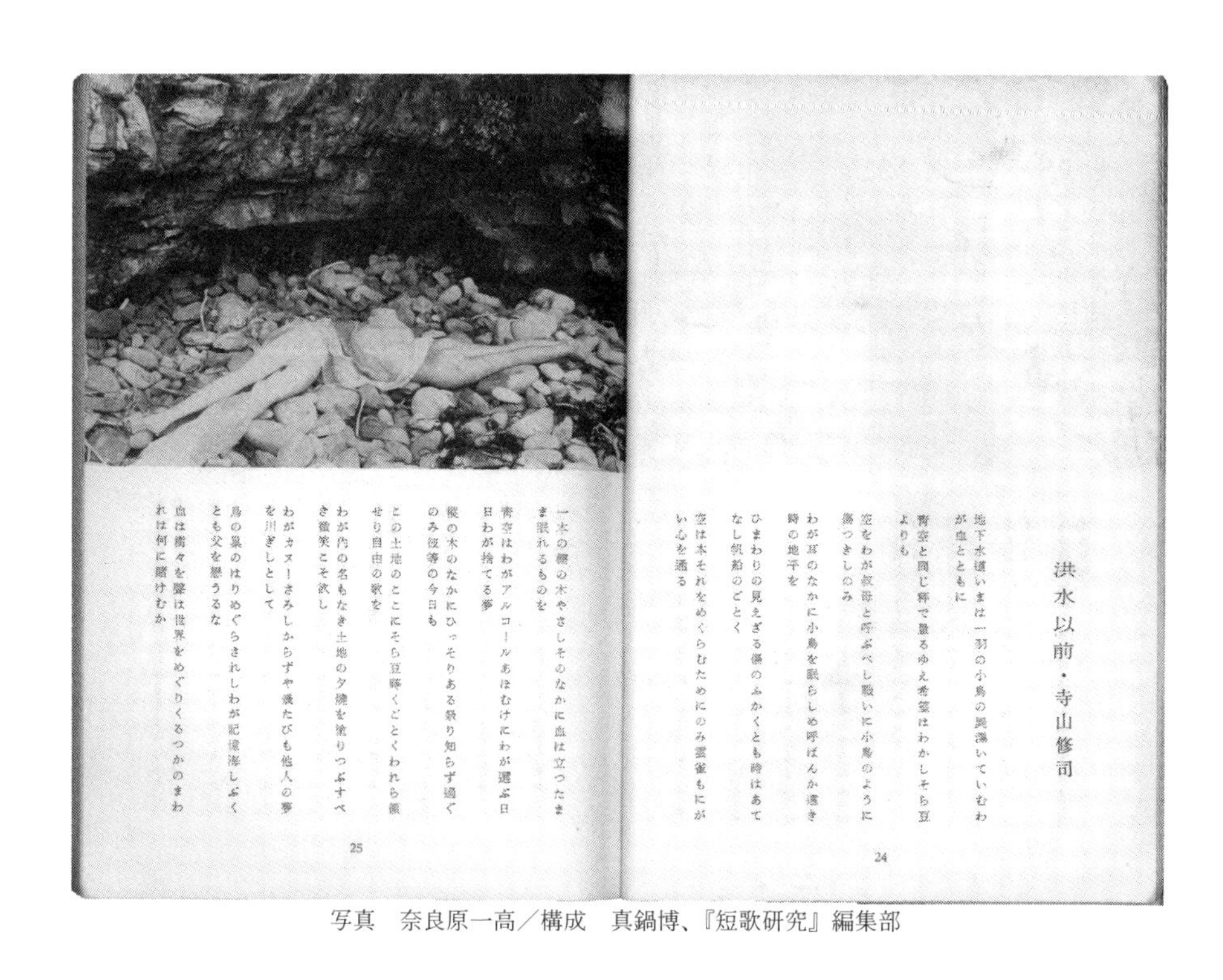

洪水以前・寺山修司

地下水道いまは一羽の小鳥の屍漂いていむわが血とともに

青空と同じ秤で量るゆえ希望はわかしそら豆よりも

空をわが[illegible]と呼ぶべし[illegible]いに小鳥のように[illegible]つきしのみ

わが耳のなかに小鳥を眠らしめ呼ばんか還き時の地平を

ひまわりの見えざる側のふかくとも時はあてなし帆船のごとく

空は木それをめぐらむためにのみ雲雀もにがい心を通る

24

一本の樫の木やさしそのなかに血は立ったまま眠れるものを

青空はわがアルコールあほむけにわが選ぶ日日わが捨てる夢

樅の木のなかにひっそりある祭り知らず過ぐのみ彼等の今日も

この土地のここにそら豆蒔くごとくわれら領せり自由の歌を

わが内の名もなき土地の夕焼を塗りつぶすべき微笑こそ欲し

わがカヌーさみしからずや幾たびも他人の夢を川ぎしとして

鳥の巣のはりめぐらされしわが記憶海しぶくとも父を戀うるな

血は樹々を聲は世界をめぐりくるつかのまわれは何に賭けむか

25

写真　奈良原一高／構成　真鍋博、『短歌研究』編集部

青空はわがアルコールあほむけにわが選ぶ日日
わが捨てる夢

樅（もみ）の木のなかにひっそりある祭り知らず過ぐの
み彼等の今日も

この土地のここにそら豆蒔くごとくわれら領せ
り自由の歌を

わが内の名もなき土地の夕焼を塗りつぶすべき
微笑こそ欲し

わがカヌーさみしからずや幾たびも他人の夢を
川ぎしとして

鳥の巣のはりめぐらされしわが記憶海しぶくと
も父を戀うるな

血は樹々を聲は世界をめぐりくるつかのまわれ
は何に賭けむか

わが内に獸の眠り落ちしあとも太陽はあり頭蓋をぬけて

楡〔にれ〕の木のほら穴暗し空が流す古き血をいれわが明日をいれ

われを裁く楡の葉午前のそよ風たち悲しみよりはむしろ明るく

たそがれの空は希望のいれものぞ外套とビスケットを投げあげて

小鳥發つ羽音のたしかさ地下鐵にいま數千の時は眠れど

大いなる夏のバケツにうかべくるわがアメリカと蝶ほどの夢

子鼠とわれを誕生せしめたる一塊の土洪水以後の

わが埋めし種子一粒も眠りいむ遠き内部にけむる夕燒

小鳥の屍けだものの愛われの歌それら漂いくる空の今日

わが領土ここよりと決む抱きあえばママンのなかの小麥はみどり

海のない帆掛船ありわが内にわれの不在の銅羅鳴りつづく

空駈けるカヌーとなれと削りいし樫の木逞まし愛なきわれに

しずかなる車輪の音す目つむりて勝利のごとき空を聴くとき

理科室に蝶とじこめてきて眠る空を世界の戀人として

わが空を賣つて小さく獲し希望蛙のごとく汗ばみやすし

屠りたる野兎ユダの血の染みし壁ありどこを向き眠るとも

『短歌研究』一九五九・一

零年

公衆便所に
一匹の猫をとじこめてきて
ブルースを唄う
電柱のなかで
血はアフリカをゆめみる

写真　金森馨

男たち　壁に頭をうち
男たち　ウィスキーの瓶に灰をつめ
男たち　喉をひき裂き
男たち　空罐蹴とばし
男たち　洗面器にざり蟹飼い
男たち　トランペットの穴覗き
男たち　汗を哄笑し
男たち　壁に爪で言葉を彫り
男たち　テーブル投げつけ
男たち　シャツを毟〔むし〕り
男たち　抱きあい
男たち　コンクリートにのたうち
男たち　首吊り

おれのひき裂いた喉ふかく
おれの孵〔かえ〕る空は見えない

地下鉄は車庫へかえる
地下鉄はおれの血のなかにかえつてくる
小さな洗面器よ　アフリカよ
おれの頭上で街が灯ると
毎日まいにち
おれはやさしく発狂するのだ

地下鉄は車庫へかえる
地下水はおれの血のなかにかえ
つてくる
小さな洗面器よ　アフリカよ
おれの頭上で街が灯ると
毎日まいにち
おれはやさしく発狂するのだ

『現代詩』一九六〇・二

ロバから聞いた　――くたばれ、恋愛論　第1集

♡第一課以前のこと

最初にやってきたのは、痩せた男だった。

彼はドアをあけるなり事務所いっぱい響いているモダン・ジャズにぶんなぐられたように棒立ちになった。

「あの……」

と男はおどおどして、

「新聞の広告を見てきたんですが……」

と、いかにも田吾（たご）い、東北訛りで言った。

「寺山修司恋愛問題研究所ってのは、ここでしょうか」

「ああ」

とおれはうなずいた。

「ここですよ」

男はおびえたように事務所のなかを見まわして「坐っても、いいですか」

とおれにきいた。とり乱しているな。

「さあ、どうぞ」

おれは椅子をすすめた。「どうしたんです？　失恋ですか？」

男は首を振った。そして、それからモミクチャのわが社の宣伝ちらしを出して読みだした。
一、世の男性諸君に告ぐ。
見染めてからキスまで二十分。

キスからベッドまで五分。

合計二十五分で、見知らぬ若い女性を獲得する方法について相談に応ず。
一、世の学生諸君、きみたちはチャンスのなさをなげいてはいないか。
また、きみたちは性器卑小その他のコンプレックスなどをもってはいないか。

きみたちは恋のため美しい言葉をさがしてはいないか。

すべては丸ビル内恋愛問題研究所のドアのノックによって解決されん。

但し、当研究所での取扱いはすべてアマチュアを対象とする。

「大丈夫。おれたちのは、もてない男たちに売春婦を紹介しよう、ってのとはわけがちがうからね。あんたの方で、勝手に惚れた女を獲得するために、こっちは良策を売るって商売さ。無論、人生相談なんてのともちがって、理屈は言わないで、ズバリ具体的に方法を教えてやる。本質より存在が先行するってやつでね。

あははは」

くたばれ、恋愛論　第1集

ロバから聞いた

文・寺山修司　フォトカット・細江英公

♡第一課以前のこと

♡イージーオーダーの手練

♡説明終り

寺山修司

細江英公

フォトカット　細江英公

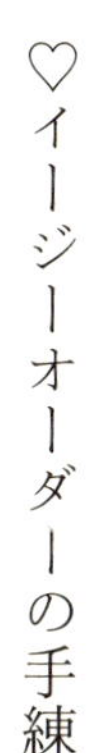

♡イージーオーダーの手練

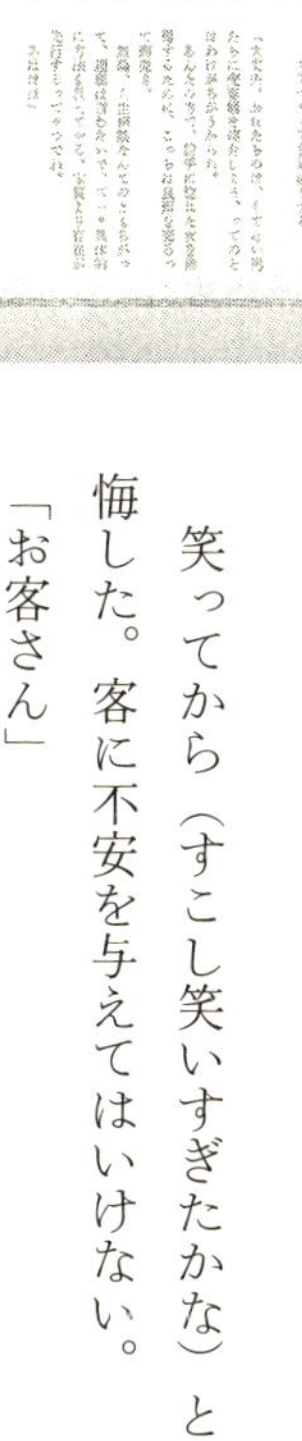

笑ってから（すこし笑いすぎたかな）とおれは後悔した。客に不安を与えてはいけない。

「お客さん」

とおれは真顔になった。「たいてい、恋愛論なんざ、女にもてない奴が書くもんだぜ。

ペラペラの紙にペンでかいた恋愛論なんざ山羊にくわせてしまうんだよ、お客さん。女にもてるには、ファンキーに、実践しなければ意味がない。

いいかね。こう言っているおれの方法がいかに成功し、いかにおれが女にもててるかってことをまず証明してあげよう」

おれはヒュイと口笛を吹いた。

ドアがあいて事務員がお茶をもって入ってきた。

それを見て男はぎょっとした。

事務員はビキニスタイルの女の子である。

「この研究所ではね、事務員から交換手、レコード係りまで、全部女だ。そしてどの女も全部、おれに惚れていいてね」

とおれはにやりとして、

「おれの言うことなら何でもきくことになっている。研究所が合理主義を無視していないってことはね、所長が現にもてているってことが重要なんだよ。それに次の部屋がコレクション・ルームだってことでもよくわかると思う。いいかね、ほら」

と、おれはブザーを押した。部厚いスクラップブックをもってべつの女が入ってきた。「このお方に、ちょっと業務内容を見せてあげたまえ」

「はい」と女は素直にスクラップブックをひらいた。

「税務署の方ですの」

「いや」とおれは男を見もせずに言った。

「これに入っているのは全部、ことばですよ。つまり当研究所員の汗と涙で貯わえた実用的言語、神宮外苑その他で、男が女から最初のキスを奪うときに言ったことばを集録したものです。パーセンテージ順に配列してあり、そのときの男と女の心理まで一応ちゃんとカンぐってある。きみ、ファンキーってのは科学ですからな、ははは」

♡説明終り

「それからこっちは振付けのスクラップ。どの角度から肩に手をまわすと一番成功率が高いかを図解してあります。

これも無論、被体験者の女性一万人のひそかなる告白と、男性七万人の記憶によってこしらえあげたデーターでしてね。

チャップマン報告、キンゼイ報告、謝国権（しゃこくけん）の研究らのそれをはるかに上まわる機動性をもっているのがうちの社の誇りです。

つねに、具体的に、しかも実際的に工作して、たとえば彼女のなかにもやもやとした恋ごころがわきあがるためには、当研究所員が彼女のアパートの窓の下で霧まがいの煙をたくとか、気づかれないように音楽をならすとかします。

お客さんを、多血質、粘液質、憂鬱質、神経質、運動質に分類して、こっちの手も変えるわけですがね、……まあ、お見かけしたところ……」

「いや」と、男はたまりかねたように言った。「私には妻子があります」

「構いませんよ」

「あなたは何か、勘違いをしていらっしゃる」

「何をです？」

すると男は言った。

「私は客じゃないんです」おれは、何だ、という顔をした。

「私はこのビルの管理人の小野ってものですが……業務内容についてききに上ったわけなんです」

馬鹿野郎！　おれはひやかしだとわかるとかっとなって、簡単にその男を射殺した。

男は……死んだ。

「何て下らないんだ」

すると女が言った、「仕方ありませんわ。始まったばかりですもの」

「そうか。

次週からがたのしみって訳だな」

『週刊　生きる女性』一九六一・一・五

年上の女　――くたばれ、恋愛論　第二章

♥まず……

「浮気したいんですが、どうしたらいいでしょうか」

と男がきいた。

見ると年の頃十七、八歳の詰襟を着た一見生真面目と思われる学生である。こんな男は分類すると憂鬱質にはいる。多分、喫茶店でベートーベンに頭をかかえこみながら人生の本質を考える手合にちがいない。こんな奴はおれのもっとも苦手とするタイプって訳だ。眼鏡のフチのひかり具合をみていると、どうも「恋愛論」をよみすぎた……って感じがする。

「いいかね」

とおれは言った。

「あんたは病気だ」

病名は孤独性躁鬱病の浮気夢想症ってことになる。これは恋を恋するのと同じくらいいまの若い連中には多い病気でね。

フォトカット　細江英公

「まあ、掛けたまえ」

♥治療法

「性欲はあるかね」

「あります」

「趣味は？」

「読書です」

「どんな本をよんだの」

「カントと西田哲学です」

「他には？」

「サザエさんです」

「読書の他には？」

「レコードコンサートへいきます。モーツァルトが好きなんです」

「すきな女性のタイプは？」

「年上の女の人です」

「どうして浮気がしたいの？」

「ラ・ロシュフコオは言いました。貞淑は情熱の怠惰である……って。

ぼくは情熱家になりたいんです」

「きみの父さんの月給は？」

「そんなこと……」

「恥かしいの？」

「二万四千円です」

「性交の経験は？」

「ありません」

「ラブレターをもらったことは……」

「一度だけ」

「何てかいてあった？」

「受験の成功を祈りますわ……」

頓馬め。とおれは思った。

大体、妻も恋人もいなくて浮気がしたい、って言うのは生意気きわまる。よくみれば詰襟の肩にフケがついている。

「きみ」

とおれは言った。

「きみにはビートニックなんて理解できないね。無理だよ」

「なぜですか」

「ビートの恋愛事典にはね『浮気』なんて用語はないんだよ。いいかね、貞淑がないから浮気もない。一人と恋愛中は他の女のことは忘れているんでね。浮気ってことばはあてはまらないんだよ」

「しかし」

とカント学生が言った。

『あなたのところのチラシには、恋愛についての相談なら、できないことはない、ってかいてありました。ほのぼのとした感情ぐらいつくれないことはないでしょう」

「それは無論、できないことはないがね」

「では、浮気させて下さい」

♥その処方箋

おれは、その学生をよく見まわした。辞典通りに浮気することがお望みなら一丁、特定の相手をみつけてやらねばならん。

それからその特定の相手をいやになって、べつの女に気がうつる。それが浮気ってやつだ。

しかし、大体、百人の女とできていても浮気じゃないって男は立派だが、こんな腰抜けインテリは、はじめっから浮気を所望しているってんだからタチがわるい。

まず、とりわけイヤな女をつけてしまうことだ。それからすこしましな女をつける。

すると当然、気が少し移る。それで成功だ。浮気って概念は誕生するからな。

こうした学生には……室内療法と、室外療法とどっちが効くだろうかしらん。

顔にニキビが七十八、そばかすが三つ四つ。本のよみすぎですこし猫背。まあ、外へつれだしてもよくある学生タイプで女にはもてそうもない。

ちゃんねえ族には一番敬遠されるタイプだ。

一つ、室内療法といこう。

体重測定と身体検査、発育は健全。腎臓も陰嚢も健全。

♥実践記録

人間に一つの感情を生まれさせるのなんて簡単なことだ。ただ、いつも盛り場でやることをこんどは室内でやるだけのことだ。

期限は一週間。軟禁状態にちかい方法をとる。

四畳半の一間。壁にピンアップ写真を一杯貼っておいて、そこにその学生をおしこめる。食事には毎食卵七個と肉二〇〇グラムにセロリとアスパラガス。

配食にいくのは、一見醜悪な七十歳の老婆。

学生はよむ本がないから毎日栄養をとって壁のピンアップを眺めている。しだいに性欲が昂進してくる。マスターベーションに思いつく頃、見張っていた男がドアをノックする。学生はすっかりセックスノイローゼになる。

三日目、そろそろ夢精の危険が出てきたので、配食係りを、前よりほんの幾分ましな五十女に変える。

学生の顔の変化を記録する。

あきらかに興味を示している。

四日目、ふたたび七十歳の老婆を配食にやる。

学生の顔に、あきらかに失望の色。

この日から室に、趣味の図書をいれスピーカーでベートーベンの第九をきかせる。

学生はこの曲の英雄的な感じから、一層、あらあらしくなってくる。

五日目、四十五歳の女をショートスカートに薄いブラウス、ノーブラジャーで配食にやり、しばらく部屋に入りこませておく。

照明の具合で、年上の女、ということぐらいしかわからないが、ちらちらさせる腰の動きに学生たまりかねて襲いかかる。

四十五歳の女にはわが社から金を払ってあるので、ほんの少し抵抗するだけ。

「恋人になってくれるんじゃなくっちゃいや」

と女に言わせる。

学生うなづいて襲いかかる。この女は元赤線出身の姥桜［うばざくら］である。

❤そして……

あくる朝、学生はあきらかに自己嫌悪を感じている。

それを確認しておいて、スピーカーで出所許可を出す。

学生はだまされたような気分で、しかし一刻も早くここを出たい気持で階段を下りてくる。

階段の下の、つまづきやすいところにバケツがある。

学生がつまづく。

「あら。」

とセーラー服の女学生がふりむいて、顔をあからめた。学生もあわててバケツを直そうとして、その女学生の顔を見て、

「きれいだな」

という顔をする。

ザッツ、ＯＫ。

おれは学生の肩をポンと叩いて言った。

「きみ、これがきみのいわゆる〝浮気〟っていうやつさ」

『週刊　生きる女性』一九六一・一・一二―一九

キス、キス――くたばれ、恋愛論　第三章

♥ある日

いつだって構わない。昔ならさしずめ暦をひらいて年寄りがいい日をさがしてくれたところだ。もっとも、さがしてくれなくとも年寄りが言うところのいい日位は字が読めさえすれば俺にだってわかる。

いいかね。

暦のすみっこに曜日や数字のほかに「先勝」なんて字がかいてある。辞典をひらくと「先勝日、家で急用、訴訟などには幸運」とある。

つまり別ればなしを裁判所にもちこむにはいいが、デイトには不向き、ってことになる。

年寄りは必らず、

「こんな日に何も見合いをせんでも……」

とくる。

まして「仏滅」の日でもあろうものなら、デイトは無論、電話も駄目、手紙も駄目ってことになる。そこで俺たちはわるいけどそんな暦は買わない。買いたがる年寄りもいらない。

もし、どうしても縁起をかつぎたがる年寄りがいたら、そのおかげで女の子にもてなくなることは、もうわかりきっているからである。

なぜなら年寄りはいろいろとイカさないことに口出しをする。だんだんそいつは口の利き方が田舎くさくなり、梅干しとハッカとどっちが歯にしみるか、とか、カメノコタワシとトクホンとどっちが安いか真面目に考えたりするようになる。年寄りの知恵なんて、いまじゃ一貫目にしてもダウ平均よりずっと安い。

だから年寄りはすべからく捨てることである。姥捨ての方法についてはいろいろあるが、とにかくどうでもいいから捨てるべし。

俺たちには全体、という核と、個人という核があればいい。女の子にもてるには、その他のごちゃついた「家庭」とか「会社」とか「親類」とかいった雑念を捨てることが第一。まず年寄りを捨てることだが、これはたとえ生みの母でも仕方がない。

さて、そして「ある日」である。

「ある日」とは当然、毎日である。

♥ある場所

おれの友だちに変った奴がいて、そいつは週一回必らずおなじ夢をみる。

お風呂場の夢で、入っているのはぜんぶ美少女だということである。

おれはこの「美少女」という発想が風変わりだと思うんだが、そいつにとってはピチピチした子でもない、ベビーグラマーでもない、お嬢さんでも女学校の上級生でもない「美少女」だというのである。

その美少女たちが数十人、ばら色の肌をみせて入浴し、あるいは体を洗っている、そのタイルの上にもみくち

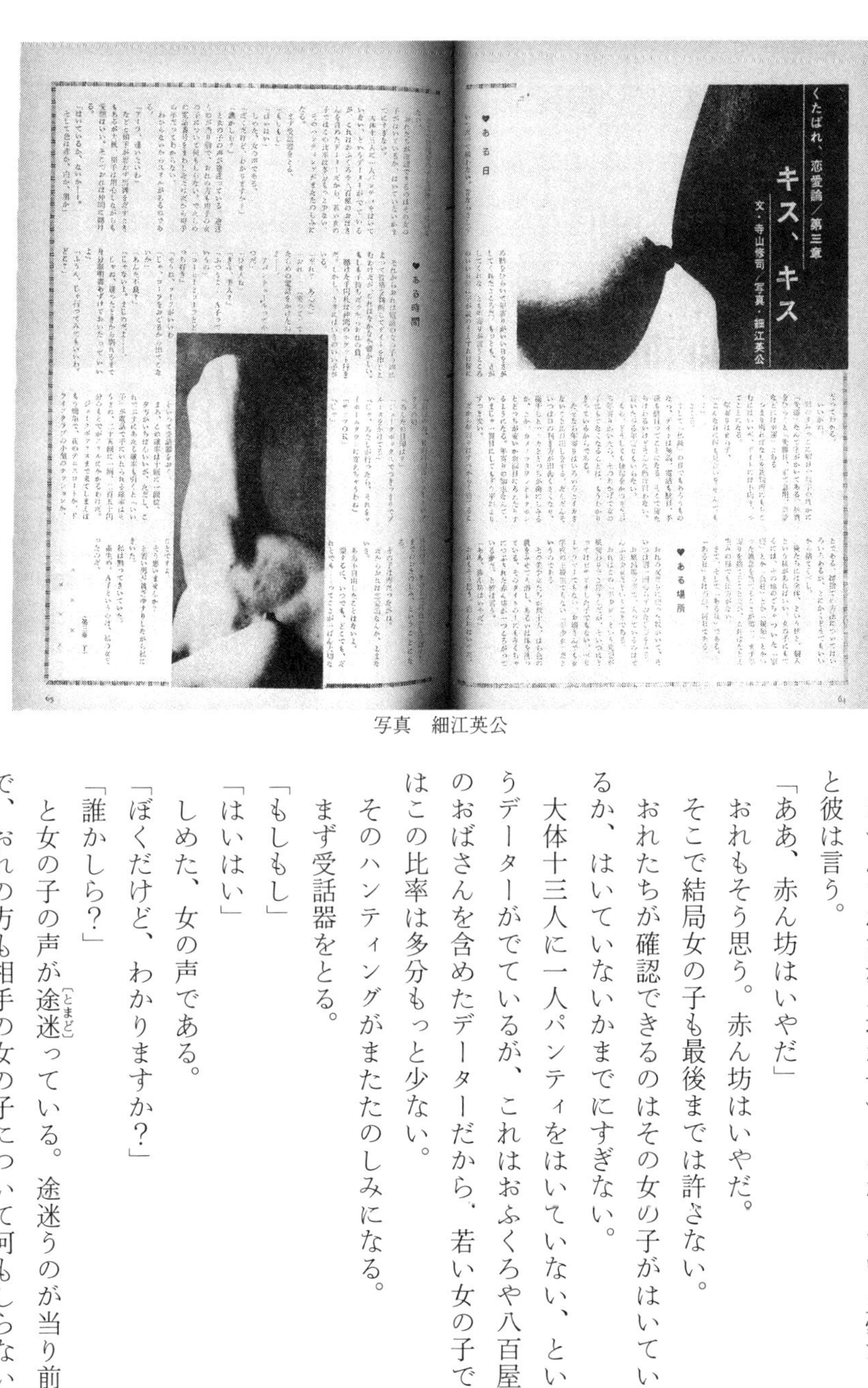
くたばれ、恋愛論／第三章

キス、キス

文・寺山修司／写真・細江英公

♥ある日

♥ある場所

♥ある時間

写真　細江英公

ゃにつぶされた赤ん坊が一つころがっている夢だ、と彼は言う。

「ああ、赤ん坊はいやだ」

おれもそう思う。赤ん坊はいやだ。

そこで結局女の子も最後までは許さない。

おれたちが確認できるのはその女の子がはいているか、はいていないかまでにすぎない。

大体十三人に一人パンティをはいていない、というデーターがでているが、これはおふくろや八百屋のおばさんを含めたデーターだから、若い女の子ではこの比率は多分もっと少ない。

そのハンティングがまたたのしみになる。

まず受話器をとる。

「もしもし」

「はいはい」

しめた、女の声である。

「ぼくだけど、わかりますか？」

「誰かしら？」

と女の子の声が途迷（とまど）っている。途迷うのが当り前で、おれの方も相手の女の子について何もしらない。

でたらめの電話番号をまわしただけだから相手の年だってわからない。

わからないからスリルがあるのである。

「アーラ、逢いたいわ」

などと相手が思わず馬脚をだすときもあるが大抵、相手は用心しながらも愛想はいい。そこでおれは仲間に賭ける。

「はいているか、ないか——。

そして色は赤か、白か、黒か」

♥ある時間

それからおれは電話の女の子の声によって性格を判断してデイトを申しこむわけだが、これはなかなか難かしい。もしも子持ちだったらおれの負。

賭けた千円札は仲間のポケット行きだ。しかし、ときにはいきのいい子がいる。

「だれ？　あんた」

「おれ……（笑って）でたらめの電話をかけたのさ——。

アバンチュールってやつだ」

「ひま人ね」

「きみ、美人？」

「ふつうよ……A子っていうの」

「コーヒーとコーラとどっち好き」

「そうね、コーラがいいわ」

「じゃ、コーラをおごるから出てこないか」

「あんた不良？」

「じゃないよ。まじめだよ――。

じゃね、逢ったときから別れるまで身分証明書あずけておいたっていいよ」

「ふうん。じゃ行ってみてもいいわ。どこ？」

「新宿のね、K劇場前のジュークボックスの前」

「あんたの目印は？」

「ジュークボックスでつきっきりでブルースをかけてる」

「じゃ、あたしが行ったら、それをマイホームタウンに変えちゃうわね」

「ザッツＯＫ」

「じゃ」

といって受話器をおく。

まあ、この確率は十回に一回位。

夕方がいちばんいいが、ただし、これでぶすにあたる確率も引くと「いい子」が電話で手にいれられる確率はそうさね、二十五回に一回、二百五十円分のもとでがスリルにかかるわけだ。

ジュークボックスまで来てしまえばもう簡単で、夜のテニスコートか、ドライブクラブの小型のクッションか、外苑のベンチの上で何色かを確認するまでのおたのしみ、ということになる。

その子は赤だったがね。

だからおれは恋愛論なんか、よまないさ。

ああ不自由したことはないよ。
要するに、いつでも、どこでも、だれとでも……ってことが一ばん大切なことですよ。
そう思いませんか？
と若い男が貧乏ゆすりしながら私にきいた。
私は黙ってきいていた。
畜生め。A子というのは、私の女だったのだ。

『週刊　生きる女性』一九六一・一・二六

贋ヴァレンタイン　——くたびれ恋愛論　第四章

♥鏡を見ながら考えた

いい男である。

ニキビももうない。昨夜あんなにジューク・ボックス・ホールで乱痴気騒ぎをやったのに今朝はもうこんなに体に力がみなぎっている。

若さ、はいいもんだ。

おれは一人暮しのアパートの、寝台の上の毛布をくるくると巻いて押入れにつっこむと、その上にトースターを置いて考える。

昨夜の女はあんまりよくなかったな。車のなかでめそめそ泣きやがった。おれはあいつのスカートに手を触れるとき、なんだか少し気がすすまなかった。

(要するに、物足りない、ってやつだな)

そこでおれは思う。いい男はいい女と結ばれるべきである。すると必ずいい子が生まれる。

頭脳もそうだし顔もそうである。

いい子がふえない、ってことにはいい大人ができないってことになる。そうすると社会は進歩せん。社会は進歩せんぞ。

「どうして？」

とシュミーズ一枚のアユコが訊いた。口に歯ブラシをくわえている。隣室のズベ公である。

「遺伝のことを考えていたんだ」

「イデン？」

「そうさ。おれがどうしてお前に手を出さないかということはな、これは社会の進歩のためなんだ。大局的見地から考えるとな」

「ふうん」

「おれはいい男だし、お前はいい女じゃない。生まれる子供が中途半端になるからな」

「でもいい男といい女ばっかり一緒に寝たら、あたしはよくない男と寝なければいけないの。角の運転手みたいのと」

おれはちょっと考えて言った。

「いいや、駄目だ。お前はだれとも寝てはいかん」

アユコは思わず、ポカンと口をあけた。

「いい男といい女とが寝てしまうと、残るのはわるい男とわるい女だ。わるい同士が寝たら、お前、最低の子供が生まれる。

そうしたら社会は大変なことになる」

「あたしだって欲望はあるのよ」

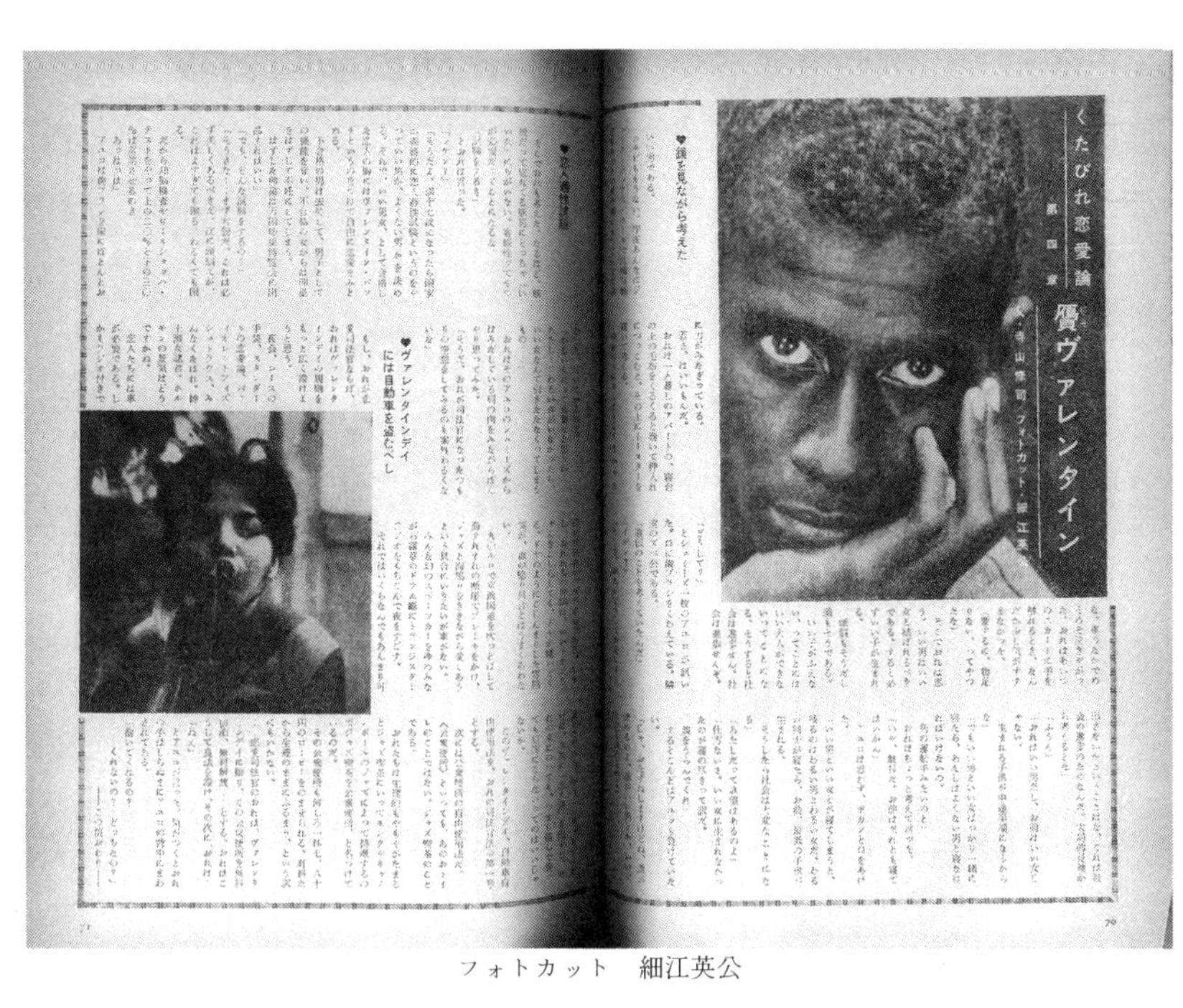
くたびれ恋愛論
第四章
贋ヴァレンタイン
寺山修司／フォトカット・細江英公
♥鏡を見ながら考えた
♥ヴァレンタインデイには自動車を盗むべし
♥恋人適性試験

フォトカット　細江英公

「仕方ないさ。いい女に生まれなかったのが運の尽きって訳だ。

　親をうらんでくれ」

　するとこんどはアユコも負けていない。

「じゃ、おたずねしますけどね、誰が決めるのよ。誰がいい男とか、いい女とかを決めるのよ」

♥恋人適性試験

　そこでおれも考えた。なるほど。豚娘だって惚れてる豚男にとっちゃ「いい女」にちがいない。客観性ってやつが必要だってことになるな。

「試験をするさ」

　とおれは言った。

「シケン？」

「そうだよ。満十七歳になったら国家が義務的に恋人適性試験というのをやっていい男か、よくない男かを決める。それで、いい男女、として合格した恋人の胸にはヴァレンタイン・バッヂというのをつけて自由に恋愛をみとめる。

不合格の男は去勢して、男子としての機能を奪い、不合格の女からは卵巣をはずして不妊にしてしまう。はずした卵巣は万国卵巣博覧会に出品すればいい」

「でも、どんな試験をするの？」

「そうさな……まず容貌だ。これは必ず美しくあるべきだ。次に頭脳だが、これはよすぎても困る。わるくても困る。だから知能検査やロールシャッハ・テストをやって上の二〇％と下の三〇％は落第させるのさ。あっはっは」

アユコは歯ブラシを床にぽとんとおとした。泣いているのだ。

「わるい女だって必要だと思うわ……あたし……わるい女がいなかったら、いい女なんて引きたたなくなってしまうもの……」

おれはそのアユコのシュミーズからはみだしている肩の肉をみながらぼんやり思ってみた。

「そうだ、おれが司法官になったつもりの空想をしてみるのも案外わるくないな」

♥ヴァレンタインデイには自動車を盗むべし

もし、おれが恋愛司法官ならば、おれはヴァレンタインデイの規則をもっと広く設けようと思う。

夜会、レースの手袋、スタンダールの恋愛論、バァイオレットフィズ、シュトラウス、みんなくたばれ。紳士淑女諸君。ホルモンの景気はどうですかね。

恋人たちには車が必要である。しかもラジオ付きで深夜放送のジャズが必要である。しかし、おれたちの仲間は、いいナオンちゃんをこしらえても、ドヤが嫌いとくる。ドヤのようにこじんまりした雰囲気が、血の唸り具合とはうまくあわない。

　九〇キロで京浜国道を吹っとばして海すれすれの断崖でブレーキをかけ、ジャズと海鳴りをききながら愛しあうという具合にいきたいが車がない。

　みんな幻のスポーツカーをゆめみながら露草のドラム罐にトランジスターラジオをもちこんで夜をすごす。

　それではいくらなんでもあんまり可哀そうだから、ヴァレンタィン〔ママ〕デイだけは、事前に「恋人届」を出すと、だれの車にのっても、つまり盗んで乗っても犯罪にならないってのはいいじゃないか。

　このヴァレンタインデイ、自動車自由使用法を、おれの司法官法令第一号とする。

　次には公衆便所の自由使用法だ。

〈公衆便所〉といっても、あのおトイレのことではない。ジャズ喫茶のことである。

　おれたちは生理的もやもやがたまるとジャズ喫茶にいってモンクやキャノンボールのジャズによって排泄するのでジャズ喫茶を公衆便所、と名づけているのだ。

　その公衆便所も何しろ一杯七、八十円のコーヒーをのませられる。有料だから生理のままにふるまう、という訳にもいかない。

　……恋愛司法官のおれは、ヴァレンタインデイに限り、この公衆便所を無料宿泊、無料解放〔ママ〕……とする。おれはこうして良法を設け、その次に、おれは……

「ねえ」

　とアユコが言った。気がつくとおれの手はしらぬまにアユコの背中にまわされてある。

「抱いてくれるの？

　くれないの？　どっちなの？」

『週刊　生きる女性』一九六一・二・二

♥おれの十大ニュース

「あんなものはでたらめだよ」

と下宿屋のおかみさんが言った。あの、ほし葡萄の好きな四十女のマミイさんがである。

「何だね」とおれがきくと、

「新聞の十大ニュースだよ」と言う。

「へえ」

「あたしも投書したんだがね、あたしのは入ってないんだよ。あたしは亭主がトラックにはねられたことを一位にして、浩宮の誕生を二位に、安保闘争を三位にしたんだがね。二位と三位が入っていてあたしの一位は入ってないんだよ」

おかみさんは、ぺっと、ほし葡萄の種子を吐きだした。

「しかしね、亭主が死ぬ、ってこと以上の大事件があるもんかね。断然これが一位にきまっているよ。何しろ……」

●くたばれ、恋愛論　第5章●

ブルースは嘘つき

●文・寺山修司／フォトカット・細江英公●

フオトカツト　細江英公

とおかみさんはうるんだ目をした。おれは黙ってうなずいた。

「いい亭主だったからね。羊みたいにおとなしくて……」

おれは適当に、いいかげんにマミィさんをなぐさめて部屋に帰ると、そうだおれの十大ニュースを作ってみよう、と思いたった。

まずレコードでブルースを一曲かけるとおれは木の寝台に横になった。

この一曲が終るまでに全部思いだせるにちがいない。

♥第十のニュース

ちいさいところからいこう。十番目のおれの事件はユキと接吻したことであった。

石油タンクの裏で、ユキはしこし〔ママ〕背のびしておれとやさしく唇をあわせた。これが、おれにとって生れてはじめての接吻だったから、忘れる訳にはいかない。

その頃、おれはシクラメン、という花が好きであった。

♥第九のニュース

九番目のおれのニュースはヨット・ハーバーだ。シーズン前のヨット置場の屋根裏でおれはユキをはだかにしてしまって、いたるところにキスをした。

むろんそれ以上のことはしなかったが、しかしそれで十分だった。

おれは地球儀にキスをして世界を征服したような、気分になったのとはちがう。ユキのほんものの体にキスをしたのだ。

その頃、おれはクロッカス、という花が好きであった。

♥第八のニュース

八番目のニュースは、財布を落したことだ。

みみっちいというかもしれないが、中には金のほかに成田山のおまもりが入っていた。

好きな花はべつになかった。

こんなのはほんとはニュースにいれたくない……。

♥第七のニュース

とうとう手に入れた。これが七番目だ。

ユキと寝たのである。場所は谷中の墓地である。

トランジスター・ラジオを墓石からぶらさげてブルース・マーチをききながら、おれは生れてはじめて女を知った。

特筆すべき七番目のニュース。

この頃、おれはクローバもケシもシャクヤクもアヤメも好きであった。

♥第六のニュース

六番目のニュースは、ちょっと書きたくない。

しかし順序をつけて並べてみるとやっぱりこれの方が七番目のより重大だ、ということになるだろう。

実は、ユキに他の男がいたことがわかったのだ。

そのユキと同棲している四十男はおれよりも頭もよく、体もよく、金もあった。ユキはそのことをおれにかくしていたのだ。

その頃、おれは何の花を好きだったか、いま思い出せない。

♥第五のニュース

五番目のニュースは簡単に書く。

おれの自殺未遂。

好きだった花はスミレ。

♥第四のニュース

四番目のニュースは、おれがユキを殺してしまったことだ。おれはユキがにくくてどうやって殺そうかといろいろ考えた。

木の裂け目にはさみこんでしまうとか、コンクリート・ミキサーにいれて粉々にしてしまう、とか。方法を考えてひと月くらした。

しかし、結局おれは首をしめた。紐は麻。ひきつづいてスミレの花が好きだった。

♥第三のニュース

三番目のニュースをかきながら、おれは胸をかきむしられる思いがする。どうか笑わないで下さい。

ユキの「他の男」というのはユキの父親であった。ユキには男なんかいなかったのだ。

父親に見せてもらったユキの日記には、おれの名前が、いっぱいかいてあった。

おれはこの時、花という花が全部嫌いになってしまった。

♥第二のニュース

二番目のニュースといえば二つある。一つは失くした財布が見つかったこと。一つはユキと結婚式をあげたことだ。

というのはユキの死亡通知はまだ出されていないので、結婚届が受理されたのである。おれのはじめての結婚は相手なしだ。

死体は庭のアンズの木の下に埋めてある。

おれがアンズを好きなのはそのためだ。

♥第一のニュース

トップ・ニュースをかきながらおれはさみしい。ブルースもそろそろ終りだ。

いままでかいて来たことは全部嘘なのだ。

でたらめなのだ。

おれの去年の一番大きな事件といえば、結局、ユキというような女にめぐり逢えなかったことになる。

おれはひとりぽっちである。

この頃再びスミレの花が好きになった。

『週刊　生きる女性』一九六一・二・九

カルメン党 ——くたばれ、恋愛論 NO.6

♥ハバネラの章

これから大変な告白をいたします。どうかお笑いにならないで下さい。

わたくしはこれを書きながら、短剣を弄んでいます。もし誰かが話の中途で笑おうものなら一思いに喉を！

という覚悟もできているのです。

それから、おねがいをひとつ。もし皆さんがカルメンのレコードをおもちでしたら、それをかけて欲しいのです。それは無論、ドアの外で立聞きしようとするあやしい第三者にわたくしの話をきかれないためでもありますが、同時にこの曲だけがわたくしの今の心境にぴったりだからです。

まず、ハバネラの章から……。

さあ、どうか目を閉じて下さい。そしてそっと思いうかべて下さい。やさしいやさしいあなたのイマージュのなかに一人の毛むじゃらの熊のような大男を思いうかべて下さい。さみしいことですが、それがわたくしなのです。体重は二十七貫、背は五尺三寸。たったいまシャワーを浴びたばかりの肌にタオルを巻きつけ、寝台の上にあおむけにごろんと横になっている。

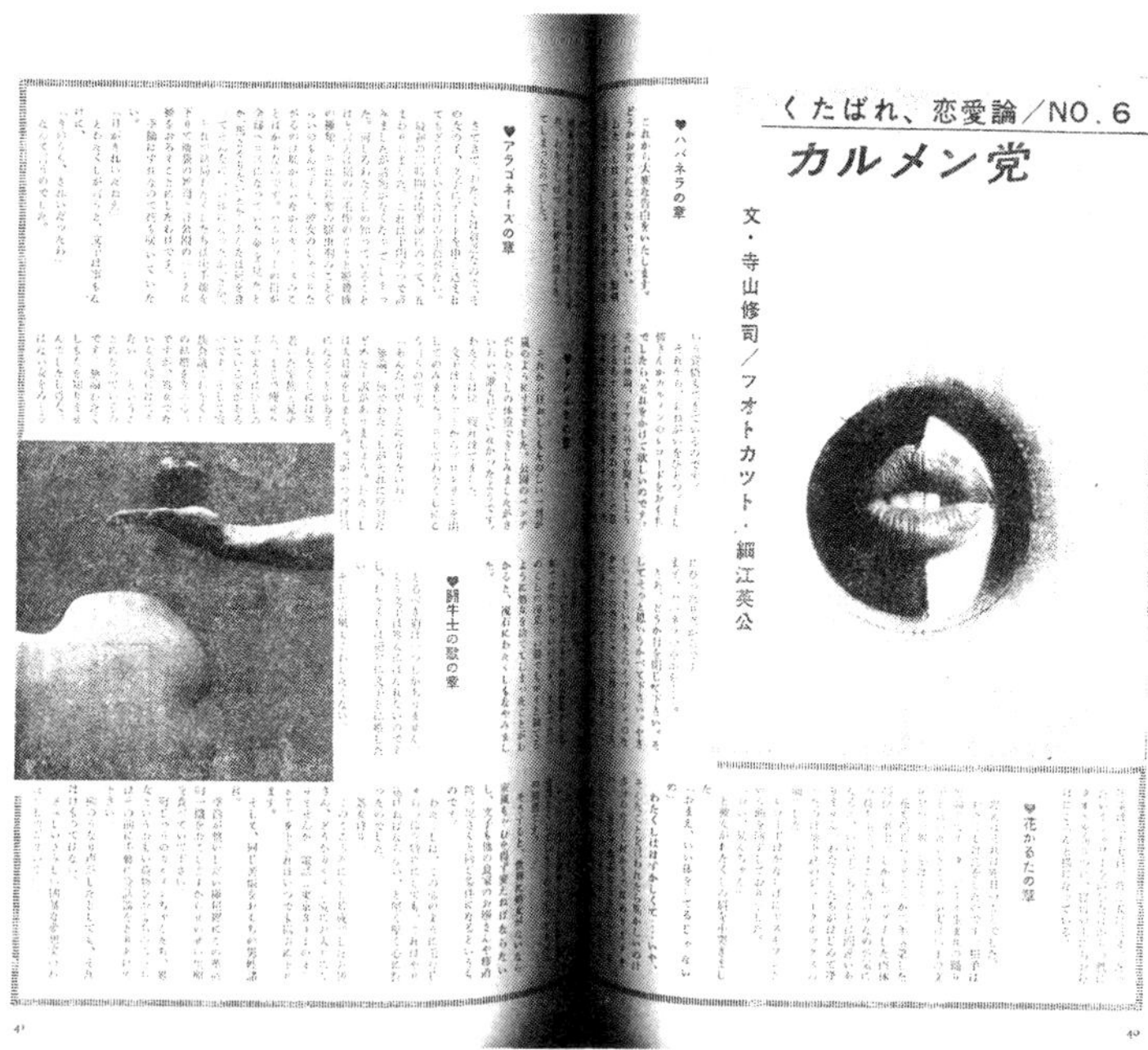
くたばれ、恋愛論／NO.6
カルメン党
文・寺山修司／フォトカット・細江英公

フオトカツト　細江英公

♥花かるたの章

思えばそれは昨日のことでした。

わたくしは恋をしたのです。相手は無論女です。タンジール生まれの踊り子と言いたいところだが実は横丁の文房具屋の娘。年は十八。

花も恥じらうどころか二年落第した高校一年生。しかしプチプチした肉体の持ち主で、すこし酒のみなのが気になるが、いい子であることは間違いありません。わたくしたちがはじめて逢ったのは地下鉄のジュークボックスの前でした。

レコードはかなしげにヤスキブシという曲を演奏しておりました。

「おい、兄んちゃん」

と彼女がわたくしの肩を小突きました。

「おまえ、いい体をしてるじゃないの」

わたくしははずかしくて……いや、そんなことを言われたら恥かしいのは多分わたくしばかりではありますまい。……思わず真赤になりました。女の人の方から声をかけられたのなんて生まれてはじめての事なのです。そしてそのときカックンとわたくしの頭蓋の中に彼女の視線の矢がさしこまれ、わたくしはついに彼女の虜となってしまったのでした。

♥アラゴネーズの章

さてさて、わたくしは貧乏なので、その女の子、文子にデートを申し込まれてもどこにもいくだけの余裕がない。

最初の二時間は山手線にのって、五まわりしました。これは十円ずつで済みましたが話題がなくなってしまった。何しろわたくしの知っていることはと言えば稲の二毛作のことと脱穀機の種類、それに新型の駆虫剤のことぐらいのもんですし、彼女のしゃべりたがるのは恥かしいながらセックスのことばかりなのです。ハムレットの指が全部ペニスになっていた夢を見たとか、馬とやりたいとか、あんたは何を食べてそんなにいい体になったか、とか。

それで結局わたくしたちは山手線を下りて池袋の雑司ヶ谷公園のベンチに腰をおろすことにしたわけです。

季節はずれなので花も咲いていていない。

「月がきれいだねえ」

とわたくしが言うと、文子は事もなげに、

「きのうも、きれいだったわ」

なんて言うのでした。

♥ドンホセの章

それから狂おしくもたのしい一刻が嵐のようにすぎました。公園のベンチがわたくしの体重できしみましたがさいわい、誰も見ていなかったようです。わたくしは快く疲れはてました。

文子はポケットからグロンサンを出してのみました。そしてわたくしにこう言うのです。

「あんたの奥さんになりたいわ」

無論、何でわたくしがそれに反対などいたす訳がありましょう。わたくしは大賛成をしました。だが一つだけ気になることがある。

わたくしには年老いた家族と兄弟人、まるで痩せた羊のようにひしめいている家があるのです。そして家族会議でわたくしの結婚をきめるのですが、処女でない女を嫁にはできない……ということになっているのです。無論わたくしも女を知りませんでしたし処女ではない女をめとるなんて絶対いやだ。

ところが文子はもう四年位前から処女ではないらしいのです。まるで食べのこしの南京豆の殻でもポイと捨てるように処女を捨ててしまったことがわかると、流石にわたくしもなやみました。

♥闘牛士の歌の章

とるべき道は一つしかありません。

もう文子は処女にはなれないのですし、わたくしは絶対に文子と結婚したい。

そして家風もこわしたくない。

では、どうするか。

いいですか。全世界じゅうの処女を全部なくしてしまうのです。アリババの知恵です。

そうすると、世界に処女がないなら家風もやむを得ず変えねばならないし、文子も他の良家のお嬢さんや修道院の尼さんと同じ条件になるというものです。

わたくしは、この熊のように毛むじゃらの体を犠牲にしても、これはやり遂げねばならない、と堅く堅く心に誓ったのでした。

処女狩り。

このこころみにもし賛成でしたら皆さん、どうかカルメン党にお入りになりませんか。電話（東京341の4787）を下さればいつでも協力に上ります。

そして、同じ苦悩をおもちの男性諸君。

準備が整いしだい極秘裡にこの革命的一揆をおこしますからせいぜい生卵を食べていて下さい。

町じゅうのカルメンちゃんたち、処女というおもい荷物をおもちの方たちはその前に手軽に受話器をとりあげて下さい。

熊のうなり声がしたとしても、それはけものではない。

さみしいさみしい凶暴な夢想家のわたくしでございます。

『週刊　生きる女性』一九六一・二・一六

さよならクラブ　――くたばれ 恋愛論 NO.7

♥殺！

みなさん、さようなら。

皆さんももし自殺なさるなら、そのときはどうかパンツを脱いで下さい。無論ズボンもです。おかしなことをするものだとお思いになるかもしれませんが、それがこの「さよならクラブ」の会則なのです。

思えば楽しい日もありました。

あの第一日目、チョビ髭をたくわえ蝶ネクタイをしめてクラブの扉を、少し気どった手つきでノックしたときのことが今はなんとなつかしく思われることでしょう。

あの頃はまだ私も恋愛にゆめをもっていました。恋愛とは男と女がする高貴な遊戯の一つであるということを信じていました。

ふりかえってみるならあれも涙、これも涙、涙涙涙……グスッ。（これはハナをすする音）すべては過ぎし日のまぼろしとなってしまったのです。

でも皆さん。

私はいま毒薬を右手のコップにいれてしょんぼりと私の自殺する理由について考えています。本当だろうか、本当に、この世界に男性なんていらないものだろうか。

♥殺！


『精子銀行』ができるんですって」

と言ったのはユリでした。

「ああら」と少し恥ずかしそうにして「何万年でも精子が保存できるなんて素晴らしいことね」

とネリ。

「じゃ、一人の男がいれば未来は確保できるわね」とサリ。

「えへへ」とネリ。

「あたし、ターザンの子が生みたいわ」といったのはユリ。

「いいえ、ペリー・コモのがいいわ」

とサリ。

みんな『さよならクラブ』の女たちです。ああ、何という愚かな発明をしやがったのだ、と思いながらも、当時私は、まだこんなことになってしまうだろうとは夢にも思っていなかった。どうやら、わたしはその頃から少し科学を軽視しすぎていたようでした。本当に『精液銀行』ができるとは思ってもいなかったのです。

ところが実際に電気器具がこんなにいっぱい発明されると女たちは暇が多くなりました。スイッチ一つで食事ができ、ボタン一つで洗濯が出来る。スイッチ一つで室内が掃除されボタン一つで編物が完成すると、朝十時に目ざめた女たちが十時二十分頃には家事一切を完了してしまうのです。

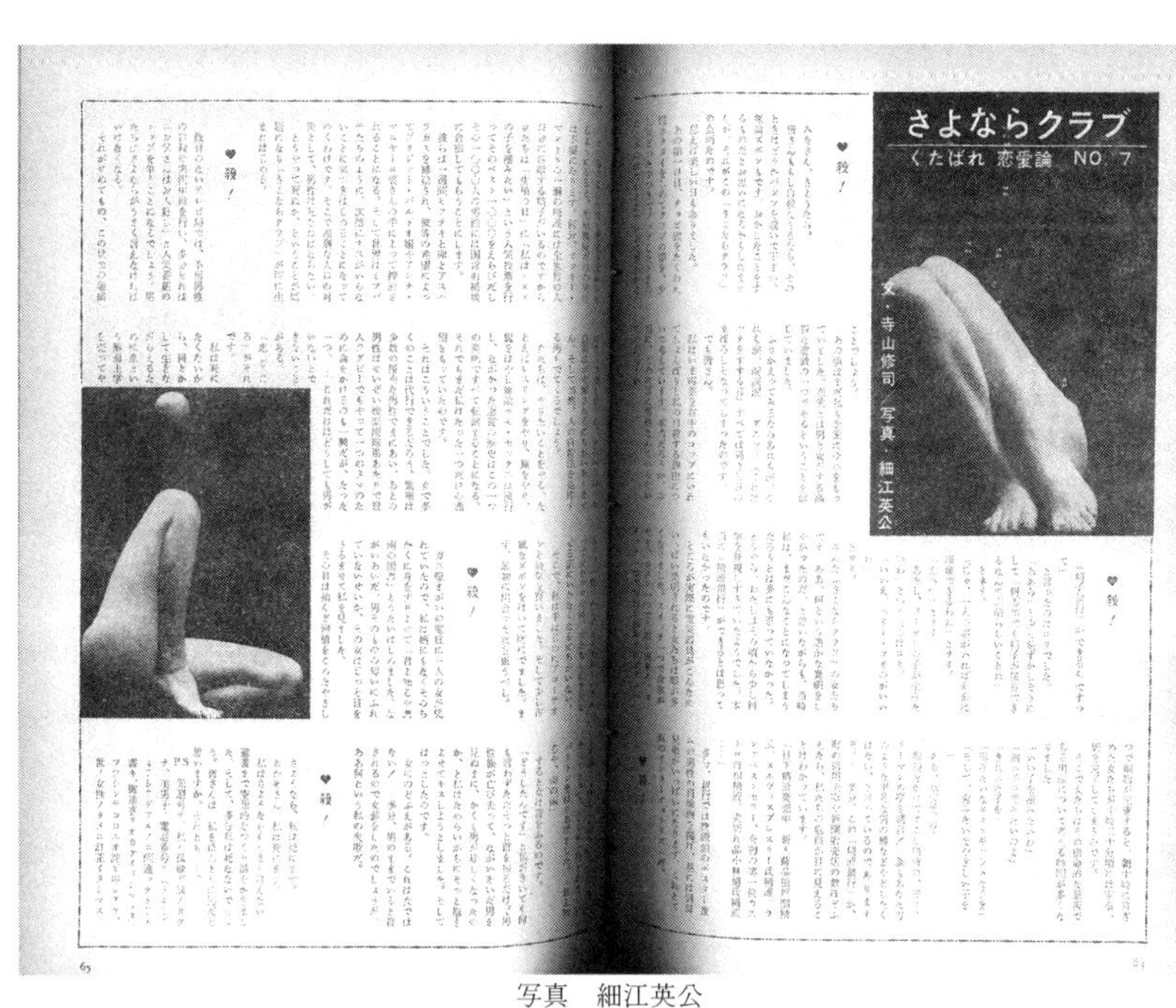
さよならクラブ
くたばれ恋愛論　NO.7
文・寺山修司　写真・細江英公

写真　細江英公

そこで女たちはその宿命的な業苦である出産について考える時間が多くなりました。

「いい子を産みたいわ」

「強い子を産みたいのよ」

「きれいな子を」

「馬みたいなエネルギッシュな子を」

「そして、兎みたいなやさしい子を……」

ああ。（溜息の音）

眼鏡をかけてすこし猫背の、安サラリーマンの亭主諸君！　誰もあなた方のような平凡な男の種などやどしたくはない、と言っているのでありますぞ。

……多分、この「精液銀行」が、町の信用金庫や新聞販売店の数ほどふえたら、私たちの危機が目に見えることはわかっています。

「目下精液発売中　新入荷品柏戸関精液、エルヴィスプレスリー氏精液。ラング〔ママ〕ベストセラー、今週の第一位カストロ首相精液。売切れ品小林旭氏精液……」

多分、銀行では映画館のポスター並みの男性の肖像画を掲げ、巷には異母兄弟がいっぱいになります。

これとて真のインターナショナリズムだ。

♥殺！

ところでこんな風な便宜がはかられるようになると、生殖機能だけの男性は不要になります。何分、ミッキー・マントルの一滴の精液には全世界の人口分に匹敵する精子がいるのですから、女たちは「生殖の日」に「私は×××の子を産みたい」という人気投票を行ってそのベスト一〇〇〇をえらびだし、その一〇〇〇人の男性には国営射精場に合宿してもらうことにします。

彼らは一週間ビフテキと卵とアスパラガスを補給され、彼等の希望によってブリジット・バルドオ嬢やアンナ・マニヤーニ婆さんの手によって搾液されることになる。そして世界はミツバチたちのように、次第にオスがいらないことに気づきはじめることになってゆくわけです。そこで過剰な人口の対策として、男性は死なねばならない。

どうやって死ぬか、ということが問題になり「さよならクラブ」が町に生まれはじめる。

♥殺！

抜目のないテレビ局では、不用男性の自殺の実況中継を行い、多分それは「お父さんはお人好し」と人気番組のトップを争うことになるでしょう。男たちはさよならがうまく言えなければいけなくなる。

それがせめてもの、この世での業績になるのだと思うと、いろいろ凝った自殺法が考案されるにちがいありません。そして当然、人の自殺法を盗作する男もでてくるでしょう。

女たちは、やりたいことをやる。たとえばレスリングをやり、猟をやり、髭をはやし無論ホモ・セックスは流行し、ながかった忍従の歴史はこの一つの発明ですべて転倒することになる。それでもまだ私はたった一つだけの希望をもっていたのです。

それはこういうことでした。女で多くのことは代行できるだろう。繁殖は少数の優秀な男性でまにあい、あとの男性はせいぜい後楽園球場あたりで殺人ラグビーでもやって一つのタマのために命をかけるのも一興だが、たった一つ、……これだけはどうしても男がいないとできないことがある。

「恋ごころ」がそれです。

私は死にたくないから、何とかして生きながらえるために恋という形而上学を売ってやろう。挺、ムードムードでいって女をコロせば、女たちも私を死なせる訳にはいかなくなるにちがいない。

そこで、私は手はじめにアコーデオンと詩集を買いました。そして少し古風なズボンをはいて町にでました。

まず、最初に出会った女を狙うべし。

♥殺!

ガス燈まがいの電柱に一人の女が凭(もた)れていたので、私は柄にもなくそのちかくに身をすりよせて「君よ知るや♬南の国♬」とうたいはじめました。ながいあいだ、男そのものの匂いにふれていないせいか、その女はじっと目をうるませて私を見ました。

その目は殆んど同情をこめたやさしさに満ちていましたが、私は恋の兆しを見てとって、さらに一段とかなしいバリトンをはりあげました。「君よ知るや、南の国」

するとと女は首をふるのです。

「どうしたんです」と私がきいても何も言わずただそっと首を振るだけ。男性族が亡び去って、ながいあいだ男を見ぬまに、かくも男が珍しくなったのか、と私はためらいがちにそっと抱きよせてキスしようとしました。そしてはっとしたのです。

女にのどぶえがある。これは女ではない！　……多分、男のままでいると殺されるので女装をしたのでしょうが、ああ何という私の失敗だ。

♥殺！

さようなら、私は死にます。

おかあさん、私は死にます。

私はさようならもうまく言えない。遺書まで空想的なつくり話をかきました。そして、多分私は死なないでしょう。皆さんは、私をほんとうに男だと思いますか。それとも……。

PS先週号デ、私ハ孤独デ熊ノヨウナ、美男子ノ電話番号ヲ（３４１）４７５７デアルノニ間違ッテ８７ト書キ、御迷惑ヲオカケイタシマシタ。ツツシンデココニオ詫ビ申シアゲ、世ノ女性ノタメニ訂正イタシマス。

『週刊　生きる女性』一九六一・二・二三

ベッドに殺し屋を…——くたばれ恋愛論 第8章

♥冗談一

カルメン党事務局よりの報告書。

二月一日より十日間の電話回数四百七十二通。（内訳女性三百六通男性百六十四通、不明二通）

不明のうち一つはボーイソプラノであったが、年少であることがわかっただけで男女は不分明であった。

他の一通はあきらかに女の声であるのだが会話中、ボクハ……とかボクネエ、とかいうので、もしかしたら異常声帯の持主の男であるかもしれない。

他に、受話器をはずすや否や、「もしもし」もいわずに切れてしまうものが数十通。これは十円損してもかかってみよう、という無邪気なものから、途中で気臆れがしたものまで含まれているにちがいない。遠いところではカナダが一通、大阪が七通ほかに名古屋、岩手、埼玉、各一。横浜、大船、鎌倉の類は二、三十通はあった。

ところでカルメン党総裁、熊のような毛むじゃらの野性の男はそれらにどのように応答したか……。

私は彼と逢って三十分ぐらいの間に次のことを調べあげることができた。

♥冗談二

「あたしゃね」

と、彼は洋風の浴室でシャボンを体じゅうにつけて、逞ましい肉体を誇示しながら言った。

「あたしゃ、疲れましたよ」

そうですか？

と筆者は鉛筆を舐めながら訊いた。

「そんなに疲れましたか」

「なにしろ十日間で百人の女性と寝るというのはね、これは重労働ですよ。

それにあんた、退屈している女三百有余から、百人選ぶのが、また大変でね。……何しろ一々面接させる訳にもいかないし……」

「面接しないで、どうやって選択したんですか」

「それはね、いろいろ考えましたがね。まず、電話でY談をしゃべらせる。そしてそれがあたしに有効なものを合格とした訳ですよ。はっはっは」

「Y談をねえ」

筆者は一寸考えこんでしまった。

彼の明るい室の壁にはマリー・ローランサン画くところのカルメンの絵が一枚額に入っている。そして寝室の天井には各種レコードのカルメン盤のジャケットばかり実に百葉ちかく貼られ、薔薇の花が活けられ、床のジュータンはいっぱいのトランプ模様。

筆者はふと空想した。

【くたばれ恋愛論】＝第8章＝

ベッドに殺し屋を…

文／寺山修司
写真／細江英公

写真　細江英公

この華やかな室で、彼は熊のように吠えながら女の子たちを一日に十人も消化したのだろうか。

彼女の白い腕が、私のすべての水平線になった——というようなマクス・ジャコブの詩が思いうかんですぐ消える。彼ならさしずめ毛むじゃらの水平線というところだろうか。

♥冗談三

ただ少し困ったのはね。

と彼は言った。

あんまり電話がかかるんで電話の番号が変えられちまってね。

それで困ってるんだ。

困る？　もう沢山でしょう…と筆者が言うと彼は笑った。なあにね、余ってる女の子を入党申し込みの百六十人の男にわけてやったんですよ。

だからね、これもY談のうまい順に優先的にわけましてね。

それから彼は香水をぱっ、ぱっと裸の体にふりかけた。

♥ベッドに殺し屋を

じゃ、これからは電話なしで、どうやるんです。

すると総裁は、あたりを見まわして筆者に言って
「内緒ですぜ、作家さんこんどは郵便にきりかえたんですよ」

「ほう郵便をねえ」

「東京都中央区西銀座　西銀座デパート地下　有料待合室ブリッジ私書函十七号
て宛名でね」

「それをどうするんです」

「ここに郵便物を出して連絡をとる。ここにあらゆる自分の悪の部分、Y談から告白、秘密裡にしてみたいアイディア、プランから空想をかいて送りこむ。するとね、あたしがまあ、それによって入党させたり、させなかったりする訳ですよ。女の子ならね『退屈ヨ』とかいて電話番号をかいておくだけでもよろしいし、また日時場所を指定するのも方法ですな。

それに女の子の風流談やY談はいかしますからな」

筆者はあっけにとられて彼を見た。一体そんなことが起りうるのだろうか。

冗談四

熊男の一大悪事計画の構想はこうである。全裸パーティを開催して、カルメン全曲の演奏にあわせて狂的にさわぐ会をやる、とか女の子のために参加男性がすべて奴隷になってサド侯爵の逆に、女の子のはだしまで舌できよめてやるといった酷なものから、名もあかさずに待ちあわせて一日の情事をたのしんでわかれる。わかれ際と出逢いに、カルメンの「ハバネラ」をハミングするだけでよい。といったインスタントなものまで一式。

そして匿名でかいたY談の極秘裡の交換をする覆面クラブ……。

「うそでしょう、そんなこと」

筆者は不審そうに言った。そんなことにどうして耐えることができよう。どうして、そんな……。

「うそじゃありませんよ」

と男はテープレコーダーをもちだした。

「これをきいてごらんなさい。百人の女の子の歌が入っています。しかもみんな『月の沙漠』という曲でね。情事のあとで必らず吹きこましたんですよ」

筆者がいやがるのも構わず、彼がスイッチをいれるとテープはまわりだした。うつくしい声、ハスキーな声。そのどれもこれもがあの童謡、月の沙漠をうたっているのだ。

ああ、……と筆者は絶望的に溜息をついた。

清らかなものがなつかしい。だがこの男の夢想にも筆者もいつかは巻きこまれてしまうだろうか。いやいや、そんなことはない。

筆者はそっと目をとじて子供のために一篇の詩をつくった。

つきよのうみに

いちまいの
てがみをながして
やりました

おやのないこや
ともだちの
いないこどもが
よむように

つきのひかりに
てらされて
てがみはあおく
そまるでしょう

ひとがさかなと
よぶものは
みんなだれかの
てがみです

『週刊　生きる女性』一九六一・三・二

海賊マンボ ――くたばれ恋愛論(9)

♥オフ・ビート

昨日の夕刊をお読みになりましたか?

まだでしたらすぐお読みになることをおすすめします。あまり目立たないところに、そう、二段抜きぐらいの大きさで出ている記事「女子大生を刺す……土工、劣等感から」というやつ。「天ぷら油が原因、初台の火事」というのの一寸上で「さらに二十校が休校、流感」という記事のななめ下ぐらいのところ。

そう、あの男は私の友人でした。

彼は土工といっても地下足袋人種の中では一寸したインテリでかねがねカルメン党に入りたがっていたのでしたが、とうとう入る前にあんなことになってしまった。

思えばこれも涙の物語。

なにをかくしましょう、みんな電話がわるいのです。くたばれ電話、というところでしょうか。

あの男は新聞では(仮名)となっていましたが本名は田畑浩次といい、年は二十四歳、むろん独身で月収は二万八千円ぐらいはあったのです。何一つ不自由ないといえば不自由ないのですがたった一つ、何とも救いがたいのは顔が醜いことでした。醜いというよりはまあ、いってみればゴジラかドラキュラかと思うほど鼻が大きく、ただれ目からヤニが出て、歯は欠けて悪臭を放ち、マツゲがない……、そんな男でした。

♥オフ・ビート

それで、彼は女の人と逢うのが大変こわかった。たとえどんなに心やさしい女性でも、日本赤十字の精神に徹した少女でも、おそらく彼の顔を見たらにげだしてしまうにちがいない、と彼は信じていましたし——私だって友人ながらそう信じていました。

私が彼と友人でいられたのは、要するに彼と並んで立っただけで私がひどくひきたって見え、ひどい美男に見える、という簡単な理由からでした。

彼はだから、いつも孤独で、情欲をもてあましてゴロゴロしていた。私がカルメン党へ彼を入れるのをしぶったのも、党が彼によって不快なムードになることをおそれたからです。

そんな男、田畑にもたった一つだけたのしみがあった。

それは電話をかけることでした。彼は顔に似合わずやさしい声をしていたので、電話のように顔の見えないコミ〔ママ〕ニュケーションにはもってこい、という訳だったのです。

毎晩毎晩彼は電話をかけた。

「もしもし……

もしもし

私と恋の話をしませんか」

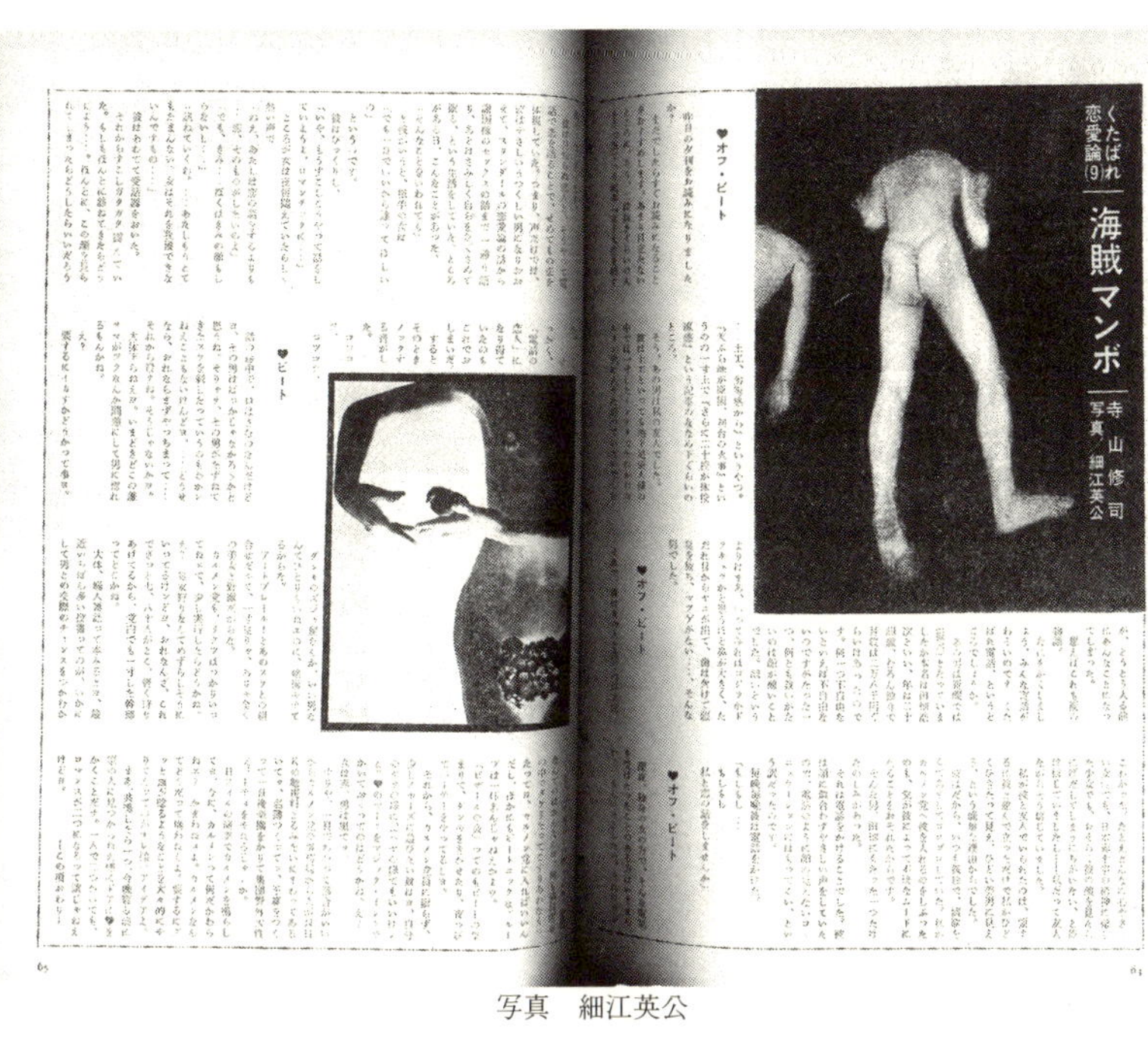

写真　細江英公

♥オフ・ビート

深夜、独身の女の方で、そんな電話を受けとったことのある方はいませんか？　もしいたとしたら、それは多分彼だったと思います。

彼は見知らぬ恋人と、そうやって電話で恋を語ることで、せめてもの恋を体現していた。つまり、声だけでは、彼はやさしいうつくしい男になりおおせて、スタンダールの恋愛論の話から謝国権のセックスの話まで一通り語り、あとはさみしく自らをなぐさめて眠る、という生活をしていた。ところがある日、こんなことがあった。

「そんなことをいわれても」

と彼がいうと、相手の女は

「でも一日でいいから逢ってほしいの」

というのです。

彼はびっくりし、

「いや、もうすこしこうやって話をしていようよ、ロマンチックに……」

ところが女は夜毎悶えていたらしく熱い声で

「ねえ、あたしは恋の話をするよりも……恋、そのものがしたいのよ」

「でも、きみ……ほくはきみの顔もしらないし……」

「訊ねていくわ。……あたしもうとてもたまんない。女はそれを我慢できないんですもの……」

彼はあわてて受話器をおいた。

それからすこしガタガタ震えていた。もしもほんとに訪ねてきたらどうしよう……。ほんとに、この顔を見られてしまったらどうしたらいいだろうか。……せっかく、「電話の恋人」になり得ていたのもこれでおしまいだ。

するとそのときノックする音がした。

コツコツ、
コツコツ。

♥ビート

話の途中で、口はさむのなんだけどョ、その男はばっかじゃなかろうかと思うね。そりゃサ、その男がたずねてきたスケを刺したっていうのもわかンねえこともないけんどョ、……どうせなら、おれならまずやっちまって……それから殺すね。そうじゃないかョ。

大体下らねえョ。いまどきどこの誰サマがツラなんか問題にして男に惚れるもんかね。

え?

要するにイカすかどうかって事ョ。

ダンモのズジャ屋なんか、いい男なんてひとりもいねエのに、結構モテてるからな。

アートブレーキーとあのスケとの組合せだって、一寸見りゃ、ありゃ全くの美女と野獣だからな。

カルメン党も、リクツばっかりいってねエで、少し実行したらどうかね。え？　処女狩りなんてめずらしそうにいってるけンどヨ、おれなんざ、これでざっと七、八十人がとこ、軽く狩りあげてるから、党内でも一寸した幹部ってとこかね。

大体、婦人雑誌って本みるとヨ、最近いちばん多い投書ってのが、いかにして男との交際のチャンスをつかむか……なあんて事らしいけンどヨ。交際なんてのはかんたんヨ。何も満員電車の中でタケリたってこすりあわなくったってヨ、カルメン党に入ればいいんだし、ほかにもビートニックなグループは一杯あんじゃねえかよウ。「ビザールの会」ってのもビートの集まりで、ダンモをきかせたり、夜っぴてパーテーをやってるしヨ。

それから、カルメン党員に限らず、少しノホーズに遊びたい奴はヨ、自分のヤサの扉に、（ヘヤの扉でもいいけンど）♥のマークをマジック・インクでかいておくってのはどうかね。え？　女は赤、男は黒でョ。すりゃ、一目でわかって都合がいいからカルメン党の事務局から人がNHKの聴視料とるみたいにまわってあるいてョ、名簿つくってョ、予算をつくって一日後楽園をかりて集団野外大性交パーティをやれるじゃンか。日フィルの演奏でカルメンを鳴らしてヨ、なに、カルメンって何だかわからねエ？　かまわねェよ。カルメンなんてどうだって構わねえよ。要するにグッと血が唸るようなことを大々的にやりてえってのがオレ様のアイデアよ。

まあ、共鳴したら一つ、今晩寝る前に家の人に見つからねえ様にドアに♥をかくことだナ。一人で二つかいても、ロマンスが二つになるって訳じゃねえけどヨ。

『週刊　生きる女性』一九六一・三・九

おやすみ
——くたばれ恋愛論〈最終の章〉

♥十分前

イ　カ……魚の一種、スシのタネ
イカス……現代の粋人
イカダ……丸太を組んで川を走る舟
イカリ……怒りまたは水夫の紋章
イキ、……呼吸。昔は粋といって一寸イカス人のことをも言った。
イキム……トイレットの難行ぶり
イ　ク……行くこと。または快感の極致。

退屈なので、ベッドの上で辞典をペラペラめくっていたらイの欄がこうなっていた。俺はこの「イカス」ということばに目を止めた。辞典て奴はなんてあいまいなんだ。これでは何もわかりやしない。大体イカスってことは言葉で言いつくせないような行動的なものなんだが、それをたった一行で説明しようという神経はどこからく

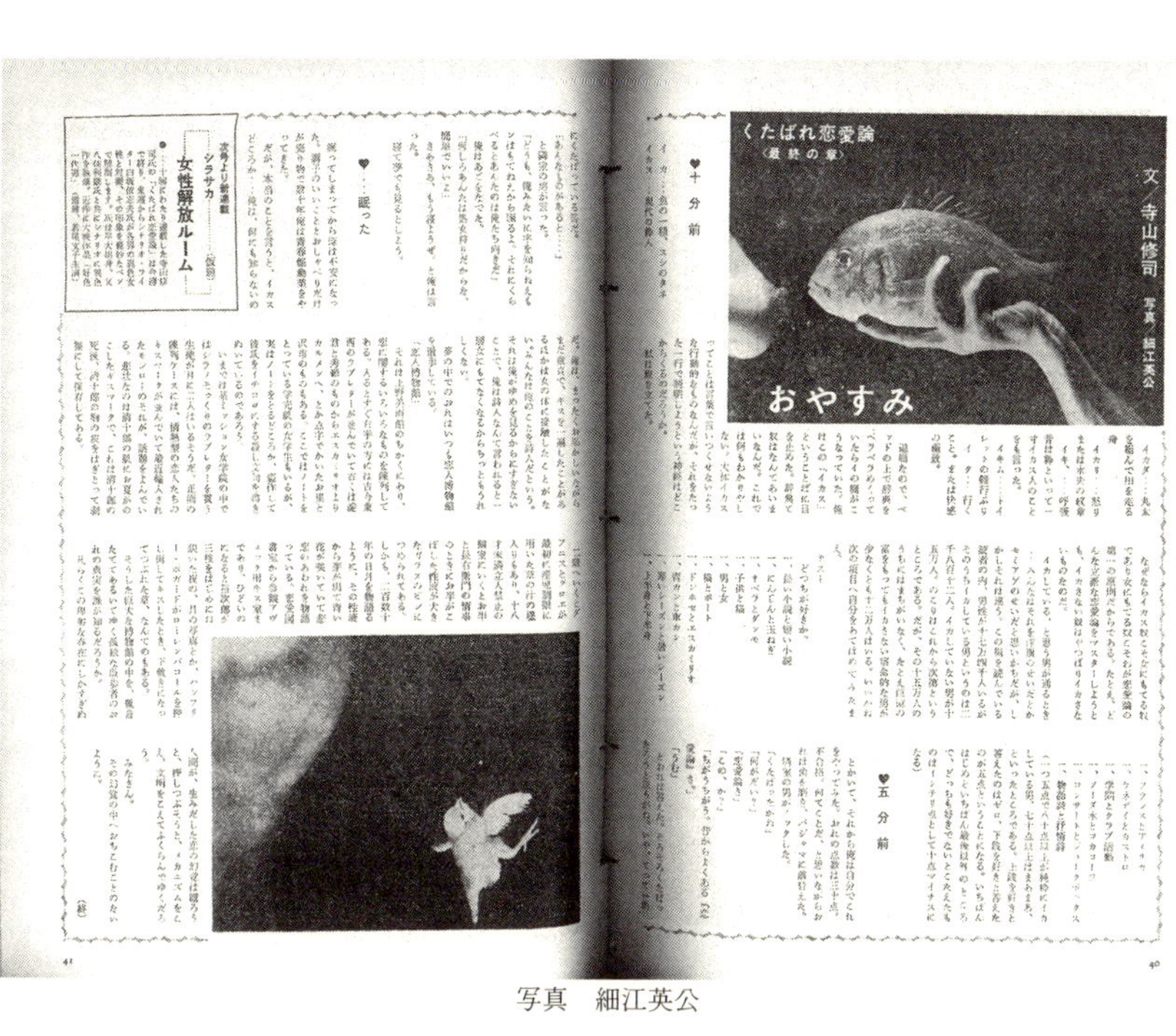
くたばれ恋愛論
〈最終の章〉
おやすみ
文／寺山修司　写真／細江英公

写真　細江英公

るのだろうか。

私は腹を立てた。

なぜならイカス奴こそ女にもてる奴であり女にもてる奴こそわが恋愛論の第一の原則だからである。たとえ、どんな立派な恋愛論をマスターしようとも、イカさない奴はやっぱりイカさないものなのだ。

　イカしている、と思う男が通るとき……みんなはそれを洋服のせいだとかモミアゲのせいだと思いがちだが、しかしそれは違う。この稿を読んでいる読者の内、男性が十七万四千人いるがそのうちイカしている男というのは二千八百十二人。イカしていない男が十五万人。のこりはこれから次第というところである。だが、その十五万人のうちにはまちがいなく、たとえば巨億の富をもってもイカさない宿命的な男が少なくとも十二万人はいる。いいかね次の項目へ自分をあてはめてみたまえ。

テスト

　どっちが好きか。

一、長い小説と短い小説。

一、にんじんと玉ねぎ
一、オペラとダンモ
一、子供と猫
一、男と女
一、橋とボート
一、ドンホセとエスカミリオ
一、青カンと車カン
一、寒いシーズンと暑いシーズン
一、上半身と下半身
一、フランスとアメリカ
一、ケネディとカストロ
一、学問とクラブ活動
一、ソーダ水とコカコーラ
一、コンサートとジュークボックス
一、物語詩と抒情詩

（一つ五点で八十点以上が純粋にイカしている男、七十点以上はまあまあ、といったところである。上段を好きと答えたのはゼロ、下段を好きと答えたのが五点ということになる。いちばんはじめといちばん最後以外のところで、どっちも好きでないとこたえたものはインテリ点として十点マイナスになる）

♥五分前

　とかいて、それから俺は自分でこれをやってみた。おれの点数は三十点。不合格。何てことだ、と思いながらおれは歯を磨き、パジャマに着替えた。

　隣室の男がノックした。

「くたばったかね」

「何がだい？」

「恋愛論さ」

「この、か？」

「ちがうちがう。昔からよくある『恋愛論』さ。」

「うむ」

　とおれは答えた。そろそろくたばったろうと思うがね。いや、てってい的にくたばっている筈だ。

「あんなものがあると……」

　と隣室の男が言った。

「どうも、俺みたいに字を知らねえもンはもてねえから困るよ。それにくらべるとあんたのは俺たち向きだ」

　俺はあごをなでた。

「何しろあんたは処女狩りだからな、簡単でいいよ」

　さあさあ、もう寝ようぜ。と俺は言った。

　寝て夢でも見るとしよう。

♥……眠った

眠ってしまってから俺は不安になった。調子のいいこととおしゃべりだけが売り物で数十年俺は青春煽動業をやってきた。

だが、本当のことを言うと、イカスどころか……俺は、何にも知らないのだ。まったくお恥かしいながらまだ童貞で、キスを一遍したことがあるほかは女の体に接触したことがない。みんなは俺のことを詩人だという。それは俺がゆめを見るからにすぎないことで、俺は詩人なんて言われると一層女にもてなくなるからちっともうれしくない。

夢の中でのおれはいつも恋人博物館を散歩している。

「恋人博物館」

それは上野美術館のちかくにあり、恋に関するいろいろなものを陳列してある。入るとすぐ右手の方には古今東西のラブレターが並んでいて古くは淀君と秀頼のものからエスカミリオよりカルメンへ、とか点字でかいたお里と沢市のものもある。ここではノートをとっている学究肌の女学生もいるが、実はノートをとるどころか、盗作して彼氏をイチコロにする殺し文句を書きぬいているのであろう。

いまでは某ミッション女学院の中ではシラノそっくりのラブレターを貰う生徒が月に二人はいるそうだ。正面の陳列ケースには、情熱型の恋人たちのキスマークが並んでいて最近輸入されたモンローのそれが、話題をよんでいる。悲壮なのは清十郎の肌にお夏がのこしたキスマークで、これは清十郎の死後、清十郎の胸の皮をはぎとって剝製にして保存してある。

二階へいくとダフニスとクロエが最初に産児制限に用いた草の汁の壜入りもあり、十八歳未満立入禁止の個室にいくとお半と長右衛門の情事のときにお半がこぼした性液が大きなガラスのビンにつめられてある。しかも、二百数十年の日月を物語るように、その性液から芽が出て青い花が咲いていていて悲恋のあわれを物語っている。恋愛図書室から参観アヴェック用キス室まであり、ひどいのになると裕次郎が三枝をはじめに口説いた夜の、月の写真とか、ハンフリー・ボガートがローレン・バコールを押し倒してキスしたとき、下敷きになってつぶれた草、なんてのもある。

そうした巨大な博物館の中を、靴音たてて あるいてゆく孤独な散歩者のおれの真実を誰が知るだろうか。凡（おそ）らくこの卑劣な存在にしかすぎぬ人間が、生みだした恋の幻覚は蹴ろうと、押しつぶそうと、メカニズムをこえ、文明をこえてふくらんでゆくだろう。

みなさん。

その幻覚の中へおちこむことのないように。

『週刊 生きる女性』一九六一・三・一六

附録1

ダイアローグの理念とクロスジャンル論の視点

堀江秀史

はじめに――研究の間隙

まず、次頁の図版の片隅にある写真をご覧いただきたい。一九五六年、奈良原一高（一九三一― ）が大学院生の時に開催し、大きな話題を呼んだ写真展「人間の土地」で発表されたこの写真は、当時日本一の人口密度であった長崎県端島、通称「軍艦島」に取材したものである。現在では奈良原の代表作として知られるこの写真について、島根県立美術館学芸員の蔦谷典子は、「冷ややかな地下道のセメントは、人を寄せ付けない断固とした存在感を誇示する。そこに横たわる車輪は、人間の営みの片鱗を示し、失われた用途を静かに主張する」とし、「「人間の土地」のもっている強烈な物質感は何なのであろうか」と、どっしりと沈む車輪とそれを包む空気の重力に嘆息する（「「人間の土地」再考――奈良原一高の 1954-1956」『手のなかの空　奈良原一高 1954-2004』展カタログ島根県立美術館　二〇一〇　二三九頁）。

『手のなかの空』展カタログに奈良原が当時書いた文章が掲載されている。奈良原は軍艦島の写真群について、「色々な形で散在する資本主義社会機構と人間との関係が唯、端的に形象化されて現れた場合に過ぎ」ず、「我々は冷静にこれをそのまま我々の現代に於ける生活として把んで生きてゆかねばなりません。ここでの自然も機構もその上に住むことから始める以外に逃れる道のない場としての『土地』なのですからその土地に対する認識は出きるだけ客観的な観察によって深める努力をしました」と云う（「私の方法について」『リアリズム』一〇号　一九五六／同展カタログ　一七頁／『太陽の肖像　文集』白水社　二〇一六　三四頁）。

この写真が発表された年の『経済白書』には「もはや

五八年冬・近藤芳美

黎明にいまだに遠ししろがねに光る軌條のこがらしの街

鐵柵のかげ冴えざえと砂利濡れて過ぐるしぐれの亂めきつつ

赤き電話かけて鋭きこだましつ地上の雨の壁に流れて

靴音の近付き聞こえ壁に消ゆ心よぎりし何の恐怖か

門叩く聲あり拉致され行くひとり灯のなき街のまぼろしの夢

ささやきを常に背後に聞く如く生きつげる日に吾ら知らぬ明日

6

議事堂を目指せる示威の過ぐる今日しぐれの暗き夕虹の下

怯えおびえ聲變えて行く權力を見ていん包む憎しみの眼を

彼の武器に「敵」を指さすものはたれか街長く行く暗緑の列

冬いなずま激しく北の空に照り一日祭典の戰車のとよみ

拒まねばならぬものあり兆し來る鬱けき聲を風の如く聞く

安全旗雨にはためく窓昏れて加わらん夜の抗議の集會

心ひそかに騒ぐ思いに幾たびかしぐれの空に襲う雷鳴

集團の聲を行方を知り歩む長身の影灯に亂れつつ

7

「戦後」ではない」と記され話題になった。戦後日本が資本主義の論理で復興の途をひた走るなか、そこに人間はどのように関係しているのか、その表出の一例としての軍艦島を「客観的な観察」の対象とすることで再考したというわけだ。奈良原がその客観的な観察によって捉えた車輪は、アッジェの無人のパリの写真に中平卓馬（一九三八―二〇一五）が見た「事物からの視線」、すなわち撮影者を反対に照射する眼をもつかのように、重く静かに存在感を放っている。中平の云う「事物からの視線」については『なぜ、植物図鑑か　中平卓馬映像論集』（晶文社　一九七三／ちくま学芸文庫　二〇〇七）の巻頭論文を参照されたい。

「車輪」の写真は発表からおよそ三年後、『短歌研究』一九五九年一月号の「生きている〝戦後〟」という特集のなかで使用された際のものである。その企画意図は、同誌編集部の、おそらくは当時編集長の杉山正樹によって、次のように記されている（同誌　三六頁）。

短歌の未知の魅力を探って、より多くの人々の掌に短歌を手渡したく、歌人と写真家と画家とによる主題制作を試みました。これは短歌による初めての試みです。〈戦後の体験のなかで、今もなお強く心に生きつづけるもの〉を第一回の主題として、奈良原氏の写真百余枚から真鍋氏と編集部が十余枚選び、それをご覧に入れたうえで作歌していただきました。

この企画では、奈良原一高が写真を、真鍋博（一九三二―二〇〇〇）が誌面上の構成を手がけ、寺山修司ら十名が短歌を寄せた。雑誌という〈場〉に集った写真家や歌人、デザイナー、編集者が、互いを契機に個々の仕事を持ち寄って結集させる、芸術のジャンルを跨いだ興味深い企画である。

先に確認したとおり、奈良原は、資本主義と人間の関係というテーマに沿って写真を撮りためていたわけだが、その写真群を真鍋博というデザイナーと編集部が、別の問題――すなわち「生きている〝戦後〟」という企画――の下に取捨選択した。奈良原の「人間の土地」展の構想には戦後復興の問題があったのだが、『短歌研究』の特集は、その後三年を経て撮りためられた写真も含み、並びも変えているわけで、この時点でもともとのテーマはほとんど消え、図像は文脈を失い、宙吊りにされたこととなる。もともとのテーマもタイトルも失った写真、そして「戦後の体験のなかで、今もなお強く心に生きつづけるもの」という新たな主題に想を得て作歌する、あるいは既存の歌を再配置する。その短歌を再度、写真とともに、デザイナーが誌面に構成し直す。こうした創作ないしは再創作の連鎖が誌面に結実しているわけだ。寺山の作品は本書に収めた「洪水以前」（二一六頁）である。巻末の解題とあわせて参照されたい。

さて、先に引用した蔦谷の論文を掲載する展覧会カタログには、同氏による文献目録があるのだが、『短歌研究』で奈良原の写真が使われたという記載はない。写真史研究においては文芸誌の『短歌研究』まで調査に含めることはないのだろう。無理からぬことだが、日本写真史研究上、見落とされてきた奈良原の参加ではなかったか。

一方、文学研究でも短歌のみに注目し、やはり写真には注意が払われず、『短歌研究』の企画そのものに対する論及を管見の限り筆者は目にしたことがない。写真史、短歌史、双方の研究の間隙があることが、この企画が今まで知られてこなかったという事実によってよく分かる。このような視点に立った時に眼前に広がるのが、クロスジャンル論の沃野である。

クロスジャンル論と寺山修司研究

ここでクロスジャンル論という語の、学問としての位置づけについて考えておきたい。「クロスジャンル」とは、芸術の諸分野が交錯することを意味し、その「論」とは、複数のジャンルがいかに交わるのか、その関係性を問題にする言説の総体を示す。「ジャンル」は、たとえば文学における歴史小説とかSF小説といった内容による分類や、一人称とか三人称といった語りを問題にする分類、あるいは定型詩とか散文詩とか戯曲とか、形式で分けたりする場合にも使われる語であり、クロスジャンル論の射程においてそれらを問題にすることももちろん可能だろうが、多くの場合、ここで想定されるのは、絵画、音楽、文学、映画、漫画、写真等々、表現形態やメディアによる分類である。

学問上は比較文学に源流をもち、読み取られるべきもの、すなわちテクストそのものを仔細に分析するなかで、文学の視覚性、紙で綴じられた書籍としての物質性等、総合的な観点を導入する必要から生じたものと考えられる。その出現は近年で、「クロスジャンル」の語が日本国内の論文で最初に使われたのは『比較文学研究』第七四号（東大比較文學會　一九九九）の今橋映子「クロス・ジャンル研究の現在――比較芸術論の新たな地平」と見られる。同氏がその論文の発表後に著した「越境する学問・越境する展覧会」から、クロスジャンルについて分かり易く書かれた部分を引用する（『展覧会カタログの愉しみ』東京大学出版会　二〇〇三　一四―一五頁）。

> 比較文学研究の領域でも、「諸芸術間交渉」という呼称で視覚芸術（特に絵画）との関係が論じられるようになってきたのは１９８０年代からです。〔中略〕比較文学に視覚芸術を取り込むような研究分野を、「比較芸術論」と新たに呼ぶことができないかと、現在私たち研究室のスタッフは思考しています。そして「比較芸術論」には「クロス・エリア」と「クロス・ジャンル」という二つの地平が存在するのではないかと考えられます。／「クロス・エリア」とはすなわち「文化の越境」であり、複数の国籍や文化にわたる芸術の現象です。〔中略〕さて「比較芸術論」の第二の地平、「クロス・ジャンル」研究とは、芸術ジャンルの越境を指します。作家（詩人）であり画家でもある人間、美術批評や画家の手記、絵の中の文字、絵巻物や絵本……など、それこそテーマは無数に存在します。さらには「文

学と写真」「文学と映画」「美術と音楽」など、クロス・ジャンル研究はいまだ開拓途中の領域を沢山ふくんでいるのです。

今世紀はじめの時点で「開拓途中」と記されていることからも、クロスジャンルの語が、学問的にはごく最近になって使われるようになったのが分かるわけだが、そのことをわれわれは充分に自覚すべきである。なぜなら先の奈良原の写真のように、現在の学問的見地で捉えることで新たな真価を見出せる作家、グループあるいは運動体、作品群が、同時代において、クロスジャンルという標語（＝スローガン）や評語（＝批評言語）で扱われていたわけではないからだ。

今見ると、いかにも「クロスジャンル」という語は適しているように思えるが、一方で当時の活動をそのような言葉で捉えなおす危険性についても、充分に自覚的であらねばならないだろう。現象を名づけて呼称することは、その姿を見え易くする一方で、現象の可能性を狭め、時にあるがままの姿を歪め、魅力を損なうことにもなりかねないからだ。

では、同時代において、当人たちは自らの活動をどのように自覚していたか。クロスジャンルの現象を寺山の語彙に引きつけるならば、おそらくそれは「ダイアローグ」という語で説明されるものになる。寺山が好んで使った語であり、寺山はしばしば、この語を用いて自らの理念を語った。寺山自身によるこの語の詳細な規定は行なわれていないが、遺された言葉や活動から筆者が理解するならば、「ダイアローグ」とは、他人はもちろん自分にも向き合って衝突をくり返し、偶然性を取り込みながら作品を生成しようという方法論を指すと思われる。

寺山の「ダイアローグ」を筆者なりに分類すると、外向き、対外的なものと、内向き、自らに向かう対自的なものがあると云っていい。先の『短歌研究』の特集を例に考えるならば、奈良原一高という写真家、真鍋博というデザイナー、寺山修司たち歌人、といった具合に、異なる分野＝ジャンルの専門家が一つの〈場〉、つまり『短歌研究』の企画に集い、他人との関係のなかで作品を生成していた。これを「外的」なダイアローグとすれば、「内的」なダイアローグとは、自分自身を更新していくようなあり方を指す。寺山について云えば、詩から始まり、シナリオも書いた。ともにまだ言語表現が主だが、一九六〇年代後半には天井棧敷を率いて演劇、映画の演出を行ない、さらには写真作品も発表するようになった。アイデンティティを自らに問い直し、葛藤と刷新をくり返しながら活動していく、というあり方である。

外的ダイアローグは、雑誌企画や映画その他の作品、あるいは芸術集団等の運動体を一つの単位として、複数人が集まる時に生ずる摩擦である。一方、内的ダイアローグは、作家個人を単位として、表現領域をまたぐ等それまでの自分を更新する際に生ずる葛藤そのものを指す。「外的」とか「内的」といった用語は、仮に名づけたものにすぎないが、ともかくも、極めて多面的な活動を展開した寺山修司の「全体」を捉える試みは、この二つのダイアローグについて考えていくことにほかならない。

一九六〇年の誌上ダイアローグ

さて、冒頭の奈良原一高の写真を使った『短歌研究』の企画に戻ると、ここで真鍋博が起用されていることにも、クロスジャンル論の見地からは興味が湧く。奈良原と真鍋は、奈良原が写真家として有名になる以前から繫がりがあった。一九五五年結成のグループ「実在者」という、真鍋のほか、池田満寿夫（一九三四―一九九七）や靉嘔（一九三一― ）らがいた画家集団に、奈良原も客員として参加していた。そうした芸術運動の共同体の人脈が、グループを離れても生きつづけて、誌面で互いをぶつけ合い、作品を結実させたわけだ。

さらには、『短歌研究』を経て、寺山と真鍋という組み合わせも生まれる。『マンハント』誌では、寺山が詩や散文を、真鍋、和田誠（一九三六― ）がイラストやデザインを、立木義浩（一九三七― ）が写真を寄せる企画が一九六〇年に連載された。

『マンハント』は、戦後アメリカの娯楽小説誌であった *Manhunt* の版権を久保書店が買いつけて「全篇初訳」で出版された。誌面には、田中小実昌（一九二五―二〇〇〇）らによる同時代アメリカ大衆作家のハードボイルド小説の翻訳をはじめ、植草甚一（一九〇八―一九七九）ら日本人作家によるアメリカ文化に関する情報も掲載された。寺山、真鍋、和田、立木といった若い世代の頁は、それらに並んで雑誌に彩りを添えている。中田雅久編集長は、寺山らの企画初回が掲載された一九六〇年一〇月号の六頁にある「マンハンターズ・ノート」で、「今月号は、日本のヌーベル・ヴァーグ（なんて代用品的な呼びかたは失礼なくらい）のトップを行く4人のかたに、新鮮なファンキー・スタイルのページをつくってもらいました」と紹介し、のちに当時を、「経営が零細でお金がないので、まだ世に出ていない、こうした人びとにお願いした」と述懐している（木本至『雑誌で読む戦後史』新

潮社 一九八五 二三九―二四一頁)。一九六〇年一〇月号「ギャング・エイジ」、一一月号「5分前」、一二月号「肉体学」の三篇を、あまり知られていない作品群でもあるので、ここでじっくりと鑑賞したい。

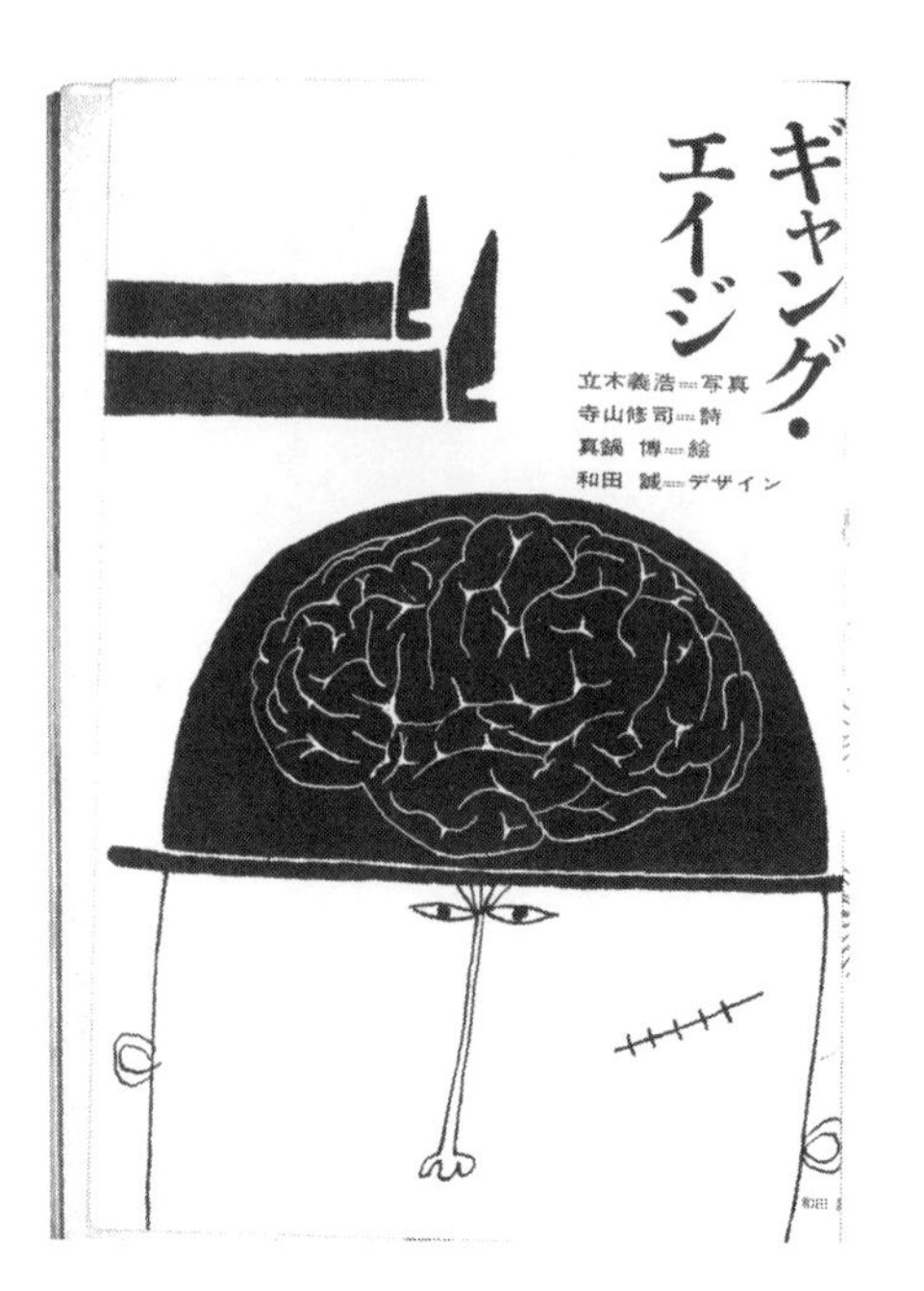

ギャング・エイジ

この一連の作品は『マンハント』一九六〇年一〇月号に掲載された。「ギャング・エイジ」とは一般に、少年時代のひと頃、子供たちが秘密基地などをつくって閉鎖的な集団を形成し、禁止事項やいたずらを敢えて冒して好奇心を満たしつつ成長する時期のことを意味する。扉の和田誠によるイラストは、背後に横たわる死体と思しき足を背景に、頰に傷をたたえた眼光鋭いギャングが描かれる。ギャングの被る山高帽に脳が透けているのは、彼の頭のなかを覗こうというこの回の趣旨を示すのだろうか。頁をめくると立木義浩の写真と寺山修司の詩「殺人者のブルース」だ。以下に全文を引用する。

殺人者のブルース

土管のなかで眠る
たそがれになると熱い声で
ブルースをうたう

俺の帰っていく場所は
あの枯草のなか
小さなミシシッピーが河のなかで
灯っている

あゝ　俺はまたひとり
殺してしまったよ　たそがれに
またひとり

殺人者のブルース

立木義浩＋寺山修司

土管のなかで眠る
たそがれになると熱い声で
ブルースをうたう

俺の帰っていく場所は
あの枯草のなか
小さなミシシッピーが河のなかで
灯っている

あ・　俺はまたひとり
殺してしまったよ　たそがれに
またひとり
るらるら　ら　らる
るらるら　ららる

玉葱畑でくさっているのも
古いすりきれたボートで流れ去っていって
しまったのも
コンクリートに塗りこめられたのも
鳥に啄ばまれてしまったのも
みんな
おれの死体だ
おれの死体なんだよ
おっかさん

るらるら　ら　らる
るらるら　ららる

玉葱畑でくさっているのも
古いすりきれたボートで流れ去っていって
しまったのも
コンクリートに塗りこめられたのも
鳥に啄（つい）ばまれてしまったのも
みんな
おれの死体だ
おれの死体なんだよ
おっかさん

やはりギャングのアイコンとなるハットを被った男の写真が見開きに、そしてタイトルとクレジットが左頁、詩の本文が右頁に掲載されている。男の背中には「ASHIYA NCO」とあるが、福岡の芦屋基地周辺で暮らす者だろうか。芦屋は当時まだ米軍基地で、寺山の少年期にその母が出稼ぎに来ていた場所でもある。ブルースを歌う語り手が眠る「土管」や「帰っていく場所」としての「枯草」、そして黄昏に殺人を感傷的にうたう自己陶酔的な気分はやや幼く、「ギャング・エイジ」の少年のものである。興味深いのはくり返された「おれの死体」という文言で、ここには寺山が終生問題としつづけた〈私〉論の片鱗が窺える。

この頃の寺山の作品傾向によく沿っていて、アメリカン・ハードボイルド小説誌に載せるのにぴったりの雰囲気だが、むしろ『マンハント』誌が寺山の情報源として機能していたとも云えるだろう。当時の寺山には、『スポーツニッポン』紙に一九五八年八月から一〇月まで連載された小説『ゼロ地帯』（白石征編『寺山修司の忘れもの未刊創作集』角川春樹事務所　一九九九）や、自身が脚本を書いた映画『夕陽に赤い俺の顔』（篠田正浩監督　松竹　一九六一）といった、殺し屋をモチーフにしたエンターテインメント作品が目立つ。詩の気分としては、和田誠装丁の第二歌集『血と麦』（白玉書房　一九六二）にも重なる。本書所収（一二〇頁）の詩「零年」（『現代詩』一九六〇・二）も、そうした系譜に連なるものである。同誌面に配された舞台美術家の金森馨（一九三三―一九八〇）によるコラージュ写真――ボクシング、黒人、ジャズ、マーロン・ブランドによく似た男等々――は、外的ダイアローグの一例でもある。ほかの作品と並べて考えるならば、「殺人者のブルース」は、同様の気分を詩、脚本、小説と、かたちを変えてくり出した寺山の活動のあり方がよく窺える作品の一つだと云える。

次頁は寺山と和田誠による「やさしい老嬢」だ。

やさしい老嬢

わたしは猫を飼っている　フットボールの球ももっている　わたしたちは特殊な情事にふけるのでフットボールの球は猫の毛で覆われている

わたしは毛布にくるまって眠る　それぞれちがったゆめをみるが　わたしは大抵あのことだ……

あのことだ　そう　マミイのこと
肉のよくしまった汗っぽいわたしの妻だった女のことだ
マミイが浮気したのは二年前の夏だ
マミイを俺は
アパートの二階の窓から突き落して殺した
それから一本煙草をすわないうちに電話がかゝってきた

私　三階の女よ　いま　あんたのしたこと見ていた

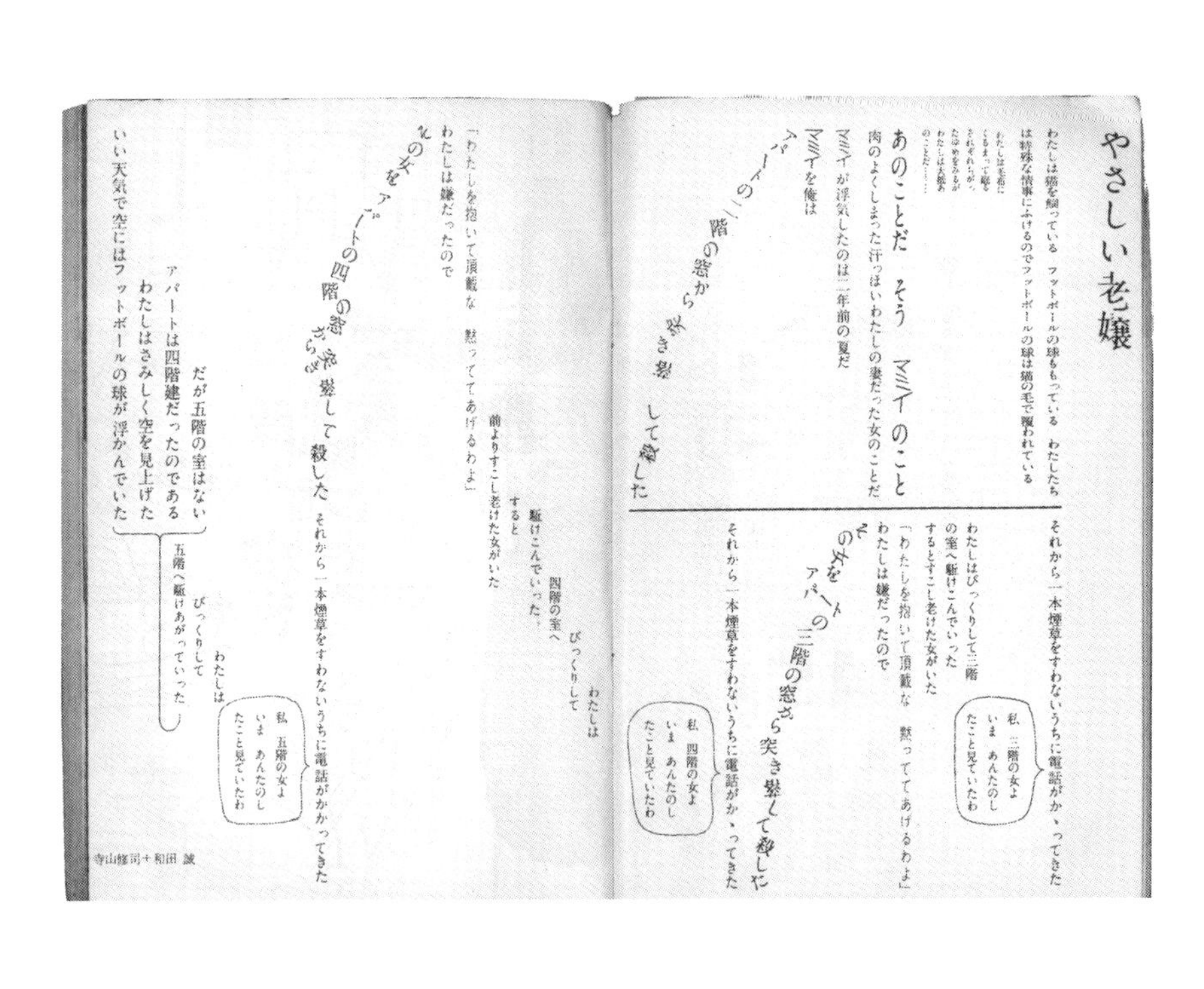

やさしい老嬢

わたしは猫を飼っている　フットボールの球ももっている　わたしたち
は特殊な情事にふけるのでフットボールの球は猫の毛で覆われている

あのことだ　そう　マミイ　のこと
肉のよくしまった汗っぽいわたしの妻だった女のことだ
マミイが浮気したのは二年前の夏だ
マミイを俺は
アパートの二階の窓から突き落して殺した

それから一本煙草をすわないうちに電話がかゝってきた
私　三階の女よ
いま　あんたのし
たこと見ていたわ
わたしはびっくりして三階
の室へ駈けこんでいった
するとすこし老けた女がいた
「わたしを抱いて頂戴な　黙っててあげるわよ」
わたしは嫌だったので
その女をアパートの三階の窓から突き落して殺した
それから一本煙草をすわないうちに電話がかゝってきた
私　四階の女よ
いま　あんたのし
たこと見ていたわ
わたしは
びっくりして
四階の室へ
駈けこんでいった、
すると
前よりすこし老けた女がいた
「わたしを抱いて頂戴な　黙っててあげるわよ」
わたしは嫌だったので
その女をアパートの四階の窓から突き落して殺した
それから一本煙草をすわないうちに電話がかかってきた
私　五階の女よ
いま　あんたのし
たこと見ていたわ
わたしは
びっくりして
五階へ駈けあがっていった
だが五階の室はない
アパートは四階建だったのである
わたしはさみしく空を見上げた
いい天気で空にはフットボールの球が浮かんでいた

寺山修司＋和田 誠

わ

わたしはびっくりして三階の室へ駈けこんでいった
するとすこし老けた女がいた
「わたしを抱いて頂戴な　黙っててあげるわよ」
わたしは嫌だったので
その女をアパートの三階の窓から突き落して殺した
それから一本煙草をすわないうちに電話がかゝって
きた
私　四階の女よ　いま　あんたのしたこと見ていた
わ

わたしはびっくりして四階の室へ駈けこんでいった
すると
前よりすこし老けた女がいた
「わたしを抱いて頂戴な　黙っててあげるわよ」
わたしは嫌だったので
その女をアパートの四階の窓から突き落して殺した
それから一本煙草をすわないうちに電話がかかって
きた
私　五階の女よ　いま　あんたのしたこと見ていた

わ
わたしはびっくりして五階へ駈けあがっていった
だが五階の室はない
アパートは四階建だったのである
わたしはさみしく空を見上げた
いい天気で空にはフットボールの球が浮かんでいた

猫と暮らす語り手は、二年前に浮気した「マミイ」の夢を見る。逆上した語り手はマミイを二階から墜落死させる。すると殺害する現場を三階で見ていた女から電話がかかってくる。その彼女も墜落死させる。それを見ていた四階の女から電話がかかってくる。その彼女も墜落死させる。さらに五階の女から電話がかかってくるが、五階はない。屋上で「わたし」は空を見上げる。猫と遊んで毛まみれになったサッカーボール、もしくはそんな形の雲が、晴れた空に浮かんでいる。階上から電話をかけてくる女は皆、自分を抱けば「黙っててあげる」と「やさしい」。が、語り手はそれを拒否し、殺害をくり返す。階を上がる毎に女は老けていく。全ては夢かもしれないし、マミイを殺したことは現実かもしれない。夢と現実の線引きが曖昧なミステリー的掌編だ。

前掲の図版のとおり、語りの内容と文字組みが一体と

ぼくの部屋　真鍋博

なった和田の仕事が面白い。「マミイ」が手書きなのは、語り手との距離の近さの表れだろう。三度行なわれる殺人は、回転させた文字が放物線を描くデザインで視覚化されている。四階に上がる時は段々と駆け上がるように改行される。屋上に昇りきると下揃えの文字組みだ。読者の視線と語り手の動きが一体となる工夫である。

　次頁には、真鍋博のイラスト「ぼくの部屋」があり、マネキンの足や頭、胴体が数多く置かれている。真鍋の思い描く秘密基地だろう。さらにめくると立木義浩の写真だ。縦にすると、中央に「予約受付中」とあり、写るのは緑に囲まれた空き地のように見える。奥には十字架が見え、墓地の空いた区画かもしれない。明日をも知れぬ身のギャングたちを死神が手招きするようだ。

5分前

『マンハント』一九六〇年一一月号に掲載された「5分前」は、折り込みの「前口上」から始まる。以下全文。

前口上

「ピーナッツ売りか?」

いゝえ

前口上

「ピーナッツ売りか?」
いゝえ
「麻薬売人か?」
ちがいます
「殺し屋だとでもいうつもりかね。」
しーっ。ちがいます。
「じゃあ、何だと言うんだ。」
告げ屋でございますよ。
「告げ屋だと?
何だ、それは。」
あなたに何が起るか、5分前に告げてあげるという親切な商売でさ。
髭を剃りおとされる5分前
恋人に捨てられる5分前
大きな牛に轢き殺される5分前
5万円拾う5分前
思わず鼻唄うたいだしたくなる5分前
鰐を食べる5分前
この頁をひらく5分前
「なる程。そうすりゃ、身の危険をのがれることができるって訳か。」
いゝえ。
とんでもない。にげることはできませんよ。それは必らずやってくることの5分前なんですから。
「そんなら知りたくない。
5分前なんて俺は絶対に予告されたくないぞ。」

寺山修司＋和田誠

「麻薬売人か?」
ちがいます
「殺し屋だとでもいうつもりかね。」
しーっ。ちがいます。
「じゃあ、何だと言うんだ。」
告げ屋でございますよ。
「告げ屋だと?
何だ、それは。」
あなたに何が起るか、5分前に告げてあげるという親切な商売でさ。
髭を剃りおとされる5分前
恋人に捨てられる5分前
大きな牛に轢き殺される5分前
5万円拾う5分前
思わず鼻唄うたいだしたくなる5分前
鰐を食べる5分前
この頁をひらく5分前
「なる程。そうすりゃ、身の危険をのがれることができるって訳か。」
いゝえ。
とんでもない。にげることはできませんよ。それは必らずやってくることの5分前なんですから。

「そんなら知りたくない。
5分前なんて俺は絶対に予告されたくないぞ。」

寺山修司の文章に、黒ハットに黒スーツの男と、幾何学的な円形のイラストが添えられている。和田誠との共作である。男は寺山の文にある、逃れ得ない五分後の運命を告げにくる「告げ屋」だろうか。背後の円は時計の針の角度にして三〇度となる「5分」を正確に計るための計測図だろうか。

つづいて扉が入り、頭にリンゴを載せた人の顔のイラ

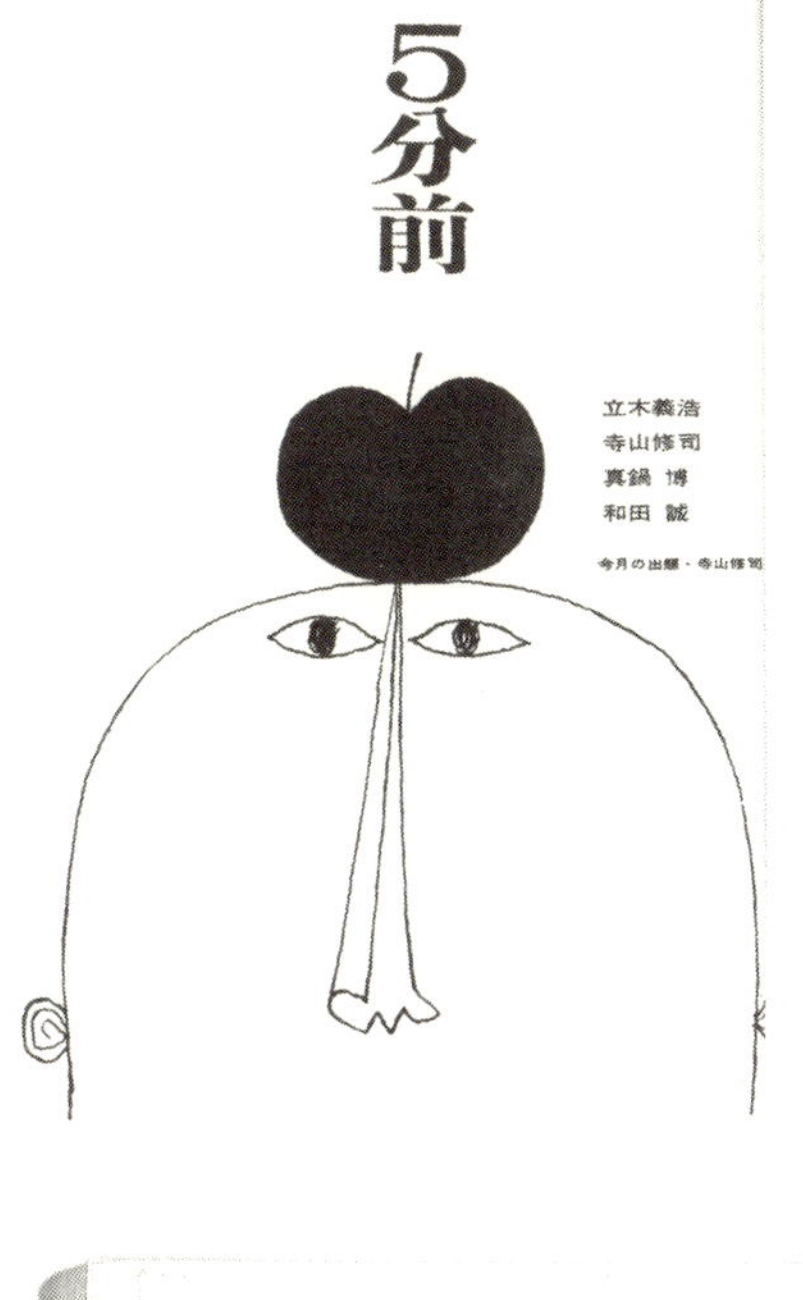

ストと「5分前」のタイトル。前号と同じタッチなので和田誠の手になるものだろう。

頁をめくると、眼鏡をかけ帽子を被った生真面目そうな男の、本を読みながら歩く姿が連続写真で捉えられ、見開きに配置されている。途中、拾うリンゴは、扉との連続性を表現したものか。食べ終えたリンゴの芯は宙に放り投げられている。右隅の手を除けば、五分毎、計一時間の様子とも考えられる。クレジットがないので定かではないが、写真コラージュの方法と内容からして真鍋博の作ではなかろうか。

つづくは、寺山と真鍋の共作「5分前の老嬢」だ。真鍋が手書きで寺山の散文を装飾している。イラストになっている部分もある。正確な引用は不可能だが、推測し得る範囲で以下に書き起こしてみよう。文脈で判断し、真鍋のイラストを言葉に置き換えた部分には傍点を振った。

5分前の老嬢

あゝ、怖ろしいわ
と老嬢は思った。
彼女は一度出した剃刀の刃を
また抽出しにしまった。
抽出しのなかは空っぽで何もなかった。
もうじき
月が
昇るんだわ
彼女は自分の汗まみれの両手が
月に向ってさし出される
ときを
ゆめみた。
パイプのベッドに毛布が一枚
花瓶にはなまぐさくて真赤な
ダリア
思えば、この年になるまで
あたしが処女だったなんて……
あゝ、怖ろしいわ
と老嬢は思った。
一体全体5分後に
何がやってくるというのかしら。
あたしの身になにかふりかかると
でも言うのかしら
夜はあたしのなかに卵をいっぱい
貯わえ

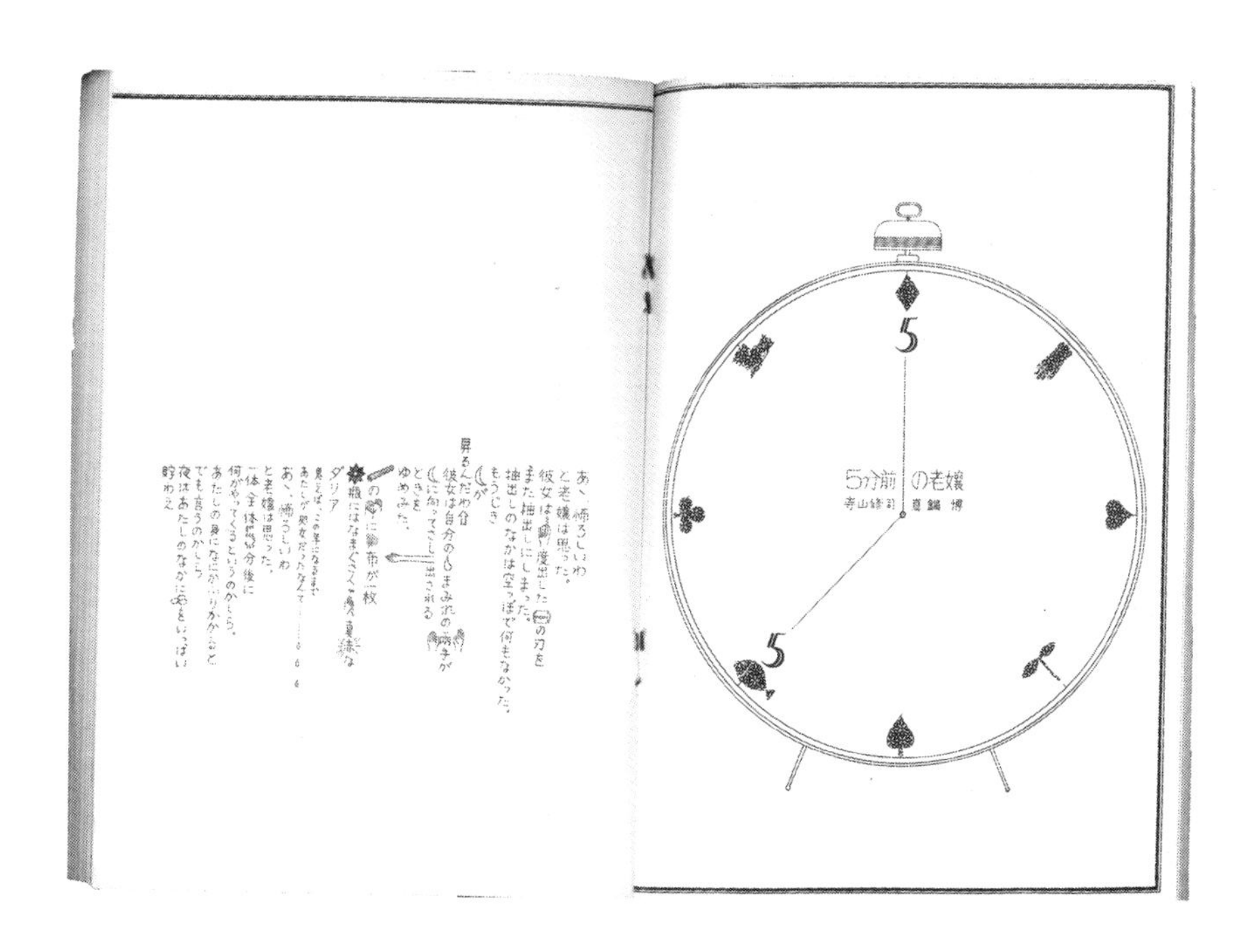
5分前の老嬢
寺山修司
真鍋博

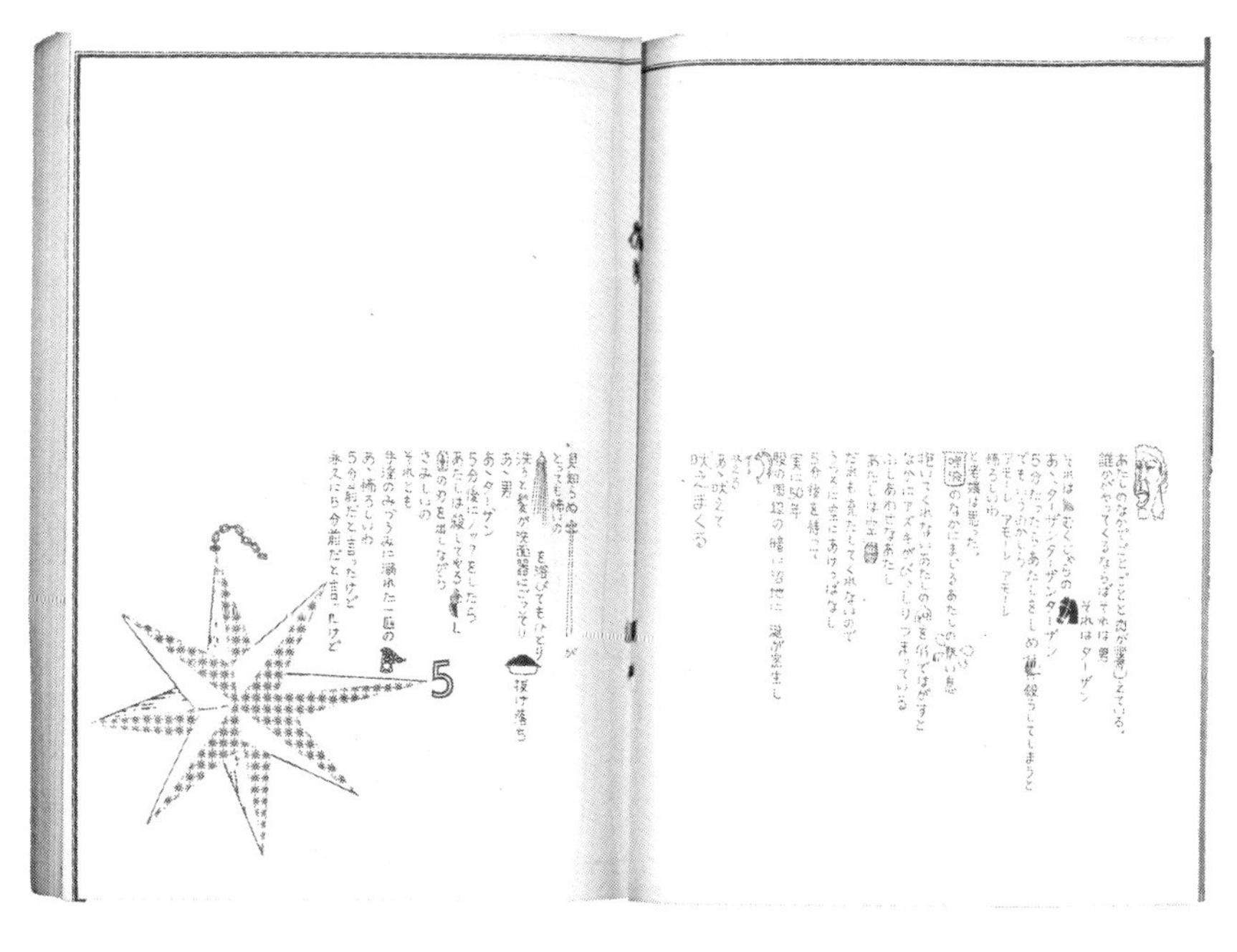

あたしのなかでごとごとと肉が煮えている。
誰かがやってくるならばそれは男
それはターザン
それは毛むくじゃらの馬
あゝ、ターザンターザンターザン
5分たったらあたしをしめ殺ろしてしまうと
でもいうのかしら
アモーレアモーレアモーレ
怖ろしいわ
と老嬢は思った。
唾液のなかにまじるあたしの熱い息
抱いてくれないあたしの胸を爪ではがすと
なかにアズキがびっしりつまっている
ふしあわせなあたし
あたしは空樽
だれも充たしてくれないので
うつろに空にあけっぱなし
5分後を待って
実に50年
股の周辺の暗い沼地に　涎が密生し
吠える
吠える

あゝ吠えて
吠えまくる
見知らぬ電柱が
とっても怖いの
シャワーを浴びてもひとり
洗うと髪が洗面器にごっそり抜け落ち
あゝ男
あゝターザン
5分後にノックをしたら
あたしは殺してやる包丁と
剃刀の刃を出しながら
さみしいの
それとも
手淫のみづうみに溺れた一匹の□〔判読不能〕
あゝ怖ろしいわ
5分前だと言ったけど
永久に5分前だと言ったけど

一人暮らしで男性経験のない老嬢が、夜、毛むくじゃらのターザンが自分を襲いに来てくれる五分後を夢想する。老嬢は五分前を生きつづけ、もう五〇年が過ぎた。剃刀の刃を「抽出し」にしまって「怖ろしい」五分後を期待する。三日月の夜に性欲をもてあまし、ベッドで眠れぬ夜に思い煩う老嬢の独白。これに呼応するように、ラストの真鍋の刺刺（とげとげ）しい錨（いかり）のイラストが、老嬢の心をここに留める。

次の見開きは和田誠のイラストだ。ベレー帽に背広姿の男と軍人が背中合わせに座り、それぞれ相手に向けてダイナマイトとミサイルのスイッチに手をかけている。腕時計と懐中時計をじっと睨み、五分後に指が動くのだろう。二年後のキューバ危機を予言するかのようだ。

さらにめくると、立木義浩と真鍋博の共作。両眼と眉の大写しに蟻が這っている。底部に帯状に描かれた蟻群が真鍋の手になるものだろうか。この図像は以下の寺山の短歌を彷彿させる（「火山の死」『短歌』一九五七・八　四八頁）。

ダリアの蟻灰皿にたどりつくまでをうつくしき嘘まとめつゝいき

愛なじるはげしき受話器はずしおきダリアの蟻を手に這わせおり

愛と裏切りに生きるダリアの人物は、写真にあるよう

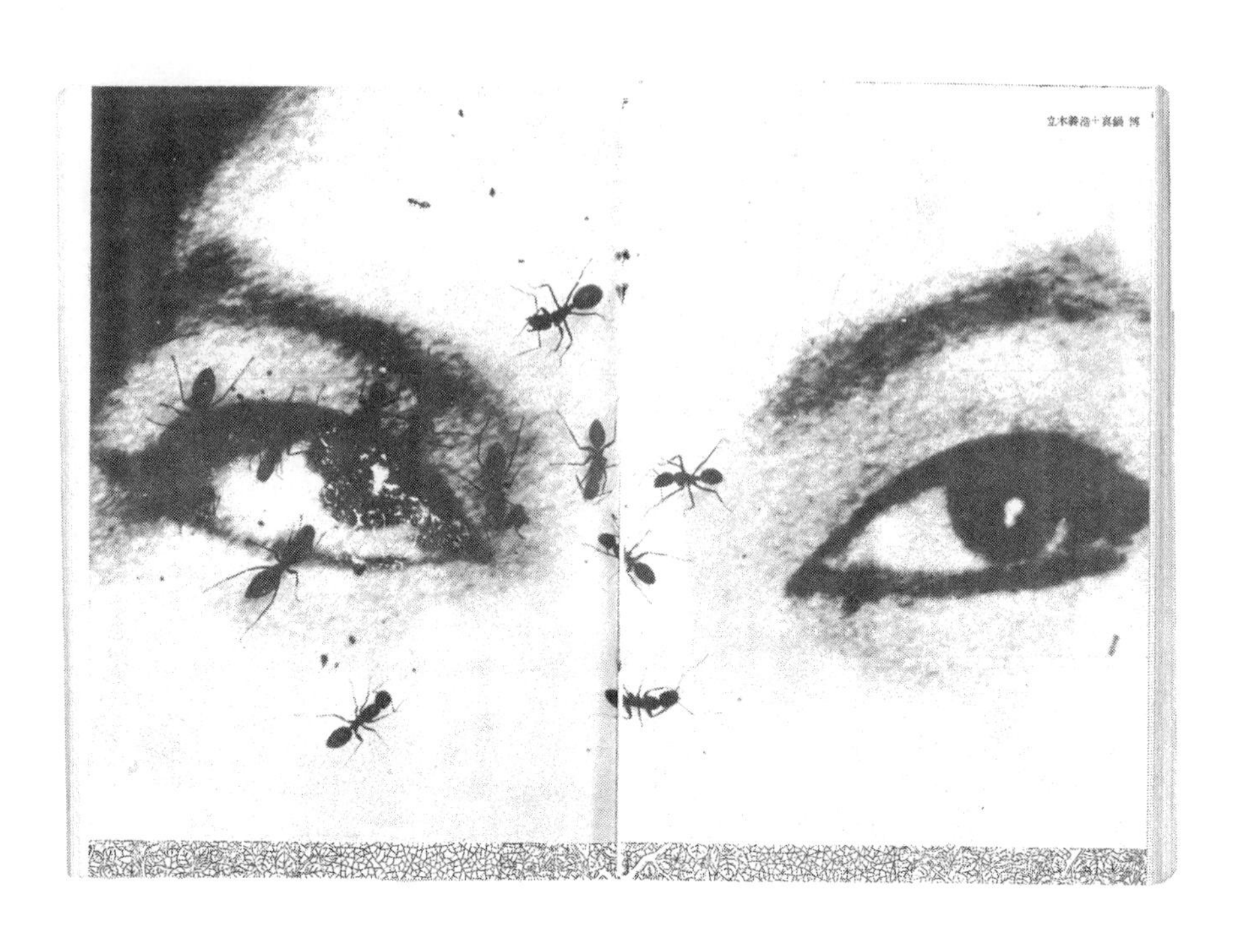

な眼の女性だったのではなかろうか。

なお引用の二首は『空には本』（的場書房　一九五八）収録の「真夏の死」の歌群にあり、『寺山修司全詩歌句』（思潮社　一九八六）では、歌集『血と麦』中に再編されている。寺山短歌の再編という興味深くも複雑な問題については、小菅麻起子の労作『初期寺山修司研究』（翰林書房　二〇一三）の「第Ⅱ部　第一歌集『空には本』の基礎的研究」を参照されたい。

肉体学――ボディオロジイ

『マンハント』一九六〇年一二月号掲載。扉の前に折り込みで、先の「前口上」のように挿まれるのが、寺山修司の詩と立木義浩の写真である。以下全文。

血の夏

きみに一つの眼をあげよう
そのなかに
灼きつけられて死んでいる
怒濤のなかの暗い男
血の夏！
狂おしくわたしと愛しあった

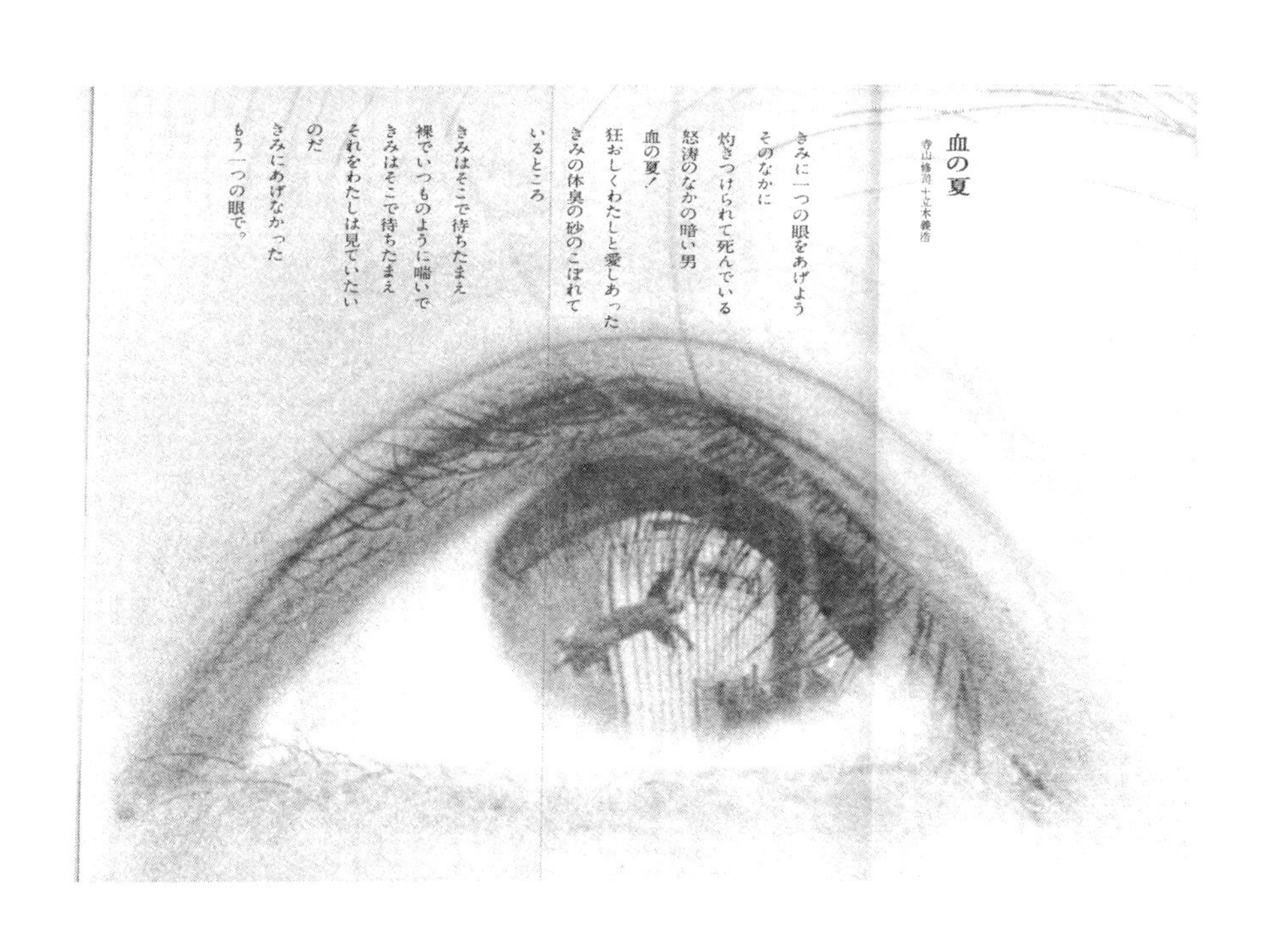
血の夏
寺山修司＋立木義浩

きみに一つの眼をあげよう
そのなかに
灼きつけられて死んでいる
怒濤のなかの暗い男
血の夏！
狂おしくわたしと愛しあった
きみの体臭の砂のこぼれて
いるところ
きみはそこで待ちたまえ
裸でいつものように喘いで
きみはそこで待ちたまえ
それをわたしは見ていたい
のだ
きみにあげなかった
もう一つの眼で。

きみの体臭の砂のこぼれて
いるところ

きみはそこで待ちたまえ
裸でいつものように喘いで
きみはそこで待ちたまえ
それをわたしは見ていたい
のだ
きみにあげなかった
もう一つの眼で。

写真は片眼の大写し。瞳には人影が映っている。人が墜落する場面をじっと見つめているものとも解釈できる。網膜に焼き付けられた死にゆく男と「灼きつけられて死んでいる／怒濤のなかの暗い男」。写真の眼と、「暗い男」の死を「灼きつけ」た眼。写真世界の炎天下の都会の惨劇と、詩世界の浜辺の恋人たち。意味は微妙にずれつつ、「血の夏」の気分を盛り上げる。

両の眼が揃うと片方を潰さずにはおかない寺山の詩情は、随所に見られる。たとえば後年の、森山大道との共著『にっぽん劇場写真帖』（室町書房　一九六八）における「第三の歌　眼球修理人まぼろしの犯罪」である。頁数は未記載。

　眼球修理人の話によると、人間の二つの目にはそれぞれ違った役目がある。一つの目で他人を見、べつの目で自分を見るという学説もあれば、一つの目で「見出し」、べつの目で「見捨てる」という別の学説もある。／いずれにせよ、この両目の平衡が、悪しき調和を統〔す〕べているとわかったら、草刈り鎌でもって片方の目をえぐり出さねばならない。そして自分を見るための「見出す」目は、血を拭いたあと油のにじんだ黒布でピカピカになるまでよく磨き、暗黒の応接間のテーブルの上にでも、飾っておくのがいいのさ。私は残る片目で、限りなく世界を見捨てながら、シベリアまでも旅に出てやろう。私の残された目よ。見捨てるために限りなく他人を見つめ、そのはてしない他人の故郷の夕焼雲の上に、／休息のための瞼とざして過ぎる燕の数をかぞえよ。／新しい闇の成立つ快さに／やさしい目かくしの時代が過ぎてゆく。

「世界を見捨て」、「他人」を「見捨て」る「残された目」。「血の夏」で「きみ」を愛しく眺めていた「もう一つの眼」は、ここでは「見捨てる目」として恋人のもとを去り、北の果てへと旅立っている。二つが揃っている。番〔つが〕いであることと両眼があることは等しく、「悪しき調和」であると寺山は認識する。「平衡」状態であり、モノは下に落ち、いずれ壊れる。熱は冷める。エントロピーは増大する。自然は常に高いエネルギー状態にあるものを低い平衡状態へと移行させる。抗わねばならない。不均衡を自らの裡に抱かぬ平衡は堕落である。反対に、偏った状態、欠けた状態はエネルギーを内在している。不均衡とはエネルギーそのものなのだ。そしてエネルギーを抱くことは、真に生きることにほかならない。

　さらには、片目、片足など、身体的不均衡への寺山の偏愛は、以下参照する松浦寿輝の、詩人の感性に裏打ちされた卓抜な論考で明らかにされたように、より大きくは複数性と単数性の問題に繋がっている（「一であることの抒情――寺山修司の初期歌篇」『現代詩手帖』一九八三・一一臨時増刊号　二三六―二四二頁）。まずは寺山の「李庚順」（『現代詩』一九六二・五　七七頁）からの引用である。

　　こゝに一本の電桂〔ママ〕がある／そしてあそこの倉庫のかげにも一本の電柱がある／決して出合うことのないこの二本の電柱におれは責任があるだろうか／と

李は思つた／もしも、この二本をどうしても出合わせようとするならば、どちらか一本は伐り倒してしまわねばならないだろう／しかし、死んだ男と初対面であることが空しいように　二本の電柱のうちの一本が、単に「木」として出合うのは何の意味ももつていやしないかも知れないではないか。

それぞれが別々に屹立（きつりつ）していることがダイアローグの条件である。二人が「出合う」ことは狎（な）れ合うことであり、それは少なくとも片方の死をもってしか達成されない。寺山のかなしみと誠実はここにある。出合いによって相手を死なせないように、自分が死なないように、寺山は挑発する。生きた関係を寺山は欲するのである。松浦の前掲論文によれば、「他なる多」や「多なる他」、あるいは「既婚者的」複数性を得て世界と和解するという「成熟」を寸前で拒むのが、寺山の「純化された抒情」である。それが詩の語り手の眼をくり抜かせ、世界に善き不調和をもたらすのである。

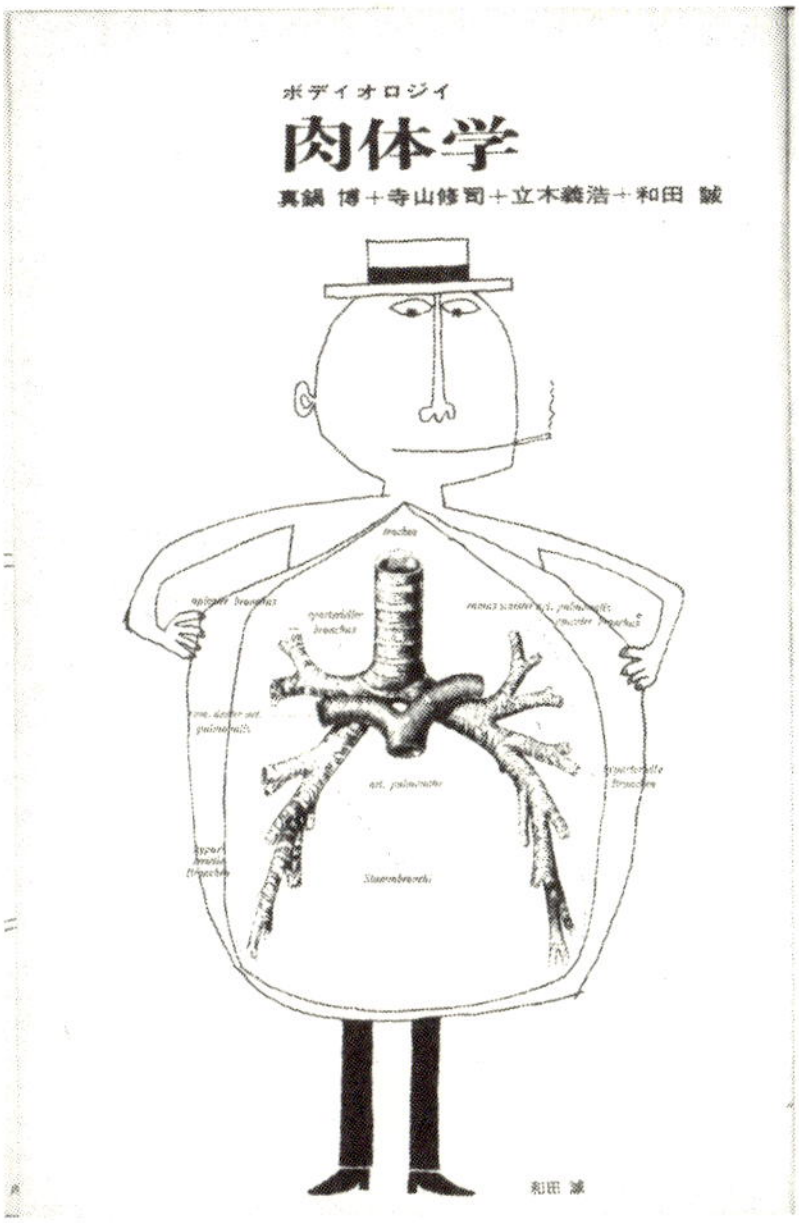

さて、つづけて入る扉の絵はやはり和田誠のもので、煙草をくわえたハットの男が自分の胸を開けて、気管を見せている。医学書のイラストとのコラージュだろう。「血の夏」の「眼」など、身体器官に焦点を当てたのが今号の主題「肉体学」である。

次の見開きは真鍋博とSF作家である都筑道夫（一九二九―二〇〇三）の共作だ。「あなたのお顔を完全につくりかえることが、出来るようになりました。」という架空の病院の広告である。三角定規、包丁、斧、トンカチ等々。長い手が人の顔を弄（いじ）くり倒すというブラックユーモアだ。なお都筑道夫は、『マンハント』に先行してアメリカの探偵小説を紹介した早川書房の日本語版『EQMM』（*Ellery Queen's Mystery Magazine*）の初代編集長であったが、この頃は独立して『マンハント』に翻訳を寄

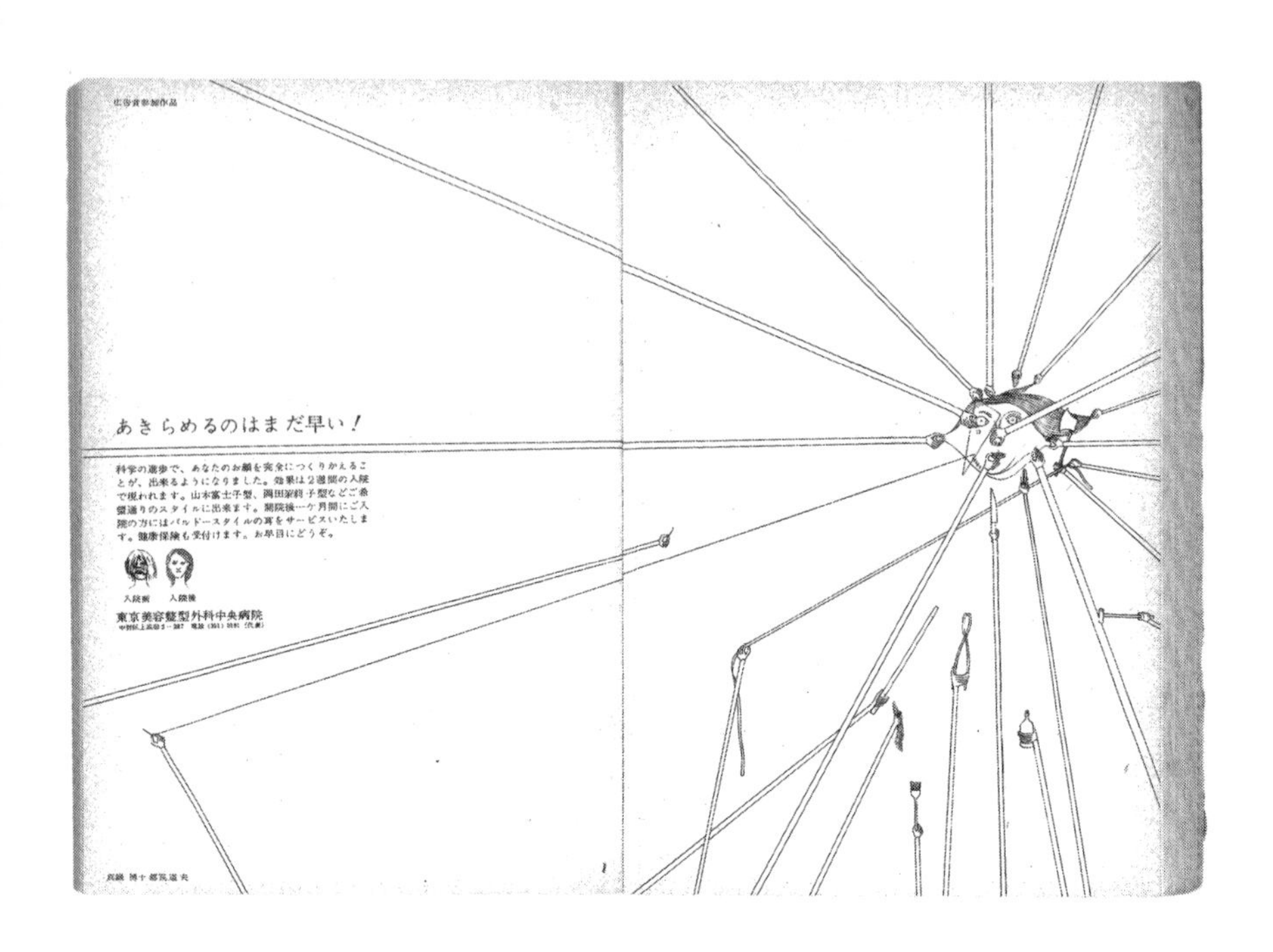

稿していた。

頁をめくると、「●」。以下全文。

●

「殺したか？」

「あゝ」

「で、女は何て言った？」

「ありがとう、ってこれをくれたよ」

「何だ」

「わからん」

「あけてみな」

「……いやだ」

「そうか、こわいんだな　そうかも知れん　おまえの殺した男ってのはあの女の情夫だった男だからな」

「ばかいえ　おれはあの女にたのまれたから殺したまでだ」

「見ろ」

「え」

「鳥がとんでいる」

「…………」

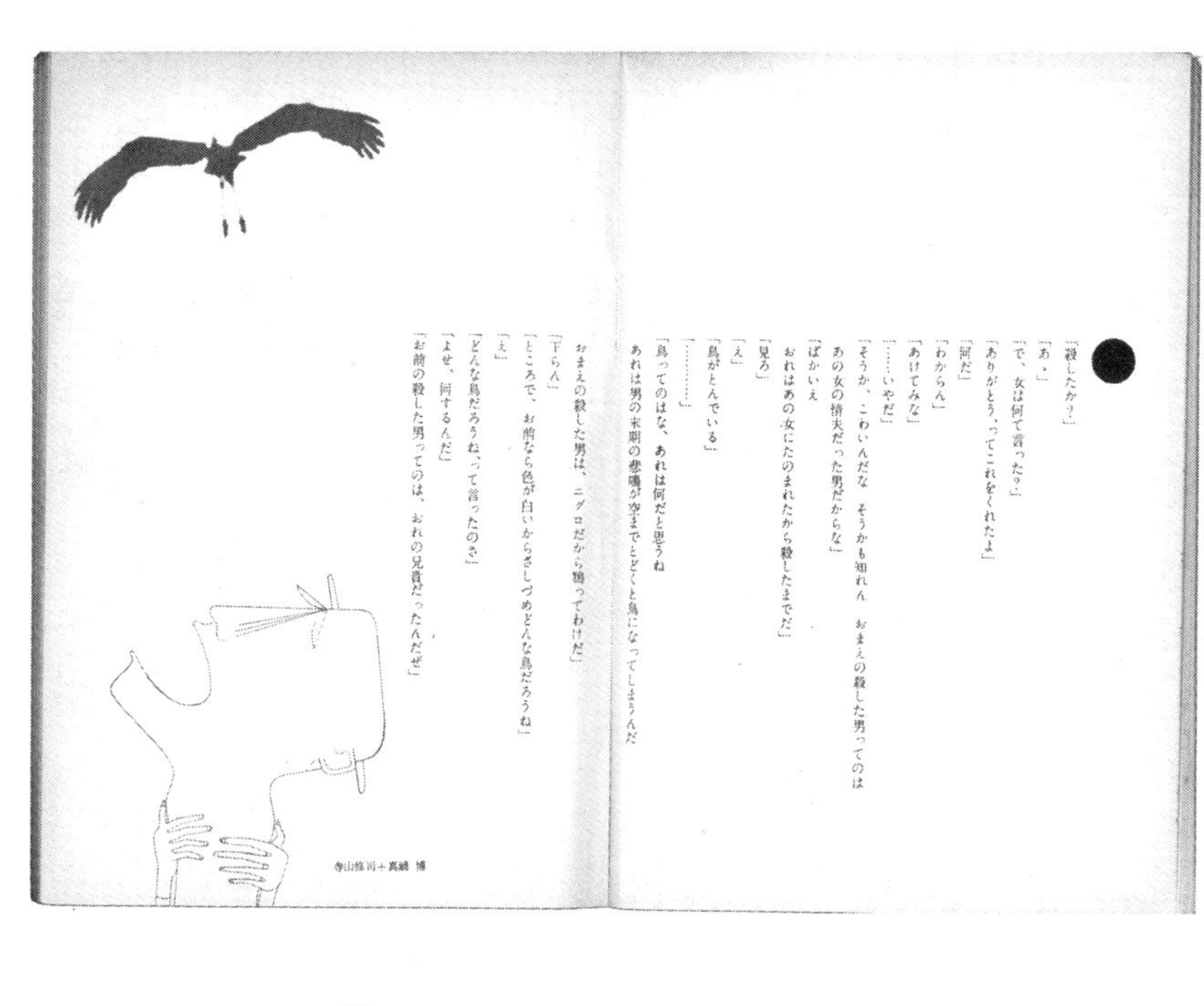

「鳥ってのはな、あれは何だと思うね
あれは男の末期の悲鳴が空までとどくと鳥になってしまうんだ
おまえの殺した男は、ニグロだから鴉ってわけだ」
「下らん」
「ところで、お前なら色が白いからさしづめどんな鳥だろうね」
「え」
「どんな鳥だろうね、って言ったのさ」
「よせ、何するんだ」
「お前の殺した男ってのは、おれの兄貴だったんだぜ」

殺し屋と、殺し屋に復讐する男の会話である。真鍋博の写真と絵のコラージュ、飛び去る鴉（カラス）と首を絞められる男は、この会話に分かり易く対応している。魂と声と肌の色の関係を記す「肉体学」である。

頁をめくると、次の見開きは寺山と立木と和田の共作である。立木の写真が右頁に柱のようにあり、その隣に「食後の胃袋」があって、「腹の虫」とその口から出た「腹の虫の鳴き声」が可視化されている。左頁が「食前の胃袋」である。「食後」に腹の虫が鳴き、「食前」に胃

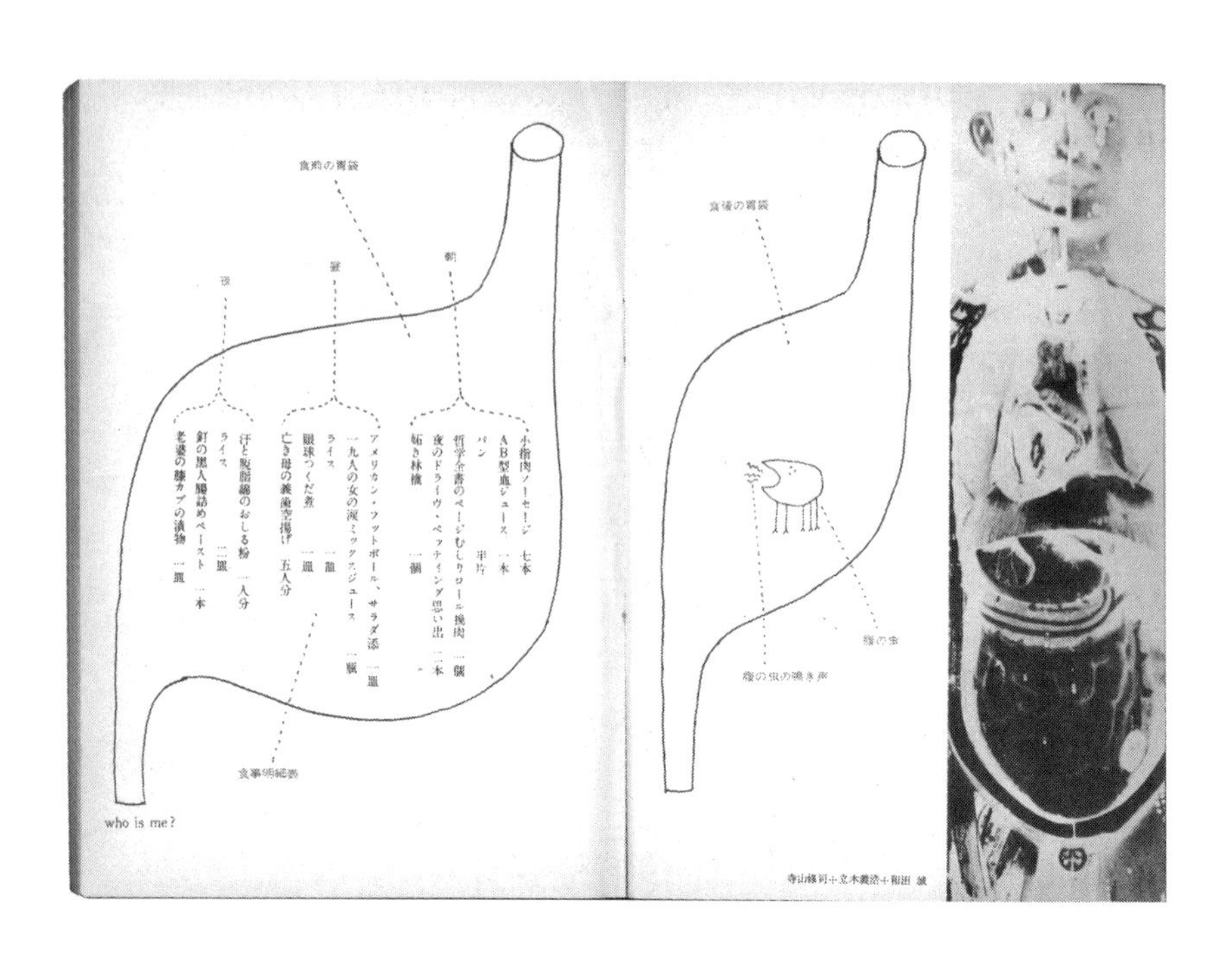

が満たされているのは単なる誤植か、通常の論理を逸脱し敢えて逆転させたものか。以下、左頁全文。

食事明細表

朝

小指肉ソーセージ　七本
AB型血ジュース　一本
パン　半片
哲学全書のページむしりロール挽肉　一個
夜のドライヴ・ペッティング思い出　二本
妬き林檎　一個

昼

アメリカン・フットボール、サラダ添　一皿
一九人の女の涙ミックスジュース　一瓶
ライス　一皿
眼球つくだ煮　一皿
亡き母の義歯空揚げ　五人分

夜

汗と脱脂綿のおしる粉　一人分

ライス　二皿
釘の黒人腸詰めペースト　一本
老婆の膝カブの漬物　一皿

who is me?

胃に収まった食事は、パンとライス以外は滑稽なものばかりである。当時寺山は、「私は、詩の読者のレントゲン写真と、詩を読まない読者のレントゲン写真をしめしながら「現代詩の害について」という講演をした」（「Qはねずみのマーク」『読売新聞　夕刊』一九七六・一一・一七　七面「自伝抄」欄／寺山修司『黄金時代』九藝出版　一九七八／河出文庫　一九九三）と述べているが、肉体と精神を即物的に結びつけ、精神的営みの重要性を説きつつ笑いを誘う、自身が好んだ冗談の一つと云えるだろう。和田のとぼけた画風と相まって、誌上でおかしみを振りまいている。しかし、夜のドライブでの恋人との触れ合いを「本」と数えるあたり、「思い出」とは細長い形状なのだろうか。

頁をめくると、次の見開きは和田誠と寺山修司の共作である。

七人の盲目による想像の肉体学

「これが肉体だ」
「いや、私の空想のなかでは、これこそほんとうの肉体だと思います。」
「黙れ、私は盲目で生れて四十八年間、育てあげた肉体の幻想をもっておる。」
「あら、でも私は触ったことだってあるのよ。」

以上、寺山の文章に、「七人の盲目による想像の肉体」のイラストが七体並ぶ。全体を見ることのできない盲者が、触った箇所によって象の全体を想像した「群盲象を評す」の寓話の「肉体学」版である。「あら、でも私は触ったことだってあるのよ。」という最後の発言から、それ以外の六人は触りすらしないで空想、幻想を抱いていると解釈でき、居丈高な学者然とした直前の人物との対比から、経験のない知識の不毛さな皮肉るものとも考えられる。奇妙な宇宙人のような和田のコミカルな絵が、それぞれの肉体幻想を伝える。

頁をめくると、次の見開きも寺山と和田の共作で、消化器官を旅するそら豆の一大冒険譚である。

空想漂流記／そら豆の場合
スプーンから肛門まで

はじめあたしあ、なんだか金属のいれものでもっちゃげられたような気がしました。いゝかげん仲間たちともみくちゃにされて、トルコ風呂みたいなところにいれられたあとなもんでね、ほっとしましたよ。ところがね、なんかおっそろしくはやく下りてくる扉が何べんも何べんもおりてくるもんでね、あたしあ、つぶされやしないかとあわてて中へ入りましたがね、何か鍾乳洞みたいになまぬるくてね、まっくらでしたよ。……

そいからきゅうに下へおちたら、へんにどろっとしたどぶがあってね、死んだ仲間がぶっつぶれておぼれていてね、あゝ、とんでもねえところへ漂流したもんだと思いやしたがね、まもなく密室へおさまりましたよ。

その密室はね、壁がときどきすうっとせばまってくるというやなところでね。そこにだいぶながいところ入ってましてね、そうしたらうごくんですよ。密室だけじゃなくって建物全体がね、なんかひどい

空想漂流記／そら豆の場合

スプーンから肛門まで

寺山修司＋和田 誠

Fig. 2?4. Schema des Verhaltens der Bronchien zur Lungenarterie. Ansicht von vorn.

はじめあたしあ、なんだか金属のいれものでもっちゃげられたような気がしました。い、かげん仲間たちともみくちゃにされて、トルコ風呂みたいなところにいれられたあとなもんでね、ほっとしましたよ。　ところがね、なんかおっそろしくはやく下りてくる扉が何べんも何べんもおりてくるもんでね、あたしあ、つぶされやしないかとあわてて中へ入りましたがね、何か鍾乳洞みたいになまぬるくてね、まっくらでしたよ。……

そいからきゅうに下へおちたら、へんにどろっとしたどぶがあってね、死んだ仲間がぶっつぶれておぼれていてね、あゝ、とんでもねえところへ漂流したもんだと思いやしたがね、まもなく密室へおさまりましたよ。

その密室はね、壁がときどきすうっとせばまってくるというやなところでね。　そこにだいぶながいところ入ってましてね、そうしたらうごくんですよ。　密室だけじゃなくって建物全体がね、なんかひどい勢でうごきましてね、……「キック」とか「ほれ、キープだ」とかいう声が拡声器からきこえてくる。

そのたんびにばたん、ばたん、と密室のドアがひらきましたがね何しろあたしあ気の弱いそら豆ですからね、もう逃げようとも思いませんでしたよ。

しばらくして、あたしあ何か死体収容所へおちこみ、べっちゃらした仲間のはらわたと一諸にシベリアかなんかへつれてかれる思いでしたが、ある朝とっぜん、かなたに光が見えましてね。

あゝ、光だ。

と思いながら新しいタイルばりの船んなかへ救われたって訳です。

勢でうごきましてね、……「キック」とか「ほれ、キープだ」とかいう声が拡声器からきこえてくる。

そのたんびにばたん、ばたん、と密室のドアがひらきましたがね、何しろあたしあ気の弱いそら豆ですからね、もう逃げようとも思いませんでしたよ。

しばらくして、あたしあ何か死体収容所へおちこみ、べっちゃらした仲間のはらわたと一諸〔ママ〕にシベリアなんかへつれてかれる思いでしたが、ある朝とっぜん、かなたに光が見えましてね。

あゝ、光だ。

と思いながら新しいタイルばりの船んなかへ救われたって訳です。

器（＝「トルコ風呂みたいなところ」）からスプーン（＝「金属のいれもの」）にさらわれ、口に運ばれて歯（＝「おっそろしくはやく下りてくる扉」）の猛攻を掻い潜って、食道（＝「鍾乳洞」）を通り、胃（＝「へんにどろっとしたどぶ」）へ落ちる。小腸、大腸を経、肛門の向こうから射す光を浴びてトイレ（＝「タイルばりの船」）へ流れ出るという、食物の視点で捉えた消化器官の営みである。上部に描かれた腸を抜けていくそら豆の道のりのようなものや、文章に挟まれるそら豆のイラスト。ここでもとぼけたようで温かみのある和田の仕事が寺山の文を支える。なお、小さく書かれたドイツ語のキャプションは、呼吸器関連の図であることを示唆するようだが、医学用語で「らしさ」を演出しただけで、あまり深い意味はないだろう。

最後の見開きは、真鍋博のコラージュ作品「フランスコント」である。非常に小さく書かれたフランス語の文章は、右端の単語が切り取られ、かつ、左右の頁ともに同じ文章であり、先のドイツ語と同じく、それ自体の読み取りを要求するものではないだろう。陰影のついたギリシャ彫刻のような男が苦悩し、シンプルなタッチによる女が恥じらう右頁のイラスト。物欲しそうな男と、誘う女神のような女の左頁のイラスト。二種類の典型的な男女関係を描いている。各カップルのイラストの筆触の違いとフランス語の字面が、滑稽さを引き立たせている。

以上が、一九六〇年の『マンハント』に掲載された全作品である。マンハントの作品群は、互いの仕事が重なり合い、意味を補い合うものもあれば、ばらばらであったりもする。少なくとも因果律のような線的論理では繋がっていない。それでも、互いが互いに影響し合ってひとつの空気、〈場〉を形成しているように思われる。単

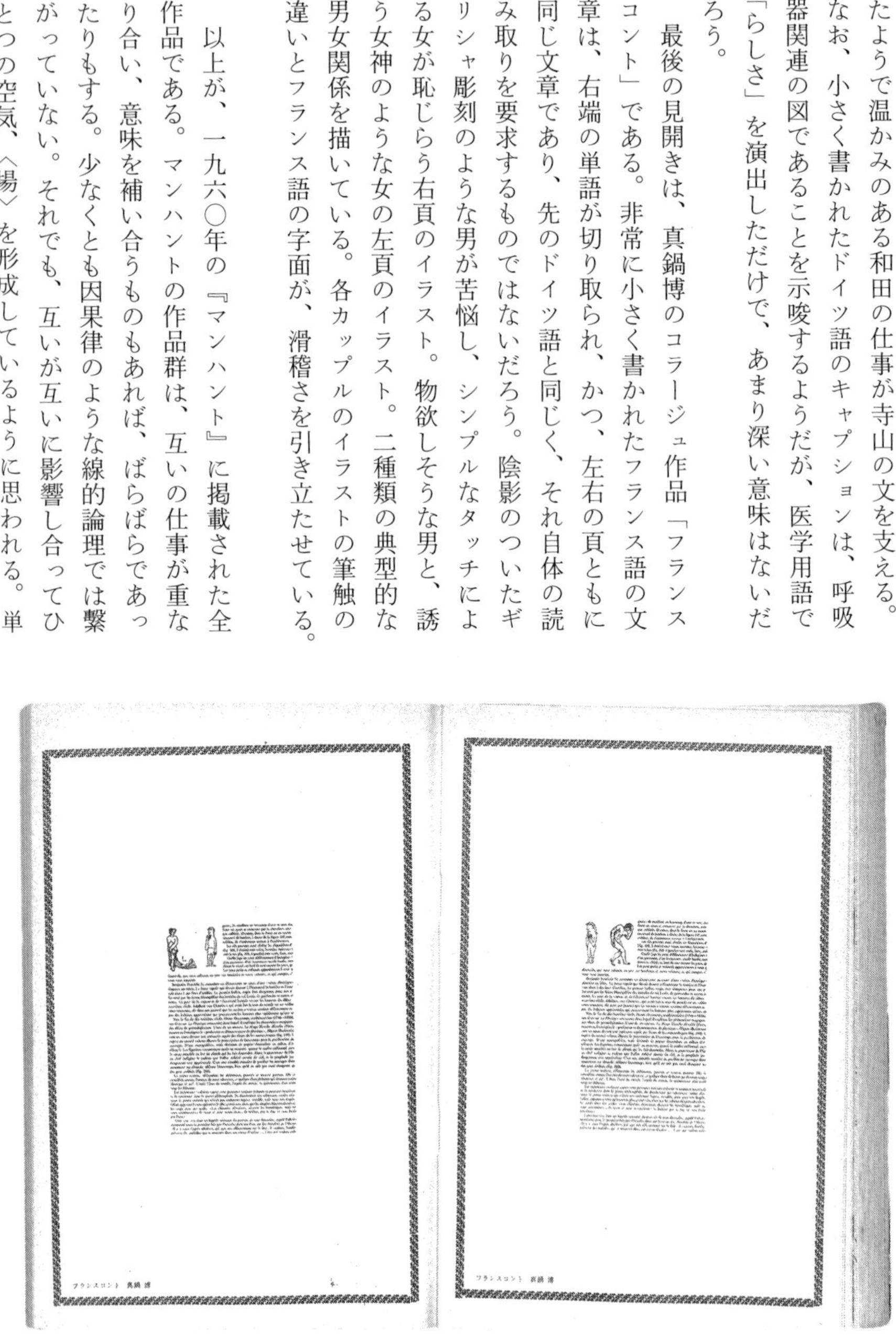

体の「作品」と云うよりは、「群作品」とでも呼ぶべき結実である。個々が離れつつまとまるような相互規定のあり方を示している。

これを寺山らは「ジャム・セッションのページ」（一〇月号目次）あるいは「ファンキー・ジャムセッション」（一一、一二月号）と呼称している。当時から寺山は、ジャズの表現形式、即興性とその場限りのライブ性に強く惹かれていた。たとえば翌年、『マンハント』と同じ久保書店から出した湯川れい子との共編著『ジャズをたのしむ本』（一九六一）に、「僕のノオト」として、寺山はジャズについて以下のような文章を書いている。原典に振られたルビの多くは割愛した。

> 一枚の画はかき終って、タブローの中に定着したときから絵画としての堕落がはじまります。詩にしても同じことで、言葉が活字になって紙の上に定着し終ったときから、詩ははげしく詩人を裏切ると言っていいでしょう。／行為の形骸を芸術だと思いこんできた習慣に、僕は初めから反抗しようと思っていました。芸術家は死体置場の番人ではないのだから、ある行為の結果を作品として提出していても無意味だ………その行為自体を提出しなければいけない。〔中略〕僕が、行為と表現のもっとも見事に一致したものは何だろうか、と思う時すぐ思い当るのはジャズであり、ジャズのほかにはありません。〔中略〕
>
> ジャズは凡らく本にはなりっこないアクチュアルなものです。ジャズが書物という檻の中で、鳥のように無残に老いてゆくというようなものではないことも僕自身、よく知っています。

そこに居合わせた人を含む、あらゆる環境を構成要素として、その時・そこ、という〈場〉だけに生ずる「表現」としてのジャズ。ジャズを羨み、妬みすらする寺山は、それが他人も自分も巻き込んで新たな存在へと再生させるダイアローグの体現であることをよく見抜いていた。寺山が稀有なのは、それを音楽の問題に閉じ込めず、文学その他の芸術にも応用しようと努めたことだ。個々が独立しつつ融合していくような行為としての表現。そうしたものを目指す試みの一つが、この『マンハント』誌上の企画であった。

おわりに——外的ダイアローグの諸相

誌上の外的ダイアローグの実践例については、枚挙に暇がないほどだが、以下本書に関係するもの、あるいは比較的知られていないものに限って列挙しよう。

寺山修司は一九六一年一月から三月までの三か月間、週刊誌『生きる女性』にて、脚本家の白坂依志夫（一九三二―二〇一五）のあとを引き継ぎ奇妙な「小説」の連載をもった。本書所収の「くたばれ、恋愛論」である。『短歌研究』での奈良原一高との共演に着想を得たかどうか、この時に挿図を依頼したのが、写真家の細江英公（一九三三― ）である。ちなみにこの時、細江は、「洪水以前」で寺山と共作した奈良原と写真エージェンシーＶＩＶＯを結成していた。収録は本書が初なので、誌面の引用図版とあわせ、両者のコラボレーションを堪能されたい。

その他のダイアローグとしては、「若い日本の会」「ジャズ映画実験室ジューヌ」、そして近年、葉名尻竜一が詳細を明らかにした「詩劇グループ「鳥」」（『文学における〈隣人〉——寺山修司への入口』角川文化振興財団　二〇一八）等、とりわけ一九六〇年代初頭に、寺山は多くのグループに参加した。これらについては本書巻末の解説「寺山修司の一九六〇年頃——人脈とダイアローグ」でも触れる。寺山研究のためだけではない、広く戦後日本文化のあり方についての理解を深めるために、そうしたグループや雑誌での活動の内実の解明が俟たれている。

本書「3」、「4」章およびこの「附録1」には、寺山修司の多分野にわたる芸術家たちとの交流に主眼を置いたテクストが収録されている。通常、作家個人を中心に編まれる単行本では、初出時に試みられた他の作家や芸術家との協力の下になる作品は敬遠される。つまり作家個人の著作のみに絞っての収録がなされる。だが、せっかくのそうした試みが、花火のように打ち上げられたままあとには何も残らない、というのではあまりに勿体ない。そこには、芸術史上重要ながら認識されないまま眠っている資料が、必ずや多くあるはずだ。

作家たちが雑誌媒体を拠り所に集い遺した「群作品」とでも呼ぶべきコラボレーションの結実。そこでの経験の、作家個人への影響。この事実と意義の解明が、クロスジャンル論の視点が切り拓く新たな地平、作家作品群研究である。

（本稿および巻末の「解説」では敬称を略させていただきました）

自分で自分の他人になることが出来たんだ……。
だが、私は私自身の他人にはなれない。

旅役者

――ショウの底辺（見世物の戦後史1）

前口上

子供の頃に「鉄の胃をもつ男」というのを観たことがある。

彼は小学校の講堂で、私たちに剃刀の刃を飲む実演を見せてくれた。

また「人間ポンプ」という怪人もいたし「超人火を吐く男」というのもあった。恥かしいほど多毛症の「熊娘」。死んだ姉によく似た「ロクロ首」。そして、なつかしいドサまわりの「サーカス一座」。そうした大衆の中のショウ・ビジネスはテレビやビッグ・ショウに追い立てられて、いまはその姿も見えなくなってしまった。

そこで、私は思い立って、それらの見世物の現在を訪ね、かつて悪夢だったもののルポルタージュを試みることにした。私は子供の頃、年老いた叔母のすすめで聖書を読まされたが、ヨブ記の第二十四章にあった

「夜、家を穿（うが）つ者あり、彼等は昼は閉こもり居て光明（ひかり）を知らず。彼等には晨（あした）は死の蔭のごとし、是死の蔭の怖ろしきを知ればなり。」

という一節を、今でも覚えている。

これら多く見世物（under show）の幻影は、久しいあいだ私の心の中の「家を穿ち」つづけていたのである。

ショウの底辺（見世物の戦後史1）

旅役者

文 寺山修司
写真 森山大道

千住・寿劇場……旅役者の顔

1

旅役者と言うと、秋の七草を思いだす。なぜだか知らぬが、はぎ・おばな・くず・なでしこと並べてゆくと、少年時代に観た市川昇一座のことを思い出すのである。

私は市川昇一座の芝居を三度観た。

演(だ)し物は三度とも「石童丸(いしどうまる)」であった。

私は三度目には、この中古の宗教説話を脚色した田舎芝居のさわりの部分をすっかり覚えてしまって、一人で口ずさむことが出来るようになってしまっていた。

「父ぞと思ふ人はなく三日二夜は早過ぎぬ。麓の母を案ずれば、後に引かるる心地して、松吹く風の音までも、母の声かと疑はれ、

　ほろ〱と鳴く山鳥の声きけば
　父かとぞ思ふ母かとぞ思ふ」

と言うのである。

市川昇一座は鰊場(にしんば)の空地の中将湯(ちゅうじょうとう)の看板のある

場所に小屋掛けしていたが、その色あせた何本かの幟〔のぼり〕が曇天にひるがえっている様子は、見世物と言うよりは華やかな悪夢といった感じであった。

当時の私は父と死別し、母一人子一人であったが、母が生計のために私を他家に預けて筑紫〔福岡県〕の方へ「働き」に行ってしまっていたのである。

近所に住んでいた大工の棟梁は、小学生の私をつかまえて「可哀想だが、おまえの母ちゃんはもう帰っては来るまいぞ。」

と教えてくれたことがある。

私は棟梁の言うことの意味がよくわからなかったが、何でも私の母は筑紫の方にも家があって、そこにも「もう一人の私」がいるということなのであった。

私は小学校を休んで、市川昇一座の「石童丸」を観に行き、芝居のクライマックスのところでは便所の中へかけこんで泣いた。それは、父をたずねて高野山にのぼった石童丸が、意を果たせぬままに帰ってきてみると、たった一人の母が死んでしまっている……という場面なのであった。そして、

「泣く泣く山を下りつつ、母に告げんと来て見れば、哀れなるかな母上は、石童丸を待ち兼ねて麓の野辺に枯れ残る、草葉の露と消え給ふ」という韻律が私をとらえてはなさなくなり、私はいつしか七・五調でものを書くことを覚えたのである。

今から思うと、この芝居は並木宗輔〔そうすけ〕の義太夫節「苅萱桑門筑紫轢〔かるかやどうしんつくしのいえづと〕」を薩摩琵琶風にではなく歌謡曲風にダイジェストしたものだったのに違いないのだが、その日常離れのした台詞まわしと言い、あきらかに書割りとわかる大道具と言い、すべて私には悪夢の道具立てとして十分すぎたのであろう。

私は小屋前のみすぼらしい幟のかげにピンナップしてある何枚かのプロマイドの中から、とくに石童丸の母になる役者のものを探しだし、それを毎日観にゆくようになった。

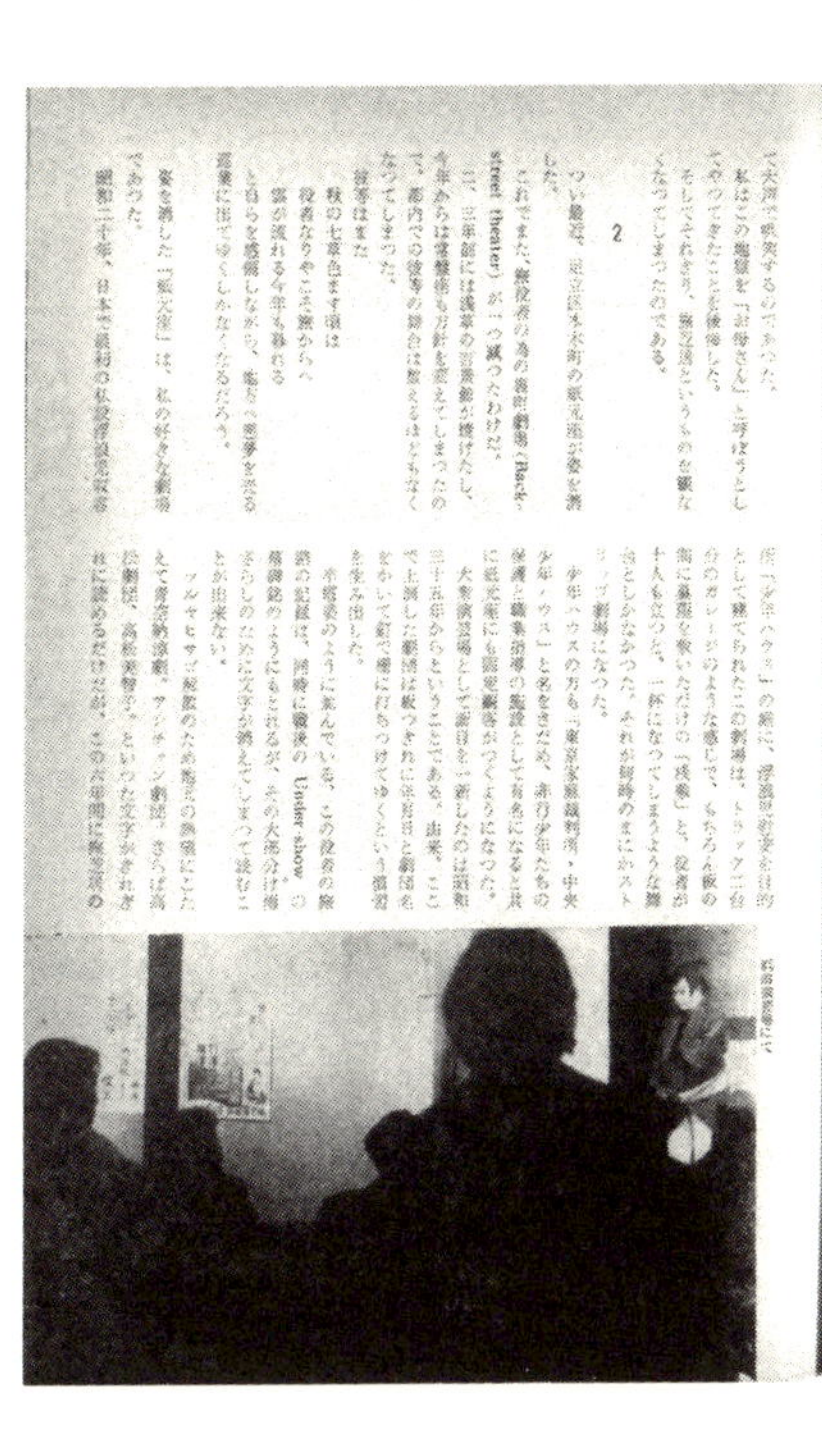

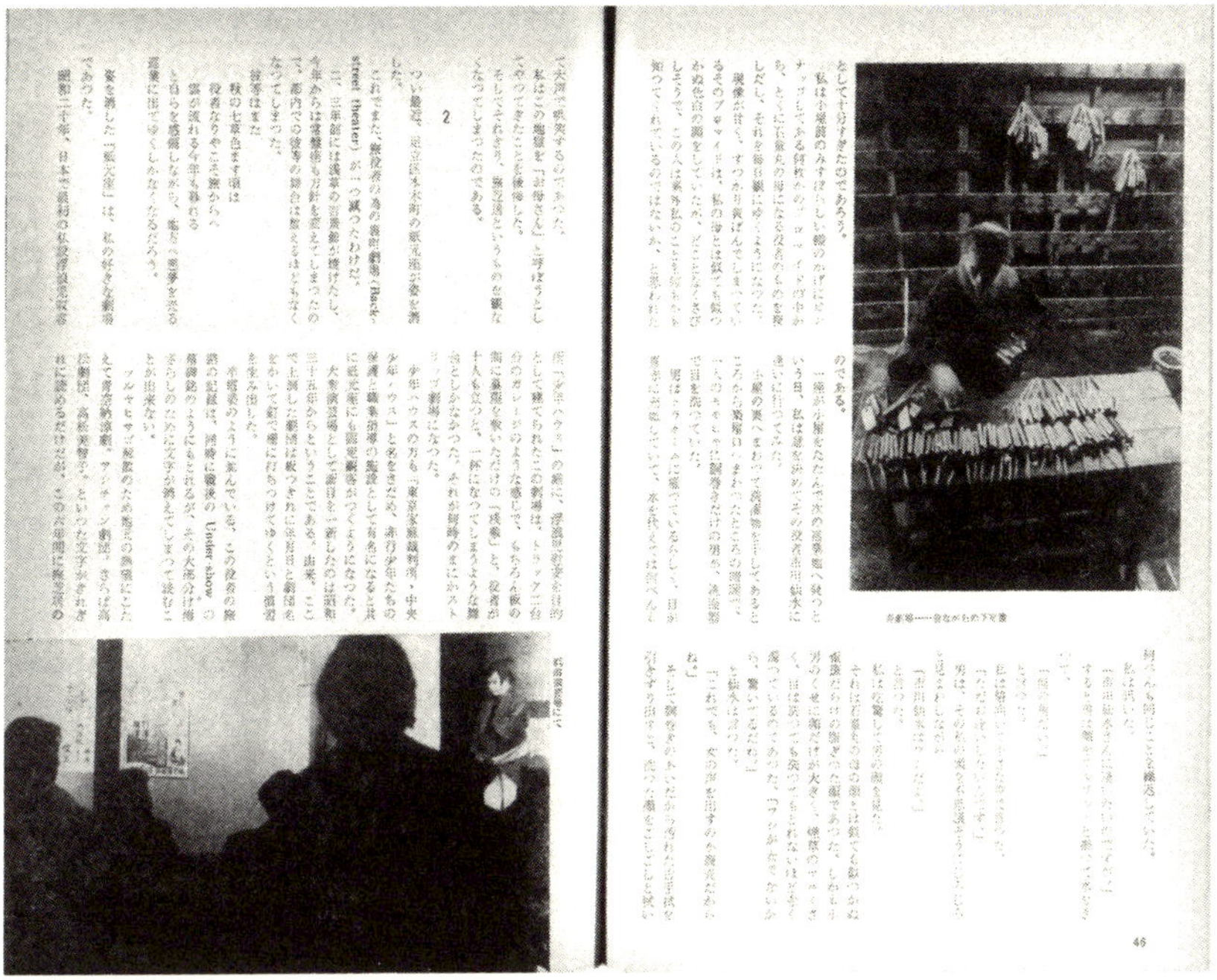

現像が甘く、すっかり黄ばんでしまっているそのプロマイドは、私の母とは似ても似つかぬ色白の顔をしていたが、どことなくさびしそうで、この人は案外私のことを何もかも知ってくれているのではないか、と思われたのである。

一座が小屋をたたんで次の巡業地へ発つという日、私は意を決めてその役者市川仙水に逢いに行ってみた。

小屋の裏へまわって洗濯物を干してあるところから楽屋口へまわったところの暗闇で、一人のモモヒキに胴巻きだけの男が、洗面器で目を洗っていた。男はトラホームに罹っているらしく、目が真赤に充血していて、水を代えては何べんも何べんもおなじことを繰返していた。

私は訊いた。

「市川仙水さんに逢いたいのですが。」

すると男は顔をブルブルッと振って水をきって、

「何の用だい。」

と言った。

私は俯向(うつむ)いて小さな声で言った。

「ただお逢いしたいんです。」

男は、その私の顔を不思議そうにじろじろと見まわしながら
「市川仙水はワシだよ。」

と言った。

私は吃驚（びっくり）して男の顔を見た。

それは石童丸の母の顔とは似ても似つかぬ雀斑（そばかす）だらけの脂ぎった顔であった。しかも小男のくせに顔だけが大きく、煙草のヤニくさく、目は洗っても洗ってもとれないほど赤く濁っているのであった。「ワシが女でないから、驚いてるだね。」

と仙水は言った。

「これでも、女の声を出すのが商売だからね。」

そして胴巻きのあいだから汚れた古手拭を引きずり出すと、洗った顔をごしごしと拭いて大声で哄笑するのであった。

私はこの地獄を「お母さん」と呼ぼうとしてやってきたことを後悔した。

そしてそれきり、旅芝居というものを観なくなってしまったのである。

2

つい最近、足立区本木町の紙元座が姿を消した。

これでまた、旅役者の為の裏町劇場（Back-street theater）が一つ減ったわけだ。
二、三年前には浅草の吉景館が焼けたし、今年からは常盤座も方針を変えてしまったので、都内での彼等の舞

台は数えるほどもなくなってしまった。

彼等はまた
　秋の七草色ます頃は
　役者なりやこそ旅からへ
　雲が流れる今年も暮れる

と自らを感傷しながら、地方へ悪夢を売る巡業に出てゆくしかなくなるだろう。

姿を消した「紙元座」は、私の好きな劇場であった。

昭和二十年、日本で最初の私設浮浪児収容所「少年ハウス」の庭に、浮浪児慰安を目的として建てられたこの劇場は、トラック二台分のガレージのような感じで、もちろん板の間に莫蓙を敷いただけの「桟敷」と、役者が十人も立つと、一杯になってしまうような舞台としかなかった。それが何時のまにかストリップ劇場になった。

少年ハウスの方も「東京家庭裁判所・中央少年ハウス」と名を定め、非行少年たちの保護と職業指導の施設として有名になると共に紙元座にも固定観客がつくようになった。

大衆演芸場として面目を一新したのは昭和三十五年からということである。由来、ここで上演した劇団は板っきれに年月日と劇団名をかいて釘で柵に打ちつけてゆくという慣習を生み出した。

卒塔婆のように並んでいる、この役者の旅路の記録は、同時に戦後のUnder-showの墓碑銘のようにもとれるが、その大部分は雨ざらしのために文字が消えてしまって読むことが出来ない。

ツルヤヒサゴ解散のため地元の熱望にこたえて青空納涼劇。アンチャン劇団。さらば高松劇団、高松美智子。といった文字がきれぎれに読めるだけだが、この六年間に旅芝居の名優たちは、時には鳴物入りで映画界入りをして「陽のあたる場所」へ出たり、また時には生活苦から強盗をやって新聞の社会面に小さく出たりしたと言う。

「でも、大部分はまだやってますよ。日本は広いですからね。きっとどこか旅先の小屋に幟をひるがえしてるんじゃないですか？」

と言うのが「劇界の王将」戸波竜太郎のことばである。

この戸波竜太郎も四十八歳。「劇界の王将」という看板で興行を持って歩いているが、その寄席芝居も景気は上々とは言いがたい。以下は、この四年のあいだに私が戸波竜太郎一座を観に行った際の〈記録(ドキュメント)〉である。

×月×日

私が訪ねて行くと戸波竜太郎は「新雪恋慕船」（梅川忠兵衛）のメーキャップをしている。

「いやあ、悪いところへ来て下さった。私らはね、千住の寿劇場や浅草の吉景館へ出てるんですからね。こんなひどい小屋には年一回位しか出ないんですよ。こんなところで写真をとられちゃ、役者が可哀そうですよねえ。」

すると電話がかかってきて座長の奥さん（兼女優さん兼楽団員）が出てゆき、

「月の江光二が今日来られないんですってよ」と言いながらもどってくる。

竜太郎はしぶい顔をして
「何しろ、うちの座員はたいていアパート暮らしで、通いですからね。休むってこともあるんですよ。」

と解説する。

「月の江がいなくちゃ梅川忠兵衛は出来ないね。」

「八右衛門が休んだからって、抜かすわけにもいかんしねえ。」

「ノブちゃんに覚えさせたらどう？」

「いや、そりゃ駄目だよ。」

「じゃ、ミッちゃんは？」

「いやいや。演し物を変えた方が早い。」
ということで相談がまとまって「新選組始末記」に狂言がわり……ということになった。

×月×日

戸波扇太郎の場合。

彼は二十歳である。家出してきて池袋で大衆食堂につとめ、コック兼雑用をしていたが「つまんねえカネのこと」から食堂主と喧嘩になり、相手を殴り蹴るして豚箱送りになった。

その後、少年ハウスへ送られて職業指導をしてもらっていたが何をやっても面白くない。家畜小屋のようなハウスの畳にごろんと床に生えた秋草をぼんやり見つめているうちに、ふと「役者になりたい」と思った。

この扇太郎を引取って役者にしたのは座長の美談である。

扇太郎は牛のように鈍重な感じの男だが、人生の挫折をこえてきた男特有の忍耐力のようなものがある。

×月×日

この一座は全員揃って野球ファン、それもジャイアンツのファンである。

したがって試合のある日などは、芝居の進行が思うにまかせない。

ジャイアンツ優勢の日の座長の殺陣は冴えわたるが、ジャイアンツ劣勢の日は見栄もはえない。

戸波竜太郎演ずる国定忠治が刀を構えている。試合経過の新しいニュースをもった素浪人が楽屋から出て来て、エイーッとばかり忠治に切りつける。

忠治がそれをかわしながら「打ったか？」と小声で訊く。

「長嶋、逆転打です。」

と素浪人が言うや、忠治はニッコリ笑ってその素浪人を叩き斬るのである。これが、逆転打が出ていないと、斬られずにまた楽屋へ追い返される。

次のニュースを聞くためである。

「なあに、お客さんも知っていましてね。私の演技で試合経過を知るというわけですよ。」

×月×日

座長戸波竜太郎、歯に金を入れる。
「なあに、ドサだドサだって言うが、いまどきドサの役者でこれだけの金歯を入れてるやつあいませんよ。」
さらに
「うちの市川美千夫の家なんざ行ってごらんなさい。電気洗濯機に電気釜に、電気掃除機だ。ホーキなんて使ってませんよ。」

かたわらで、トランペット吹きのおじさんが爪を切っている。

×月×日

入門志望者。十六歳。

彼もまた少年ハウスの満期出所者である。

親がひきとってくれないので役者になりたいという。

「大変だぞ、役者は。」

「知ってるよ。」

「ハウスはもう大丈夫か?」

「保護観察だもン。大丈夫だよ。」

「前は何やってた。」

「旋盤だよ。手を切ったんだ。」

「しかしな、役者だっていいことばかりじゃないんだぞ。」

「知ってるよ。おれ、お使いもするよ。」

あとで聞くとこの少年の父親もまた、旅役者で戸波竜太郎一座に籍をおいていたというのである。

「あれはなかなかいい役者だったんだがね、競馬に入り浸ってしまったのがわるかった。」

楽屋裏で競馬ニュースと首っぴきだったその賭博役者は、子供を巡業先の芝居小屋にのこして、他所(よそ)の女と逃げていってしまった。

「自分の子を少年ハウスに入れちまって、それっきりですよ。あの子は、いい役者になって親を見返してやろうと思ってるんですから、他の連中とは根性が違いますよ。」

少年は入門の許可がでると桟敷へ出てゆき、ステテコ姿でギターを弾いたり台詞の暗記をしたりしている先輩をつかまえては、

「勝っちゃん、おれ入門しちゃった。」

「今日から泊まることになりました。」

「おれ、行くところねえから、役者になっちまったよ。」

と挨拶してまわっている。

私はふと、古い歌謡曲の一節を思い出した。

役者する身と空飛ぶ鳥は
どこのいずこで果てるやら

3

現在、東京演劇興業〔ママ〕組合系統下にある旅芝居の劇団は

戸波竜太郎劇団。市川菊太郎劇団。千成家吉奴劇団。梅沢武生劇団。中条貞夫劇団。長谷川富夫劇団。辻野浩司劇団の七座である。

（これらの中には、しばしば合同で興行を打つ劇団もあれば、座長名と劇団名とを別にしているところもある。）

三年前に、ここから分裂した玉野巌・不二敏夫ら十一座長は「東京大衆プロダクション」を作って独立した。小屋不足とテレビ攻勢の中で、彼らは外へ新天地を求めたのであろう。

実際、私などが見ても旅芝居の経済学がどうして成立っているのかわからぬところがある。

彼らの「職場」は都内では京成立石（浜田演芸場）、北千住（寿劇場）、西新井大師（西新井劇場）、それに東十条の四劇場にすぎず、いずれも下町のせいもあって入場料は大人八十円〜百円。小人三十円〜五十円という廉価である。

（それに貸し座蒲団代が十円。さむい夜はアンカを貸してくれるが、その使用料が一台で三十円である。）

観客数は多いときは北千住の寿劇場などで百人を越えることもあるが平均して三、四十人。少ないときには一座の人数よりも少ない七、八人ということもある。

これで経営が成り立つわけがないのであって、彼らの収入源はむしろ、他にあると言う。

私の観た「お島千太郎」の芝居などでは、劇のクライマックスになると、客席からキャラメルや駄菓子の紙袋、はてはお賽銭の銀貨から百円札、千円札がとんでいたし、また楽屋口に「おかず代」と書いた紙包みが置かれてあるということも二度三度ではなかった。

それはいわばロッカビリー歌手たちのカーニバルにとぶテープが「実弾」にかわっただけのことであって、ハイティーンのファンがテープによって形而上的に歌手と自分とを結びつけるところを、寄席芝居の客たちは形而下的な、生活の援助ということで果たしているだけのことなのだ。

ここでは、虚構の世界が現実の世界よりも優位にあって、ファンはスタアの生活の心配をしてやることに「後めたいような俗物性」さえ感じながら奉仕し、スターはそれを当然のことのように甘受するという、河原乞食の伝統が堂々と生き継がれているのである。

たとえば戸波竜太郎一座の場合でも、古参どころの鳴海敏郎・市川美千夫といったスタークラスでも月給は五千円前後にすぎないが、彼らは「副業」によって携帯用テレビやミニコーダー〔携帯録音機〕、はては自家用車(鳴海敏郎はキャロルをもっている)まで手に入れるのである。

「副業」というのが、贔屓とのより深い「人間関係」であることは言うまでもない。

彼らは毎日狂言代わりにするために、常時四五十本のレパートリーを持っていて、その稽古はすべて伝統的な「口立て」である。

そして、すべての演し物に共通しているテーマは「肉親愛」ということである。

一人のうらぶれたヤクザが帰郷し、功成り名を遂げた兄を訪ねてゆく。すると兄は留守でその妻が応待し「あたしの身内にはヤクザなんかいないはずです」と突っぱねる。あいにく、怪我をしていたヤクザはさむい木枯の中で、いたわりも受けずに兄の帰りを待ってこどもの頃をうたっている。

すると帰ってきた兄が妻の仕打ちをなじって、自分の上衣を弟にかけてやり「さむかったろう?」というところで客席から拍手がわく。(戸波竜太郎一座所見)

このストーリーは、もっとも明快な旅芝居の倫理を物語っている。ここにみられるのは「他人の否定」であり、肉親の擁護である。これは、私の少年時代に観た「石童丸」以来一貫した旅芝居の思想であり、根拠地としての血縁集団への回帰を謳ったものである。

だが、私はここに他人に（または政治に）裏切られつづけてきた底辺庶民の相互慰藉のこころを読みとって、いささかさみしい思いに馳〔ママ〕られるのである。

寄席芝居の観客に共通していることはNo-one speak me（誰も私に話しかけてくれない）ということである。だが、その老いた観客たち、「心は孤独な猟人（かりゅうど）」たちに、一座は他人の愛を物語ってやることで、真のコミュニケーションということの役割りを果たすべきではないのか。

他人のむごさと、「家」への回帰を説くということでは決して癒されなくなった老人たち（余計者たち）に、ひたすら肉親愛の美しさを説いてやるのは過ぎ去った感傷を刺激するだけにすぎない。

劇団という共同体も、贔屓と役者という関係も、すべて他人を発見することから始めたときにこそ、ほんとうに始まるのである。

私は「石童丸」を演じた一座に「家出劇」を期待しようとは思わぬが、ドサまわりのルネッサンスの再来を待望するためには、まずレパートリーの中に「他人のやさしさ」を発見することからはじめてもらいたいと思うのである。

『俳句』一九六六・四

活動写真 ──ショウの底辺（見世物の戦後史2）

1

新聞の片隅に小さく映画館主の自殺の記事が出ている。

経営不振が理由だそうである。

いま、東京都内を歩いていても閉鎖した映画館を見つけ出すのはちっとも困難なことではない。たとえば、私が大学時代にアパートを借りていたすぐ近くの早稲田全線座は閉館し、取りこわし、いまは整地されて「売地」になっている。そこを真直ぐゆくと車で二、三分のところに牛込の休館中の映画館が二軒並んでいる。入口には板が打ちつけられ、最後に上映した映画のポスターが雨ざらしになっているのである。転業してミニチュア・カーのサーキットをはじめたところも少なくないし、「つり堀」になったところも二、三はある。

かつて石原裕次郎や浅丘ルリ子のブロマイドが独占していたウィンドウにたっぷりと水がたくわえられ、「つり堀」用の大きなフナや鯉が泳いでいるさまを見ると「ああ、映画の時代は終りつつあるか」と思わざるを得ないのである。

一九六六年度版の「映画年鑑」を見ると、映画界の不振ぶりはいっそう深刻である。

ショウの底辺（見世物の戦後史2）

活動写真

文　寺山修司
写真　森山大道

「六五年度の配給収入は、五年前のそれに較べると、実に一〇〇億も減っている」のである。そしてこの危機は「経済危機か、質的危機か？」という議論している間にもどんどん進み、今年はおそらく六五年の配給収入よりもさらに大きく下まわるだろうという見通しなのだ。

かつての娯楽の王様の面影はどこに行ってしまったのだろう。

（一九五九年〈今からたった七年前〉に配給収入は四〇〇億弱〈「映画年鑑60」〉に達し、テレビの攻勢にもめげず、映画制作者は経営の王者でもあったのだ。そしてエコノミック・マガジン「財界」では年間最優秀経営者として、松下電器の松下幸之助と並んで東映映画の大川博に「経営者賞」を与えたものだった。）

だが、この最優秀経営者大川博も昨年は、中村錦之助を代表とする東映俳優クラブ組合の説得に頭をなやまさねばならなかった。もちろん永田雅一（まさいち）についても同じことが言える。大映では春闘のこじれから会社側と組合側がフィルムの争奪という「大活劇」

を演じ、業務執行妨害という名目で六人の労組員の首を斬ってしまった。その上、希望退職勧告ということで一五五人を整理し、お先はなおもまっくらである。松竹となるともっとひどくて京都撮影所閉鎖、二五〇人の一年間自宅待機という始末だ。映画がわが国に輸入されてからたった七十年、あまり早く「成功」をおさめ、娯楽の王者になってしまったものの悲惨がここには見られる。

2

少年時代、私は青森市の小さな映画館に住んでいた。そこはアメリカ映画の独占配給時代の封切り館であった。海が近いので、窓からはとんでいるかもめを見ることも出来た。

私が寝泊まりしていたのは、いわば楽屋兼物置きで、すぐ隣が看板書きの仕事場であった。私は中学から帰ってくるとよく、その看板部屋へ行き、巨大なハンフリー・ボガートやイングリッド・バーグマンの顔に着色されてゆくのを眺めたものである。たぶん、私の少年時代の思い出は？　ときかれるとまず「ペンキの匂い」ということになるだろう。

私はそこに「下宿」していたのだが、何時も一人であった。私の父は戦死してしまっていなかったし、私の母は「生活のため」に私を残して九州へ行ってしまっていたのだ。

（母が九州へ発つ夜、私は青森駅まで母を見送ってゆき、連絡船の汽笛のきこえるところで、二人で夜泣きソバを食べた。

そのとき、駅裏の大衆食堂では美空ひばりの映画主題歌「悲しき口笛」のレコードがなっていた。

いつかまた逢う指切りで

笑いながらに別れたが

というやつである。

そのときから私は「映画的現実」に一歩踏みこんでしまうことになったような気がする。その夜は雨が降っていた。そして母は風呂敷包みに私の小学時代の賞状と通信簿を、お護りのように大切にしまって改札口を通って行った。

それきり、長い間音沙汰はなく、たまに送金があるだけであった。一度だけ「弟が欲しくはないか」という主旨の長い手紙が来たが、私はそれには返事を書かなかった。)

そのかわり私はせっせと映画スタアに手紙を書くようになった。ファンレターというやつである。

テレサ・ライト、ジューン・アリスン、東谷暎子、野添ひとみ。(「まごころ」という映画で肺結核の少女を演じた野添ひとみは返事をくれた。返事はもちろん儀礼的なものであったが、それでも私はスクリーンの中の「もう一つの世界」と、現実の私の世界とのあいだを一通の手紙が往復できたという奇蹟に小躍りしたものであった。)

私の机の前の木の壁には、いつも何枚かのブロマイドが貼られてあった。それは前記スタアの他にエリザベス・テイラーであったり、ゲイル・ラッセルであったりした。私は登校する前には彼女等に「行って参ります」と言い、帰ってくると「ただいま」と言った。

一度だけ、映写技師がその中のブロマイドを一枚盗んで行ったことがあったが、私はその夜夢の中に四角な小さい空洞ができたような気がして眠れなかったのを覚えている。

当時、青森にはブロマイド屋が数軒あったが、私はそれらの店でブロマイドを買わず、いつも通信販売で東京に申し込んだものだった。なぜなら遠くからやってくる方が「もう一つの世界」の神秘性をよくあらわしてくれるという気がしたからである。

中学では、私には多くの友人が出来た。

彼等は私と知己になることで「映画をただで見ることができる」ことを知っていたのである。私は彼等を映画に案内することにメフィストじみた快感を味わった。私の日常は、まさにファン人格化したものであったが、彼等を映画に案内するときだけは、それから免がれるような気がしたのだ。

地下の配電室の暗闇を通って、客席の非常口へ脱ける通路を、二三人の中学生を案内しては、私は「地獄巡り」をたのしんだ。

「今週のは、どうだい？」

と友人たちが訊いた。

そのたびに私は答えた。「今までの最高だよ」


私はMGMの映画のタイトルがはじまる前に、ライオンが何回吠えるか、ということを知っていた。あのライオンが、レオと言う名で、黒白（モノクローム）のときは三回吠えるが、総天然色のときには二回しか吠えないとか、パラマウント映画のマークの、山をとりまく星の数がいくつあるとか言ったことは、私の中学時代の「暗記科目」だったのである。だが、私はどんなに専門化したファンになろうとも、所詮はファンでしかなかった。

最近、私は自分の戯曲「さらば、映画よ」(Farewell to motion picture)のなかで、一人の中年の映画ファンに、私自身のコンフェッションを託し、そのことについて述べている。

「畜生、ハンフリー・ボガートめはうまいことをしやがった。

あの人は映画の中でも死ぬことが出来た。

映画の外でも死ぬことが出来た。

地球を二つに割って、その片方に腰かけて、もう一つの片割れがスクリーンの中をゆっくりと浮遊するのを見ながら

自分で自分の他人になることが出来たんだ……。
だが、私は私自身の他人にはなれない。
私にはスクリーンがない。
私が映画の中で死ねると思いますか？」
――たしかに私には映画はなかった。
だから、私は何時も「見る人」でしかなかったのである。

3

私の下宿していた映画館は青森市で唯一のセントラル系の封切館だったので、私は当時のアメリカ映画を一本も見逃すことはなかった。多いときは一本の映画を毎日二回ずつ見たし（cfロバート・ワイズのボクシング映画「罠」とかジェームス・スチュアートの「甦る熱球」）、少ないときでも一本を三回は見た。

だが、間もなくアメリカ映画事業の独占禁止問題が社会化し、ニューヨーク高裁で「映画史上の最大の法的干渉」といわれる一九四九年七月の「独占禁止」裁決が下されると共に、アメリカ映画は各社ごとに日本に支社を持つことになったのである。

私の「下宿」先のおじさんは、セントラル解体の噂が流れはじめると共に「洋画の氾濫とそれによる一館当りの観客数の減少」を心配しはじめているようだった。

そして、ローズ・インターナショナル・コーポレーション（ＭＧＭの配給会社）の極東支配人Ｅ・Ｆ・オッコナーの来日などが伝えられる頃から、改装をはじめ、やがて邦画館に転身したのである。やがて、なつかしい「母物映画」の時代がやってきた。

私は毎日、三益愛子と三条美紀の母子愛を見せられるようになり、この「代理現実世界」の不幸とわが身とをひきくらべて、「私などは、まだいい方だ」と思ったものであった。当時の母物映画の思想は、一口で言えば母が子を捨てることがモチーフになっている。だが数年あとに、母子が再会したときには母が窮地におち入っているのである。そこで子が母を助けてやって二人は再び幸福な母子関係を取り戻すというものである。

「母紅梅」においては、旅まわりのサーカス一座で、空中ブランコの本番を前に倒れた母に代わって、女学校体育部の娘三条美紀がブランコに乗り、必死の飛躍をしながら「お母さん」と呼びつづける。また「母椿」では女学校演劇部の娘三条美紀が大観衆の前で、母に代わって涙ながらに「母が子を捨てなければならない時代」についての大演説をするのである。こうした一群のヒット作の背景には「母が子を捨てなければならない」戦後の不況時代というものと、それでも子は母を慕う（べきだ）という庶民の願望とがこめられていた。

そして、道徳の過渡期に「三倍泣けます」というキャッチフレーズの母物映画の観客の大部分は、「子を捨てなければならない」母側だったのである。

だが、子の世代はそう簡単に母の世代を許しはしなかった。そして、戦後の混乱も大局的な意味での安定を見はじめると共に「母が子を捨てる」必要もなくなると、今度は「子が母を捨てる」時代に移行しはじめたのである。

母物映画が次第に入らなくなると、私の下宿先では、再び洋画封切館へと方針を切り換えた。母物映画ではなくて家出映画、というのが私の好みのなかでも変っていった。

ジョン・フォードの「果てなき船路」のような漂泊の人たちを描いた映画が私の心をとらえるようになった。

当時、銭湯に貼られていた映画のポスターに岡田英次主演の「東京無宿」というのがあったが、私は今でもそのキャッチフレーズを覚えている。

ダブルの背広で鉄火の仁義、おれは東京無宿者、というのである。

やがて私は東京にあこがれて家出をし、私の少年時代の「家」であった映画館を捨てた。厳密な意味では、私の中で映画はそのときに終ってしまったのだ。

4

活動写真が最初に公開されたのは明治三十年の三月で、場所は神田の錦輝館(きんき)であった。

当時、都新聞に載った広告によると

「一瞬千里を音づる電信あれば、年がら年中闇の夜なしの電灯あり、非情の蓄音器は声張りあげて談笑し、死物の写真も、身体四肢を動かして躍る。

実に理学の応用は天工を凌ぐに至れりと舌を巻く下から、又最大最新の発明こそ現われた!」というわけである。

この興行は大好評で、日延を再三にわたってくり返し、「皇太子殿下御台覧」というおまけまでついている。

この活動写真はヴァイタスコープといわれるもので、その前年に神戸で公開されたキネトスコープよりも、より映画的だったということになっている。そして、ここでも説明役というのが起用されているが、それは加藤秀俊の「見世物からテレビへ」〔岩波新書　一九六五〕によると「万一機械が故障したりしても、なんとなく観客を煙にまいておくことのできる話術」が必要とされた、ということになっている。

活弁、というのが「ハッタリと滑稽と、説得力の高い、セールス話術だ」という加藤秀俊の考え方は面白い。だが「映画という西洋技術は、商人雄弁術という日本技術と手をむすぶことで、日本映画の根をつくりあげた」という考え方だけでは、活弁の効用（あるいは活動写真の本質）を語りつくせないような気もする。活弁というのは、いわば支那の葬式における泣き男のようなもので、「商人雄弁術」というよりは、情緒発露のためのセレモニーだと考えることもできるのである。

観客が席につき、場内がまっくらになる。観客は全員、スクリーンという共通の窓を見る。やがて写し出される「動く金魚」に向って「頗る非常に、面白い」などという説明がくわえられることは、いわば意味のある音楽のようなものである。観客は、それによって画面解明の手がかりをつかむというよりはむしろ、催眠術師の暗示的な声をきくのだ。

それは、眠りではなくて、「もう一つの世界」へ誘いこむ、魔の呼び声である。そして話しことばでも書きことばでもない一種の「誘いことば」とでもいったものだったのだ。

だから、ある意味では昭和十年のトーキー化達成と共に「活動写真は死んだ」と叫んだ弁士のことばも当たっていないことはない。

活動写真は、あまりにも早く日常性との接近をはかり、そしてそれに成功したが、そのために「不思議さ」を失ってしまったのである。

はじめてのトーキーを起用したときの弁を城戸四郎〔松竹社長〕は「トーキーは音のコントラストに妙味があるはず。

そこでぼくは、片方は鼠や猫の足音さえじゃまになるほど静かな文士の家、もう一方はジャズのトランペット吹きが住んでいて、家中でガアガア歌っている騒がしい家というコントラストを考え、〈隣りの騒音〉という題で北村小松に台本を書いてもらった」と語っている。

だが、静かな家と騒がしい家のコントラストなどという考え方からして、すでに日常性の残滓にひたり切った考え方であって、そこには「もう一つの世界」の形而上学が感じられない。

今日、ファンが映画にのぞんでいるものは実人生ではない「もう一つの世界」の体験であり、いわばスタアという幻影を見るというたのしみである。

ところが、映画制作者の側は、その「もう一つの世界」を、いかにして現実世界に近づけるかということのみ心を配ってきた。

そこに映画史の誤りがあったというのが私の考えである。ジャーナリズムは神秘的であるべきスタアの私生活を暴きたて、スタアのなかのもっとも最大公約数的な要素だけを拡大して報道する。そこでファンは失望し、この世ならぬもの、異質のものへと心を走らせる。邦画の配収の下降と逆に、ぐんぐんと上昇している洋画の配収は、せめてもの人種の違いのなかに「もう一つの世界」の可能性を見出しているからに他ならない。

5

ショウの底辺ということばに正確な意味であてはまる映画というと、ブルー・フィルム、三〇〇万映画、「懐かしの映画の歴史を見る会」、8ミリ小型映画、深夜映画といったものがあげられる。

私の家の近くにある耳鼻科の医師は、8ミリ・マニアで長時間の劇映画を制作している。私の見せて貰ったのは「原罪」という二時間半の超大作カラーであったが、ある呪われた一家のさまざまの死に方を映像化したもので、エピグラムには「鷲のごとく翼をはりてのぼらん、走れども疲れず歩めども倦(うま)ざるべし」という聖書の一句が引用されてあるのだった。先祖の「原罪」の部分は、エッチングとナレーションで語られてあり、その罰と報復をえがく、血ぬられた本篇はカラーであった。中に出てくる帝王切開の部分は、彼の友人の産婦人科医の手術場面をかくし撮りしたもので、私はこの映画を一人で見せて貰ったのだが、なかなか面白かった。

少なくとも、ここでえがかれる殺人はすべて医師の東さんのエリュージョンにすぎない。それが絶対に「実証不能」だという意味で、まさしく映画なのであった。

またブルー・フィルム、今村昌平の「人類学入門」に登場するスブやんの芸術にしても同じことが言える。それは禁じられた映像であるという点で、まさに「もう一つの世界」を想起させてくれる。それは性そのものを見せるのではなくて、性の解禁を見せるのである。

よく、「テレビは明るくして見て下さい。暗くして見ると眼が疲れます」という警告がテレビに映しだされる。家庭では、本を読めるような明るさでテレビを見るというのが常識になっている。

映画だって、目の健康だけについて言えば原理は同じはずである。だが、本を読めるほど明るい映画上映中の客席というのは考えられない。少なくとも、暗くならない限り、映画がはじまるとは思えない。なぜなら、あの暗闇が私たちの日常を遮断しないかぎり、私たちは「もう一つの世界」に入ることができないからである。

ブルー・フィルム、または三〇〇万映画は、映画の持つ暗闇性に、もっとも単純につけこんだ映画だと思われるが、まさにショウの底辺にあって不滅を誇っているものの一つなのではないだろうか？

深夜映画についても似たことが言える。深夜映画の題材の大半は「やくざ映画」「暴力映画」であるが、それは戦後都市の形成過程に原因を負っているのである。

市民生活の相対的安定にともなって、彼等は郊外に自宅、都心にオフィス、という生活の合理化に到達した。

郊外の「自宅」は主として団地であるが、空気はいいし、都市的な喧燥からはまぬがれるからである。

だが都心のオフィスはしだいに空洞化してきて、夜になると誰もいなくなるという傾向が強くなってきた。

「俺は都心で寝る男さ」といえば、それはすなわち家庭を持たないアパート生活者か、ダブルの背広の「東京無宿」たちのことを指しているようである。

そんな一人寝の連中のために見せられる「深夜映画」は当然ながら、無用者を擁護するテーマにならざるを得ない。

底辺の映画にすぎない「深夜映画」は、しだいに荒野のようになってゆく都市の夜にかすかに灯されている。

きわめて慰藉的な「人生処方旅館」なのである。

そして、もっとも古典的な正統映画の父、「大活動写真」は今、月に一、二度のわりで「見る会」がひらかれている。

それは最早、映画ではなくて、「近代」の形骸の記録である。

だが、ときにはその客席に腰かけて古くなつかしい活弁をききながら

「ああ、昔は日本映画もあったなあ」

と思い出す人もいるらしい。

無声映画鑑賞会の「活動写真を楽しむ会」はいつも満員なのである。

『俳句』一九六六・五

ヘルスセンター

——ショウの底辺（見世物の戦後史・3）

1

ハワイの伯母が送ってくれた新聞を見て、何よりも驚いたことは「墓地の広告」が多いということであった。これはハワイの新聞が、老人に多く読まれているということなのか、それとも観光地には墓地の広告がつきものだということなのかは私にはわからなかったが……ヤコペッティの記録映画〔『世界残酷物語』一九六二〕の中に描かれた常夏の島ハワイにも通じることであった。

緑の島、青い海原にぽっかりとうかぶ椰子の実、そしてウクレレにのせられたハワイアンの調べのなかを嬉々として「観光」しているのは、いずれも老人ばかりであり、その痩せ衰えた皺だらけの首は、花のレイの重さをこらえるのがやっとであるかのように見えた。人生七十年をかけて貯めた私財を費(つか)いにやってくる「あこがれの地」。べつの言葉でいえば、余剰生命のかすかな充足を求めてやってくる非生産の島……それがハワイに代表される観光地というものである。

だが、少し見方を変えれば、人はウクレレのかなでる「夢の島」にたどりつくためには、生産生活を七十年も要するのであり、やっと肩にレイをのせたときには、もう青春などをすっかり失くしてしまっているのだ。

ショウの底辺（見世物の戦後史・3）

ヘルスセンター

文　寺山修司

写真　森山大道

このハワイのミニチュアがわが国にも数多くある。熱海・箱根・白浜などなどである。わが国では、こうした小ハワイが「温泉」という名の、長寿のための入浴と一緒に発達したことは興味深いことであると言っていいであろう。

私も学生時代に一度、熱海に行ったことがあるが、そこには何の「遊び場」もなく、ただ尾崎紅葉の小説の遺跡である「お宮の松」という記念撮影用の風景と、一〇〇をはるかに越える入浴場があるばかりであった。

そこでは、高齢の老婆・老爺たちが、たっぷりと白髪まで湯につかって「過ぎ去った夢」をなつかしんでいるようであった。私は、熱海から帰ってからしばらくのあいだ、悪夢に悩まされつづけた。

それはタイルばりの近代浴場を「夜泳ぐ白髪の老婆」の夢であった。おまえがどんなに充実した青春時代をすごそうと、やがて老いてからは、自分の青春時代に復讐されることになるのだぞ。

悪夢はそんな風に囁やいていた。だから、私は、いまでも「熱海」という地名をきくと思わず自分の年齢を数えるのである。

2

だが、その熱海にも「見世物」は盛んであった。

そこにはさまざまの「禁じられた見世物」、底辺の小劇場があって、暗い座敷や閉め切った自動車修理工場の中で、性に関するショウや黒いミサを思わせる動物虐待の見世物を見せてくれた。

「健康な体を作りましょう」という謳い文句のウラニウムや硫黄の温泉〔鉱泉〕と、「不健康な精神を喚びさます」さまざまのアウト・ロー・ショウビジネスの結びつきは、いかにも「人生の旅路」の象徴的な里程標のようであって、私には興味深いことであった。

小さな湯の街タカラズカ〔ママ〕
生れたその昔は
知る人もなき少女歌劇
それが今では
青い袴と共に誰でもみんな知っている
おお宝塚　宝塚

というのが「パリゼット」〔初演　一九三〇〕以来の宝塚の歌である。

この詞にもあるように、宝塚歌劇のはじまりは「小さな湯の街」のショウだったのである。

大正三〔一九一四〕年、有馬温泉までの鉄道をのばそうとした阪急が、地元の反対のために計画を挫折し、宝塚新温泉を作ることになった。

だが、どう考えても立地条件が悪いし、温泉企業としての成功のメドが立たない。そこで女の子ばかりを集めて、室内水泳場の脱衣場で、歌劇とダンスのアトラクションをやってみるということになった。これが宝塚少女歌劇の第一回公演というわけである。

当時、有馬電軌の取締役だった小林一三は、この脱衣場のアトラクションの「成功」に目をつけて、これに本格的に力を入れた。だから、今でも「夢の楽園」の宝塚の門をくぐると、先ず目に入るのは劇場ではなくて「宝塚ヘルスセンター」の大きな建物であり、このビッグ・ショウの存在を助けているのは「おフロ」だということになるのである。

ちょっと、ステージをのぞくと二人の女（一人は男役）が抱きあっている。

「ナイヤ！　ぼかァきみを愛しているよ」
「ジョン！　あたしも」
二人、頬をすりあう。
「ああ、愛している。愛している」

——という風に「愛」という言葉が、実に手軽に使われている。

そこで、これを見せられたりすると中年の男客は忌々しげに
「見ちゃいられない」と言うことになるのである。

愛なんてことばが、あんな小娘たちにカンタンに使われてたまるものか……というわけであろう。だが、よく考えてみると、この「わざとらしさ」は、ヘルスセンターというものの客にもっとも即したものだとも言えるのである。湯治客は一杯機嫌の湯上りで、ステージに「人生の真実」を求めるつもりなどはない。

むしろ「人生の真実」などはサラリと湯に流して「浮世忘れ」の夢を求めることになるのだ。「女が女を演じる人生の真実」よりも「女が男を演じる人生の虚構」に、より大きな浮世忘れを感じるのは、湯治客の正直というものであろう。

だから日本で最初の男役スタア高峯妙子以来、雪野富士子・奈良美也子・小夜福子・葦原邦子・春日野八千代……と、ヘルスセンターが生み出した男役スタアは数えきれないほどの数にのぼる。

3

いまの小学生たちに一番人気のある唄は何であるか、という現代子どもセンターのアンケートで、第一位にランクされた唄は、何と船橋ヘルスセンターのCMソングなのであった。

船橋ヘルスセンター
船橋ヘルスセンター
長生きしたけりゃ　ちょっとおいで
チョチョンのパ　チョチョンのパ

という詞であるが、その「長生きしたけりゃちょっとおいで」という言い方に小学生たちは興味を持っている。

それは癌と戦争とになやまされ、「長生き」することが至難だと思われている時代なればこそ「ちょっとおいで」と笑いとばすことに「大人たち」への諧謔を感じるのであろう。

実際、関東のハワイと呼ぶには船橋ヘルスセンターはインスタントに過ぎる。

そのショウも、その遊戯場も、その覗きからくりも、湯加減までがいかにもインスタントなのである。

だが、だからこそ「七十年の蓄財のあとで、おいで」というのではなくて「ちょっとおいで」と言えるのだとも言える。

ここでは、肩にサロンパスを貼り、リューマチになやむ祖父母の世代だけではなくて、子供たちが、ちょっとショウを覗きにやってきたり、オートレースや草競馬の帰りの父親の世代が、ちょっと「一風呂浴びに」やってきたりするのである。

私はここに「浮世風呂」の伝統の名残りを見る思いがする。日本人は、風呂で社交をしてきた。それは「家」でも「会社」でもなくて、第三の憩いの場所なのであった。

(いまでは、この第三の場所は酒場にとってかわりつつあるが、少なくとも「近代」以前には、風呂《銭湯・温泉》がその役割りを果たしていたのである。) 私がまだ、高等学校に通っていた頃の青森市には、喫茶店が一軒しかなかった。

それは書店の二階にあったが「学生立入禁止」であった。

私たちは家族とは「家」で話をし、友人とは「学校」とか「会社」で話をした。

金の話は「家」でして、理想の話は「学校」でした。

だが、人生の話をする場所はなかった。

川っぷちの土手の青草の上、または昼から営業している町の銭湯、そんなところが、私たちにとって、喫茶店に代わる話しあいの場だったのだ。

　だから、昼の銭湯には学生たちの人生論や、

　　口笛は十五のわれ〔ママ〕の歌にてありし〔ママ〕〔『一握の砂』一九一〇〕

といった啄木の短歌がながれたりした。

　だが、夜ともなると銭湯はたちまち、浪曲と「身上相談」のたまり場になった。そこは、いわば饒舌のゲリラの根拠地であり、「自分たちの参加できる底辺のショウ」の劇場であった。

　銭湯のタイルの上でドジョウすくいをやり、足をすべらせてひっくりかえって脳天を打って入院した私の叔父などは、銭湯ヘルスセンターを楽しんだ最後の世代だったかも知れない。


　船橋ヘルスセンターは、銭湯のマスプロ化である。そこにあるさまざまの「見世物」、たとえば秘境探検、海賊船などよりも、宴会場における湯治客の飛入りショウの方がはるかに戦後的なイメージを横溢させてくれるのである。

　それはF・フェリーニの映画「8½」〔日本公開　一九六五〕のなかで、モーツァルトの「フィガロの結婚」の伴奏とともに陽気にとび出してきた、厚化粧の老優たちを思い出させる。

　湯治客たちの飛入り独演は長い。

　まるで、終って幕がとじることと、人生が閉じることとダブル・イメージで考えているのかと思うばかりである。しかも、その調子の外れ切って、ききとれないような声で

　　命みじかし　恋せよ乙女
　　あかきくちびる　あせぬまに

と唄う胃癌の老婆の晴れ姿は、ショウ・ビジネスとして実業化されていないだけに一そうあわれを誘うのであ

る。

「船橋ヘルスセンターのショウは、いわば人生そのものをショウとしてとらえるリゴリスチックな目をもったときに最もたのしめるようですね。」

と私の友人は言う。

私もそれには同感である。

見ることを放棄した世代、社会の桎梏（しっこく）からまぬがれた世代には、「見られる」ことだけしか残っていないのかも知れない。

「だが、ここには『近代』がまったく感じられない。まして、『近代』以後のイメージなどは見出すべくもないようだ。」

と私の友人は言う。

「近代」以後、コミュニケーションの技術は急速に発達した。社交場としてのキャバレー、ナイトクラブの発達は、銭湯社交のたまり場をいっそう狭くした。

そして、今、まだ「風呂のなかにも花が咲く」という銭湯＝ヘルスセンターの社交を信じているのは、「近代」の超克をはたさなかった老人たちの世代ばかりということになるのだろうか？

私は船橋ヘルスセンター少女鼓笛隊の演奏が好きである。

彼女らがズッペの「軽騎兵」を合奏するのをきくと、胸があつくなってくる。

だが、彼女らもまた「少女からいきなり老婆になってしまうのではなかろうか」という空想に、ふと取り憑かれることがある。

げに、ヘルスセンターは怖ろしく「浮世ばなれ」のした場所である。

『俳句』一九六六・六

盗聴器の慰め

——世界の街角で1　ニューヨーク

ニューヨークでびっくりしたことは
For men's room の便器の背の高さである。

小さな日本人のへその高さほどもあるのだ。

これはそのまま、アメリカにおける性の位置の高さ、地位の高さの象徴であるような気がした。

私は考えたものだ。

「ニューヨークでは、もう愛について考えることなどは時代おくれなのではないだろうか」と。

1

ある質問には返事ができるが
ある質問には返事ができない

ある日　女が一つかみのお金を見せて

わたしにきいた
「この中にいくらあると思う?」
わたしは答えた
「61セントだ」
すると女がびっくりしてきき返した
「どうしてわかるの?」

ある質問には返事ができるが
ある質問には返事ができない

この他愛のない詩を、私はグリニッジ・ヴィレッジの教会で聞いた。朗読したのは、うす汚れたセーターを着た、顔色のわるい二十歳前後の男であった。

参会者はほんの十五、六人だったが、皆熱心に聞いていた。この日は「Tribute to Ed Blair(エド・ブライアをしのぶ夕)」で、読まれたのは全部、エド・ブライアという無名詩人の詩であった。

「エド・ブライアという詩人は、どうしたのですか?」

と私が訊くと、目がしらをおさえていた中年のおばさんが、

「死んだんです」

と教えてくれた。

「死んだって、なぜです?」

と私はききかえした。おばさんは、いった。

「戦争ですよ。

ベトナム戦争で死んだんですよ。」

「いま朗読してるのは、エドの弟さんなんですよ。」

外には雪が降っていた。雪の匂いと、葉巻の匂いとがいりまじって、ニューヨークの裏通りは何だか、やりきれない感じだった。私はノート一冊の無名の詩をのこして、ベトナムの戦場へ出かけていった見知らぬエド・ブライアのことを思った。「ある質問には返事ができるが、ある質問には返事ができない」という言いまわしのかげには、ほんのちっぽけな抵抗に、すねて口をまげてみせている気の弱いアメリカ人の表情がちらついているような気がした。

会場は、終始なごやかで、たとえば、

ニューギニアの原地(げんち)で
無知な連中が集って
ジョンソン大統領を買うための
募金をしたら
四〇〇〇ドルとちょっと集った

などというエドの詩に爆笑していたが、外へ出るとにわかに寒くなってきて、私はオーバーの襟を立ててホテルへ帰った。

風刺などは、この国ではもはや何の役にも立ちはしないのだ。

2

ホテルにはドアの鍵が四つもついていた。キイをさしこみ、留金をさしこんだあとで、チェーンをかけるというほどの念の入れようなのである。

他人に対する不信感は、かなり根深いもののように思われた。それにもかかわらず、「盗難に御注意」と書いてある。旅行案内を読んでいると黒人の女中が、

「外からまる見えですよ」

と教えにやってくる。カーテンをあけっ放しで、ベッドに寝ころんで

「見えたって構わないのだ」

というと女中は、へんな顔で部屋の中を見まわしてから帰っていった。

そのくせ、他人を見たいという願望は他のどの国よりもつよいように見うけられる。ブック・ストアーで今評判の書物は「My Secret Life（わが秘めたる生活）」といった思わせぶりなものであり、デパートに行くと望遠鏡から盗聴器までが「実によく売れている」のである。

リトル・エコー（小さなこだま）と名づけられた盗聴器は、その宣伝文句には、

「あなたの子供たちが、子供部屋でどんな会話をかわしているかきいてみましょう」などと書いてあるが、実際には子供の話し声ではなくて、隣人の話し声をききたがる人の方がはるかに多いのだ、と売場の主任が私に話してくれた。

他人の生活を知りたい、そして自分自身の生活とのあいだに共通点を見出して安心したい、という他人志向型の考え方が、実は孤独なニューヨークっ子たちの実態というところなのだろうか？

そう思うと、私は急に見も知らぬアメリカ人の肩をポンと叩いて、話しかけてやりたくなった。

3

ニューヨークの寒い朝、マンホールの蓋のずれたところから立ちのぼる湯気を見ていると、この街も地下の深い部分には「まだ燃えている熱い何か」があるように見うけられる。

「ニューヨークの地下で燃えているものは一体何だろうね?」

ときくと、近頃フォーク・ソングの作詞に熱中しているという大学生のトマスが、肩をすくめて「ここはベトナムと地つづきだからね」と冗談をいった。バスにのってヴィレッジから一町もいかないところにバワリーという貧しい街があって、そこにはバムと呼ばれる浮浪者たちが群れをなしている。

ドラッグ・ストアーには「働かないで生きるための一〇一の方法」などというパンフレットを売っていたりするが、年老いたバムたちにとっては「一〇一の方法」など要らない。たった一つの方法、つまり酒を飲んで公園のベンチで寝ていられる方法だけがあれば事足りるのである。ニューヨークへ来る前に私は「五時の影」ということばを知っていた。

それはおしゃれなニューヨークっ子たちが朝、出勤前に剃った髭が、夕方の五時頃にはうっすらとのびてきて、顔の影になる。彼らはそれをニューヨークの憂鬱、「五時の影」と名づけているというのだ。

だが、実際にニューヨークの街角に立っていると、「五時の影」といったメランコリーな気分、その甘やかな孤独などはむしろぜいたくな気分だということがよくわかってくる。バムたちの顔は、「一年分の影」でまっくらであり、その目はとろんとして、まるで季節の終りのニシンの目のように赤く死んでいるのである。

広場に集って、一つのソフトボールをころがして「ヘーイ!」と声をかけると、老人たちがぞろぞろと集ってくる。そして、二〇メートル位はなれた、草地に並んで一斉にビー玉を(ソフトボールめがけて)ころがしはじめるのだ。ソフトボールの一番近くまでビー玉をころがした者が勝ちになるという賭博なのだが、バムたちは皆、文無しなので、「金のかわりに名誉をかけている」のである。ここには、余剰生命をもてあましている老いたアメリカ人たちが、もはや戦争にも性にも情熱を失ってしまって、それでも何か価値あるものを求めて争っている様子がありありと見える。

「人生では決して手に入らない勝利感」も、本当はバムたちを充ちたりた気分などにはしてくれないのだが、それでも彼らは争いつづけるのである。

4

「ニューヨークのイタリア人は、いかしてるね。

チャオー　と言いながらイタリアン・レストランへ入っていく。店には、ミーナのカンツォーネががんがん鳴っている。チーズくさいカウンターにひろげた古新聞には、競輪の記事が出ている。移民が大声で、イタリア語でおふくろの自慢話をしている。

〝マンハッタンの哀愁〟というメロドラマで、愛しあっている二人の背後で挨拶をかわしてわかれていった二人連れもイタリア人だったが、とにかくニューヨークできくイタリア語の無遠慮さってのは、何となくホッとする人くささがあるよ。ところが、日本人レストランの気どった感じってのは、あれは何だね。たまらなくいやになってくるよ。こっちが日本人だとわかってても英語でオーダーをとりにきやがるからね。

ニューヨークの摩天楼の中でくらしてると、せめて日本レストランに入ったときぐらいは、石原裕次郎の〝赤いハンカチ〟でもききながら鍋やきでもすすりたいって旅行者の気分がわからないもんだろうかね。」

見ず知らずの男が、そう言って話しかけてきた。その男は、半月前まで新宿の歌舞伎町でテキ屋をしていたと

寺山修司写真「バワリーの公園にて」

いうことであった。

「どうです？　ニューヨークは気にいりましたかね？」

とその男がきいた。

ある質問には返事ができるが
ある質問には返事ができない

寺山修司写真「セントラル・パークの日曜日」

同「マンハッタンのブロードウエーにて」

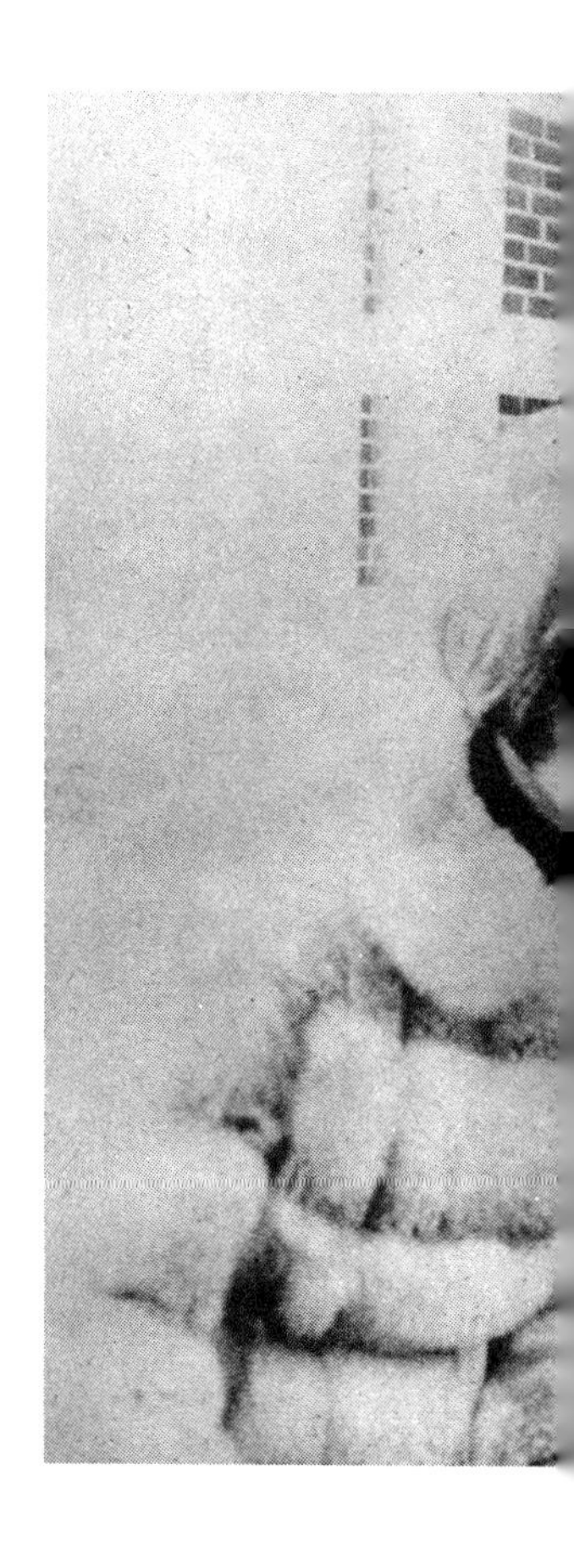

寺山修司写真「マンハッタンのダンスホール「チータ」のハイティーンたち」

『アサヒグラフ』一九六七・四・二八

エレベーターの第三の男 ——世界の街角で2　パリ　その1

パリでびっくりしたことは、
鳥籠型のエレベーターである。
どこへ行っても「三人乗り」なのである。
この「三」という数字は、フランス文化について語るのに、実に重要な数字であるような気がした。

二人ならばわかる。それは夫婦だったり、恋人だったり、母子だったりするだろう。だが三人目の人物は、一体誰なのであろうか？

1

パリの恋人たちは、実によく人前でキスをする。書店の中で、バルザックの小説をさがしながらキスしたり、カフェで珈琲に砂糖を入れながらキスをしたり、横断歩道で立止ったままでキスをしたりする。
「どうしてあんなにキスするんですか。」

寺山修司写真「サンジェルマンの二人連れ」

と訊くと、ホテルの親爺は
「あんたが見るからですよ。」

と言った。

私は聞きまちがえたのかと思って「え？　何ですって？」と親爺の顔を見た。ホテルの台所の片隅。鍋から立ちこめる湯気。

朝食のフランスパンをちぎりながら、ホテルの親爺はにやにやして、「パリっ子気質」を解説してくれる。「フランス人ってのは、見られるのが好きですからね。誰かが見ていると、やけに張切るんですよ。」

なるほど、と私は思った。画家たちはアトリエを出て街の雑踏の中にカンバスを立てる。そして、他人の見ている前でうっとりと制作に熱中するのである。恋人たちのキスも明るい日中の、それも皆の見ている前ではひんぱんに見られるが、人のいない裏通り、夜のセーヌ河畔には、全然いない。「他人のいないところでは、愛にも熱中出来ない」というところに、見られることの好きなパリっ子の気質がよくあらわれているといえるようである。

ホテルの親爺はふとっていて、好色そうなお人好しだったが、その息子はソルボンヌ大学の学生で、よく台所で本を読んでいる。

「何を読んでるんだ？」

と訊くと、だまって表紙を返してくれたのがジャン・ポール・サルトルの「HUIS（ユイ） CLOS（クロ）（出口なし）」だった。

「僕たちは三人きりだ。僕のことを考えるのは君たち二人しかない。」「あたしはここにいて、ちゃんと見ているのよ。ガルサン。あたしはあんたから目を離さない。あんたはあたしの目の前でその子を抱くのよ。ああ、何て憎いんだろう、この二人！　さんざんおふざけ！　ここは地獄さ。今にあたしの番が来る。」

こうした、いつでも他人を必要とする思想が三人乗りエレベーターの謎を解くカギである。つまり、エレベー

寺山修司写真「マドレーヌの日曜日の切手市」

ターの三人目の人物がパリっ子たちの生きていることのアリバイの証人となっている訳だ。

2

花の都パリという言葉、ルネ・クレールの古い映画、そしてミシュタンゲットやパタシューのシャンソンのなかに私たちが想いうかべていた「巴里」は、どこへ行ってしまったのだろう。

私が街角に立って眺め渡したのは、決して「あこがれの都」などではなくて、質素な農業国フランスの一地方都市といった印象でしかなかった。私はモンパルナスの小さなホテルに部屋をとったが、そのあたりは古びたホテルの他は、ダンス教習所、安い酒場などが密集していた。

夕ぐれ、街灯がともる頃になると、おふくろ達の時代を生きてきた娼婦たちが、ぞろぞろと「出勤」してくる。かなりの厚化粧でごまかしてはいるが、それでも頬の肉はたるみ、下腹はたるんでいる。

通りかかる若い男たちが「ボンソワール」と声をかけても、目でかるく返事するだけで「ボンソワール」と挨拶を返すことも稀なのである。

「あのおばさんたちは、モンパルナスの全盛期の娼婦なんですよ」と、カフェ・ドームのガルソンが教えてくれた。「大戦後、モンパルナスがはなやかだった頃、あのおばさんたちも若かったんですがね。モンパルナスが年をとるとともに、おばさんたちも色あせてしまったというわけですよ。」

なるほど、と私は思った。人間同様、都市もまた年をとるものなのだな。パリにもかつては青春時代があったのかも知れない。

だが、今ではパリはシャンゼリゼも、モンパルナスも、サンミシェルもみんな年をとってしまった。

セーヌ河畔のカフェで、年代ものの葡萄酒を飲みながら思い出すアポリネールの、

ミラボー橋の下をセーヌ河が流れ
二人の恋が流れる
という詩さえも、もう文学史のなかの出来事にすぎないのである。「日も暮れよ、鐘も鳴れ。月日は流れ、私は残る」とアポリネールは書いたが、一体「残った私」とは誰のことなのだろう。
公園のベンチには年老いた二人連れが腰かけているが、もしも、
「おいくつですか?」
と訊ねたら、肩をすくめて「パリと同じ年」と答えてくれたかも知れないのである。

3

「もしも、あなた自身に値段をつけたら、フランスの金で何フラン位だと思いますか?」

と私は訊ねた。

彼女は目を丸くして微笑した。彼女はミレーヌ・ドモンジョ〔一九三五— 〕。私がもっともひいきにしている金髪の女優である。「私には、買い手が一人しかいないの。それは新しいフィアンセのマルクよ。」

とドモンジョは答えた。

彼女のアパートは、決して広くはないが小綺麗でさっぱりしていた。彼女はブランディ漬の桜んぼを私にすすめてくれた。

私は矢継早に質問し、一緒に行った野際陽子さんが通訳してくれた。

「人生はあなたにとって長すぎますか、短すぎますか?」

「16歳までは長すぎたけど、今じゃとても短いって気がするわ。」

「星を数えてみたことがありますか？」

「ええ。

でもあたしは星が好きじゃないの。雲の方が好き。」

「なぜ？」

「なぜって、星は止ってるけど雲は動くでしょう。」（私は笑った。彼女にとっては星の動きのような宇宙的な時間などは問題にならないらしいのである。それは、いかにも肉体美のドモンジョにふさわしい、肉眼の世界観で、好もしいと思った。）

「海と川とどっちが好きですか？」

「絶対に海。

比べものにならないわ。」

「下着は何のためにあると思うか？」

「男性のため」

「この世で一番きらいな人物は誰か？」

「（一寸考えて）マクベスのような男ね。」

と言った。イアゴー（『オセロ』）のような裏切者よりもマクベスのような男が嫌いだというところにドモンジョらしさが出ていると思った。彼女は優柔不断ということが我慢できないらしい。

「友人は多い方がいいと思うか、少ない方がいいと思うか？」

「少ない方」

「じゃ今すぐほしいものは何か？」

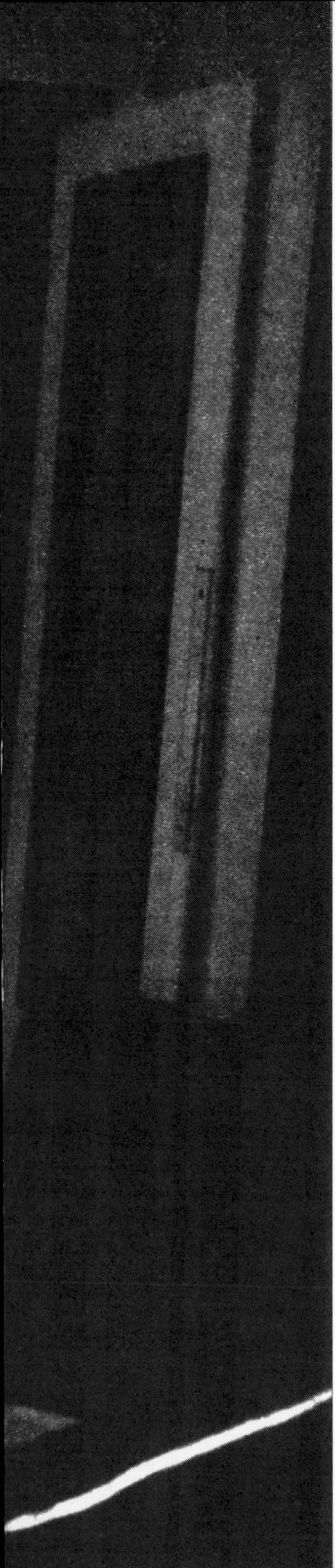

「彼の赤ちゃん」

彼、マルクが入ってきて目を細めてこのインタビューを聞いている。マルク・シムノン。探偵小説家ジョルジュ・シムノンの息子らしいわよ。と野際さんが耳打ちしてくれる。

「愛するのと愛されるのと、どっちが好きですか？」

「両方！

私は欲ばりなんです。」

「一番好きなことばは何ですか？」

「ことばなら大抵好き。ラ・ヴィ（人生）でもラ・ムール（愛）でもみんな好き。

でも、定義や熟語はきらいなの。

ことばはことばのままにしておくのがいいわね。」

一時間あまり話して、ドモンジョはマルクと外出の予定があるというので、途中まで送っていくということになった。エレベーターに乗ると、たちまち私はその中の「三人目の男」になった。

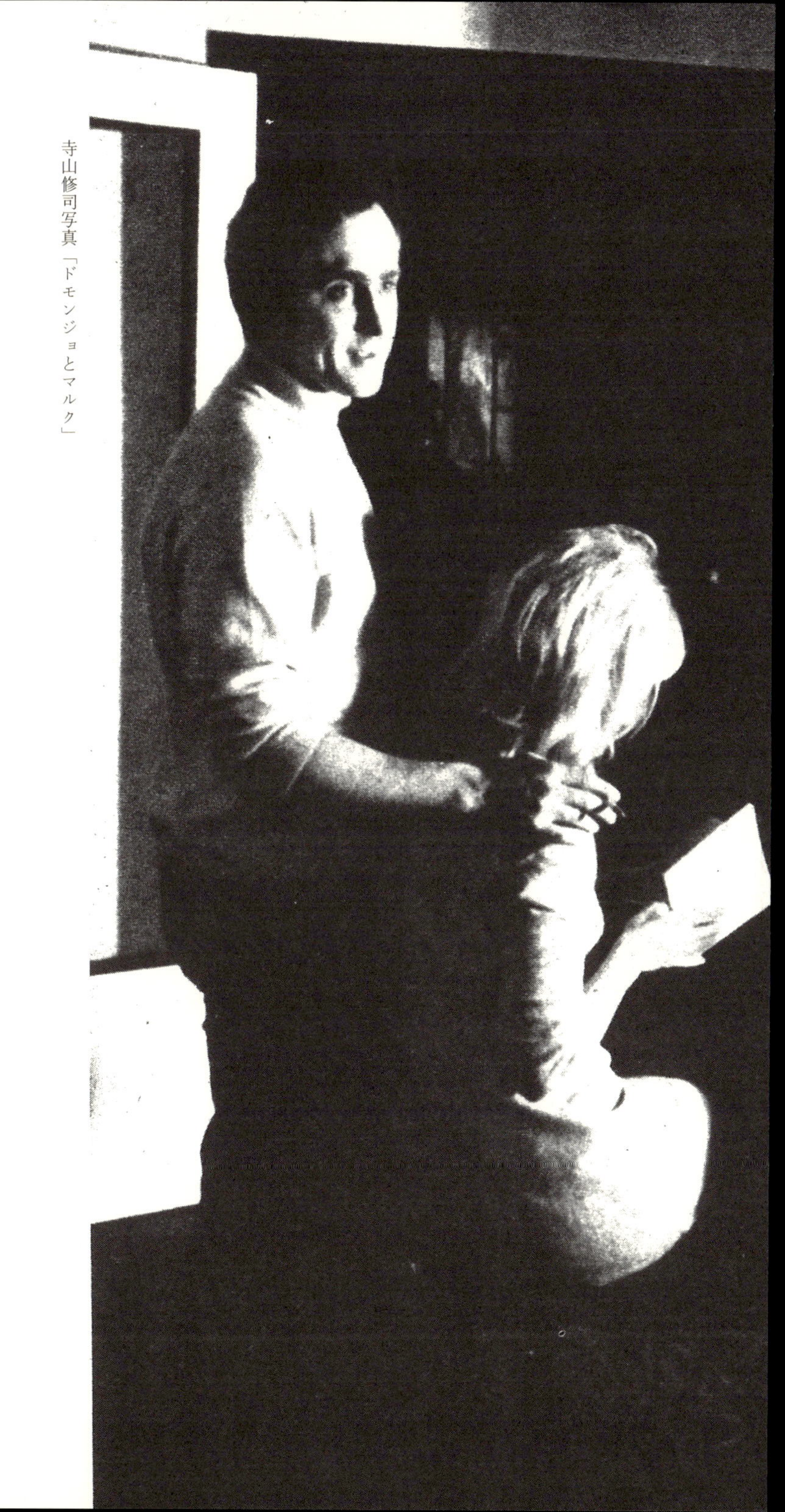

寺山修司写真「ドモンジョとマルク」

寺山修司写真「エトワール広場の恋人たち」

ホテルへ帰ってきて、ビデなどという奇妙な室内装飾品（便器とよく間違えられる、女性用の洗浄器）をぼんやり見つめながら私は考える。「旅行者の味気なさというのは、いつも三人目の存在でしかないということではないだろうか」と。決して二人目になれないところに、旅行者のアウトサイダーとしての宿命があり、片寄った観察が生れるのではないか、と。

人生はおおむね、偏ったところに趣を持っているのに旅行者の目はいつでも「均衡」といったことを目指しているのである。私はホテルの片隅の壁に傾いているカレンダーを見ながら呟いた。「そうだ、あすは日曜日だな。久しぶりに競馬にでも行ってみてやろう。」

『アサヒグラフ』　一九六七・五・五

カタロウパの贈りもの

——世界の街角で3　パリ　その2

パリのホテルの机の、二番目の抽出しに、ナイフを忘れてきた。それを、日本へ帰ってきてから一カ月目の今日、思い出した。一本のナイフは、今もあのモンパルナスの場末のホテルの机の抽出しで、すこし錆びながらひっそりと冷えているだろうか？　それとも掃除婦のシモーヌおばさんが片付けてしまっただろうか？

今週は、感傷編である。

午後から雨が上がったので、オートイユの競馬場へ出かけることにした。パリ時代のヘミングウェイが、同じ競馬場へ通いつめたことは書物で読んで知っていた。

ヘミングウェイは、シエーヴル・ドール（黄金の山羊）という名の馬に、たびたび賭けたのである。あるとき、シエーヴル・ドールは一対百二十という大穴人気で出走し、他馬を二十馬身もはなして逃げながら、最終障碍（しょうがい）で着地に失敗して倒れてしまった。

「かわいそうな馬」と、ヘミングウェイの妻はいったそうだ。

「あたしたちは、ただ賭けただけなのに。」（「偽りの春」『移動祝祭日』）

「今日は何かいいレースがあるかね？」

と私はバスの中で新聞「日曜（Le Journal du Dimanche）」をひらいている、手の大きな日本人に話しかけた。

「勝てればみんないいレースだ。」

手の大きな日本人は、
と素気なくいった。

私はその隣に並んで腰かけた。バスが凱旋門を通りすぎてエトワール広場にさしかかるころ、雲の割れ目から急に陽がさしこみはじめた。広場には、切手市が立って切手蒐集（しゅうしゅう）マニアたちが、あちこちに四、五人ずつ集っているのが見えた。彼等は大抵、よれよれの背広を着た中年の男たちであった。無言でピンセットではさんだ切手の交換をしているさまは、さながら「切手のかたちをした孤独」をひきかえ、とりかえしているかのようでさえあった。「心は孤独な猟人」たち、日曜日ごとに交換される使用済の古い切手。コンコルド広場の雨にぬれた緑の木々。こうしたものを見てすぎると、ヘミングウェイがパリの春を「偽りの春」と呼んだことが、よくわかるような気がした。「パリでは、春と同じくらいに良い、ごく少数の人を除くと、いつでも幸福を限るものばかりなのだ。」

「競馬に行くなら」

と手の大きな日本人――北村さんがいった。

「この新聞を貸してあげよう。」

私は、それをひらいた。今日の呼びものは、トロイタウン賞の障碍の四〇〇〇メートルである。

その出走馬は十四頭、ダートコースのハンデレースだった。「フランスで競馬をするのは始めてだが……」と私は訊ねた。「フランスの馬券は、連勝式ですか？　単勝式ですか？」

「いろんな買い方がありますよ。」

と、北村さんはいった。「重勝式までありますからね。配当もなかなかよくって、面白いですよ。」

だが、私にはフランス語はまるでわからない。新聞を読むことは出来ても、馬券の穴場で言葉をやりとりすることなど、とても無理であった。そこで私はガニアンとフォアという二つの言葉だけを覚えて、それですべてまにあわせることにした。ガニアンは「単勝」、フォアは「……枚」という意味である。

北村さんに「日曜」紙をもらってわかれ、競馬場ちかくのレストランでひとりになると、私はカウンターに腰

寺山修司写真「サンジェルマンのバス」

かけて、コーヒーをたのんだ。おかしなもので、ボクシングを観にゆくときはいつも飢えていたが、競馬に行くときはいつも満腹だった。はじめのうち、私はそれは時間のせいだと思っていた。ボクシングが始るのは大抵、レストランへ行くより前の時間だったが、レースを観るときはまだ腹にランチが残っていたからである。だが、パリまでやってきて、オートイユの競馬場のちかくのレストランで、フランス人の老夫婦がツルメドー（薄切ひれ肉料理）などを食べているのを見ているうちに、私は自分のなかにある何か余剰なものを感じた。それは、うまく言葉でいいあらわすことが出来なかったが、まさに「余剰なもの」なのであった。

私はポケットに、ほんの二百フランしか持っていなかったし、このところワインとパンとだけの食事にうんざりしていた。だが、何か余剰なものがあった。それは、春のパリの郊外のあふれるばかりの木の緑、レストランの台所で匂っている水洗いしたばかりの新鮮なセロリ束のせいかも知れなかった。

「人たちは」と私は思った。

「ときどき、この余剰なものを削り落すために賭けるのではないだろうか」と。


トロイタウン賞出走馬十四頭のうち、一番人気はギャロウエイという馬だった。ギャロウエイは最近、三八〇〇メートルを67キロのハンデで勝ち、三四〇〇メートルを67キロで三着し、三五〇〇メートルを69・5で二着していた。

「日曜」紙のベルナルド氏の予想でも「ギャロウエイが二着からはずれることはないだろう」となっていた。そのベルナルド氏が本命に推していたのはアリーガードという古馬である。

長い間休んでいた実力馬で、ここへ来て復調し、前回のレースでは63キロで出走して、二着になっていた。ほかにはラドガ三世、逃げ馬のジュノー、プライムなどである。私はパドックへ出て、馬を見ることにした。府中のように混雑していない、むしろのんびりとしたパドックには、かたつむりのような渦巻状の木柵があり、馬たちはそのなかをゆっくりとひかれていった。私はその中で、ふいに一人の少女の馬丁を見た。

髪をみじかく切った、アンナ・カリーナの少女時代を思わせるような馬丁で、細いズボンをはいていた。(もっとも、オートイユの競馬場では、少年少女の馬丁を見ることは珍しいことではないらしく、前のレースで少女の馬丁は二人もいたのだった。)

私は、その馬に目をやった。カタロウパ、騎手の名はコレット、ハンデは60キロである。小柄な馬だったが尾のふり方もよく、気合いもこもっている。

寺山修司写真「オートイユ競馬場のスタンド」

私は、この馬に賭けてみよう、と思った。ギャロウエイやアリーガードが八歳なのに、カタロウパは五歳である。それに、雨上りの重馬場では六キロのハンデの差が、案外ものをいうかも知れない。「軽量の上がり馬を買う」というのは、競馬の鉄則の一つだ。それにギャロウエイは、このところ連闘気味だから疲れているかも知れないな、とも思ったのだ。私はカタロウパのガニアンを50フラン、逃げ馬ジュノーのガニアンを50フラン、それに配当予想が70倍の穴馬モンテカルロのガニアンを10フラン買った。(モンテカルロといえば、四年前同名の馬がいて、府中のコースで何度か私を裏切ったこともあったが……)

レースは予想通り、ジュノーが逃げた。ジュノーは古馬らしくゆったりとしたペースで先頭にたち、二番手にはギャロウエイがつけた。あとはほとんど一団になって、たすきがけのコースをゆっくりと走っていった。障碍といっても中山ほどけわしくはなかったが、ハンデが重いのと、雨上りの重馬場だったので、馬と馬との差がぐんぐんとひらいて行った。

「アレ、アレ(行け、行け!)」と叫ぶファンたちの声をうけて、スタンド前の障碍をとぶとき、ベルナール氏の本命馬アリーガードがとびそこなってくの字になり、騎手のドリュウをふり落した。ドリュウは雨上りの砂馬場を二、三回転して、そのまま気絶してしまい、馬たちはそのドリュウを器用にまたぎながら駈けて行った。モンテカルロは一番後方、カタロウパは馬群にもまれてみることが出来ない。三〇〇〇メートルをすぎたところで力尽きたジュノーのスピードが落ちると、それにかわってギャロウエイが先頭に立った。ギャロウエイはたすきがけのコースを折返して、あと三〇〇メートルというところでまったく独走というかたちになったかに見えた。そのときだった。

観客席がドッとわき、馬群から一頭の馬がのめくるようにしておどり出て来た。カタロウパだった。ギャロウエイは、七、八馬身の差で逃げていたが、そのペースをかえることができず同じスピードのままで直線に入った。それをはげしく追込んでくるカタロウパに、思わずスタンドは総立ちになった。みるみる二頭の差はつまり、五

寺山修司写真「コンコルド広場のパリジェンヌ」

十メートルのところで二頭はぴったりと重なって、一頭になってしまった。「カタロウパ！」と私は思わず叫んだが、両馬は同時にゴールにとびこんだ。

だがすぐに電光板には14という数字が出た。カタロウパが勝ったのだ。

私は思わず、馬券をわしづかみにしてリスのようにピョンピョンはねている老人と顔を見合わせて笑いあった。


その夜、私はコンコルド広場で新しい靴を買った。カタロウパからの贈りもの、というわけである。

コンコルドの街灯のにぶい光の下で、私は買ったばかりの靴をはいて、夜つゆにぬれながら一時間

寺山修司写真「毎日行ったカフェ」

ばかりあてもなく歩いた。パリは老いていたが、私自身はまだまだ老いないという気がした。ヘミングウェイは「もし、きみが幸運にも、青年時代をパリにすごせたら、きみの残りの人生をどこで過そうとも、パリはきみについてまわる」と書いていた。

　ついてまわる筈だ、と私は思った。

　パリの思い出は一足の靴になってしまったのだ。

『アサヒグラフ』一九六七・五・一二

シイジアムビ・ソンケ　——世界の街角で4　アクラ　その1

アフリカについて
「政治がないのに、政治犯がいる」
とジョン・ガンサーが言ったことばも、海を渡って来てみるとよくわかる。
ここでは、何事にとっても人間が「主人」であって、制度や機構はいつでも短命なのである。
私はここでパイナップルとバナナをたらふく食べ、(白人のための) 手段としての人間を放棄した勇敢な運動家たちに逢い
そして女の子から
アフリカの「子守唄」を教わった。

1

ガーナは昔、「白人の墓場」と呼ばれていたのだそうである。

男は二十八歳、女は三十五歳が平均寿命で、大抵の白人は暑さと湿度にやられて死んでしまったのだ。それで

も白人たちは、あとからあとからやって来ては、草原に新しい家を建てた。

「何だか、そんな白人たちの気持がわかるような気がするよ。」

と私は、旅行記を書きながら妻にいった。まるで屠殺場のようにさわがしい東京の生活にもどって、地下鉄の群衆のなかにもまれていると、ふと思い出すのは遙かなアフリカ・ガーナのアクラでの十日間のことばかりなのである。私は言った。

「アフリカで暮すのに、面倒な調度品なんかいらないよ。

あそこじゃ、空の星や椰子の木を家具として生活することが出来るのだ」と。

2

そのアクラの郊外の、平野のまん中のすばらしい邸宅に伊藤忠商事の駐在員の、西沢さんが一人で住んでいる。いまのところ、単身赴任なので、妻子は本国に残してあるのだそうである。階下にガーナ人のメイドがいて、食事の仕度のときだけ上がってきて、鯛を焼いたり、アフリカン・スタイルのカレーライスを作ったりしてくれる。

一面がひろびろとした平野なので、窓を開け放っておくと風が通りぬけてゆくという、きわめて「自然となれあった」快適な生活である。「ガーナの経済は、結局のところ、モノカルチュア性でね、原料を輸出して製造品を輸入するという、きわめて単純な構造で成り立っているのですよ。」

「それは植民地経済のパターンじゃないですか？」と私が言うと、西沢さんは「そうです」と言った。

「独立したといっても、まだ経済政策の面じゃ植民地と変りないですからね。」

寺山修司写真「マミーマーケット」

遠くで虫が鳴いていた。

「こんな大草原のまん中に、たった一人で暮していて、さみしくありませんか？」

と私が訊くと、西沢さんは
「ステレオがありますからね。」

と言った。

「本国から送ってもらったレコードをきいてるときが、一番心が和みますよ。」

「どんなレコードをきくんです？」

と私が訊いた。

「落語ですよ」

と西沢さんが答えた。

「落語？」

「そう、一人で笑いころげてると、何もかも忘れてしまいます。」

この西沢さんの言葉ほど、外地に住む日本人の孤独をまざまざと感じさせたものはなかった。だが、と私は思った。落語で笑いとばしてしまうには、アフリカの大平原はあまりにも大きくあまりにも広すぎるのではないだろうか？

3

アフリカ人の書いた書物のなかで、私がいまでも忘れられないのはエンダバニンギ・シトレの「アフリカの心」である。シトレは生れてはじめて自動車を見たときに

「家が走っている」と叫んで泣き出し、その怖さを何日も忘れなかったというが、そうした文明への受身の姿勢は、子供ばかりではなく成人したアフリカ人たちの中にも根強く残っている。あまりにも長すぎた奴隷制度の時代への怒りが、文明とみれば何でも悪いと思いこむ精神的習慣につながっている。

「わたしの母は、わたしの赤ん坊を煙いぶしにすることを主張した。

わたしは反対した。

『わたしがつくった子は、そんなことはさせませんよ、お母さん。』

とわたしは、きっぱりと言った。『あれはおまえの赤ん坊じゃないよ。

赤ん坊はシトレ家一門のものだよ。

おまえが生れたとき、わたしはおまえをいぶしてやった。おまえの妹や弟たちもみないぶした。わたしの今いる九人の子供はみないぶしたんだよ。

煙でいぶさないで生きてる子どもなんて、いませんよ』」（シトレ「アフリカの心」）

そうした迷信に対する信奉も、うらをかえせば

「われわれだって生れたてのときは、白人と同じように白いのだ。ただ、生れてすぐに悪魔を追払うために、煙でいぶして黒くしてしまう。

つまり、皮膚の色の黒さは、母の手でみずから成したことであって、宿命なんかではないのだ」と思いたがる自恃のようなものを感じさせるのである。

ふとっちょのミッドワイフ（産婆）が母親に向って

「生れた、生れた！」

と赤ん坊をさしだすと、母親はうなりながら

「ようし。それじゃ、まっくろこげに煙でいぶしてあげるよ。いつまでもアフリカ人のままでいられるように。」

というのである。

4

ガーナでは、男の子は生れるとすぐに割礼してしまう。

産床用の泥の床のある低い小舎。毛皮用の山羊皮や粘土の牛。そしてたそがれの大通りいっぱいにただよう椰子油の匂い。

ベンが大声でいう。

「生れたんだってな?」

小舎の窓から、先週出産したばかりのコニーが大声でこたえる。「でっかい男の子だったよ。」

ベンがにやにやして、またいう。

「あれ、切っちまったか?」

「ああ、切っちまった」

そして、隣人同士、顔を見あわせて、大声を出して笑いあうのである。はじめのうち、私は割礼というのは原始宗教の名残りなのだとばかり思っていた。だから、こうした儀式の名残りは「赤ん坊の煙いぶし」同様、何となくいたましいという感じを持っていた。

だが海岸通りの、椰子の木病院のローゼナ夫人の説明をきいてからは、すっかり思い直してしまった。

「いつまでも割礼 Circumcision しないでおくと、大きくなってから困るもの。」

とローゼナ夫人は言った。「不潔になるし、それに第一、女の子たちがよりつかなくなってしまいますよ。」

「しかし、白人の社会ではそんなことをしないでも、女の子にきらわれもせずに、ちゃんと暮している」

寺山修司写真「ガーナの若者」

と私が言うと、ローゼナ夫人は鼻先で笑って「白人の性生活は、浅いもの。」といった。

私は、この「浅い」という表現が一寸面白いと思った。

「アフリカじゃ、奥地の方へ行くと、女の子も割礼しちまうんですよ。」

とローゼナ夫人がいった。「入口にくっついているものを取り除いてしまうんです。

そして、性が深淵で奥深いものであることを娘たちに教えてあげるんですよ。」

たしかに、性の世界だけは、アフリカ人社会では、「未知の荒野」「神秘の深淵」として残されているのかも知れなかった。そのことは、すでに性においてもアウトサイダーを輩出している文明社会の、私たちの同時代人にくらべると、ういういしい感じがした。

「ミセス・ローゼナ？」

と私は訊ねた。

「そんなに美しい習慣が、どうして失われてゆくのです？」

ローゼナ夫人は首をかしげた。それはローゼナ夫人にとっても、ひどく心外なことのように思われるらしいのだが、しかしどうにもならないことのように思われた。「エンデベレ語では、古くから
Siyizinambi Sonke（シイジアムビ・ソンケ）

という言葉があります。」

とローゼナ夫人は言った。「それは『われわれはみな客人である』という意味なのです。」

たぶん、ローゼナ夫人はそのエンデベレ語を、祖国に住みながら、民族的慣習を捨てさせられてゆく植民地時代のなげきをこめて言ったのであろう。だが、と私は思った。

「われわれは、みな」というところには、とても詩がある。全世界の人たちがみな、自らを「客人」だと思いこむことができたら、何という美しい調和が生れることだろう。

左頁：寺山修司写真「海辺に立つガーナの若者」

寺山修司写真「ホテルの廊下を散歩するトカゲ」

シイジアムビ・ソンケ。
シイジアムビ・ソンケ。
私はその言葉を、故郷にあてた手紙に何度も書きこんだのを今、思い出したのである。

『アサヒグラフ』一九六七・五・一九

さらば、アフリカ

——世界の街角で5　最終回　アクラ　その2

アフリカでは、どこへ行っても母親のことを「ママ」と言う。
ママという言葉は一つしかないのである。
だが自由Freedomとなると、ぐっとちがってくる。
ソーナ語ではrusunugako
ソート語ではtokolono
イボ語ではefe
トウイ語ではfawohodie
エンデベレ語ではinkululeko

このことは、私にはとても興味深いことのように思われた。自由はたった一つなのに。

自由について語ることばだけがこんなにも多いところが、もっともアフリカらしいことだと思われるのである。

寺山修司写真「ガーナの写真屋」

1

「アフリカ人はみな短命でしてね」

と床屋のエムダニが言った。

「よぼよぼの老人なんてほとんど見かけませんよ」

たしかに、灼けつくようなアクラの黒い星通り(ブラックスターストリート)を歩いているのは若者ばかりで、「老いぼれ」なんかには、めったにお目にかからなかった。床屋は
「それというのもフリーセックスのせいなんですよ。若いうちに体力を酷使しすぎるんで、年をとらないうちに死んじまうんですよ」

と説明してくれた。まるで、この国では人間が老いる、ということは「肉体が老いる」ということを意味しているかのような気さえする。ヨーロッパでは「精神が老いる」ということもあって、サン・ジェルマンあたりのカッフェでは書物の狩猟に熱中している十七、八歳の老人たちにもお目にかかったが、ガーナではまるでそんなものはあり得ないのだ。

「こうしたフリーセックスも、いわばエンクルマの残した政策の一つでしてね」

とエムダニは説明してくれた。「ガーナはいま人口が寡(すくな)くて、ひどく困っているんですよ」

「しかし、とても人口難とは思えないね。

町を歩いてる女の人はみな妊娠しているじゃありませんか?」

と私がいうと、エムダニは「奴隷時代に、働きざかりを根こそぎ連れていかれてしまったのが、今でもたたっているのですよ」

と腹立たしげにいった。「それと言うのも、あのクリスチャンたちがみな、悪いんだ。あいつらが悪魔の手引

きをしたからなんだ」

2

私はホテルの中庭に吊られたハンモックで、持ってきた「アフリカ史」を読んだ。暑くはなかったが、湿気はひどかった。木から木へわたる蜥蜴(とかげ)は七彩をしていて、その色は油絵具で描いたようにねっとりとしていた。ガーナでは、二つの族がながいあいだ勢力争いをしていたが、アシャンティに追いつめられたファンティがイギリスに救いをもとめたのが一八一七年である。イギリス人で最初にアフリカに入ってきたのはキリスト教の伝道団だったが、やがてどっと兵隊を送りこんできたのは一八二一年だったという。

彼らはシエラ・レオネ政府下に植民地を置いてアシャンティ討伐をはじめたが、アシャンティに敗れ、総督のチャールズ・マッカシー卿は殺されてしまった。そのとき以来、アシャンティ族のあいだには伝道団に対する不信と疑惑が生れ「あいつらの行くところは、きっと血が流れる」という風説がひろまるようになったのである。

イギリスでは大量の兵を送りこみ、アシャンティ帝国へ血みどろの復讐をいどみ、一八二六年にはドドワでアシャンティを破り、一八七三年にはエルミナでアシャンティを壊滅させた。敗残のアシャンティは三十年間かけて兵力の回復をはかり、一九〇〇年にクマシのイギリス支配領を包囲したが、徹底的にたたきのめされてしまった。

そして、長い灰色の奴隷の時代がまたつづいたのである。

「ヘイ！　ボーイ！」

と、私はボーイのエクダールを呼んだ。そして、早速学習の応用問題でも解くように

「おまえは、アシャンティか？」

寺山修司写真

と訊ねた。

するとエクダールは、一寸申し訳なさそうにして、顔の傷を指さした。目の下に黒い三日月のような刺青がある。「アシャンティは昔から顔に刺青なんかしなかった」のだそうである。

「私は北のハウザ族です」

とエクダールはいった。

「そこは、とても野蛮なところです」

「私は、子供の頃アフリカの野蛮人は人間の肉を食うという記事をよんだが、きみのお父さんやお母さんは、人間の肉を食ったりしたのかい?」

ときいた。

するとエクダールは両手で、両膝を叩きながら大笑いして、一度笑いやめてから私の顔を見て、また大笑いした。「私らも学校で、日本人のことを習いました。

それによると日本人はみな紙の家 Paper House に住んでるということでした。

何でも地震が一日一回ずつあるので、いつ家が倒れても誰もケガしないようにと、建築家が苦心して作ったというのです。

ところが、『LIFE』を読んだら、それがウソっぱちだということがわかりましたよ」

私は、いささか鼻白む思いでそのエクダールの顔を見た。「学校じゃ、日本人はムシばっかり食うってことも、教わりましたよ」

といいながら、エクダールは茶目っけたっぷりに私を見て、また大笑するのだった。

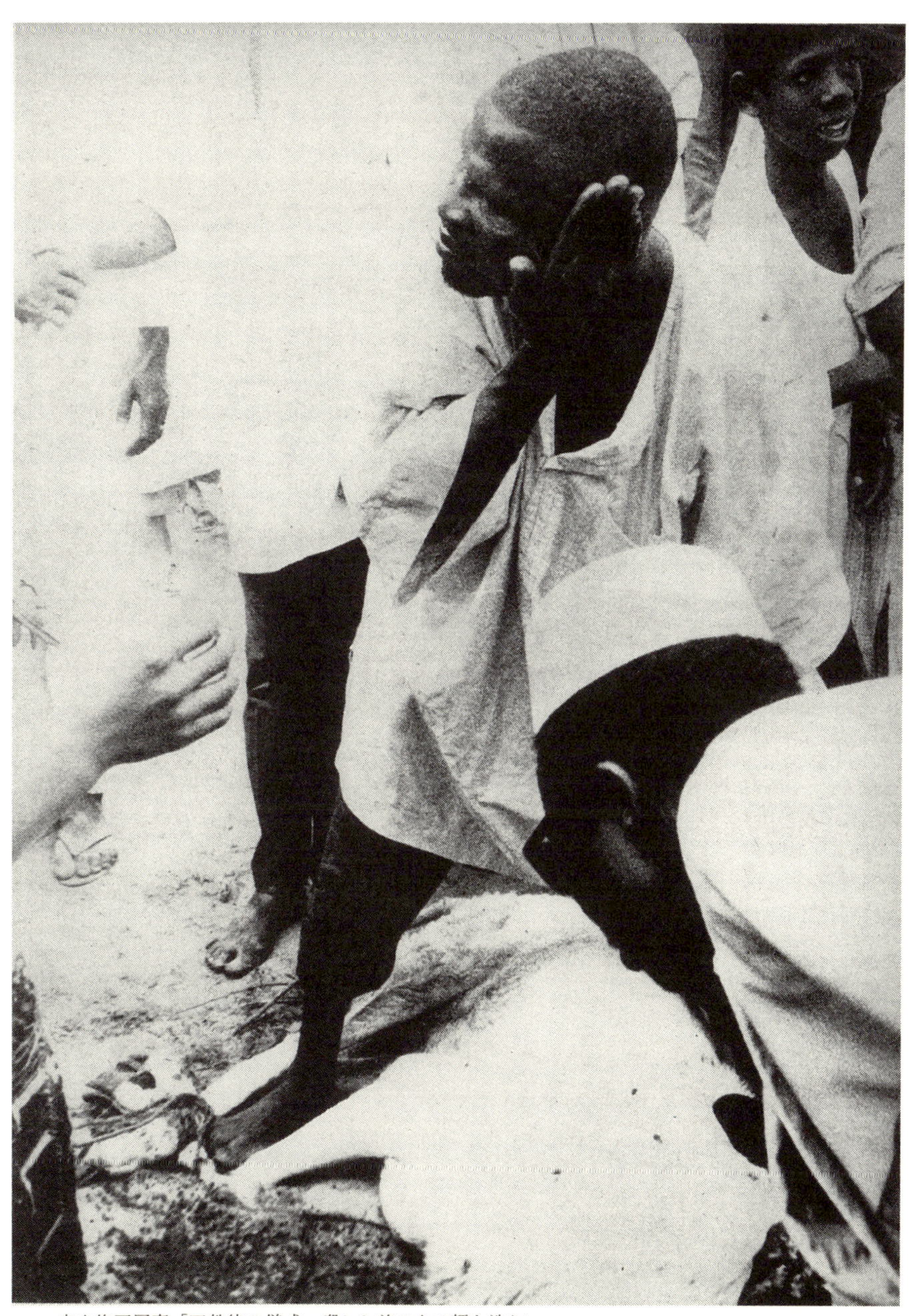

寺山修司写真「回教徒の儀式　殺した羊の血で顔を洗う」

3

椰子の木のある海岸通りで、サッカーをして遊んでいるマンボ・ジャンボたちをつかまえて

「いいものをやろう」

というと、みんな裸であつまってきた。

「ほら、これだ」といって、一枚の銀貨をやると、どうしたのかみな出した手をひっこめる。「アフリカでは、見知らぬ人からお金をもらってはいけないというシツケが行きわたっているのか」と思っていたら、中で一番大きな子がふいに、その銀貨をとって足で力一杯にふみつけて、

「こいつは悪いやつだ！」

といった。すると、他のジャンボたちも一斉にその銀貨をふみつけ、砂ぼこりがもうもうと立ちのぼった。子どもたちが去ったあとで、砂にふかくめりこんだ銀貨をひろいあげてみると、それは旧貨幣でエンクルマ前大統領の顔がのっている。エンクルマ嫌いは、政策の上だけではなくてガーナっ子の心情のすみずみまでゆきわたっているらしい。

かつてのアフリカの英雄エンクルマ〔一九〇九―一九七二〕、二十にのぼる私設キャビネットを持ち、三十二人の大臣の仕事を一人で片付けていたエンクルマも、今では泥にまみれた一枚の銀貨以下だと思うと、私は何だか心に沁みていたましくなった。

思えば、私はエンクルマが好きだったのである。黒い星をシンボルに、自治政府の権力をにぎって「大戦後のアフリカの最初の独立国ガーナ」を実現させたこの男には、最初から悲劇的なムードがただよっていたという気がする。

寺山修司写真「アクラのもの売り」

他の独立アフリカの指導者たち、ニエレレ〔タンザニア〕やセク・トーレ〔ギニア〕の社会主義が、いわば経済的正義を叫びつづけてきたのに、エンクルマは専ら「精神の自由」だけを説きつづけてきた。エンクルマにとって、社会主義というのは独立するための精神的な支柱にすぎなかったのである。

それは、いわば政治家の仕事というよりは詩人の仕事に近かった。OAU（アフリカ統一機構）の設立にしても、「暁の演説」にしても、すべては歴史的必然によって生みだされたのではなくて、エンクルマの熱い血と、情熱的自尊心によって成しとげられたのだとさえいうことができるだろう。

「エンクルマは、大自然という財産をもつガーナ家の放蕩息子だった」とホテル出入りの帽子屋は、エンクルマに唾棄するようにいった。たしかに、独立当時のガーナはゆたかだったし、五七年代〔ママ〕にはガーナの国民所得は一人あたり二二〇ドルで、非白人所得では最高の額をほこっていたのである。

「それほどの財産を、あいつは全部アフリカの独立運動に使いはたしてしまった」と帽子屋は言う。「OAUにしても、ギニアやマリへの援助にしても、みなあの男の道楽にすぎなかった」

「しかし、」と私はいった。

「きみは全てのアフリカが独立するのはすばらしいことだとは思わないのか？」

「むろん、それは重要なことである」

と帽子屋。

「しかし、独立は何もエンクルマの名声のために必要なのではない。その国の人たちの、自由になりたいという強い意志から生れるべきものなのだ」

私は、青い海にのぞんだアクラ市街に、いまは追放された〔一九六七〕エンクルマの遺産をいくつか見た。アフリカ中の指導者を集めるために作られた大会議場、スラムをよそにそびえ立っている白亜のホテル、議事堂。

アフリカ人のはだしには勿体なすぎるような見事な舗装道路。それらのすべては、かつて支配者だったイギリス人たちと「対等」にはりあうために、多大の犠牲を払って作られた、エンクルマの個人的な意地の産物にすぎないかもしれない。

しかし、ひろびろしたスタジアムが（いまは人っ子一人いなくなって鴉〔からす〕のあそび場になっているのを見ると）私は

王国とその抒情

という古い小説〔山下宏著　一九五六〕の題を思いだして、胸の中が熱くなってくるのだった。

『アサヒグラフ』一九六七・五・二六

「撮る」という暴力の復権
——「PROVOKE」の実験

長いあいだ、私は「実際に起らなかったことも歴史のうちである」と思っていた。だが、写真という表現形式では実際に起らなかったことを撮ることができない。

写真の、真を写すという定義は、レンズのメカニズムがいかにも「実際に起ったこと」の証言に適していて——そのために、歴史の中の不可視な半分を見落してきたかのように思っていたのである。PROVOKEは、そうした不可視の半分をまで、現像し焼付けしようとこころみる「思想のための挑発的資料」である。

中でも、森山大道と中平卓馬の仕事が注目に価する。森山は最近本誌で中平と対談し「写真を写真に撮ること」についてきわめてユニークな見解をのべている。つまり、誰が撮った写真であろうと、その写真が森山にショックを与えた場合には、それは撮るに価するアクシデントなのであり、「実際に起きた事件」と同じように、現実なのだという発想である。これは、歴史をエクスペリエンスとしてではなくストーリーとして知覚するカメラマンの一つの問題提起である。森山にとっては、他人の撮った写真にカメラを向けることは、複製などというベンヤミンの分析〔『複製技術時代の芸術』一九三五〕とはまったくべつの、ほとんどラジカルな本能だと言っていいだろう。その写真が、ロバート・ケネディの暗殺事件〔一九六八・六・五〕などという大事件でばかりある必要はない。森山は、とるにたらない他人の写真との「出会い」にも、その写真がかくしている不可視な半分を探し出すというミステリアスなたのしみを見出しかけている。同じ対談で、森山はもう一つ重要な発言をしている。それは、じぶんの写真にじぶんが映っていることの必然性についてである。

安ホテルのベッドの上で、じぶんと性交している女の写真を撮りながら、その写真の中にじぶんが入っていないということへの苛立ちが生まれだした、と森山は語る。じぶんの目に見えているのは、じぶんをオミットした外在にすぎないが、それではじぶんの行為そのものが、カメラから疎外されている。じぶんもうつることによって、一つの軌跡——歴史につきささっている肉体と写真を撮る行為との暴力的な和合が、はじめて写真になるのだ、と。

走る男を撮ろうとするとその男は呼吸も乱れるだろうし、汗も出るだろう。疲れてくれば足もともふらつくだろう、そんな肉体のもつすべてのインパクトがどうしても必要だった。一番いいのは誰かが本当に走ってくれればいいんだけど、そこは人っ子一人いないところだった。それで、ある人に走ってもらったけどどうもうまくいかない。その時、ぼくはふと思った。ぼくが走ればきっとうまく行くと。そのかわりにそのモデルにシャッターを押してもらえばいい。

これは中平卓馬の発言である。中平と森山とのあいだには、きわめて主知的なのと、ラジカルなのとの違いはあるが、ともに「私」の復権といったことを語りながら、写真形式そのものへの疑いを提出しているという共通口が見られる。それはもはや、「写真」などではない。事物の現象学とその観察といったことから、撮影行為による劇的コンフェッションへと、詩人よりも早足で時代の領界線に近づきつつある。第二号の「PROVOKE」においてはエロスの特集がこころみられているが、中平はそれを現実原則との対極においてとらえながら、さらに曇りつづけている空想の中の死を撮ろうとし、森山は悪夢のように、自分をオミットしている性を凝視している。しかし中平のものには、エロスの根底にひそむユートピアのイメージ、非セックス的なエロスのもっている解放の兆しがまだ充分には見えがたいのと、森山のものには（「デザイン」誌の作品にくらべて）じぶんがうつっていない不満——同時に、スラングで語られるようなおまんことかおさねとかきんたま、といったものもまたうつっていないという心残りがある。高梨豊の一号〔一九六八・一一〕の作品は、その不思議なロマネスクに注目したが、本号の作品は「カメラ毎日」にでも載りうるような毒の稀薄さが気になった。もはや、ヒロインを一人おいて撮るという「二人称写真」は、思想の挑発に効果的ではないのではあるまいか。多木浩二の精神と風景を消費しつくし、それをエロスとみてゆく悪意は、一寸したアクシデントだが、少しグッドデザインすぎて、自己疎内されているという印象をうける。この四人の仕事が、どこまで写真そのものへの疑いを深層化し、今日の観察の時代を根源的にゆさぶり得るか——私は「いつ撮られるかもしれぬ恐怖」と共に見守りたいと思っている。「われわれが求めているのは、文明の抑圧のさなかに追いつめられた肉と魂の論理なのである。解放はまだこないのだ」——という巻頭言に一言。いくら何でもこれではいささか寡弁にすぎないだろうか？「文明の抑圧」というのは、何のことか？内なる文明が、肉をむしばみつづけるということか？解放はなぜ、まだ来ないのか？解放とは、まさに「撮る」ことではないのか？しかも肉と魂の論理などではなく、それを超克する狂気の獲得によって。

『デザイン』一九六九・五

5

今日、鸚鵡が新しい言葉を憶えた。

「森デ生レタ」

短歌における新しい人間像

「原道順の最初の記憶は、稚いながら男色に出発する。彼は私刑の場をでも、イマージュとして昇華さす事が出来、家族への衝撃を考えずに放浪もした。」（断層8　澤村麻也夫）

この書出しは、「原道順」という短歌作品の前号までの紹介の一部分である。作品「原道順」はかなりの大作であるらしく昨年の七月「断層」という短歌同人誌が生れてまもなく連載しはじめ、現在VOL8号でなお第一部（6）未完となっている。第一部（6）をいまここに取上てみよう。

「終戦前後」と「凝固」という二つの章がこの号の大きな主題となっている。作者はロカンタン（J・P・サルトル「嘔吐」）の精神生活に大きな共鳴をもっているらしく「原道順」の思考をささえているものは、嘔吐の自我、虚無の生理である。作者はこれを「偏頭痛」である、といっているが、はやり（ママ）企投（アンガジュマン）以前の存在に対する虚無が生活におそいかかる生理である点にはかわりはない。たとえば教室内の一連の作の中で

膝蓋骨（しがいこつ）にほらあなができ蛆蟲ら集り来たり白熱の謀議なす
ある秋気澄む日蛙の血をあつめ部屋の侘しさの装飾とする

（原道順）第一部

といったものがある。前の作品は「偏頭痛」がおそってきたときの表現としてかなり適切であり、こうした持味が「原道順」をささえているのである。しかし原道順はまだ生活を知覚できない年齢である。

開いてゆく水中花のように美しく少年にしみつく罪への怖れ

という作品の中ではソドム（罪業、背徳）は内面の美学の域を出ていないし、全体を通じて表現の生硬さがときどき僕と「原道順」を不和にしないでもない。

作者、澤村麻也夫は僕の仲間の一人であり同じ世代であるが、原道順とは同一人物ではむろんないのである。

＊

短歌に於ける新しい人間像というのはすくなくともメモリアリストでしかない過去の歌人には無用の問題ではないだろうか。

「アララギ」をはじめ過去の歌壇の標識であった短歌におけるリアリズムという言葉は実は誤解に過ぎなかったことは今や、自明の理となっている。リアリズムの定義はいわば「対立の同時性」であり、無私の手法である。それなのに歌は私性の文学であり、しかも作者が生活から選択したことをさらに定型に再構築しなければならぬという二重の操作を必要としている。どのようなかたちにしろ歌の中には一つの人間像がえがかれることはまちがいないのである。

私性の文学は同時に自分を超えること、自分を否定することもできがたい。歌うという行為がつまりは自己肯定なのだから、どのように自分を否定したようなかたちで歌っても「否定したかたちで歌う自分」を肯定しているのである。したがって歌の中の「私」と、実作者が同一であるということは無気力であるか、ナルシストであるか、ということになる。アララギリアリストをはじめ歌壇の歌のなかで「私」と作者が同一の場合は多く、無気力である。

ときに自分を歌うことも必要であろう。自分の身になにか大きな事件が起ったとき、そのとき作者は自分を素材として歌うという行為をえらぶのである。しかし大切なことはいま、「新しい人間像」であり「こゝに存在する人間像」ではない。僕らがえらぶのは作者を超えることのできる「私」なのである。

「あるものを、あるがまゝのかたちで」といった過去の歌人たちが、かつて僕の「アカハタ」の歌をめぐってしたフィクション論議〔本書五一―五二頁〕などは問題の外側のものでしかなかった。

*

こゝまでよんでくれれば、作者と作中の「私」が同一であってはならぬという僕の言い分が逆説であることに気づくにちがいない。

実は原道順は澤村麻也夫なのだ。澤村麻也夫がのがれようとして原道順に託した嘔吐の生理は作品のあとでふたゝび澤村にかえってくる。こうした作者と作中の「私」のたゝかいこそ、短歌の中に「新しい人間像」をつくりだすのである。京武久美（きょうぶひさよし）の歌などはそれをもっとも多く物語っている。フローベルが「ボヴァリー夫人は私だ」といった意味で。

「私」は作者にとって自分の単なる影としてではなく、足あととしてでもなく存在として認識される。

だれでも自分について「そうでありたい自分」と「現在そうである自分」の二つをもっている。「現在そうである自分」はつねに前者の方へ身を投げかけようとする意志をもっていて、その線の上に歌の中の「私」が立っているのである。しかし「そうでありたい自分」について人たちがみな同じ状況、同じ選択をしてはいない。それらについて僕は自分のことを知っているばかりである。

*

僕について語ろう。

僕の歌における新しい人間像は、たとえば「火山の死」のなかの青年、「チエホフ祭」の少年、「猟銃音」の青年といろいろな状況のなかゝら登場する。「火山の死」において「私」は高原で夫人との恋に戯れた。つまり病む僕を作中の「私」は捨て去ったのである。ロマネスクは慣習、公式主義への別離であり、一切の予定を否定することが掟となっている。文学の中でのロマネスクは当然ながら読者の明日を否定しても作者には何の期待をももたらしはしない。しかし「理由のない感情や態度を惹起させるためでなく、どの人物もそれに気づかない一つの理由によって感情と動作を説明しようとする一つの意志」(チボーデ)を操作しながら、「私」性の文学の宿命は思わず作品の中の「私」を僕と同一にしてしまうことが在るのである。たとえばあきらかに病む僕の歌――

わが撃ちし鳥は拾わで帰るなりもはや飛ばざるものは妬まぬ　(火山の死)

「私」と僕が、つまり作者の僕さえも「理由のない感情を惹起させるためでなく、どの人物もそれに気づかない一つの理由」によって操られている酔ったような気分が、ロマネスク短歌へ一人の人間像を生み、僕自身をもそこに漂わしてくれる。

しかし「猟銃音」になると事情はもっときびしい。「私」は僕のロカンタンなのだ。

夏蝶の屍をひきてゆく蟻一匹どこまでゆけどわが影を出ず

マッチ擦るつかのま海に霧ふかし身捨つるほどの祖國はありや

（猟銃音）

蟻は所詮、同類にすぎぬ蝶の屍体を、食うためにひきづ〔ママ〕ってゆく、つまり蟻にとってはシジフォスが岩をおしあげる〔永遠の苦行（ギリシャ神話）〕ような、きびしい日常性も、「私」の影のなかでのでき事にすぎない。むなしさは「私」に、こうしたすべての価値、存在を拒否させる。この「私」の酷薄なノンから、存在への呼びかけまでが僕の「そうでありたい自分」であった。けれども「私」は僕をよせつけない。こうした「私」にのみ僕は自分の「新しい短歌の人間像」をみるのである。

「私」のほり下げにのみ現代短歌は道をもっている。これらの「私」は日常性を超えることによって万人の自発性の可能性となるだろう。

*

新しい短歌の人間像は、実作者を超えることから始まり、実作者をモチーフとする、しないにかゝわらずそこに現代人としての企投（アンガジュマン）が要請される、というのが僕の意見である。新しい「私」は習慣という歯車にけっしてまきこまれず自分を確実に時間の中に選択する。そして詩の言葉でもって自分を語るのである。詩人は言葉を日常生活の道具としてではなく、一つの存在、一つの宇宙（コスモス）として扱うから、実作者がそれについて認識するだけでも「私」と実作者は違わなければならない。こうした一つの人間像に大きな背景とこまかい描写で肉付けしてカミュは「反抗的人間」を語り、アヌイは「天使主義者」を、アルベレスは「現代のプロメテウス」を生みだした。

齊藤正二氏は短歌民芸説に触れて「小説は現在を意図するより仕方がないですけれども短歌はそれの貯蓄源をなしているのではないか。」（短歌、十月号）と語っていたが、「私」性の文学の担い手としての歌人がみな、「私」

を一個の存在として酷薄性をもって、思うようなシチュアシオン〔情況〕に投げだしてみることによって新しい反抗的文学の生れてくる可能性は大きいのである。僕はこうした「人間像」の掘下げと同時に、歌のなかでの「人間像」を非常にあいまいにして、むしろ批評的性格をもつくらいに無私の面をつよめた方向に、シャンソンみたいな軽みの文学として、たのしい文学としての短歌の可能性を同時に考えているのであるが、この方向には文語というあつい壁があるにしても誰も目をつけようとしないことを残念に思っている。

僕は「原道順」をこのあと幾人か、歌誌のなかに見かけることができるだろうか、それとも旧態依然としたまゝであろうか。

どちらにしても明日はないのである。

『短歌』一九五七・一一

三つの問題について　——吉本・岡井論争の孕むもの

吉本隆明と岡井隆の論争をいまふりかえってみると、野良犬や二十日鼠がすごみあったあとの雑草に破片がすこし散らばっているといった程度にすぎない。ぼくはこの廃墟に立ってだれかゞ何かとんでもない忘れものをしているような気がしてくるのである。

ドアはノックされている。ぼくは一つずつ可能性の扉をひらきながらぼくなりの答案を出してみよう。

*

問題は三つある。いずれも吉本隆明が提示し、岡井隆の応酬が相手を納得させるには至らなかったものである。というよりは吉本隆明が、革命家やそれをゆめみる人たちにはありがちな傲岸さ、「対象の片面に多くかかわってきて、もう一方の面は未完成のまま、くさいものには蓋という風に」（エンブルグ・雪解け）ふるまってきたせいと受けとれないこともない。むろん傲岸さは岡井隆の側にもあったとしよう。しかしとにかくぼくは、ながい間えらんできた一つの立場で吉本隆明に言わなければなるまい。

「日本の詩歌の発想を統一する原型はことばの文学的内容であり散文的発想からする発想とまったく同一なものを指している」（吉本隆明・番犬の尻尾）

吉本隆明の提示した問題の一つ、散文的発想についての部分はこの短文に要約されている。そして彼は更にかいているのである。

「定型で短歌的発想でかくかぎり定型そのものが表現の自由を保証する武器となる。非定型のかぎり散文的発想でかくことが大切なのだ」（定型と非定型）

もし最初のテーゼをぼくらが承認したならばぼくらは非定型でかかないかぎり吉本隆明のいう詩歌の本質（原型）からはみだしてしまうことになる。しかし吉本が冗〔くど〕くもかいているような「ことばの文学性」は散文的発想からする文学性と同一のものを指すべきであろう筈がないのである。

いま仮に吉本隆明のいくつかの詩のなかからぼくの好きなもの、「ぼくが罪を忘れないうちに」（詩と詩論第二集）「きみの影を救うために」（荒地詩選）の二篇をえらび、その部分を抽〔ひ〕いてみよう。

ぼくはかきとめておかう　世界が
毒をのんで苦もんしてゐる季節に
ぼくが犯した罪のことを　ふつうよりも
すこしやさしく　きみが
ぼくを　非難できるような　言葉で
ぼくは軒端に巣をつくらうとした
ぼくの小鳥を傷つけた

（ぼくが罪を忘れないうちに・抄）

きみは塵芥のやうに　運河の底から　きみの
影を救ひあげる　　ちぢみあがつた風
のなか　おどおどとしたビルの仕事場

（きみの影を救うために・抄）

これらの詩句を生かしているものは何よりも言葉の利用を拒絶した詩人の選択ではないか。「毒をのんで苦もんしている季節」や「ちぢみあがつた風」は言葉を記号としてではなく存在しているものとしてとらえた彼の詩法によるものだ。これはいうまでもなく散文的発想の拒絶による「言葉の一つの小宇宙」（サルトル・状況Ⅰ）であり、もし彼が岡井隆の例歌を口語に分解したような散文的解釈法をもってしたらたちどころなく死んでしまうにちがいないし、そうした、行為の達成とともには消滅しない強さが詩でもって彼の言葉を可能にしているのである。

啄木の歌がいま、低次元の感受性の最大公約数でしかその価値をみとめられないのも、彼が言葉を道具として扱い「自己自身にかかわることによって超越者に触れる実存」（サルトル・状況Ⅰ）になりきれなかった散文的発想のせいだったことは指摘するまでもないことである。従って作歌する人がいま仮にその定型という安易さのために言葉を、日常的な道具とし、あるいは歌人の慣用語（cf、俳句で季語、切れ字を扱うように）として「言葉を利用する」ことこそおそるべきではあっても、その発想の故にせめらるべきものはないことになる。

たとえば短歌はその屈折五七五の前半と後半の七七への移行に用いるメタフォアのみという発想の制約を受けるという意味では可能性は少ないとしても、リズムによって社会性を保ちうるという利点を考えあわせることによって存在の理由をもつのである。行為の伝達には散文をえらぶがいいだろう。歌になりきれないテーマを扱うときにはそのテーマにかなったジャンルをえらぶがいい。大切なのは「歌人」という観念などは存在しない、ということであり、ただ巷に歌をつくる人がいるだけである。彼らはむろん感受性の優劣を個々に問うとすれば、おしなべて詩人である。そして詩人ということは画をかくから画家、靴をつくるから靴屋というのとちがって一種の生理的に分類されるべき種族であり、詩をかくから詩人なのではなく、詩人だから詩をかくのである。（むろん赤木健介をはじめ詩をかいても詩人でないという人は歌壇には掃いて捨てるほどいる）

「定型と非定型」の問題については岡井隆と吉本隆明の論争からは一つの回答を出しえなかったようだ。なぜなら岡井隆は赤木健介の歌を全くみとめず、又吉本隆明はこのジャンルを様式にみずに必然的発想上の断絶とみてそれを否定したからである。

しかし短歌というジャンルは様式以外の何ものでもなく、発想やエクスプレションはその後からくるものだということを吉本隆明は知らなければならない。本質は存在のあとからくるものであり同時に赤木健介の作品は短歌ではないのである。この五・七・五・七・七という韻律をぼくがえらぶときそれは悲壮な決意を以て入党するコミュニストや、えらびあてた相手とついに結婚するときの女の人の場合とは全くちがった理由、たとえば水をのむにはコップが最適だから、あるいは枯葉をすくうにはシャベルが最適だから――という合理的なものがあるのである。それは何か。

定型という怪物は、たとえばぼくたちの日常の中ではげしく存在する習慣という怪物に似ている。習慣がたとえば精神を凌駕し、情熱を殺してしまうように、定型はあらゆる直接的な感動を定型のなかへ読みやすくうたいこむという操作でもって禁欲的にしてしまうのである。したがって定型ほど匿名的な様式は文学の中では見出しがたいだろう。

匿名性は言を換えれば万人のなかで自発性となりうる可能性（むろんファッショの温床となる素地をもたないではないがそれは実作者の方法にのみ関わっている）、パリの街角で自転車修理工やキャベツ売りの娘がシャンソンをうたってゆくように日本人がどこかでだれかにうたっていられるものを内蔵している。仮にぼくはこれを短歌の「かるみ」としておこう。この「かるみ」は自由詩ではほとんど不可能なものであり、ぼくの短歌のなかにはいつも群衆がひしめいているのである。（そうした意味では軽文学であってもいい、と思う。しかし思想を扱わないということではない）

「定型か非定型か」とか短歌より自由詩をというのは丁度果物ナイフで刺身のヒラメを切れというような、果物ナイフ万能論に似ていて愚かな問題としかぼくには思われない。

三つめの問題。「内部世界の構造が外部の現実と相互に規定しあうものだということを信ずるかぎり、もし歌人が現実社会に対して何も反抗をもたないならばその歌人の内部世界の構造は現実の構造と型をおなじくする」（吉本隆明・定型と非定型）

「短歌はいまの段階ではどんなにがんばっても思想や文学的内容を第一義とできない」（吉本隆明・前衛的な問題）

紙数が足りないので問題を具象化するために歌を抽こう。（ぼくの発言を人の歌に責任もたせる訳にはいかないのでぼくの歌をえらぶことにする）

マッチ擦るつかのま海に霧ふかし身捨つるほどの祖國はありや
夏蝶の屍をひきてゆく蟻一匹どこまでゆけどわが影を出ず
（猟銃音）

現実社会に対して何も反抗をもたないならば内部世界の構造は現実の構造と型をおなじくする、というのは歌人にかぎらず詩人にしても床屋にしてもカフェのコックにしても同じことである。しかしパンテミスト〔ママ〕〔パンテイスト（pantheist）＝汎神論者〕でもないかぎり現実の構造と型をおなじくする者が創作しようという意欲をもたないであろう。問題は反抗の内容なのだ。現在目にみえた悪たとえば政治悪、社会悪に抵抗すること、更に革命への意志をもつことのみに反抗をみるような過誤を犯してはいけない。反抗の本質は価値の追求であり個人的なものなのだから。作品が受けもった反抗はしたがってどのジャンルにかぎらずその作者の選択にのみ全てが託されているのであって短歌プロパーの問題ではない。紙数が尽きてしまって尻切れトンボになったのが残念だが、ここから始まる問題こそ実は大切なのである。吉本隆明はどのように考えるであろうか。

『短歌研究』一九五七・一一

明日のための対話

——若い世代の提言　往復書簡

谷川俊太郎様

ある雑誌に人生論風なエッセイをつづけて書くことになり、その最初のやつに「はだかの王様」のことをかきました。

またか、と思うかもしれませんが、僕にとっては見えるもの、と見えないものの問題から出発しないことには何の説明のつけようもなかったのです。そのなかでぼくはアンデルセンが何かひどい感違いをしてあの作品をかいたのか、でなければあの童話にかぎってイロニイとして受けとらなければならないのだ、と書きました。エッセイにかいたこととはべつに、アンデルセンのものの考え方について考えてみたのです。

“裸の王様”について

僕らはアンデルセンの他の童話のなかに、すべてのものを人間の角度からではなくむしろ自然の角度から見ていく考え方を学びました。たとえば「マッチ売りの少女」のなかにジロドオ〔フランスの劇作家　一八八二—一九四四〕的なコスモスを見ることはたやすい。あの少女が灯したマッチのなかでの色々な情景は彼女がえらんだものですし、彼女はあのように死に呼びかけることで幸福になれる。死が一つの序り〔はじま〕になるようなあの童話を通さなくてもアンデルセンの童話には木や草や空の言葉がいっぱいあって、「見えないもの」を見る眼をやさしくいたわってくれています。

ところが「はだかの王様」のなかでのあの少年は、あれはひどい。あの子の叫びは王様の幸福をぶちこわします。エゴイスチックなあの少年はいわばジロドオの《悪戯坊主》アルチュールのようなものでちっとも全体の調和をとることなど考えていません。ぼくはあの行列を見送る観衆のなかには「王様ははだかだ！」と叫んだ少年と同じ年頃で、王様がはだかなこと、自分が見えないことをなやんでいる少年や、ほんとうに自分に見える王様の着物の美しさを信じていた少年がいたことを知っています。そして今、僕に問題なのは「王様がはだか」なことを知りながら、それでいて叫ぶこともしない、見ることもしないで何かにじっとこらえている少年のうつくしさです。彼がそうした日日のあとに、やっぱり自分の空へ呼びかけて「見えないもの」を見る眼をもつことがぼくにはわかるように思われます。

〝交声曲〟について

ここしばらく、僕は「交声曲」に没入しています。シャンソンとして、あるいはリズムを生かしたドラマとして展開してゆくものに定型詩の側の人たちが目をつけるのは、むしろ当然すぎることだったのです。

たとえば短歌は私性の文学であるため、どうしても私小説的興味におちいりやすく、社会性、大衆性を失いがちになっているのが現在の状況です。しかし実は短歌はべつに告白を余儀なくされた私性の文学のなかにとどまっている必要などないわけで、リズムの生かし方の工夫から大衆の自発性となるものを生みだせばいいわけです。

そんな訳で、短歌ほどシャンソンの可能性などに今後の展開を待たせるものはないようにさえ僕には思われるのです。

僕はきわめてかるくかいた歌（つまり既成短歌の概念の外側でかいたうた）にいま、林光さんに曲をかいてもらっています。

これはこんど出る僕の歌集「空には本」へ楽譜をいれるのですが、退院したら早速ジャカスカ人をあつめて発表会をやろうと思っています。まあ、谷川さんのシャンソンのようにたのしいものになるかどうかはわかりませんが、林さんの曲とうまくあわせていいものにしたく思っています。

「交声曲」の方は谷川さんの「男の死」〔武満徹作曲　NHKラジオ　一九五七〕への挑戦で、意あまって力足らずにならねばいいが、と思っています。

柳田國男の日本の民話伝説をかいた本〔『妹（いも）の力』一九四〇〕から「日招き」という項をとりだして、「日招きのうた」あるいは「日招き物語」というような題をつけます。

会話を大いに少くして合唱には長歌を、そして恋のささやきや天候についての会話などは全部短歌、あとは声と自然音でのミュージックコンクレートというわけです。古風になりがちなのを戒しめながらあかるく気の利いた恋の物語りにして、音楽をやってくれる人が見つかり次第、整理して構成することにしています。しかし何せ、僕は病院暮しですし、林さんは中国へ行ってしまうし、音楽の側に人がなくてまごついている、というところが実情です。筋はあるし、叙事詩風にしたので、できしだいまず聞いて批評していただきたい、と思っています。

なかなか自分のことばかり書きましたが、こんなかたちでもし短歌が何か一つでも窓をひらけたら「窓からとび出せ」で、ここを出入口にして民衆とふたたび短歌は手をつなげるでしょう。何とかそうしたいものです。

〝定型のリズム〟について

五音、七音のリズムのことについて、僕は最近一つの感想をもっています。それは、短歌という様式が存外人に忘られていながら五音七音のリズムの方は大衆の感受性の底にまだ根強くのこっているということです。谷川さんの「ライオンはみがきの歌」をもちだすまでもなく「有楽町で逢いましょう」とか「行きもかえりも大丸で」「お買いものなら東横へ」といったデパートの宣伝文句は大方、七音、五音の組みあわせです。最近、例えば寿屋のポートワインの広告などは、開高健の詩みたいな会話みたいなのが使われていて、新しい広告文のスタイルが生まれそうな気運もありますが、しかし大方はまだ定型をはなれていません。これは定型詩に内包されている、いわば「軽み」のようなもののコマーシャリズムとの結びつきですが、歌人たちがそうしたこと、(低次元の感受性とも結びつきうるジャンルの特性)に背をむけて散文的リアリズムに偏っていくのは自殺だと思う。逆説的にいえば、こうしたコマーシャリズムの宣伝文句はすべて歌人がかく位、歌人の駆使するリズムと、このジャンルの特性を大衆が知らなければいけないのではないか、と僕は思うのです。

短歌はあまりにも個人の所有物になりすぎてしまった。そう、谷川さんはお考えになりませんか。

〝詩劇〟について

詩劇について最近ふと考えついたことがあります。劇の本質は対立の同時性を対話でみせることからはじまった、という僕の考えがもし正しいとすれば現在のようなかたちでは「第三の声」などのぞむべくもないような気がするのです。劇においてはいかに役者がうまくても登場人物が作者を超えることは不可能ではありませんか。したがって詩劇は今のかたちで発展していくと自分が観衆に何か一つのことを語りかけることはできても、それに対する反発は劇のなかではなされない。そこで、これは一つの思いつきにすぎませんし、劇としてのアンサンブルもこわれるでしょうが、二人の詩人で一つの劇をかく、といった考え方です。大人数になると、アンサンブルは失なわれますが二人ならそれほどでもない。はじめに一つのドラマをつくり、対話は二人の詩人がそれぞれの登場人物AとBを役をうけもって書く。そうすると二つの対立のなかの距離が「第三の声」を生む、といった考え方です。

＊

変な手紙になっちまいました。勝手に一人でしゃべっちまって御返事書きにくいことと思います。

僕は殆んど恢復し、五月退院が目標です。例のやつのレコードもストラビンスキイやプロコフィエフのが四五枚たまりました。

ただどうもスピーカーがよくないのでこんどはラジオを買うことを考えています。

ことしは僕は大いにがんばります。

一九五八年二月

寺山修司

『短歌研究』一九五八・四

〝愛〟の歌について

——短歌で何か歌えるか

僕たちが個人の死を信じなくなってから久しい日が経った。今では大ていの死は一つの顔を与えられ、例えば心中であり安楽死であり、病死と呼ばれる。

時には人は、遺書までそっくり人の真似をしたりしながら自分の死を選ぶ。メニューにならんだ多くの死のなかから自分に適った死を選ぶのである。

無論、死が純粋に個人的なものであることは三島由紀夫の所謂「死の分量」考を待つまでもない。ただ現代に死がそのオリジナリティを失うと同時に弔歌の意味を失くしてしまったことは特筆すべきことである。

今では個人の死を弔(いた)んだ歌は僕たちの感傷を刺激するにすぎず、人たちは次第に弔歌を捨てて来たのである。

古代から文学の最も大きな主題として、寡くとも抒情詩の二大要素として選ばれていたものは死の歌と愛の歌であり死の歌がその一として資格を喪失したいま、愛の歌について語るのが僕の責務である。

僕の作品のなかで愛を主題にしたものは、「真夏の死」(短歌研究55・9)「海の休暇」(新女苑56・8)「僕らの理由」(短歌研究57・2)「火山の死」(短歌57・8)「空について」(短歌研究58・2)「夏美と空ととぶ魚と」(若人の友58・2)「美耶から風彦へ」(みどり58・5)と思いつくままでも少くない。

愛に於て、もし短歌がその特性を誇り得るものがあるとすれば、それはリズムを以て私的な愛を普遍的なものまで広げることであろう。私的な愛を第三者のなかで生かすことは少し飛躍的な言い方をすれば、現代に新しい神話を生むことにも通じる。そして同時にごく日常的な愛をアルカディア〔理想郷〕のなかへ築こうとして知らず知らず人工的で不自然な愛を「創って」しまうのである。三島由紀夫の「潮騒」はむろん彼の体験の外のものであり「ダフニスとクロエ」を現代の状況のなかで画こうとして失敗したが失敗は当然彼自身の所謂、「孤独な観照」で「古い伝習的な協同体意識」をとらえようとした結果のものであった。そしてこうした失敗は、同時に僕のいくつかの愛の歌にも返ってくるのである。

愛が不毛になりつつある現代人の、局外者意識（アウトサイダアという便利な言葉もついに生れている）のなかで僕が僕自身の一つの愛を取上げた場合、当然その愛もまた孤独を知らない痴愚のようになりやすく、逆にまたそれくらいの覚悟なしでは神話はおろか、それは情事のメモリアリズムに終ってしまうに違いない。

空に蒔く種子選ばむと抱きつゝ夏美のなかへわが入りゆく
わが寝臺樫の木よりも高くとべ夏美のなかにわが帰る夜を
太陽のなかに蒔きゆく種子のごとくしづかにわれら頬燃ゆるとき
（夏美の歌）

ここにあげた歌は僕の一連の「夏美もの」のなかの一部である。僕はこれらの中で夏美という一つの人間像を画こうなどとは毛頭思わないし、夏美と僕との関係を現代の状況のなかでとらえようとしたのでもなかった。ここでは風景のない精神のアルカディアが意図され、僕と夏美の営みをメタフィジクな呼びかけ方によってできることなら神話にまで高めたいと思ったのである。しかしこれらの歌はやっぱり僕のなかで又べつの裏切られ方をする。つまりこのいかにも孤独をもたない無邪気な恋唄にあって愛は短歌を生かし、普遍性をもつと同時に現実の一つの愛を死なせてしまうのである。
いかにもこの愛は僕の意図した限りではあかるく成功を修めているが、愛もまた死と同じく一つの顔をもち、個人の愛ではなくなってしまう。ここでは「愛」がなく、「愛を愉しむ一つの雰囲気」があるにすぎない。

愛なじるはげしき受話器はずしおきダリアの蟻を手に這わせおり
扉のまえにさかさに薔薇をさげもちてわれあり夜は唇熱く
わが撃ちし鳥は拾わで帰るなりもはや飛ばざるものは妬まぬ
（火山の死）

この作品で前掲のものとはっきり違うのは愛が一人の側から語られるかたちを採ったことである。夏美の歌では作者は僕でなくて「夏美」であってもいいが、この「火山の死」にあっては興味は「僕」側にしか生れない。こうしたかたちの愛の歌は、いわば心理のリアリズムとでも言った独断をいれてもいい種のものであり、決して短歌のパターンとしては新しくはない筈である。しかしこうしたことをフィクションで作りあげ、そのかぎりでリアリティをもたせる手法（草田男氏は僕らのそれを「詩的構築」と評した）は新しいものだった。一人の側からの愛をとらえることはなるほど、このようにして相聞歌（そうもんか）に現実感をもたせるが、同時に愛へ不信をはさみやすくなり、ロレンスの所謂アポカリプス論の主題へ帰着してゆく。
現代の短歌で相聞の歌がいかに可能であるか、という問はロレンスの「現代人はいかに愛しうるか」という問と、同じ答を待っているのではないだろうか。

『短歌研究』一九五八・六

森での宿題

あゝ復活の前に死があるね　　ロマン・ロラン

×月×日

それはこういう俳句であった。

口に吸う指の生傷萠ゆる岸　　佐藤鬼房〔おにふさ〕

「どうだい」

と彼は言う。

「例えば、こういう俳句に僕達は仕事をしながら句作する歓びを感じるね」

なるほど、佳い作品では、ある。しかしこれが果して、彼等労務者の指向する社会性俳句であるとは僕には思えないのだ。俳句の本質を滑稽と挨拶にみた山本健吉の説は正しい。するとさしずめ俳句における社会性は俳句のダイアローグ性、挨拶の部分に表現されねばならぬ、と思われる。しかし、この一句はどうであろうか。

「みんながこういう句を作る時にこそ」と、彼は人参のように赤い握り拳を固める。

自然を観照することはエゴイスティック感情として生産社会の明日を信じる者からは排斥されねばならぬ。この作品では口や指の生傷を吸う自分と萠ゆる岸という二つのアンチテーゼの観照関係が主題となっている。口で生傷を吸うということに僕は人間の原始性を認めることはできても「萠ゆる岸」に見蕩れているところでは均一化された「団体の感情への没入」に身を委せきれない一人を強く感じるのだ。中原中也はこの感じを「生理」と言ったが、「生理」がヒロイズムへの温床になることを僕は敢えて貶しめまい。

この句はモノローグ俳句であり、この句に限らず、作品が類型から脱して一句として成るときこそそれは文学が政治的均一性を越えて作者の所在を明らかにするときだ。秀れた作品になればなるほどそこには他者と自己との判別がなされ、「団体の感情」のみを強制される共産社会的条件とは一致しがたい。

「じゃ、滑稽俳句とは何だ」と彼が言う。

そうだ、それはコスミックな調和によって統べられるときの自己から他者への呼びかけであり、ダイアローグ俳句にはモノローグ俳句以上に自己を浮彫りにする要素こそあれ彼の言う「みんなが作る」作品などの入り込む余地はないということに気づかねばならぬ。

×月×日

癒りたがらない病人には病人としての資格がない、と言う。さしずめ隣のベッドの陳氏など「資格のない病人」の最たる人と言えよう。彼は醒めきったところで達観している。

彼と僕のベッドの間の枕頭台に籠の鸚鵡が一羽いる。その鸚鵡に今日、「RURIO」と呼ばせた。

RURIO.

「弟さんの名ですか」と陳氏が訊く。

「いや、そんな名の女の子もいるかも知れませんな」と藤村氏がにやにやする。

RURIO．それはもとより誰の名でもない。意味のない言葉、無目的な行為、そういうものの価値を人はなかなか認めたがらないものだ。仕方なくなったムールソー氏は「太陽のせいだ」と答える〔カミュ『異邦人』〕。この詮索癖が自己へ帰納するとき、文学に目的を持たせようとして人は勇を鼓すようになる。感覚や衝動にさえ意味を持たせるようになる。

僕はにこにこして鸚鵡に餌をやっていた。

RURIO．RURIO．

うまい着物の着方は少しくずして着るものだ。うまい文章もまた……。

レエモン・ラディゲ

×月×日

山田が言う。

「ポール・ヴィラネーの『一九二五年生れ』を読んだ。『地の糧』の『ナタエルよ、書を捨てよう』という最後の一句が『野へ出る』自由を謳っているところで僕達は感激したっけね」

僕はベッドに埋くまりながら、もう半年も見ていない草や木や、そうしたものの匂いが及ぼす感興を思い出す。

「ところがね、ヴィラネーは言うんだ。『地の糧』の自由はジイドを狭隘な生活から解放はしたが、また一つの画一主義に身を委すことになる。それにひきかえ戦争は僕等自身の手を出すことをしないのに、さまざまの社会的桎梏〔しっこく〕から僕等を解き放ってくれた、ってね」

僕はマキのキャンプに思いを馳せた。火。巨きな靴。喚声。星。走る。笑う。殺す。それは寝ているときだけの僕に限って大きな魅力であり、ぐるぐると僕の空想を掻廻（かきまわ）した。しかし山田は言う。

「心がけから言ったらヴィラネーはジイドにくらべられるもんか。ヴィラネーは生き延びたというだけのことでしかないんだ。戦争が、これこそ大きな画一主義であることに気づかないなんて、甘いよ」

ひとりになったあと、戦争を思い続けた。山田の言うことは正しい。しかし不自由という型ですらあり得る自由に比較して、ベッドはなんという空虚な画一主義であろう。僕は笑った。そしてこの笑いは何かに似てるな、と思い、少年時代に読んだ「山椒魚」という短篇を思い出した。穴の中で太りすぎて出られなくなった山椒魚は困りはてたあとで大真面目で言うのである。

「こうなったら、俺にだって相当の考えがあるんだ」

×月×日

嘘の方が本当より好きなこともあるんです。これは確かだ。本当ということは、かつてあったことと一致しているから、だからたったそれだけの理由で正しいとされる。既にあったから、などとは面白いこととは言えません。嘘だってこれからあるかも知れない。これからあればそれは本当に還元されます。そうなってしまえばもう駄目。だから僕の好きな嘘は幼年時代のことへ組立てます。

十二の夏でありました。

それは星の夜。ブリキ屋根の家へ僕は母と棲んでいた。父はもういなかったのです。僕はどうして僕の家だけがこんなに不幸なのかと思い、僕が家出をしてもいい、でも家出したあとにひょっくり青い鳥が来れば困るではないか。母が知らないボブだのジェームスと飲んだり歌ったりする間に僕はアラビアの恋物語にも飽きてしまい、青い鳥は来ない。困った。毎日毎日疲れた母を眺めているうちに一つの知恵があったのです。僕はむっくりと目を覚ますとチョークで屋根に大きな丸印を画いた。青い鳥が僕の家をすぐわかるように。まちがって隣家へ行かないように。

僕の家にだけ。僕の家にだけ。

×月×日

世阿弥の「花伝書」に「時分の花」ということが書いてある。つまり稚児、若手の舞は美しいが、それは「まことの花」ではない。「時分の花」だというのだ。そうして「時分の花」を経て「まことの花」に辿りつかねばならないということが述べてある。

これについて角川の「俳句」の「俳句に現れた青春像」へ出席した人達が言を及ぼし、それを僕等の実作についての垂訓としている。しかし芸術の種類を演奏性と創作性に分類した場合、能は演奏性のものではないか。演奏性のものには典型があり、「まことの花」は考えられる。したがって過程としての「時分の花」は考えられもするが、文学はどうだ。文学は創作性の芸術であり、僕には文学における「まことの花」は考えられない。十代には十代の、三十代には三十代の、六十代には六十代の「時分の花」だけがあるのだ。

ジャンルの性質を倒錯したこの「花伝書」の引用は僕にこういう一行を思い出させる。

「お昼になったら、お腹が空いてきた」ルイ・アラゴン

同じことはラディゲも書いている。彼は言う。

「生活しなければ作品が書けない、と人は言うが、それならば、いつになったら生活したから作品が書けるとい

うのだ。それは死ぬときでしかないではないか」

自明の理だが、これはメモリアリストになれということなどではない。その逆だ。

×月×日

前のベッドの子が死んだ。それも自殺である。陳氏は、彼がブロバリン〔催眠鎮静剤〕を弄んでいた間笑っていただけに、驚きも大きかった。陳氏に僕はヘッダがピストルを撃ったあと「人間て、こんなことはしない筈だが」と呟いたブラックの影像を見る〔イプセン『ヘッダ・ガーブレル』〕。

一体、人が身を委せている秩序というものは、他人から見ると甘い。しかし甘いということは自己と相手の持ちあう秩序の距離だけしか示しはしないではないか。たかをくくること。それがいけないことだ位は知りながら誰もがたかをくくり得る尺度の度合を知らない。

「短歌研究」〔一九五五〕十一月号の合評会で京武久美の「渇き」をめぐる発言が丁度、その距離を示す。松田〔さえこ＝尾崎左永子〕さんは「西欧的な詩の影響だと思いますが」と言うが、ここにはどこの国の何時代の詩とは言われていない。過ぎた言い方が宥(ゆる)されるならば、今日日本の詩歌の大半は西欧の詩の影響を受けている。西欧的、という「的」という言葉に作品をお手軽に扱う安易さが感じられた。阿部〔正路〕さんはそれをロココ建築の方へもっていって「修飾短歌」、という言葉を使っている。これは少くとも松田さんより遥かに親切な言い方であろう。しかし、それは視覚を通す発表形式を考慮に入れた京武の方法論の一にすぎず、内面的なものではない。

短歌から文学性を超えた抽象性、美学性を取上げるときに「修飾短歌」の可能性も現われよう。しかし「修飾短歌」のカテゴリーについてはこの人にもっと論じて貰いたいしそれはこれからの問題だ。

京武の作品の新しさは内面的なものであり、彼の「草矢宣言」〔『短歌研究』一九五五・九〕に見られる非日常性だと僕は思う。彼のヴォキャブラリーを中世的と断じる前にロマネスクな行為の宥されていた時代へ京武を向わせる動機をなぜ見ないのか。「ガラスの靴」（安岡章太郎）的だと阿部さんは彼の作品を指す。しかし僕はそう思わない。むしろその逆であろうとさえ断じてもいい。安岡章太郎はその成長を外的な動機によって歪められたとし、その劣等性を、つまり弱点をそのまま強味にしている人である。しかし弱点が生成的でなく、説明的なものだけに余裕があり、ユーモアが入りこんで来る。しかし京武の作品はその逆に自己の強味を誇示してナルシスム〔ママ〕を謳おうとしながらどうしても弱点が出て来る。これは困った。つまりここに現われる理想的人間像のうしろで京武が力んで赤くなっている。だからシュペルヴィエルを衒おうと、オオギュスタン・モーヌのように船出しようと、彼はいつも重苦しい。そうしてこれは無論彼の責任だが、それだけに彼は僕よりも誠実であり、彼の日常には、無意識のユーモアを見ることができる。

×月×日

耳の中で小鳥がねむる。

河野の手紙。「このデッサンを親愛なる君に贈る光栄に僕の身は震える。

Chaque pas trompe la chute.

一歩一歩が墜落をごまかす

僕の訳『POTOMAK』（ジャン・コクトオ）の一節だ。今日やっと昭和八年刊なる文庫本ホンヤク見つけた〔『ポトマック』麻上俊延訳　春陽堂　一九三三〕。『一歩毎に墜落しやしないかとびくびくしている』のだそうだ。僕の方が正しい！

ユリの銅板十枚と僕の例の『褐色人とサドという犬』という短篇を一月中に画集にして出す。」下に巨きな怪物の顔が画いてある。

山田の手紙。「第三次鳩山内閣の記事を見ていたら北海道開発係の国務大臣に正力松太郎が選ばれている。大臣が役を持つ程の開発が必要だとは思わなかったので、野趣のある北海道が頭に浮んで行きたくて仕様がなくなった。」

ペラペラと書き抜きノートをめくっていったら、僕は高校二年のときに頭に禿〔はげ〕が出来たことがある。そしてそれを大真面目に「カインの印」と名付けている。デミアン〔ヘルマン・ヘッセ著〕にならった日々の津軽の雲だの土堤が一寸懐しかった。こんな一行にも感激していた。

俺達は清らかな光の発見に志す身ではないのか。季節の上に死滅する人から遠く離れて。

アルチュール・ランボオ

×月×日

陳氏はブラインドを降してチカチカする秋光を入れながらこんなことを聞くのである。

「あんた。寝てるのにどうして歌を作らないんだね」

僕はにこにこして聞いている。

「隣の三〇三号の津井とかいう女の人は『アララギ』の会員だとかで、せっせと毎日、歌を作っていますよ」

「僕は作れないんですよ」

「そんなことはない。ほら、藤村さんが尿毒症で発狂したことや、うちの鸚鵡のことや、材料は一杯あるし。あんた寝てるうちじゃないと歌なんて作れるもんじゃありませんよ。わたしは学がないからだめだけどね。でも何さ、一首ぐらいなら、という気はありますがね」

療養者の歌がなぜ取沙汰されるかと言えば、病人の日常性が小市民的な幸福とはっきり相容れないからである。人間の内にある演技性、自分の傷を倍にして報告しようとする意識、そういったものが小市民達を驚かす。憶病なものだからきっかけとなる「病気」なくしては自己を語れない、という歌人の性格一般のせいもある。しかし、僕はいやなのだ。自己を語ることは必然ではないのだから取立てて劣等性を語らねばならぬ、という訳はない。そっと自分の頬に墨をつけて、「汚された、汚された」などという趣味に徹したくはない。そこで僕はイメージを駆使しなければ病床では作歌できないこととなる。しかしどうだろう。僕はもう半年も石ころ一つ、草一本見ていない。物の認識がすっかりぼけてしまっているのだ。ぎりぎりに抑制されているもののアルカディアはもはや絵空事的な世界でしかない。僕が作歌してもそこには無制限に自由な、自由すぎて不自由な、そんな作り事の歌しかできないだろう。しかし、恐龍時代にまで溯った過去ぐらい現在の意義を深めるものがないように、生活者のみが感じる「一寸した不自由もある自由」、それが本当のアルカディアなのだ。

僕がいる。旅行しているのだ。トランクの中には折りたたまれて家庭教師のかづこ嬢が入っているかも知れない。トランクとはそんなものではないとどうして断じることができようか。僕はトランクを半年もの長い間見たことがないのだもの。すると黒ん坊めが出て来る。恋敵かも知れない。僕は慌てて電車に乗る。ゴットンゴットン、電車が走りだす。「自分の乗っている電車の音って聞えるものかしら」ゴットン、ゴットンゴットン。すると僕はびっしょり汗ばんで目覚める。

夜明け。遠くの方で電車の音がしている。そうして、僕のベッドの上には札が一枚下っている。

「絶対安静」

×月×日

土人の証言（Ⅰ）　定型に押込められると告白は当然不純となる。したがって短歌において純粋な告白はあり得よう筈がない。第一、饒舌（しゃべ）ろうとするときそれは告白性を越えて自己を役者にしてしまう。

土人の証言（Ⅱ）　葬式は五月でなければいやだ。

土人の証言（Ⅲ）　善意が人を傷つけることもある。ケッセルリングの「毒薬と老嬢」の老嬢がそうだ。それだけではない。異った秩序を持ちあう人同志（ママ）の善意は相手を傷つける。少くとも僕を傷つける。

土人の証言（Ⅳ）　「SITABATATE」これは津軽の言葉です。アイヌの所謂「non（ママ）」に通ずる。「けれども」というのとも違う。「だが、しかし」とも違う。津軽人の抵抗精神躍如とした言葉である。

土人の証言（Ⅴ）　純粋さを貫くこと、一つの詩一つの愛のためには全てを殺す。「トロイ戦争は起るまい」〔ジロドオ作　初演　一九三五〕で言うアンドレアマックの言葉のように。「愛している、と言いなさい。すると戦争だって人殺しではなくなる。波のせい、風のせいになるのです」

土人の証言（Ⅵ）　僕のことなんかどうだっていい。作品を見て欲しいんだ。僕だって知っています。「みんなみんないい人なんだ」

×月×日

かづこが帰ったあと話しあっていた世界地図をたたんでいたら、木の枝が細かく折れて落ちている。そうだ、さっきかづこが話しながらしきりに指で折っていたのはこれだった。するともう長い間見たことがないだけに枝が無性に懐しく、よく見るとかすかに青い。

「猫柳だ」

と僕は声を出した。すると陳氏が笑って言う。「おいおい、今は秋なんだよ」

そうか。今は秋だった。すると季節に関わりもなく寝ている自分が、まだ何にも知らない十九歳で、不勉強であることに気づく。

これじゃあいけない。これじゃあいけないいんだ。

貝殻を拾って耳にあてては、この音でもなかったと海の底へ投げすてる。

ジュール・シュペルヴィエル

今日、鸚鵡が新しい言葉を憶えた。

「森デ生レタ」

（編集部注）寺山修司氏は昨年三月から腎臓炎とネフローゼのため、東京都新宿区西大久保の中央病院三〇二号室にて療養中であるが、なお経過は香しくない。

『短歌研究』一九五六・一

附録
2
不衛生
大小

インテリ無宿・寺山修司

聞き手・木下秀男

ボクは情念のゲリラだ

寺山修司という男は、一体なんであろうか。
三十一歳の詩人であり、歌人であり、俳人であり、小説家であり、劇作家であり、テレビ、ラジオの構成をやり、自分の劇団「天井桟敷」をもち、競馬予想をやり、スポーツ評論を書き、エッセーを書き、時に大学で講演をやり、対談、座談会では、「あんねぇ」という言葉で相手をさえぎり、みごとな話術で議論を自分の土俵にもちこむたくみな男である。
では、さまざまなジャンルで八面六臂の活躍をするこの男の根底にあるものは、なんであろうか。以下〝尋問〟を試みた。場所は、彼の育った青森市内の「ムード喫茶じゅねーぶ」。

――あなたには思想がないと評する人がいるが。

「むつかしい雑誌にかけば思想家といわれ、やわらかい雑誌にかけば売文家という。全くつまらんことだ。思想家といわれる人たちの言文不一致の悪文はひどいものだ。つまり肉声をもたないんだな。ボクは長く病院生活を

インテリ無宿·寺山修司

ボクは情念のゲリラだ

写真　菅野喜勝

送った。病人は新聞、雑誌を実によく読み、社会のことを実によく知っている。しかしそれではなんにもならない。書斎にとじこもっている連中にも同じことがいえる」(「書を捨てよ、町に〔ママ〕でよう」〈寺山氏の近著〉ということであるらしい)

――あなたのことをアナーキーだという人があるが。

「人間が所属している単位はたくさんある。会社、町、出身県など。その中で国家という単位だけが、合法的に殺人を許される単位だ。そのことに子どもの時から疑問を持っていた。そんな合法的人殺しのできる単位はない方がいいと思ってきた」

――あなたには政治に関する具体的な発言はないようだが。

「政治が福祉国家をめざしていても、それが人間の幸福にとって有効かどうか疑問をもっている」

――福祉国家を否定するのか。

「たとえば真の友情というものは、苛酷な条件の中でしかえられないように思える。太宰治の『走れメロス』のように。そして政治は友情を必要としない社会に向っている。わたしは、友情のような人間のエモーショナルなつながりの上にこそ、生命の充足があると信じている。だから、政治の変革より、人間の変革、情念の変革をめざすのだ。福祉国家で自殺者の多いのはなぜか。わたしは、政治ではすくえない〝心の荒野〟を問題にするのだ」

――宗教的に聞えるが。

「たしかに宗教と酷似しているようでもある。でもそれはブラック・モスレム（黒い回教）やアメリカの黒人リーダー・マルコムX的な宗教だね」

孤独な狩人たれ

――安保問題は一九七〇年が近づいて大きな問題になるだろうといわれているが。

「理念としては安保に反対だ。だが、安保闘争をした学生の中に、安保後は全く無気力になった連中がいた。そんなバカなことがあっていいだろうか。安保が人生の最大のクルシャル・モメント（決定的時期）だとは考えられない。個人にとって真の友情をえるか失うかが、安保より大事な場合だってあるのだ。政治は手段であって目的ではない」

――政治の変革と情念の変革とを区別するが、政治が情念をも統制することはないか。

「それはある。その時は政治の面で戦うことになるだろう。しかし現在、自分の表現が政治によって極端にゆがめられてるとは思わない。いかなる体制の中でも、闘う方法は見出せるという自信がある」（東大五月祭の「言論・表現の自由を考える」というシンポジウムで、「情念の変革をめざすというあなた＝寺山修司のこと＝の構成したテレビ番組『日の丸』（TBS　一九六七・二・九）が偏向だと閣議で問題になったのは、政治が表現の自由を奪おうとしたものだ。それなら政治の面でも反対すべきではないか」という質問にたいし、寺山氏は「玄関

写真　菅野喜勝

口から入るのを断られたら、裏口から入る手を考える」と答えている）

――あなたは、自分がゲリラだということをよくいうが。

「日常性の中にどっぷりつかっている個人を、一人一人覚醒させるためにはゲリラ戦術しかない。ぼくは詩、短歌、芝居、小説、テレビ、ラジオ、肉声による講演などを武器にしている。ゲリラは根拠地をもたないものだ。つねに根拠地を移動させて、個人、個人を攻撃し、こちらの思想をたたきこむのがゲリラ戦術だ。エルネスト・チェ・ゲバラ（キューバ革命の英雄）は政治のゲリラだが、ボクは情念のゲリラだ」（テーブルの上に両ひじをつき、ほとんど表情をかえず、立板に水を流すようにしゃべり続けた寺山氏は、ここで初めてにっこり笑った）

――あなたは家出を奨励しているが、警察の人には迷惑だろうと思うが。

「毛利元就は三本の矢のたとえを使って〝わが家を愛せ〟と教えた。これは〝他の家を憎め〟ということではないか。日本は血族的つながりが強い。半分だけが自分であって、あとの半分は他の〝部分〟にすぎない人が多い。そのつながりをすて、つまり家出すれば、全部が自分になることが可能だ。だが、そうすることは荒野へでることだ。そして、〝心は孤独な狩人〟になる。そこから初めて〝他人〟をさがし始める。他人を自分で射落した時に初めて友情をつかむのだ」

《寺山氏の履歴》 昭和十年十二月一日（ママ）、青森県に生る。ただし出生届は十一年一月十日。著書「自叙伝らしくなく　誰れか（ママ）故郷を想はざる」〔単行本刊行は翌一九六八年〕の中で彼自身は汽車の中で生れたと書いているが、これは彼一流のひゆ。父親が警察官で県内各地に転勤になったことを示すものだ。昭和二十年九月、父はアル中で死んだ。もっとも古い新聞の切抜きには「セレベス島で戦死したことになっている」と答えている。青森市内の歌舞伎座という映画館にあずけられ、母親は水商売のため九州へいった。兄弟はない。幼いときから〝文学神童〟といわれ、作文、短歌、俳句に才能をみせた。早大一年の時「短歌研究」の新人賞をとる。ネフローゼ（腎臓に水のたまる奇病）で四年間の闘病生活をおくる。三十九年、詩劇「犬神の女」で久保田万太郎賞をとったのをはじめ、イタリア賞グランプリ、芸術祭奨励賞などをうける。

寺山デザイナー論

ところで、寺山修司についての批判もなかなかきびしい。

《批判　一》　杉浦明平氏
「スタイルは新しいが内容に新しいものがない。日本の古くさいものを外国人にわかりやすくみせるという感じだね。本ものという気がしないね」

《批判　二》　関根弘氏

写真　菅野喜勝

「寺山君はデザイナーだね。あちこちから新しいものをもってきてはりあわせる。切りばり細工だね。流行をうまくぬすむデザイナーの才能はたいしたものだ。人の格言や歌謡曲の一節をもってきて、あたかも自分の意見を代弁させるかのようによそおうんだな。また、疑似イベント（つくりもの）をつくるのがうまい。彼が主宰する劇団〝天井桟敷〟にも、せむしやデブなんかあつめるから、マスコミにのるのだ。そのへんはたくみだね」

《批判　三》　大島渚氏

（あまり作品は読んでないがと前置きして）「ボクはある仕事で出発したものは途中で職業をかえても、はじめのもの以上のレベルにはいかないという考えを持っているんだ。寺山君は詩人で出発したんだから、詩人である方がいいと思う」

以上の批判に対して寺山氏は次のように答える。

――切りばり細工、つまり独創性がないという意見について。

「一般にオリジナリティーへの妄信があるんだね。だが、言葉というのは数千年の手あかでよごれてきたものだ。その言葉をみがいたところでたいしたことはない。手あかのついた言葉をレンガのように積上げて摩天楼ができるのだ。チェロやバイオリン自体は新しいものではないが、その音を構成してシンフォニーはつくられる。つまり、ものとものがぶつかるときに、新しい表現がひきだされる。

『青森県のせむし男』（天井桟敷四月公演）では、なにわ節とモダニズムが出あうことによってまったく違うものが生れた。そうやって日本人の傷口をさらけだすのだ」

――古くさいという批判には？

「日本的古くささとはなにか。なにわ節が古くさいといってもそれは日本の現実ではないか。なにわ節を語ることによってなにわ節の世界を否定するのだ。舞台で役者がなにわ節をやると若い人は最初笑った。しかし、だんだん笑わなくなる。それは〝日本的なもの〟を笑っているうちに、自分たちの土台がいかに不安定であるかに思い及ぶからだ」

――劇団にせむしやデブを集めることについて。

「ボクの芝居にせむしをみるためにきた人があっただろうか。ボクはサーカスの世界、見世物の世界、つまりこの世ならざるロマネスクな世界をつくろうと思う。しかし、役者の肉体を素材とする以上、そういう人たちの協力がなくては一定の限界をこえられないのだ」

さいごに、「劇団をもつことは経済的に大変なことだと思う。これは冗談だが、もしかりに米陸軍があなたの劇団に金を出すといったらどうしますか」ときいたら、彼は笑いながら「それは面白い質問だ。受けると答えよう。ただし、われわれのやっていることを十分理解するならば。しかし中共〔中国共産党〕からだって同じように受けるとつけくわえとくよ」と答えた。

写真　菅野喜勝

馬ならばアサデンコウ

寺山修司氏の家は東京・世田谷下馬(しもうま)のマンションである。ここに時折り、〝妖怪〟が出没する。三階の屋上にひらかれたバー「赤と黒」、そこに女装の男性があやしげないでたちであらわれる。一階の応接間にクレオパトラのような衣をまとったエロダクションの女優がふかぶかとイスに坐っている。突然、飛込んでくるパンツ一つの男は奇怪な仮面をつけている。マンションは彼の劇団天井桟敷の事務所でもあり、〝妖怪〟は劇団のメンバーなのだ。劇団の第一回公演「青森県のせむし男」は、四月、草月ホールでおこなわれて大好評。再演されて、海外公演の話も持ちあがっているという。第二回公演は「大山デブコの犯罪」で、六月末に新宿の寄席で開かれる。彼の故郷青森県の荒涼として無気味な恐山の世界に、アラビアンナイトの油ぎった花やかさをミックスしたような、この世ならざる見世物のようだ。またまた、世の演劇ファンを驚かそうというのだろう。

×　×　×

寺山氏は彼の好きな競馬にたとえれば、今年のダービー馬アサデンコウであろう。この馬はダービー馬としては良血でなく、品格がないといわれた。だが、人気になった血統馬フィニイ等を問題にしなかった。貧しさ、生活保護を受けての闘病生活をくぐりぬけ、あらゆる分野で活躍するこの男は、まさに現代の英雄アサデンコウである。だが、彼は詩壇で、文壇で、演劇界で、王座をめざすことはないだろう。ゲリラは一つの戦いを終えると新たな戦場へ向う。正面きって正規軍と戦うには非力である。だが、新しい分野に進入し、たくみな戦術で正規軍を十分にほんろうする力をもっている。彼にとって戦場は無数である。彼は今度は人形劇にも手をひろげようとしている。

『アサヒグラフ』一九六七・六・二三

解説

堀江秀史

寺山修司の一九六〇年頃　――人脈とダイアローグ

個人史

「附録1」の拙稿では、主に雑誌における他者や世界との出会いを契機に、寺山修司が自他ともに変革をもたらし、同時に作品を生成した「ダイアローグ」という方法論の実践を見たが、むろん人との繋がりは、雑誌メディアを通じてのみ生じるわけではない。本稿では、本書の寺山テクストを読み解く一助として、一九六〇年頃の作品と私的な「人脈」やグループが、どのようにその活動の方向を導いていったかをまとめておきたい。

なお「解説」は、本文を対象とする「研究」の性格をもつため、脚注を各篇末にまとめて付す体裁を採ることにした。

『忘れた領分』と谷川俊太郎

一九三五年もしくは三六年生まれの寺山修司は、青森県で高校までを過ごし、一九五四年四月、早稲田大学に入学した。同年の『短歌研究』誌にて「第二回五十首応募作品特選」を受賞したが、先行する俳人らの「盗作」あるいは「模倣」だと、非難を受けた。本書「1」章のテクストは主に、この問題への寺山の同時代の対応の様子である。順風満帆という状況では決してなかった。

これから東京で羽ばたこうとする寺山であったが、大学入学からおよそ一年が経過した頃に大病を患い、死と隣り合わせの状態で入院生活を送ることになる。入院の間も、寺山は短歌や戯曲の創作を続け、外との交流を保った。入院中に書かれた戯曲『忘れた領分』の、一九五六年五月二六日の早稲田大学大隈講堂での上演を観て、寺山に言葉の才能を感じ、病院まで会いに来たのが谷川流れていた。

俊太郎（一九三一― ）であった。奇跡的に快復を遂げた寺山であったが、退院した時には、すでに三年の月日が流れていた。

入院中に大学を退学していた寺山は、一九五八年夏の退院後、いかに生活していくか方途を探っていた。退院の翌月には早くも小説「ゼロ地帯」の連載を『スポーツニッポン』紙で始める。[1] 同時に寺山は、谷川俊太郎の勧めでラジオドラマも書きはじめた。谷川に紹介されたRKB毎日放送ディレクターの久野浩平のもとへ数本の原稿を送り、一九五八年『ジオノ・飛ばなかった男』、五九年『中村一郎』が放送された。[2] 第二作『中村一郎』が賞を受けたことで、ラジオドラマ脚本家として軌道に乗り、[3] 六〇年代における寺山の表現手段の一つとして確立することとなる。以降続くラジオドラマ脚本家としての足がかりは、入院中に書いた戯曲を媒介に、谷川俊太郎と出会ったことによって摑んだものであった。

谷川との出会いがもたらしたものは、ほかにもあった。寺山がかねてから興味をもっていた劇団四季主宰の浅利慶太（一九三三― ）との出会いである。[4] 谷川を介して、後述する「若い日本の会」に入り、浅利と知己となった寺山は、浅利の依頼で『血は立ったまま眠っている』を書き上げることになる。

『血は立ったまま眠っている』と天井棧敷設立

一九六〇年七月七日から一二日まで赤坂の都市センターホールで上演された『血は立ったまま眠っている』（以下『血は～』）は、寺山の活動を俯瞰して考える時、その後の人生の重要な契機だったことが分かる。

公私にわたり生涯続いた関係を築くこととなる九條映子（一九三五―二〇一四）と初めて直接言葉を交わしたのも、ちょうどこの頃だった。寺山とともに旅館に泊まり込んで脚本を書いていた篠田正浩（一九三一― ）の紹介で二人は出会い、寺山はその二日後に自身の脚本作『血は～』の舞台に九條を招待した。この時、寺山は九條から、生まれて初めての、祝いの花束を渡されたという。二人を主人公にラジオドラマをつくった倉本聰（一九三四― ）もまた、この舞台を観たことがきっかけで寺山との仕事を希望した。なお、当時の倉本は本名の山谷馨（やまや かおる）を名乗っていた。倉本は寺山と寺山の恋人となった九條に、架空の恋人たちの役を振り、ドキュメンタリーとドラマを融合させた「ドキュラマ」なるラジオ番組を制作した。これは一九六一年二月にロケで録音され、ニッポン放送が『いつも裏口で歌った』として三月二一日に放送した。[5]

現実と虚構の溶融というテーマは、これ以前から、たとえばラジオドラマ『大人狩り』などでも寺山は実践しており、その後も重視されたものではある。しかしこのテーマを、詩やエッセイ、脚本など、文芸分野での個人による創作ではなく、集団による創作行為――倉本の企画・演出で、寺山も即興的に構成を組み立てつつ出演もするというかたち――のなかで扱ったのは、これが初めてである。現実と虚構を扱う作品を、寺山―九條の両人が演じたという象徴的な出来事の端緒に『血は～』は位置している。

さらに『血は～』は、間接的なかたちではあるが、寺山主宰の劇団、天井棧敷の設立に大きく関わったという点でも、重要な契機としての役割を果たした。一九六〇年七月に上演され、同月の『文學界』に掲載されたこの戯曲を、当時中学生で、のちに天井棧敷旗揚げに参加した東由多加（一九四五―二〇〇〇）が読んでいたのである。[6]この戯曲に強烈な印象を受けた東は、早稲田大学で学生演劇の劇団に所属していた六六年に寺山を訪ね、上演の許可を求めた。およそ一八〇〇人の観客を集めた大隈講堂での公演を観て寺山は、東の才能に信頼を寄せる。[7]公演後、東から劇団結成の打診を受けた寺山は、一九六七年、「演劇実験室・天井棧敷」を結成した。なお、東は翌六八年に劇団・東京キッドブラザースを設立している。

それまで寺山はほとんどの場合、〈言語〉で他ジャンルと関わっていたわけだが、この劇団を通じて、演劇や映像など別の表現方法を手にし、活動の幅を格段に拡げる。一九六〇年、劇団四季へ寄せた戯曲『血は～』は、天井棧敷結成のきっかけをつくった東との出会いを呼び寄せ、のちにその運営に尽力することになる九條との出会いを彩りもした。

詩劇の脚本家としても知られるようになった寺山は、ＫＲテレビ（現ＴＢＳ）の石川甫から、芸術祭参加のテレビドラマ脚本を依頼される。一九六〇年一〇月三一日放映の『Ｑ』である。その他、日本テレビのせんぼんよしこや、ＮＨＫの和田勉なども、こうした活動を聞きつけ、次々に寺山に脚本を依頼していった。[8]

もちろん脚本家としての活動は、ラジオ、テレビの放送業界のみならず、映画界にも及んでいる。商業映画界における寺山の活動は、映画化されなかった脚本「十九歳のブルース」を除けば一九六〇年から始まる。映画監督の篠田正浩は、当時の配偶者であった詩人の白石かずこ（一九三一―　）から、寺山の短歌「マッチ擦るつかのま海に霧ふかし身捨つるほどの祖國はありや」を伝え知って衝撃を受け、寺山との仕事を望んだ。白石は『VOU』同人として寺山とは知己であった。篠田は寺山との日々を次のように記している。

私は寺山のコトバで映画をつくることを思い立った。そして彼もまた、映画は歌の糧であった。はじめて神楽坂の宿で落ち合った時、寺山は少年期を伯父が経営する映画館のスクリーンの背後の一角で起居していたから、映画はいつも裏側からみていたと話した。いきなり、寺山のナンセンスとサタイアの一撃である。〔中略〕一九六〇年の夏が終わり、その秋『乾いた湖』は封切られヒットした。松竹は寺山修司の起用に危惧していたのも忘れて、次々と私たちに仕事を発注してきた。神楽坂の宿が寺山の住まいのようになって来た。私はそこで彼を訪ねてくる様々な来客と知り合った。そして、寺山の交友のすばらしさに目を見張ったのである。なかでも座敷にいきなり横たわった痩身の異様な個性に圧倒されてしまった。土方巽(ひじかたたつみ)と知って彼の舞踏を観劇し、『卑弥呼』に出演依頼をするのはずっと先のことになる。／勿論、『乾いた湖』の音楽を担当してくれた武満徹は共通の友人であった。寺山のコトバから引き出されるイメージと響き合う音あるいは音楽もあらたに発見されなければならなかった。映画の開巻を飾るタイトルだって定番の書式を改めたかった。金森馨、真鍋博、和田誠らのデザイナーを紹介したのも寺山であった。[9]

篠田が目を瞠(みは)った交友関係がいかに培われたかは、本書「附録1」ならびに本稿後半を参照されたい。寺山が入院中に書いた戯曲によって知遇を得た谷川、谷川から繋がった浅利、浅利との活動を通じて訪ねてきた東、詩誌『VOU』で出会った白石、白石を介した篠田との出会い。全ては連続した流れのなかで、寺山がその時々に体当たりで打ち込んだ作品が切り開いた途であった。そうした幸福な出会いは、篠田の言に見るように、今度は寺山を媒介として伝播していく。

長尾三郎は「現在、各界の第一線で名をなしている彼らは、無名時代からみんなそれぞれ一種のリングを結成していて、それぞれがお互いを発見し合うというクロスオーバー的な付き合い方をして、啓発し合っていた。六〇年代の青春とはまさにそういうものだった」[10]と、寺山の一九六〇年代をまとめている。

小川太郎は、ジャンルを問わない寺山の活動について、

「寺山の作家としての軌跡は、よく俳句から短歌へ、そしてラジオドラマから映画、演劇へなどと整理されて語られるが、それは余り意味のあることではない」とし、「少年期から寺山修司のなかには同時多発的に、後年かかわったさまざまなジャンルでの創作欲が芽生えていた。最初期から多ジャンルにまたがる作家という資質を持っていたことが寺山修司の特色なのである」[11]とまとめている。確かに寺山は少年時代から文才と企画力があり、詩だけでなく、評論、小説を書いて発表媒体も自らつくってきた。しかしそれは、〈言語〉という限られた表現の場での活動だった。それまでの寺山の活動が多くの分野の芸術家たちに認められ、一気に実を結んだ一九六〇年は、寺山が以後、演劇その他、ジャンルを問わない活動を展開するにあたって必要な、経験の凝縮した濃密な時間であった。

細江英公と拡がる人脈

写真家の細江英公（一九三三―　）は、三島由紀夫（一九二五―一九七〇）や土方巽（一九二八―一九八六）との協働がこれまでしばしば注目されてきた。三島、土方とくれば澁澤龍彥（一九二八―一九八七）、さらには唐十郎（一九四〇―　）も視野に入ってくるだろう。彼らの一部と細江との仕事はあとで触れるとして、これまでほとんど注目されなかった「寺山と細江」という関係も、実はなかなかに興味深い。寺山の個人史に細江を組み込むことで、寺山の活動が同時代の背景のなかに置き直され、かつまた、その寺山の活動を通じて、同時代を照らし直す契機ともなるだろう。

出会いの頃――『生きる女性』誌の文と写真

細江と寺山のテクスト上での協働は、雑誌連載「くたばれ、恋愛論」（本書一二三頁）に始まるようで、この打診が寺山からあったと細江は回想している。

> 寺山修司とは一九五九年から六〇年代の前半にいくつかの仕事を一緒にしたが、それぞれに強烈な思い出がある。〔中略〕一九五九年の夏だったか、「生きる女性」という新しい女性週刊誌から電話があって、寺山修司が毎週二ページの随筆を六か月間連載することになり、そこに写真を挿絵として載せたいというものだった。随筆にしろ小説にしろ写真を挿絵に使うことは当時珍しいことで、細江英公の写真を使いたいというのは筆者の希望だということだっ

> た。〔中略〕ふつう挿絵とは筆者の原稿を見てから書くものだと思っていたが、この場合は、ぼくのどんな写真でもいいという鷹揚な依頼で、だからその頃撮影していた舞踏家・土方巽や若いダンサーの肉体の写真を載せたりした。〔中略〕写真を挿絵にというもの書きは寺山修司をもって最初というべきだろう。[12]

寺山から連載の打診があった時期を「一九五九年の夏だったか」と述べているが、実際の連載は一九六一年一月から始まっている。また、「六か月間連載」とあるが、三月までのおよそ三か月間である。

事実を整理しておくと、まず『週刊　生きる女性』は一九六〇年八月に創刊され、翌年五月に終刊となった短命の雑誌である。「くたばれ、恋愛論」は、前年九月から一二月に同誌で連載されていた白坂依志夫（一九三二—二〇一五）の文、金森馨（一九三三—一九八〇）のカットによるコラボレーション「やつあたりセクション」の後継であった。これらの事実に細江の記憶を信じて照らし合わせるならば、一九五九年夏、編集部は創刊準備の段階で寺山と細江に半年の連載をもってもらおうとしたが、一年後に創刊して、さあ連載という段で何らかの事情が生じ、寺山の前三か月を白坂依志夫に任せた、という流れだったかもしれない。なお、脚本家の白坂と寺山は、一九六一、六二年頃に『シナリオ』誌上で共同シナリオや互いの人物評を書いたり座談会を催したりと、非常に接近しており、『生きる女性』での縁が大きかった可能性がある。なお、金森と寺山の協働は、『生きる女性』創刊に先んじて、『現代詩』一九六〇年二月号の「零年」で実現している（本書一二〇頁）。

ジャズ映画実験室ジューヌ

細江に戻ると、一九五九年の『生きる女性』連載の打診のあと、実験映画のグループに寺山と一緒に参加したと回想している。

> 次いで、一九六〇年春、寺山修司から呼び出しの電話がかかってきた。ロック歌手の山名義三が主宰している「実験室ジュンヌ」が金をだすから「ジャズ映画」を一本作ってみないかという魅惑的な誘いだった。参加者は映画人ではなくて詩人の谷川俊太郎、作曲家の武満徹、作家の石原慎太郎、寺山修司、美術家の金森馨、シナリオ作家の白坂依志夫、写真家では細江英公、今井壽恵（ひさえ）のメンバーで、それぞれ

が一本ずつ短編のジャズ映画をつくり、その秋に有楽町のビデオホールで発表会を開くというものだった。[13]

「実験室ジュンヌ」については、寺山の回想録「消しゴム」にも記されている。曰く、「ジャズ映画実験室は、私と山名義三が中心となって8ミリの実験映画とジャズの結合のイベントをこころみた。／出品者は谷川俊太郎、武満徹、細江英公、白坂依志夫、石原慎太郎などで、おそらくこれがわが国の実験映画祭の最初のものであったろう」[14]。フランス語としては「ジュンヌ」が「若い」の意のjeuneの発音により近いが、このグループは当時から「ジューヌ」と表記されていた。

細江はこの時、一五分の実験映画『臍とA-Bomb』をつくった。「土方巽や若いダンサー」を出演させ、浜辺で鶏を殺し、山羊を捧げる儀式めいた映像を仕上げている。「土方巽や若いダンサー」というのは、細江が「くたばれ、恋愛論」で写真を使ったと回想して記した言葉だが、本書でも確認できるとおり、実際の連載で主に写るのは、アフリカ系男性と思しき人物で、土方と特定できるものはない。一九六〇年から六一年初頭に行なわれた、ほぼ同時期の寺山に関係する仕事が、細江の記憶のなかで混ざり合っているのだろう。

「ジューヌ」とはどのようなグループだったか。当時のパンフレットに、以下のような趣旨が書かれていたという。「多くの芸術行為が実人生のなかの行為との地平線を失ってしまっているとき、われわれは実人生のなかの行為から芸術行為を拾いあげて、再構成し、新しい創作の意味を発見してゆきたい。ジャズのもっている行為としての芸術に、われわれは心うたれる多くのものを感じるが、それを主軸にして、かつてスタティックなイメージの集積にすぎなかった十六ミリ映画的のマイナームードを打破し、堕落している映画芸術に権利を回復せしめてゆきたい」[15]。おそらく寺山がしたためたのであろうこの文章からは、ジャズの「行為としての芸術」というあり方そのものを、精神的に採り入れようとする意思は読み取れる。しかしでは、具体的にどう「実験映画とジャズの結合」を実現しようとしたのか。

「ジューヌ」ならびにそれを機会に撮られた寺山の実験映画『猫学——キャットロジー』（以下『猫学』。金森馨、芳村真理出演）については、みぞぐちカツによるブログ記事が詳しい。そこにジャズと実験映画の関わりについても記されている。

内外タイムスの記事によればこのメンバーの中の二人が一組となって16ミリで一本12分程度の短篇フィルムを六、七本製作するとある。組み合わせは未確定で任意の二人が共同制作を行うという方法論が、モダンジャズにおけるジャムセッションを意識しているのは明白であろう。〔中略〕無作為に選ばれた二人が一組となってモダンジャズと実験映画との結合を試み、その上映会をオールナイト・ジャム・セッションで人気の東京ヴィデオ・ホールで行う、というのは訴求力からいってもこれ以上にないアイデアだったに違いない。[16]

「ジャズ映画」とは、ジャズの即興性や偶然性を映画にも持ち込もうという、両者を結合させる方法論を目指したものであった。以下、みぞぐちの論にある情報を補う記事を中心にまとめておく。

創刊まもない『週刊　生きる女性』一九六〇年八月二五日号に、エッセイを寄せた白坂依志夫の執筆者紹介欄がある。白坂は「前衛芸術を愛好する石原慎太郎、寺山修治〔ママ〕ら文学、音楽、演劇、舞踏各界の若手とグループをつくり、第一回の仕事として前衛映画製作を準備中[17]」と書いており、「ジューヌ」の存在を確認できる。さらに、同誌九月二九日号の白坂と金森の連載「やつあたりセクション」の頁の隅には、いよいよ上映会ということで、「ジューヌ」の予告記事が載っている。史料として全文を引いておく。

この欄の担当者、文章の白坂依志夫氏とカット絵の金森馨氏らが、このほど「実験室ジューヌ」という奇妙な団体を組織した。／各界の若手が集まり、若さと情熱で体当りして愉しもうというのだ。もとロカビリー歌手で現在ビクターの大野喬とナイトシックス、ニュー・プラネッツのマネージャーで、ほかにナイトクラブ「川崎フロリダ」の社長でおまけに二十一才という山名義三氏が中心となり、前衛的モダンジャズ、映画、演劇をプロデュースしてゆき、同時にジャズ犯罪、新しい世代を盛った雑誌を刊行しょう〔ママ〕というもの。その第一回目の試みとして、来る十月二十一日二十二日の六時から、東京のヴィデオホールで「ジャズ映画実験室」を開くという。現在の商業映画にあきたらない若手芸術家たちが、自から十六ミリカメラを持って撮りまくった作品を、モダンジャズを組み合わせてまとめようというのだ。

／詩人の谷川俊太郎と作曲家武満徹共同作品の『X』／太陽族作家・石原慎太郎作品『夜が来る』／「生きる女性」でおなじみの舞台装置家・金森馨と、何でも屋作家・寺山修司、それに週刊読売演劇賞をうけたデザイナー高田一郎の協働作品『キャットロジイ』／本誌「やつあたり……」の筆者でシナリオライター・白坂依志夫と女流カメラマン今井寿恵共同作品『デッドビート』／写真家・細江英公作品『臍とB－Aomb〔ママ〕（原爆）』など。[18]

この引用では、細江が「ロック歌手」とのみ記し、寺山がグループの「中心」と挙げた山名義三についても詳細に記されており、羽振りの良さそうな彼が会のスポンサーとして機能していたことが窺える。しかし細江が記すところによれば、その後「主宰者」が雲隠れしたため、現像や編集の代金はボランティアで支払うことになったという。[19] 一九六〇年一〇月二一、二二日に開かれた会で実際に上映された作品は、虫明亜呂無が同時代に書いた評論で確認できる。

作品は次のとおりである。『×（バツ）』〔ママ〕作・演出谷川俊太郎、共同演出武満徹）『IRON』（賛助出品、作・撮影岡本愛彦）『夜が来る』（作・石原慎太郎）『臍とA-Bomb』（作・演出細江英公、詩・山本太郎）『Catlogy――あなたも猫が好きですか』（作・演出寺山修司）[20]

以上五作品のみが実際に上映されたようだが、金銭問題等で『生きる女性』誌上にて九月末に予告された映画全ては完成に至ることがなかったと推察される。虫明亜呂無は上映会に足を運ぶも、

> 既成の観念に、ムードに、手法にたよるほか能のない。つまりナッシングな作品群。友人ドナルド・リチイの言葉をかりれば、それこそたわいないホーム・ムービーにしかすぎない手なぐさみ。はっきり言おう。「実験室ジューヌ」は実験すべき何物もなく、低劣なスノビズムだけを後生大事に抱きかかえていることを身をもって証明したのである。[21]

と切り捨てた。運営面の失敗に加え、内容面でも酷評された「ジューヌ」はこれにて散会となったようである。

『猫学』

寺山修司初の監督映像作が、悪名高い『猫学』である。そのフィルムは現存していないようで観ることができないが、細江によれば、「丸ビルの上から猫を放り投げて真下から構えたカメラが落ちてくる猫を撮影するというものだった」そうだ。松本俊夫（一九三二―二〇一七）は「私はブニュエルの残酷のイメージと比較して、その衝撃が生理的スキャンダルにとどまることを批判した[22]」と記している。細江はこう批評する。

このときばかりは寺山のサディストぶりに嫌悪を感じたが、本当は人間の偽善をえぐり出す戦略としての猫の使用という大胆な発想と明らかに起こるだろう人々の批難に対しても恐れない勇気ある行動に畏敬の念をもった。[23]

松本も先の批判に続けて、「むろんそこには、うじゃけたヒューマニズムを侮蔑するその後の寺山的世界が、すでに挑発的にくりひろげられていたことを否定できない」とし、細江と同様にその挑発性に一定の評価を寄せている。

ところで、なぜ松本俊夫がこの映画を観ていたのか。寺山との出会いについて松本は、「知り合ったのは私が一九五九年に発表した『白い長い線の記録』という実験映画を彼が見にきてくれ、当時私と同人だった大島渚から紹介されたのが発端である[24]」と記している。松本は『記録映画』誌で大島渚と同人であったが、寺山はこの時点で大島とも面識があったようだ。のちに松本は、寺山とPR映画『母たち』（一九六七）をつくった。そして七〇年代以降の寺山実験映画の第一の批評家として、ともに時代を歩むこととなる。

残酷さについて云えば、先のみぞぐちは、寺山がジャズ映画実験室の紹介と並べて、以下のように記していることに注目した。

「ビザールの会」というのもあり、それは富田英三らが中心となっていた。ネオ・ダダとそのグループの、ブリキ板に塩酸をかけて、斧でメッタ打ちにするイベント、数羽のニワトリをしめ殺す暗黒舞踊派のダンスなども、当時の時代感情の反映ととらえれば、それほど奇異なものではなかった。[25]

「ビザールの会」の突拍子もない数々のパフォーマンス、とりわけ「ニワトリをしめ殺す」のをショーの一部とすることすら「奇異なものではなかった」と寺山が敢えて記すあたりに、『猫学』の残酷性を同時代の空気のなかに置き直して、ある種の弁明を施したとみぞぐちは見ている。[26]

失敗の向きも見られる「ジューヌ」ではあるが、ことの成否は結果論にすぎない。予測不能な現在に身を投じることこそが寺山の、ひいてはこの時代が抱いた倫理ではなかったか。

ビザールの会

ところで、先の引用で寺山が記す「ビザールの会」も、同時代の空気を知る上で注目に値する。主宰の富田英三は、本書「附録1」で紹介した『マンハント』でコラムの連載をもっており、縁の深い同誌は一九六〇年一二月号にて富田のこの会を、「《史上最大のヘンテコなパーティ》とまではいかなくとも、ちょっとばかり風変りなパーティが、9月の30日、午後6時から、銀座・ガスホールとレストラン・ACB(アシベ)でひらかれた」[27]と紹介し、新たな会員を募っている。当日集まった一二〇〇人のなかには、寺山はもちろん、植草甚一（一九〇八―一九七九）、都筑道夫（一九二九―二〇〇三）ら『マンハント』執筆陣、さらには作家の大藪春彦（一九三五―一九九六）、河野典生(てんせい)（一九三五―二〇一二）、ジャズ評論家の大橋巨泉（一九三四―二〇一六）、映画評論家の淀川長治（一九〇九―一九九八）などもいたという。

富田は芸術を志してアメリカで生活した経験を持ち、当時は雑誌でカットを描いており、「漫画家」とか「画伯」と紹介されている。ビートの精神をニューヨークから持ち帰った富田はこの会で、日本にその思想を広めようとしたようだ。ビートは、性等に関する従来の道徳や規範を打ち破ろうとする若者たちとその思想である。『生きる女性』に載った「ビザールの会」のルポルタージュにて紹介された富田の定義は以下のようなものだ。

> 本物のビートは文芸復興(ルネッサンス)の再来だ。あらゆる芸術や人生がひどく退屈になっているし、人間関係も複雑怪奇に変っている。道徳がやかましすぎるし、大人たちもうるさい存在だ。そうした既成観念に怒り、反抗し、新しく何物かを生み出そうとする人々が、ビートなのだ。[28]

盛会のあとにインタビューに応じた富田は、以下のように発言している。

> ビートの決議案を出して賛成を得たのはよろこびです。その決議案というのは、／①性に羞恥は禁物、②他人の目は一切無視しろ、③自分だけでせっせと生きよう、④ジャズこそ休息剤、⑤明日を期待するのはよそう。／この五ヵ条です。／もしよろしかったら、みなさんもビザールに入って和製のビートを研究してみませんか……[29]

同ルポには当日の様子が詳しく描写されており、寺山が記した「ブリキ板に塩酸をかけて、斧でメッタ打ちにするイベント」は写真付きで紹介されている。また、一九六〇年一〇月四日付『内外タイムス』六面には「メンドリをしめ殺すモダン・ダンス」というキャプションで写真が掲載されており、「ニワトリをしめ殺す暗黒舞踊派のダンス」も実際にあったようで、寺山もこれに表現者として参加したと思われる。寺山のパートについて、『生きる女性』では以下のように報じている。

> 次に登場したのが詩人寺山修司の野心作、「ヒワイな詩」の朗読です。この詩ときたら、とてもとても口には出せない、読んでも書いても手に負えないというワイセツさ。公衆便所の落書きを多少リズミカルにして、ファンキー（都会的な淋しさ）を味付けした程度。〔中略〕閨房の囁き声が高く低く、唯物的に、局部的に、羞恥の一片もなく朗読されたのです。／この詩には、日頃どんなことにも驚ろかないと豪語していた秋山庄太郎、淀川長治諸先生も開いた口がふさがらず、／「フム……」とつぶやいて、あとは首をまわしてモジモジとするだけ。列席した某大学教授などは、／「あんな言葉を、マイクを通して聞くのは初めてだ。刺激が強いねェ」／と驚嘆、お隣りの奥さんは両手で顔をかくしていられました。[30]

どうやらかなり直截的な文言をマイクを通じてごく真面目に発したらしい。ただし、『内外タイムス』によれば、寺山本人は「気が臆したとみえ」、河野典正が代読したとされる。

寺山論として考えると面白いのは、この詩の具体的な文言を紙誌がいっさい報じていないことだ。寺山自身も記していない。もちろんこれは、『内外タイムス』が以下のように記すとおり、報道側としては半ば冗談めかしつつの「自主規制」だろう。

> こんなのは活字にしたらもちろんみな発禁。道ば

たで朗読したらお巡りさんに「ちょいと来い」は確実のシロモノ。それでも敢えて公衆の面前で読み上げて行く。しかもクソまじめな表情、殉教者的な情熱。

ただ、作者寺山の意図として以下のような注釈を挟むとどうか。

発生の起源では詩は非常にプリミティブに人から人へ語られてきたものです。それはある状況である人とある人たちの間に詩という一つの語りかけがあったともいえる。要するに、マスで考えなかつたコミュニケーションの場に詩の芸術的領域があった訳で、感動には「重み」があった。それがたまたまグーテンベルグが印刷の機械を発明した事に依って、大量の詩を流すという形によつて詩の核にある時間のイメージが失われてしまった。詩そのものはパッシブになって、空間的になり、日附けもなく単に読む側の自由に委ねられる、いわば受け身の芸術になった訳です。[31]

ビザールの会で朗読された寺山の詩は、「マス」のメディアに乗らない猥褻な言葉の羅列であった。理由はどうあれ、結果としてそれは、その時その場にいた人しか聞くことのできない、「プリミティブに人から人へ」、書かれてではなく「語られて」伝えられるしかないものとなった。一九六〇年九月三〇日夜、銀座ガスホール。隣の観衆と目を合わせるのも恥ずかしいくらいの居心地の悪さという「重み」のある時空間を、確かにそこに、寺山は現出させたのである。

出会いの連鎖

再び細江に戻ろう。一九六〇年代初頭の細江との関係が寺山にもたらした別の展開もある。たとえば、寺山が以下のように記す部分である。

そのころ、短歌をつくっていた私は、歌人とはほとんどつきあわずに、ジャズメンや舞踊家などとつきあっていた。／「六人のアヴァンギャルドの会」は土方巽が中心になって、東松照明（写真）、黛敏郎（音楽）、金森馨（美術）、三保敬太郎（ジャズ）それに私（詩）と土方とで、エクスペリエンスの会というのを何度かひらいた。[32]

先述のとおり細江は一九六〇年頃に土方巽を撮影した。さらにのち、土方を妖怪に見立てる、妖しく洗練された写真集『鎌鼬（かまいたち）』（現代思潮社　一九六九）を出版したが、そこには「エクスペリエンスの会」の看板のかかった一室に、下着姿で慄く女を無理やりに連れ込もうとする「鎌鼬」の演劇的な写真が収められている。また、写真エージェンシーのVIVOには東松照明（一九三〇—二〇一二）も参加している。寺山の土方や東松との関係は、細江という媒介を挟むと繋がり易い。

　またこの頃細江は、三島由紀夫をモデルとした写真集『薔薇刑』（集英社　一九六三）の企画を進めていた。それに反応したのが、横尾忠則（一九三六—　）である。三島に強く傾倒していた横尾は『薔薇刑』への参画を求めて、面識のなかった細江に接近する。この横尾の願いは叶えられなかったが、ここでの接触が、数年後の寺山との出会いに実を結ぶことになる。横尾の回想である。

　寺山修司と出会ったのは一九六二年だったと思う。写真家の細江英公さんから、寺山原作、宮城まり子主演のミュージカルを作るが、ポスターの写真を自分が撮るので、「君がデザインをやってくれないか」といわれた。もちろん寺山修司の名前は知っていたし、ちょうど、石原慎太郎、浅利慶太、羽仁進らと一緒に彼が書いた『発言』という本を読んだばかりだった。／その打ち合わせで、細江さんと寺山修司と有楽町の喫茶店で会うことになったが、ぼくはずいぶんと緊張していた。〔中略〕彼らの知的な会話についていけなかったけれど、ぼくも精一杯の虚勢を張って対抗した。今から思うと、それが寺山修司の中にも、細江さんの中にもあったはずで、お互いにすごく演劇的なことをやっていたわけだ。[33]

　すでに同時代文化の先頭に立とうとしていた二十代の三人の顔合わせである。寺山と接触したことで、横尾はのちに状況劇場の唐十郎とも出会い、デザイン史に残るポスターを次々と手がけていく。引用にある宮城まり子のミュージカルについては未詳だが、横尾は中止になったと記している。

　横尾の文中にある石原、浅利、羽仁らのグループとは「若い日本の会」で、一九五八年の暮れに警察官職務執行法（警職法）の改案に反対する若き文化人たちによりつくられた。中心となったのは江藤淳（一九三二—一九九九）だが、文学、演劇、マスコミ、芸能など、分野を問わず多くの人々が参加した。これに寺山は、谷川俊太郎とともに参加している。[34] そこには、のちに映画のジャンルで協働することとなる映画監督の羽仁進（一九二八―）や武満徹（一九三〇―一九九六）などもいた。寺山は会自体へはそれほど積極的に関わっていなかったようだが、人脈の上ではこの会から得るものも大きかったことだろう。事実、先述のとおりこの会が縁で浅利は寺山に戯曲執筆を依頼し、『血は〜』が生まれた。なお、横尾の云う『発言』は、『三田文学』一九五九年一〇、一一月号に掲載された「シンポジウム　発言」をまとめ直し、江藤を著者代表として一九六〇年に河出書房新社から出されたものであるが、寺山はこれには参加していない。ただ、『三田文学』一九六一年一月号で、このシンポジウムを批判的に受け止める新たなシンポジウムが開催され、寺山も参加しているので、それと混同したのかもしれない。

世間においてもよく知られた「若い日本の会」が、横尾のような同世代の芸術家たちの目に触れることで、さらに大きな関係をかたちづくっていく。横尾と寺山は細江を介して出会い、それがのちの天井桟敷発足へと繋がった。

その後細江は、一九六五年に競馬ファンの群衆に紛れる寺山の肖像を撮り、[35] 寺山著『みんなを怒らせろ』（新書館　一九六六）に挿入される写真を担当し、また次項の拙稿「写真史のなかの寺山修司――森山大道と中平卓馬を中心に」で述べるが、写真界の次世代と寺山を繋ぐ役割を果たした。細江は自身の仕事を進めるなかで、寺山が各所で巻き起こす交流の渦の傍らに、即かず離れず存在していたように思われる。逆に細江らに支えられてもいたさまざまな交流は、その後のジャンルを問わない活動の基盤として、寺山の裡に積み上げられていくこととなる。

その他、一九六〇年頃の寺山の活動は、実に多岐にわたっていた。寺山自身の回想である。

> 私は、詩の読者のレントゲン写真と、詩を読まない読者のレントゲン写真をしめしながら「現代詩の害について」という講演をしたり、東京中の公衆便所の落書をつなげて、ジャズ演奏にあわせて朗読をやったりした。ほかに、堂本正樹、嶋岡晨、富岡多恵子らと、詩劇のグループ「鳥の会」を組織していくつかの作品を上演した。いま、手もとには「猿飼育法」「原型細胞」「死体教育」などといったタイトル、チラシなどだけがのこっているが、台本は残っていない。私は、「文学界」に「人間実験室」とい

う小説を発表し、土方巽と「贋ランボー伝」を作り、「家出のすゝめ」という題の講演会を開いた。[36]

「東京中の公衆便所の落書をつなげて、ジャズ演奏にあわせて朗読をやった」というのは、先述の「ビザールの会」での出来事だろう。現在ではその内実を知ることができない舞台も頻繁に上演されていたようだ。旺盛な寺山の活動から窺えるのは、彩り豊かな芸術家、文化人たちとの交流が、さまざまなジャンルへの実質的な拡がりであったという以上に、ジャンルなど不問として力強く動くことの確かな手ごたえを寺山に与え、自身のダイアローグの理念を信じぬく心の支えとなっていたということだ。

一九六〇年代、アーティストたちの間に生じた磁場を全身に受けて、寺山は着実にジャンルを越境していく。寺山の多彩な活動の基盤には一九六〇年代という時代特有のうねりがあったのである。

細江は一九六〇年頃から、土方、三島をはじめ、断続的に同世代の芸術家というテーマを定めて肖像写真を撮っている。[37]しかも、作家、詩人、画家、舞踏家、果ては同業の写真家まで、ジャンルを問わずに。寺山も撮られた一人だ。

〈写真〉は、現実の被写体が必ず必要となる技術であり表現である。つまり、人にせよ物にせよ「相手」に出会わずには成り立たず、その意味で「関係」を強引にでも生成する。人がカメラを持った時、世界は撮る自分と撮られる相手という関係そのものとして顕現する。写真家は、撮影のために数限りない新たな出会いを得る。〈言語〉は必ずしもそのような性質をもたない。「林檎」という言葉は、赤や緑の、甘さも色々の、無数の具体を包括し、概念としてそれ自身を差し出す。つまり、個別の具体的な現実を必要としない。また、書斎の作者を出会いの場に引きずり出したりもしない。あるいは、外の世界が、書斎ですらも、何かに出会い得る場所であることに作者は気づかない。人がペンを持ったとき、世界は自分の頭のなかにあり、目の前にはない。しかし一九六〇年代の寺山は、ちょうどこの〈写真〉の性質に少しでも近づくように、出会いを生じさせるかたちで、自らの〈言語〉を用いた。現場という偶然のなかに身を置いて考え、挑発するように、相手に語りかけた。夜汽車や喫茶店で原稿を書いた。

写真界とも縁が深かった寺山だが、それは〈写真〉がもつそのような現実と密着する能力に惹かれていたことも関係しているだろう。細江は〈写真〉のそうした能力を使って寺山を導いたのではなかろうか。そして寺山との関係を経て、知らず知らず、細江もそうした方向へ自身の仕事を向けていったのではなかろうか。

　また、寺山にあって雑誌メディアは、作家と読者だけでなく、作り手同士をも結びつける媒介としても活用された。マスメディアだけでなく、グループやそれを母体としたライブや上映会などの〈場〉を「メディア＝媒介」と考えるならば、それらはやはり同様に、作品を提供するだけでなく、作家同士の出会いの機会として機能した。そうであるとすれば、日常生活を営むこの世界もまた、他人との出会いがもたらされる「メディア」であろう。寺山は言葉でもって、世界を媒介の〈場〉に変え、ダイアローグを生成させようとしたのである。

脚注

1　白石征「編集ノート」寺山修司『寺山修司の忘れもの——未刊創作集』角川春樹事務所　一九九九　二〇四頁

2　久野浩平「あの頃」『寺山修司ラジオ・ドラマCD　中村一郎・大人狩り』ライナーノーツ　キングレコード　二〇〇五

3　長尾三郎『虚構地獄　寺山修司』（講談社　一九九七／講談社文庫　二〇〇二　一六八頁）によると、「一九五九年度の民放祭第一位となり、郵政大臣賞と民放祭連盟会長賞（民放祭大賞）を受賞した」。

4　同書（一七八—一八二頁）に、寺山がそれ以前、劇団四季の研究生になろうとしていたと記されている。

5　倉本聰『愚者の旅　わがドラマ放浪』理論社　二〇〇二　四七—五一頁
田澤拓也『虚人　寺山修司伝』文藝春秋　一九九六　一七一—一七二頁
長尾『虚構地獄　寺山修司』二三一—二三二頁

6　東由多加「言葉の狩人として」『現代詩手帖』一九八三年一一月臨時増刊号　一六五頁

7　東については田澤の前掲書（二四七—二五〇頁）を参照。

8　田澤『虚人　寺山修司伝』には、石田甫（一六六—一六九頁）、せんぼんよしこ（一八七—一九四頁）、和田勉（二〇六—二一一頁）等、放送業界の人脈が記されている。

9　篠田正浩「寺山修司のコトバ、そして映像」『寺山修司全シナリオI』フィルムアート社　一九九三　三七二—三七四頁

10　長尾『虚構地獄　寺山修司』一九三頁

11　小川太郎『寺山修司　その知られざる青春』三一書房　一九九七　八〇頁／中公文庫　二〇一三

12　細江英公「寺山修司の思い出」『寺山修司の21世紀』北海道文学館　二〇〇二　二五—二六頁

13　同

14　寺山修司「Qはねずみのマーク」『読売新聞　夕刊』一九七六・一一・一七　七面「自伝抄」欄／『黄金時代』九

藝出版　一九七七／河出文庫　一九九三

15 虫明亜呂無「作品評　ジャズ映画実験室」（『映画評論』一九六〇・一二　八一頁）より再引用。

16 みぞぐちカツ「あなたも猫が好きですか……寺山修司、幻の〝習作〟「猫学　Catlogy」」二〇一四・三・二七　ブログ『トントン雑記貼』投稿 http://d.hatena.ne.jp/chocoramastudio/20140327

17 無署名「筆者紹介」『週刊　生きる女性』一九六〇・八・二五　三九頁
筆者のアクセスは二〇一八年三月三一日。

18 無署名「白坂・金森と前衛グループ」『週刊　生きる女性』一九六〇・九・二九　六九頁

19 細江「寺山修司の思い出」

20 虫明亜呂無「作品評　ジャズ映画実験室」

21 同

22 松本俊夫「呪術的イメージの魔術師だった」『ペーパームーン〈さよなら寺山修司　追悼特別号〉』新書館　一九八三　八九―九一頁
ルイス・ブニュエルはスペイン出身の映画監督。

23 細江「寺山修司の思い出」

24 松本「呪術的イメージの魔術師だった」

25 寺山「Qはねずみのマーク」
当時は「暗黒舞踊」と称していた。

26 みぞぐち「あなたも猫が好きですか」

27 無署名「へんな会をやりました」『マンハント』一九六〇・一二　一六一頁

28 無署名「ビートする五つの戒め」『週刊　生きる女性』一九六〇・一〇・二七　三六頁

29 同　三七頁

30 同　三四―三五頁

31 寺山の発言「シンポジウム　芸術の状況」『三田文学』一九六一・一　一一頁

32 寺山「Qはねずみのマーク」

33 横尾忠則「友情の頂点に天井桟敷が生まれた」『太陽』一九九一・九　六頁

34 服部訓和「「若い日本の会」と青年の（不）自由」『稿本近代文学』第三二集　筑波大学日本文学会近代部会　二〇〇七　一三四―一四九頁
平山周吉「江藤淳は甦える　「若い日本の会」と怒りっぽい若者たち」『新潮45』二〇一七・五　二四八―二五七頁
「若い日本の会」と寺山については、田澤『虚人　寺山修司伝』（一三七―一三八頁、一五一―一五六頁）および長尾『虚構地獄　寺山修司』（講談社文庫二〇五―二〇九頁）を参照。

35 『鳩よ！』一九九一年四月号に写真家たちの捉えた寺山の肖像写真が特集されており、細江撮影のものも確認できる。細江の写真は一九六五年九月一二日、中山競馬場で撮られた。

36 寺山「Qはねずみのマーク」

37 『アサヒカメラ』一九六五年一〇月号の澁澤龍彦を皮切りに、同年一二月まで連載した「男性」シリーズ。『中央公論』一九七〇年七月号から一九七一年六月号まで、唐十郎夫妻や篠山紀信らを撮った「人間追跡」シリーズ。『アサヒカメラ』一九七二年一月号から一二月号まで（六月号を除く）、鬟嘔らを撮った「顔」シリーズ等。

写真史のなかの寺山修司

――森山大道と中平卓馬を中心に

> 私たちが、友情を見いだす日常的な場所――それは「街（まち）のなかの戦場」でもあるわけだが――として、酒場、競馬場、銭湯、旅行といったものがあげられる。これらの場所は、いわば精神の乱交のできる場所であり、物質的階級を忘れることを可能にする数少ない「乱世」の場である、ということができるだろう。
>
> ――寺山修司「アパシーの荒野[1]」

本書「4」章には、寺山が写真界との結びつきを深めた頃の作品を収録した。

角川書店の『俳句』誌に一九六六年に連載された「ショウの底辺」は「文　寺山修司／写真　森山大道」ということで、『にっぽん劇場写真帖』に先立つ二人の共作である。

『アサヒグラフ』連載の「世界の街角で」は、文だけでなく、寺山自身が写真も寄せた。

寺山はこの頃、森山大道、中平卓馬をはじめとした同時代の若手写真家についての時評を書くなど、写真評論家としての顔ももって、細江英公や奈良原一高らの次の世代の写真家たちが世に出るのを後押しした。

当時の寺山の活動と、本書「4」章の作品のもつ意味を、本稿では考えてみたい。

三人の出会いとその仕事

寺山修司と森山大道、中平卓馬との交流はどのように始まったか。まずは、一九六〇年代半ば以降を、時系列に確認する。

一九六四、五年――『現代の眼』の頃

きっかけは、当時『現代の眼』の編集者だった中平卓

馬が、寺山に小説連載をもちかけたことだったようだ。[2]寺山の小説「あゝ、荒野」は『現代の眼』一九六四年三月号から翌六五年九月号まで連載された。したがって中平の寺山への依頼は、六三年から六四年の出来事と推察される。この頃、寺山は詩を書くかたわら映画、テレビ、ラジオなどの各種メディアにシナリオを寄せていた。同時に評論も手がけ、六三年四月には初の評論集『現代の青春論　家族たち・けだものたち』（以下『現代の青春論』）を三一書房より刊行している。これがのちに改編の上、『家出のすすめ』（角川文庫　一九七二）と名を改めて、版を重ねることはよく知られている。

一方、東京外国語大学を卒業し、『現代の眼』の編集者として働いていた中平は同誌に、『現代の青春論』に対する書評を載せ、[3]既成の価値観に疑義を挟む挑発的なこの寺山の書を概ね肯定的に捉えている。思想的な共感を覚えたことも手伝ったのだろう、中平は寺山に小説の連載を依頼し、二人は「新宿歌舞伎町の某連れこみ旅館に泊まりこみ」[4]構想を練って、互いをより深く知っていった。作家と編集者として、寺山と中平の関係は始まったのである。

さて、「あゝ、荒野」連載中の同誌の一九六四年七月号から十二月号まで、これも中平を編集者として、東松照明の指揮下で「I am a king」というグラビアページの連載があった。その第二回「通行人」に、細江英公の助手を三年間務めたあと、独立してまもない若手写真家、森山大道が作品を寄せている。かつて細江らが結成していた写真家のセルフエージェンシー「ＶＩＶＯ」には東松も属しており、ＶＩＶＯ解散後も使用していた共同の事務所にて、森山は東松ともよく顔を合わせていたのである。[5]この「I am a king」最終回に、当時編集者の中平も「袖木明」という筆名を使って、初めての写真を寄せた。「袖木明」の一枚の写真に魅かれた森山は、東松を介して、近所の逗子に住む同じ一九三八年生まれの中平と出会う。[6]

『現代の眼』誌を媒介の〈場〉として、寺山と中平が、中平と森山が繋がり、今度は中平を介して、寺山と森山が出会うことになる。「あゝ、荒野」の打ち合わせのため、中平が寺山と会う際に、森山がたまたま同席したのは六四年のことであった。森山は出会いをこう記している。

> 中平がぼくを紹介すると、寺山さんは小粒の歯並びを見せてにっこりと笑い、アナタがモリヤマ・ダイドーか、アナタとはどっかで会ってるネ、と多少

せきこんだものいいで言った。それはぼくが、あの寺山ブシを耳にしたいちばん初めのときであり、初対面でこちらを惹きつけてしまう暖かく懐かしい体質を持った詩人との出会いのときでもあったのだ。[7]

「アナタとはどっかで会ってるネ」と、語りかけた寺山は、細江英公との一九六〇年頃の仕事（本書一二三―一七九頁「くたばれ、恋愛論」）で実際に森山を見かけたのかもしれない。もちろん、才能に対する鋭い嗅覚をもつ寺山は、自分の小説と同一誌上に載った「I am a king」における森山の名前を記憶してもいただろう。

一九六六年――蜜月の頃

森山の記憶から、当時の関係を見ていく。

中平がフト思い出したように「寺山修司があなたに会いたがっていたよ、えらい熱海の写真をほめてたぜ」といった。〔中略〕僕は中平の話を聞いてうれしくなり「オレも会いたい」といった。／それからしばらくして、突然角川書店の〈俳句〉誌の編集部から電話が掛かってきて、寺山さんがエッセイの連載を始めるにあたってぜひ僕に写真を撮って欲しいという希望なのですが。と伝えてきた。[8]

「熱海の写真」とは、『カメラ毎日』一九六六年四月号に掲載された「あたみ」を指す。のちに寺山が記す若手写真家に対して寄せた時評でも触れられているので、[9] 確かに寺山はそれを「ほめて」いたはずである。ただし、六六年四月発表の「あたみ」を寺山が見たとすると、「それからしばらくして」打診があったはずの「エッセイの連載」すなわち「ショウの底辺」が、同年同月発行の『俳句』に載ることは時間的におかしい。寺山が別の場所で「あたみ」を特別に見ることができたか、もしくは森山の記憶違いということだろうか。ともあれ、寺山からの誘いを快諾した森山は、新橋の喫茶店にて、「寺山さんとぼくとが仕事を仲立ちにして会ったいわば最初のとき」[10] を迎える。寺山に写真をほめられ、森山は「なんとなくうれしく」なるが、当日のその後の展開には不服だったようだ。

さて仕事の打ち合せにでも入るのかと思っていたら「森山大道よ、ドサ廻り芝居観にいこうよ」と寺山さんは立ち上がり、ウもスもなく僕はタクシーに押し込まれて、結局その日は思いもよらず京成立石の劇場でドサ廻りの写真を撮るハメになってしまったのだった。[11]

それら一連の写真は、寺山との連載とは別に、主に『カメラ毎日』でも発表され、翌一九六七年の暮れに日本写真批評家協会新人賞を受賞することとなる。しかし、結果として評価を得たことと、仕事として何を選ぶかは別の問題である。内容の相談もないまま巻き込まれるかたちで始まった仕事に、寺山への敬意と自らの矜持の間で揺れる、若き森山の思いが窺える。こうした寺山の強引さへの反感が多少なりとも手伝って、森山をして徐々に寺山から離れさせたのかもしれないが、それはもう少し先の話である。

ともかくも、寺山との初めての共作となる企画は実現し、『俳句』誌一九六六年四月号から六月号まで、計三回の連載が行なわれた（本書二一四—二四八頁）。三回で打ち切られたのは寺山が多忙だったため、と森山は記している。[12] だがそれは表向きの理由だろう。これにはいくつかの複合的な要因があったように思われるのだが、それについては後述する。『俳句』誌では当初狙ったものができないという判断から寺山らは、これとよく似た企画を同年九月から写真週刊誌『アサヒグラフ』誌上で始める。そこでは、寺山と森山に中平も加わって、文と写真の連載が組まれた。当時の様子を森山は次のように書いている。

> そんなある日、朝日新聞社の出版局から僕と中平の双方に電話が掛かってきた。少々えばりくさった若い声で、「アサヒグラフのKです。ちょっとお二人にお会いしたい」ということであった。／僕と中平は揃って朝日新聞社に行った。最上階のレストラン〈アラスカ〉に行くと、思いがけず寺山修司さんがいて、手まねきをした。寺山さんのそばには紺の背広を着た背の高い白皙の編集者がいて、「はじめまして」とえらそうにいった。とたん、「あっ中平」、「おっK」ということになってしまった。二人は小学校の同期生だったのである。十数年ぶりの対面が終わったあとは寺山さんを交じえて四人和気あいあいと新企画の打ち合せに入った。用件とは、〈アサヒグラフ〉で寺山さんがエッセイの新連載をすることになり、寺山さんの希望で僕と中平に交代で写真を頼みたいという話であった。〔中略〕その連載を機に、僕と朝日新聞社とのその後の長いつきあいがはじまった。中平卓馬もまた同じであった。寺山さ

んの連載が終わってからもそのKという同年の編集者との交遊はつづき、そんな雰囲気のなかで〈アサヒグラフ〉をはじめ、ついで〈朝日ジャーナル〉、〈アサヒカメラ〉といった出版局の各誌で連続的に写真を撮りはじめることになった。[13]

ここに登場する「K」こと木下秀男は、本書「附録2」として収録した「インテリ無宿」で寺山にインタビューをした人物である。のちに『アサヒグラフ』で編集長を務めたが、当時は同誌の編集部員として、引用のとおり三人による連載を担当した。木下氏には、二〇一七年八月三日、神保町の東京堂書店近くの喫茶店でインタビューをさせていただいた。中平とは小学校の同級生であると同時に、隣同士の予備校に通った仲でもあったという。森山が初対面の木下氏の印象を「えらそう」と書いていることについて、木下氏は「えばってるっていあ、えばってたろうなという気もする、若気の至りだ。図体がでかいと損する。商人は小さいほうが得なんだよ」と笑いながら語っていた。先の引用のとおり、木下氏はその後も記者として森山、中平と組んで仕事をした。木下氏は二人の写真家について「面白いやつらで、仕事をして楽しい。けど勝手なことを始める。二人との仕事は自分にとって開放感があった」と語り、寺山らと仕事をできたことは「幸運だった」と述懐していた。その晩年に再び顔を合わせた際、仕事を抑えているという寺山に、「では原稿じゃなくて企画で援助してくれませんか」と頼んだところ、「そうだね。グラフは面白いからやりましょう」と返されたという。しかし寺山は急逝し、この企画が叶うことはなかった。

一九六六年に話を戻そう。森山が『俳句』誌で寺山と仕事をしていた四月、寺山の評論集『遊撃とその誇り』(三一書房)が刊行されるが、そこに写真を寄せたのは中平であった。同年九月、『男の詩集』(雪華社)という詩のアンソロジー本を出版した際にも、中平がカバー写真を担当した。すでに完結していた、中平と組んで寺山が書いた小説『あゝ、荒野』の、一一月発行の単行本では、森山がカバー写真の撮影を、中平が寺山とともに被写体の一人を務めた。才能ある二人の写真家に、どんどん仕事を振り分けていった寺山の配慮が感じられる。

一九六六年は、寺山が森山、中平と最も多くの仕事をともにした年であった。

森山大道撮影の『あゝ、荒野』カバー
前列左、サングラスをかけているのが中平卓馬。後列中央、帽子を被っているのが寺山修司。

ショウの底辺

全三回と写真

森山と寺山が組んだ活動の始まりは一九六六年の『俳句』誌上であった。連載「ショウの底辺（見世物の戦後史）」は、タイトルのとおり、零落する「ショウ」つまり見世物という娯楽産業の現状を分析したものだ。

ここで注目したいのはもちろん、森山の写真との関係である。「ショウの底辺」は、A5判変型と思しき小ぶりの『俳句』に、三段組みの本文が六頁から八頁続くという誌面構成で連載された。その本文中、最大でも一頁の半分強、つまり見開きなら四分の一程度しか割り当てられない写真が、毎回三枚から五枚、キャプション付きで挿入されている。本書にはキャプションの文言は反映されていないが、初出誌の写真およびキャプションの掲載頁数と、その誌面の図版を本書で引用している頁数を（）内に記した。

第一回「旅役者」は、興行で各地を廻る劇団の現状を伝えた文章である。

最初の見開き左頁にある写真一枚目のキャプションには「千住・寿劇場——出演役者の顔」と記されている

（初出誌四五頁／本書二一五頁）。劇場の表に飾られる幟と、それに半ば隠されるかたちで、化粧を施し衣装で着飾った役者のブロマイドが数葉、壁板に貼られている。外から見た芝居小屋が全景でなく局所的に写されているのは、子供の視界が反映されているのだろう。というのは、「小屋前のみすぼらしい幟のかげにピンナップしてある何枚かのプロマイドの中から、とくに石童丸の母になる役者のものを探しだし、それを毎日観にゆくようになった」との寺山の少年の日の思い出と対応すると考えられるからだ。

頁をめくると右側にはキャプションを「寿劇場——昔ながらの下足番」とし、下駄箱を背に初老の女性が靴札をさばく様子（初出誌四六頁／本書二一七頁）。多く余った札は、客の入りが芳しくないことを窺わせる。本文に直接対応する箇所はない。つづく左頁の写真には「浜田演芸場にて」とキャプションがある（初出誌四七頁／本書二一七頁）。写真のすぐ上の段にある「板の間に茣蓙を敷いただけの「桟敷」と、役者が十人も立つと、一杯になつてしまうような舞台」という本文に対応して、桟敷から舞台への視線である。手前の影から、小さな劇場であるにもかかわらず、観客の間にゆとりがあり、運営の厳しさを想像させる。舞台で光を浴びる役者の視線が下を向いており、進行中の演技の一コマにすぎないとはいえ、口惜しそうに口をつぐんでいるようにも見える。対応する本文は「何時のまにかストリップ劇場になつた」紙元座を述べたものだが、この「浜田演芸場」も、紙元座と同様の運命をたどることを予感させる。時代とともに衰退の一途をたどる興行の厳しい現状を伝えた写真だと云えよう。

頁をめくると、見開きの左頁にのみ写真があり、キャプションは「二階の楽屋に陣どる座長」（初出誌四九頁／本書二二一頁）。この見開きから、寺山による「戸波竜太郎一座」の「〈記録〉」が始まる。文中、「私が訪ねて行くと戸波竜太郎は「新雪恋慕船」（梅川忠兵衛）のメーキャップをしている」とあり、その箇所との対応が図られているのだろう。鏡を前に、白塗りの座長が座っている。配管がむき出しの粗末な部屋。「座長」の横顔と肩には影が落ちている。

つづく最後の写真も、見開きの左頁上方に一枚のみだ（初出誌五一頁／本書二二五頁）。キャプションは「書割りを背に立ち回る座長戸波竜太郎」。座長が舞台で殺陣を演じ、敵役が二人、隙を窺う。やや傾けて撮られたこの写真には、もはや観客の背は写っておらず、劇の世界に浸った主観的な視線となっている。「ドサまわりのルネッサンスの再来を待望する」寺山の願いを反映して、役者たちは舞台でその存在を誇示している。

以上見てきたとおり、挿入される森山の写真は、寺山の、見世物の衰退について記した文とほぼ呼応している。対応する本文の近くに置かれた写真は、説明的な役割を果たしていると云える。また、写真は順に、劇場の外、玄関である下駄箱、客席から見た舞台、楽屋、最後に、再び力強く演技をする役者、と、一方向の物語を紡いでもいる。写真の掲載頻度は概ね二頁に一枚、つまり見開きに一枚の割合で、写真と比べると、誌上における文字の占める面積のほうがもちろん大きい。

以上の状況から結論づけるならば、挿入された五枚の写真は文章に従属し、説明を加えるものとして扱われている。文が主、写真を従とする姿勢は、その後の二回でも同様である。どころか、そうした傾向は回を追う毎に強まっていく。

第二回「活動写真」では、七頁の誌面に対して、写真は三枚しか挿入されない。当時すでに始まっていた映画産業の衰退、自身の映画体験、弁士付きの無声映画からトーキーへという技術の変遷、「ショウの底辺」にふさわしい「ブルーフィルム」「8ミリ小型映画」「深夜映画」等への共感。それらが語られるこの回に、森山の写真は当時の映画産業の様子を断片的に伝える。

本文と写真の対応を順に見てみよう。タイトルが入った最初の見開きの左頁にある写真。広くがらんとした工場のような建物の内部。奥の開け放たれた出入口に、逆光で何者かが立っている（初出誌一五九頁／本書二二九頁）。キャプションは「不気味な静けさが漂う空つぽのスタジオ」。つまり、映画が撮られていないことを示唆する。使われていないスタジオの人影は経営者のものか、あるいは演じるべき舞台のない俳優か。本文の冒頭では映画館の、さらには東映、松竹といった大手映画製作会社の経営不振の状況が説明され、写真はその象徴として機能している。

次の見開きも写真は左頁にある。二枚目の写真は、映画スターが描かれた大看板や幟をかなりの仰角で捉えたものだ（初出誌一六一頁／本書二三三頁）。桜がそれに彩りを添えて、華やかな夢の世界への憧れを感じさせるが、キャプションは「今も昔も変わらない映画館のけばけばしい飾りつけ」。「けばけばし」さに主眼を置かせ、それが「ショウの底辺」に位置する産業であるという印象に読み手を誘う。本文は、少年期に「スクリーンの中の「もう一つの世界」」へ誘ってくれた映画の魅惑を語りつつ、自身が暮らした青森の映画館が、経営判断で上映内容を変えていったことを記す。自身ひいては日本の映画需要を説明する部分である。内容は変化しても、映画の本質は「今も昔も変わらない」という点で、写真と本文は対応している。

　次の見開きに写真はなく、最終頁に一枚のみ。石原裕次郎をはじめ俳優の顔が写ったチラシなどが重なり合うように、壁いっぱいに貼られた様子が捉えられている（初出誌一六四頁／本書二三九頁）。キャプションは「活動から映画へ。――パンフレットや広告は、時代の大衆の英雄像の移り変わりを物語る」。弁士付きの活動写真からトーキーへ、そしてはぐれ者や変態趣味をもつ者など個別の需要へと拡がった映画をめぐる記述に対応するものと云えよう。やはりこの回でも、写真は本文の説明として機能する。

　第三回「ヘルスセンター」は、大衆浴場付属の演芸場に関する記述である。写真は四枚に増え、その面積も大きくなっている。新聞に墓地広告の多いハワイの、「ミニチュア」としての熱海や船橋のヘルスセンターは老人たちの社交場である、という寺山の文に対して、以下四つの写真が挿入される。最初の見開き左頁の写真は、舞台がある大広間と長机を囲む客たちの俯瞰図、キャプションは「船橋ヘルスセンターの演芸場」（初出誌九五頁／本書二四一頁）。次の見開き右頁の写真は、ヘルスセンターの外観に「都はるみショー」を伝える人型の大看板、キャプションは「近代的装いの大劇場――ヘルスセンターは一流スターを呼ぶ」（初出誌九六頁／本書二四三頁）。左頁は土産物屋前の、座布団がばらまかれた休憩場で腕を投げ出して寝そべる男が写り、キャプションは「飲み食いのあと入浴し、寝るのが魅力」（初出誌九七頁／本書二四三頁）。次の見開き左頁の写真は、着物姿で座る老婆たちで、キャプションは「ヘルスセンタ（ママ）を支える人たち――」（初出誌九九頁／本書二四七頁）。これら写真が、本文の挿図として添えられる点に変わりはない。

組写真の失敗

　以上のように『俳句』誌における文と写真の主従関係が変わることはなかったが、第一回に関しては、仮にその写真を大きくし、最低限の文章を脇に置けば、連続する複数枚によって、意図したメッセージや情報を伝える「組写真」の手法に則った使い方と云える。

　「組写真」とは、名取洋之助（一九一〇―一九六二）がドイツ、アメリカのグラフ雑誌から学んだ情報伝達の手法である。写真と文字を組み合わせることで効率的に情報を伝える一方、コミュニケーションとしての側面に主眼を置きすぎて写真そのものの力を軽視する結果を招きもする。[14]名取が主導した「岩波写真文庫」は、この手法を用いて大きな成功を収めたシリーズである。一九五〇年から五八年まで二八六冊が出版され、「最初の10年間で250万部をこえ」[15]たという。写真史上は、東松照明、森山、中平らによって批判的に相対化され、現在その限界が指摘されるに至っている。[16]

　第二回以降は、「組写真」と見ることにも無理があるように思われる、文章を補足するための、挿図的な写真の使い方である。もちろん、文章の内容を補う写真を挿入するという編集方針が悪いわけではなく、むしろ現在でも多用されるごく素朴な手法なのだが、凡庸な印象を受ける点は否定できない。つまり、あくまでも情報を伝えるための文と写真でしかなく、両者が互いの関係を挑発し合うようなものではない。

　その関係は、印刷にも顕れている。そもそも小ぶりな文芸誌の誌面における写真の小ささや、網版の点が見えてしまう印刷では、写真をつぶさに見る意欲を喚起し難い。文と写真の関係という意味では、寺山と森山という、新しい表現を苛烈に求めた二人にしては、やや当たり前なかたちを採っているが、文章も写真も、とりわけ第一回など、充分に面白い。にもかかわらず、三回で中断してしまったのはやはり、文芸誌で文と写真の競演を試みたことにも一因があったと考えられる。

　しかし、『俳句』誌上における試みの失敗の原因は、それだけではなかった。第一回「旅役者」において、「組写真」の傾向が見られると述べたが、それもそのはず、この企画はそもそも、以下に述べるとおり「角川写真文庫」としてまとめることを企図して始められたものだったのだ。

「角川写真文庫」は先述の「岩波写真文庫」に、角川書店が追随するかたちで出版したシリーズである。「岩波写真文庫」については、編集にあたった名取とともに写真史にその名が刻まれ、すでに詳細な論考も出ているが、[17]一方の「角川写真文庫」は、その名すら現在ではほとんど知られていないし、一九五四年一一月刊のシリーズ第一巻『明治の作家』以降、いつまで発行されていたのか、何冊出たのかなど、全貌は管見の限り未詳である。

　当時、角川書店の編集者であった冨士田元彦は、次のように記している。

『田園に死す』に代表されるように、故郷をテーマにして寺山氏の右に出る者はいなかったが、その下町篇を目指したのが、写真文庫で企画した『ショーの底辺』だった。これはいまでも東京の下町に残るドサ廻りの芝居やヘルスセンター、サーカスなどを対象に寺山ランドを展開してもらうはずだったが、結果的に実現できなかったのが心残りである。芝居小屋を探してのそのロケハンで千住近辺を歩きながら、下町の住人に金歯が多いのはそれが彼らにはステイタス・シンボルだからだ、などという話を大まじめに語っていた寺山氏の姿がなつかしい。[18]〔傍線引用者〕

「ショーの底辺」が、三回で終わった『俳句』誌の連載「ショウの底辺」を指すのは、その表題からも、「ドサ廻りの芝居やヘルスセンター」を扱うと述べていることからも明らかである。第一回「旅役者」の写真に「千住・寿劇場」での撮影というキャプションがあることから、「ロケハンで千住近辺を歩」いた隣に、会ってすぐに同道させられた森山大道がいた可能性も高い。また、現在把握されている寺山著作のなかに「角川写真文庫」は見出せず、その「企画」を「結果的に実現できなかった」ことも事実である。

しかしあらためて、寺山らが連載した「ショウの底辺」が角川写真文庫に組み込まれるはずであったという証言は興味深い。なぜなら、写真史を進行形で更新しつつあった森山と、それを批評家として後押しした寺山が、批判対象にした旧態依然の写真界の潮流に与するはずがないからである。ましてこの時期は、すでに岩波写真文庫すらその役割を終えて八年前に終刊しており、「組写真」は古びつつある手法であった。寺山と森山が「組写真」をつくったというのは、にわかには信じ難いほど意外であり、商業的な要請以外に理由を考えにくい。そうであるとすれば、三回で連載をやめたことからは、逆に「組写真」をつくろうとする編集方針への反発という意思表示も汲みとれる。このように考えるならば、先述した森山の、『俳句』誌の仕事は寺山によって半ば無理矢理に始めさせられた、という趣旨の述懐の捉え方も違ってくる。寺山に対する「恨み」と云うよりも、森山自身の立ち位置をはっきりさせるための、写真家としてのある種の弁明であったと捉えるほうが、写真史の流れがはっきり見えてくる。写真と文の並置という方法は良い。しかしそれは、組写真とは異なるかたちでなければならない。彼らは、角川書店の『俳句』誌から場所を移さざるを得なかったのである。

街に戦場あり

概要と文

おそらくは右の理由により、一九六六年、寺山と森山は『俳句』誌の連載「ショウの底辺」を三回で中断し、再度『アサヒグラフ』誌にて同様の試みを始めた。「ピクチュア・エッセー　街に戦場あり」である。この企画は、一九六六年九月一六日号から一二月三〇日号まで毎回、同誌の巻頭三頁を使って掲載された。写真には中平卓馬も加わった。寺山が文を書き、森山と中平がほぼ交互に写真を担当した。これらの事実については、寺山研究の側の確認および分析はなく、むしろ写真研究者らが森山、中平を語る上で指摘してきた。とはいえ写真研究の側の論には、寺山にとってこの連載が何であったかまでは考察が及んでいない。ここで彼らとの関係を踏まえつつ、考えてみたい。なお、同連載は『街に戦場あり』（天声出版　一九六八）として単行本に入っているため、本書には収録していない。

エッセイは、都会の「街」で、個々の生を生き抜くために「戦う」隣人たちの生きざまを、とりどりのテーマに沿わせて軽妙な調子で綴っていくものだ。

全十六回のタイトルを以下に挙げる。（　）内は扱われた素材で、筆者が便宜的に付したものである。

①「ああ歌謡曲！」（歌謡曲）　写真森山大道
②「放浪の馬への手紙」（競馬）　写真中平卓馬
③「肉体なればこそ」（ストリップ）　森山
④「親指無宿たち」（パチンコ）　中平
⑤「怒りを我等に！」（野球）　森山
⑥「エロダクション交響楽」（ピンク映画）　中平
⑦「喜劇・百万長者」（宝クジ）　中平
⑧「上野は俺らの心の駅だ」（駅の人間模様）　森山
⑨「新宿のロレンス」（トルコ風呂）　中平
⑩「見世物よ、もう一度」（見世物小屋）　森山
⑪「友情何するものぞ」（ボクシング）　中平
⑫「戦士の休息」（老い、ヘルスセンター）　森山
⑬「歩兵の思想」（サラリーマン）　中平
⑭「ジャパン・ドリーム」（戦後の母子関係）　森山
⑮「暁に祈る」（長距離トラック運転手）　森山
⑯「銃」（戦争、父子）　中平

扱われた素材を見ると、競馬（②）、ボクシング（⑪）と寺山が評論を続けた分野がある。それらの評論にもた

びたび登場するストリッパー(③)、ミス・トルコ(⑨)に材を取ったものもある。見世物(⑩)、母子関係(⑭)といった、以後一貫してこだわりつづけた主題もあって、まさに寺山の得意とするものを語り尽くした感がある。もちろん、見世物やヘルスセンター(⑫)は、「ショウの底辺」連載からの繋がりで、写真はひきつづき森山が担当した。

寺山は、『俳句』誌連載の最終回にあたる「ヘルスセンター」で、湯治客が飛び入り参加で、どじょう掬いを踊ったり歌ったりする独演を考察し、以下のように述べている(本書二四七頁)。

「船橋ヘルスセンターのショウは、いわば人生そのものをショウとしてとらえるリゴリスチックな目をもったときに最もたのしめるようですね」/と私の友人は言う。/私もそれには同感である。/見ることを放棄した世代、社会の桎梏からまぬがれた世代には、「見られる」ことだけしか残つていないのかも知れない。[19]

語り手が友人に同意する「人生そのものをショウとしてとらえる」、つまり人生を演じられた劇、虚構として捉える観点から「街に戦場あり」の連載を通覧するならば、ここで寺山が、「ショウの底辺」の連載で果たせなかった内容を、規模を拡大して展開したことが分かる。「街」とはまさに「ショウ」の舞台なのであり、虚構と現実を当然の如くに分けて考える既成概念を相対化する厳格な(「リゴリスチックな」)思考をもつことで、初めて「読む」べき対象としてその姿を顕すのである。

「ショウの底辺」で扱った主題群を継続させつつ、「ショウ」の意味する範囲を人生にまで拡げて、その舞台である「街」の「底辺」で抗い生き抜く持たざる者たちに光をあてるのが、「街に戦場あり」である。もちろんそこに写真という要因が加わることで、寺山の企てがその理念とともに立体的に浮かび上がってくるのだが、それを確認する前にまずは、寺山のテクストを読んでおきたい。

第一回「ああ歌謡曲!」は、寺山得意の歌謡曲に材を取るエッセイだ。[20]寺山は冒頭にて、「孤独」で、「組織も地位も名誉も持って」おらず、「自分が挫折しかけたときに、うろおぼえの歌謡曲の一節を口ずさむことで、その難関をくぐり抜け」る「歌謡曲人間」がいることを紹介する。別の場所でその定義を寺山自身が述べているので紹介しておこう。

ことあるごとに、歌謡曲の一節を口ずさみ、そのモラルをふみ台にして生きてゆく小市民、自分のクライシス・モメントを、つねにハナ歌まじりで突き破ってゆく街のあんちゃんやおねえちゃん、これらを一まとめにして歌謡曲人間と呼んでもいいだろう。[21]

「歌謡曲人間」の例として、「秋田訛り」の「孤独なお手伝いさん」である「ヒデ子さん」が紹介される。彼女は「大物」の歌手になるという夢を抱いて上京したが、現実は仕事に追われる日々だ。挫けそうになると歌謡曲の一節を口ずさんで自らを鼓舞し、生活を続ける。たとえば、恋人に別れを告げられて落ち込んだ時には、畠山みどりの《あんたこの世へなにしに来たの》（作詞　星野哲郎）の替え歌を唄う。「あんたこの世へ何しに来たの／男ばっかり追いかけず／なって下さい　大物に」[22]。原詞の「女」を「男」に替えて、自分への応援歌としているのである。

彼女に対して、いま一人の登場人物である「運動家の友人」は、鬱屈した感情を歌にして吐き出すという不満の解消法では、「抵抗」の機会を失うことになると批判するのだが、語り手は次のように擁護する。

人生のクライシス・モメントを、たった一分間の歌に置換えてしまうことが出来るのは逞しさなのではないだろうか？／自分の悲しみを客観化できないうちは、とても歌いとばすことなど出来るものではない。そして、ほんものの反抗的人間ってのはこうした客観性を持った人間のことだと思うよ。[23]

自身の境遇を歌という表現に転化させることには、自らを対象化する「逞しさ」があり、そこに「反抗」の強さが見えると語っている。先述の「人生そのものをショウとしてとらえる」精神に通ずるものであり、彼女もまた「リゴリスチック」な目をもっているのである。

かといって、「彼女はまだまだ「大物」になれそうもない」。現在の生活から抜け出せずにいる彼女は、今日も笑顔で歌謡曲を口ずさむ。現状を変える能力があるかどうかは不明だが（おそらくはないだろうが）、それでも逞しく人生の舞台を渡り歩く隣人への、語り手の愛着を示す。エッセイの最後に書かれるのは、美空ひばり《人生の並木道》を「泣くな妹よ　妹よ泣くな　泣けば幼い二人して　故郷を捨てた甲斐がない」と唄う「ヒデ子さん」であり、それに感心して語り手はこう記す。

——妹さんも一緒に上京して来たんだね？
するとと彼女は大笑するのであった。
——あたしにゃ、妹なんかないのよ。／何言ってるのよ。……これは、ただの歌謡曲じゃないのさ！[24]

語り手が彼女を庇って主張した「自分の悲しみ」を客観的に見ているどころか、唄っている自分までも客観視する彼女の逞しさを示してオチとする。平易な文体で楽しく読ませつつ、短いなかにどこか考えさせられるエッセイである。「街に戦場あり」は概ねこの第一回のように、フィクションともつかない人物たちとの語り合いと、それに対する語り手の洞察を通じて、ある個人の生きざまと、そこに見られる悲哀やおかしみを描き出す。

この連載の文章、ひいては寺山のエッセイや評論の特徴として、登場人物に固有名詞を与える点が挙げられる。第一回では「ヒデ子さん」が登場したが、彼女のように寺山が肯定的に捉える人物は必ず名前が紹介される。特定の歌手はもちろん、第三回に登場する「東北出身のストリッパー」の「トミー・秋月」、第四回登場の「北朝鮮出身の」パチンコ打ち「李原国さん」、第九回、新宿の「トルコ風呂」通いの「友人の長部[25]」、以上は実在するように思えるが、第七回の「ホステスの桃ちゃん」「テキ屋の浅」に至るとかなり怪しい。ほかのテクストにもこの名前は頻繁に顔を出すからだ。ともあれ、実在したか否か検証不可能な登場人物を含め、弱さを抱えたり不遇にあったりしながらも力強く生きる人々それぞれに、親しみを込めて丁寧に固有名詞で呼ぶのである。そのことによって、寺山が市井の人々を居丈高に論評するという態度でなく、あくまで各人と対等に対話をしているという印象を読者は受けるだろう。

一方で、否定的なニュアンスで語られる人に名前は与えられない。顔をもたず社会に埋没した人物は「サラリーマン氏」と呼ばれ、名前の示し方に、寺山が、対個の関係性を重視していたことが如実に表れている。

こうした書き分けには、安定とは縁遠い生活を送る人々を、その力強さゆえに肯定し、逆に安定した生活に疑いをもたない人々を否定する、寺山らしい論理が一貫してある。それは、個人が個人として街の「戦場」で戦うことへの讃歌であり、根底に流れるのは、街を読もうとする詩人寺山が、そこで出会う人々と直接の対話を続けようとする精神である。

写真との関係――導かれる衝突

以上のような寺山の文章に写真が並置されることで、テクストは全体としてさらなる精彩を帯びることとなる。『アサヒグラフ』はまずそのサイズからして『俳句』と異なり、B４の変型判か、天地三三五ミリ、左右二五七ミリ、見開きにしたら左右五一四ミリという大ぶりな誌面になっている。連載「街に戦場あり」は全て同じ誌面構成で、扉には「ピクチュア・エッセー　街に戦場あり」の題字が横書きで上方に大きく刷られ、右には当該回のタイトル、導入文、その横に最も大きな面積で写真が載せられている。頁をめくると見開きで、四段組みの文章に対し、右頁には小さく一枚、左頁にはかなり大きくもう一枚の写真が載る。三頁の連載に毎回三枚の写真が掲載され、文章に対する面積の割合はちょうど半分ずつといったところだ。これだけでも、文章と写真を対等に扱おうという企画意図が伝わってくる。

ピクチュア・エッセー
街に戦場あり
寺山修司

1　ああ歌謡曲！

むかしの戦士は、死ぬときに「天皇陛下、万歳！」と叫んだ。
だが、いま巷の孤独なお手伝いさんたちは、「天皇陛下、万歳！」と叫ぶかわりに、歌謡曲の一節を口ずさむのである。
おれの墓場は　おいらがさがす
そうだその気でゆこうじゃないか
と歌っていると、死にかけた希望がまた甦ってくるのである。

歌手・松山恵子を囲むファンたち

3

本項では森山と中平の回を一つずつ取り上げ、写真との関係を中心に、「街に戦場あり」を見ていくことにしよう。

『アサヒグラフ』一九六六年九月一六日号に掲載された第一回「ああ歌謡曲！」の文章の内容は、先に記したとおり、歌謡曲を唄うことで人生の難所を乗り切る「ヒデ子さん」を描いたものであった。写真は森山が担当した。

一枚目の大きな写真には「歌手・松山恵子を囲むファンたち」とキャプションが付されている。帽子を被り、笑顔でカメラを見つめる松山恵子（一九三八―二〇〇六）を、両隣に一人ずつ、前後に三人ずつの、計八人の女性が囲む。その「ファン」たちの表情はどこかぎこちない。松山の肩に手を置く向かって右側の女性の、伏し目がちでどこか頼りない微笑みは、憧れの対象に精神的に縋る（すが）ファンの心理の表れだろうか。ほかの女性も緊張を取り繕うかのような笑顔を一様に並べている。憧れの歌手と

ピクチュア・エッセー／街に戦場あり／1. ああ歌謡曲！／寺山修司

の記念撮影を喜ぶファンが写されているとは、単純には云えない、どこか皮肉な写真である。

めくった頁の右側、二枚目の小さい写真にはキャプションが付されていない。ただし、被写体のチラシには「テレビ・ラジオでおなじみの／一流民謡兄弟と日本調歌手が毎日／出演する歌と踊りのバラエティショウ」という文言が見え、熱海の「ショウ」および別の「演芸大会」の案内であることが分かる。一見無造作に撮られているようだが、そうでないのは、文字情報がフレーム内に収められていることからも理解できる。人名の下には「キング」「ビクター」「コロムビア」とあり、並ぶ顔は大手レコード会社との契約を結び、きらびやかな舞台に立つことを許された歌手たちのものだと分かる。スターの堂々たる顔の羅列は、一枚目の写真の、所狭しと並べられた「ファン」の顔と重なる。ファンとチラシに印刷されたスター、あるいは文中の「ヒデ子さん」。街の戦場を生き抜き、人生を謳歌できたのは、はたして誰だろうか。

三枚目の見開きにまたがる大きな写真にも、キャプションは付されてない。演奏者を従え、意気揚揚と唄う白塗りの歌手が写る。しかし歌手は主たる被写体ではない。歌手はむしろ前景で、写真はバックバンドに眼を向けさ

ピクチュア・エッセー
街に戦場あり
寺山修司
13
歩兵の思想
朝のラッシュアワー（横浜駅プラットフォームで）
サラリーマンは
気楽な稼業と来たもんだあ
と、サラリーマンではない植木等氏が唄う。
すると、満員電車のサラリーマンたちは身をゆさぶって幸福そうに笑う。
だが一体"気楽"とは何なのか？　それはサラリーマンにとって喜ぶべきことなのかどうか？
小市民的な時代における「大市民」の理想について考えてみよう。

せようとしている。時代劇の衣装に鬘姿の歌い手と、野球のユニフォームを着たギターの少年。ほっかむりに白塗りのドラムス。歌に入る前は喜劇でも演じていたのだろうか。この写真は『俳句』誌の「ショウの底辺」取材時に撮ったものか。そうであれば、ヘルスセンターなど「大舞台」とは呼べない場で、歌謡ショーの営業を行なうこの歌手もまた、「大物」を夢見る一人なのかもしれない。

一九六六年一二月九日号に掲載された第一三回「歩兵の思想」の写真は中平卓馬が担当した。[26] これは先述の「サラリーマン氏」の画一的思考を揶揄したエッセイである。一頁目の寺山の導入文は以下のとおりである。

> サラリーマンは／気楽な稼業ときたもんだあ／と、サラリーマンではない植木等氏が唄う。／すると、満員電車のサラリーマンたちは身をゆさぶって幸福そうに笑う。／だが一体「気楽」とは何なのか？　それはサラリーマンにとって喜ぶべきことなのかどうか？／小市民的な時代における「大市民」の理想について考えてみよう。[27]

題字や導入文に上と右を固められ、『朝のラッシュアワー（横浜駅プラットフォームで）』とキャプションを付した大きな写真がある。満員電車のドアを外側から写したもので、窓外に顔を向けた三人の「サラリーマン」が並んでいる。窓ガラスに光が反射し、スーツ姿の三人の視線は窺えず、没個性化している。

二枚目の写真は、めくった次頁の右下に挿入されている。「東京・東大久保公団住宅入口」とキャプションが付され、冷然とそびえ立つ人影のないコンクリートの建物が五階部分まで写っている。部分的に切り取られた構図のため、反復するフロアがどこまで続くのか定かでは

ない。人の暮らす場所であるはずの住宅が、無機質に捉えられている。見開きにまたがる三枚目の大きな写真は、粒子のアレた印画、対象がブレ、ピントもボケており、それだけでは何を捉えているのか分からない。付されたキャプションで「早朝の地下鉄新宿駅プラットフォーム」の人影だと辛うじて分かる。電車が発着するホームへの階段を行き来する人々の姿。日の出前後の白く光る駅のホームに、吸い込まれては吐き出される者たちが、亡霊のように浮かび上がっている。

　寺山はこのエッセイで、「ライスカレー人間」と「ラーメン人間」なる類型を設定している。自身が担当するラジオ番組で聴取者に一分間しゃべってもらう企画を行なった際、ライスカレーを家庭の味だとしみじみ肯定した人物を紹介し、彼を「ライスカレー人間」と呼んだのである。

> 一口に断定すればライスカレー人間というのは現状維持型の保守派が多くて、ラーメン人間というのは欲求不満型の革新派が多い。それは（インスタント食品をのぞくと）ライスカレーが家庭の味であるのにくらべて、ラーメンが街の味だからかもしれない。[28]

寺山が論難する「サラリーマン」はもちろん「ライスカレー人間」に分類される。エッセイは以下のように締め括られる。

サラリーマンは歩兵である。／つまり、満員電車と会社とマイホームの往復を一駒ずつ一進一歩してゆく。／しかし、将棋においては歩兵は一度ひっくりかえるとたちまち金将になることもできるのである。／これは出世の喩ではなくて、もっと大きな……たとえば「価値の問題」としてである。／ライスカレーとラーメンの小競合いから、一気に生き方全体への問題にまで立ちもどるときに、二つの食物の差が大きなサラリーマンの理想にまで発展する可能性を持ちはじめるのだ。／サラリーマンの「幸福論」は、ライスカレーの中などに見出されるべきではない。「幸福」について、もっともっと流動的なイメージを持たぬ限り、歩兵は一生歩兵のままで終わることになることだろう。[29]

白く光る「新宿駅プラットフォーム」を中継点にする亡霊たちは、出世や家庭など画一的な「幸福」を求めるべきではない。想像力を働かせた「流動的なイメージ」を見出すことで、「歩兵」から「金将」にまで劇的な変貌を遂げることもできる。既成の価値観で塗り固められた家や会社は、倦怠と引き換えに安心を得られる自身の拠り所であろう。家と会社を行き来する際、駅はその狭間にあり、そこで「サラリーマン氏」け、宙吊りの状態で自らの価値観をいったん保留し、相対化できる。思えば寺山は、家出のために乗る汽車を自己変革の象徴と見なしていた。その起点である駅は、自分の考えひとつで「価値」の変革を為し得る貴重な場なのである。

以上、森山が担当した写真と中平が担当した写真をそれぞれ一回分確認した。では、この連載と「ショウの底辺」は何が違ったのか。三回で打ち切ったことと、一六回まで続けたこととの違いは何であったか。

「街に戦場あり」について、倉石信乃は「この連載は、写真がたんなる挿図の位置を超えてテクストと相互規定を繰り広げるべく、要請されている」[30]と評しているが、それはつまり、寺山の文との相乗効果が見られるということだろう。「ショウの底辺」が文主導であるのに対し、「街に戦場あり」は文と写真が屹立しているのである。

とはいえ文にも写真にも、組写真ほど明確な論理や物語はなく、文と写真は互いが互いを引き立て合っている。

中平は写真について、次のような見解を述べている。

> 写真の重要な機能として「事実」の記録があり、それは写真である限り宿命的につきまとうものであることを重々承知の上で、なおかつ反対に、表現され、提出された写真はそれ自体独立したひとつの宇宙を構成し、映像としての論理をもって自立運動を開始する、ということを強調したい。それは「事実」とか「対象」から自由な論理であり、時にまた、すでに表現され提出され〈外化〉されたという意味でカメラマンからさえ自由な論理なのである。映像は他のすべての思想表現と同様に論理をもち、主張をもつ。それは反逆し、順応する。[31]

中平はこの数年後には、ここに記したことを少なくとも表面的には翻す。写真はその物質的具体性を以て言葉を裏打ちし、空転して宙に舞う「思想」としての言葉に現実の有効性をもたせる「資料」である[32]、との立場になるのだが、「街に戦場あり」の連載当時は、映像＝写真そのものが論理をもつことを明確に主張していた。そして、確かにここで中平が記したとおり、「街に戦場あり」の写真は、幾枚も並べて一つの筋道を語るのでもなく、もちろん文章の挿図としてでもなく、一枚一枚が個々に文章と同等の「論理」をもって、読み取られるべきテクストとして機能していた。

しかし、こうした説明だけでは、皮肉にも名取洋之助が組写真の理論で、隣に付された解説文で写真の意味はいかようにも変化させられると指摘したとおり[33]、筆者である私が本稿の論旨に引き寄せて写真を解釈しただけ、との反論も成り立つだろう。カメラマンの意図すら離れた「自由な論理」を写真がもつということは、要するに解釈は読者に委ねられているということである。「ショウの底辺」を論難するも「街に戦場あり」を称賛するも、読者の解釈次第ということになる。両連載の違いについては、より客観的な論証が必要となろう。

結論から述べるならば、両連載の本質的な違いはおそらく、誌面がつくられていく過程にこそあったのではないだろうか。中平は、当時の写真報道のあり方を以下のように批判している。

> グラフ制作の具体的な例をあげよう。まず編集者が企画の概要、というより何をやるか、例えば人口問題とか夜間中学とかスラム問題とかを決定し、それ

をカメラマンに伝える。〔中略〕それと同時に編集者とカメラマンは一致協力猛然と「事実」の列挙を開始する。「事実」の重視はそのままあれこれの「事実」を探し出すこと、事実の無批判的列挙につながってゆく。つまり、グラフ制作の全過程はこの一点に集中され、この一点にすべてが終わる。あとは列挙された「事実」におもむきカメラマンはあれこれの構図、アングルを考えながらシャッターを切る。〔中略〕そこには編集者とカメラマンのロジックのぶつかりあい、それを通じての新しい認識への飛躍の可能性は消えてなくなる。あるのはただ機能を消失した職能分担だけなのだ。[34]

中平が批判するのは、たとえば「人口問題」なら「食糧難のはずだ。飢餓状態の画が欲しい。カメラマンはそれを撮ってきてくれ。おれは食糧難の地域の人々の話を聞いてくる」というやり方だろう。誌面とそこにある論理は会議室でほぼ決まっている。あとは誌面を埋める文章と写真が必要だ。それに見合う「事実」を集める「職能分担」――。そうではない。中平が云うのは、現場で新たな発見があるかもしれない、撮られた写真から新たな事実が見つかるかもしれない、誌面で文章と写真が出会うことで「新しい認識」が生じるかもしれない。結論は未定のまま可能性を開いて、それぞれのロジックをぶつけあってはどうか、ということである。

「街に戦場あり」はどうであったか。先の木下秀男氏の話によれば、当時も寺山は極めて多忙ではあったが、つねに「現場」を志向したという。たとえば、長距離トラックの運転手に注目した第一五回「暁に祈る」の「過程」を木下氏は語ってくれた。静岡の高速道路脇に、トラック運転手たちのたまり場となっていた食堂があり、寺山は実際に足を運んだ。森山、中平、木下氏も一緒だった。この回の写真を担当したのは森山だが、中平も同行したらしい。四人で車で行ったという。木下氏は、寺山が「自分はほとんど食べないけど、人が食べるところをじっと見てた」と、当時の様子を伝えてくれた。なお、寺山は「暁に祈る」を次のように書き出している。

長距離トラックの運転手たちの集ってくる食堂は、さながら底辺のグランド・ホテルといった印象である。／そこには人生模様が一杯のドンブリ飯を食う時間の長さ分だけ繰りひろげられるのである。／食堂の壁にはホルモン定食、スタミナ定食、モツ煮定食、それに「強力滋養」のいか天ぷら定食、トンテキなどなどのメニューがべたべたと貼ってある。台所の大きな窯からは地獄の湯気がもうもうと立ちこめていて、いま殺されたばかりの鶏の足や、豚の爪がバケツ一杯つめこまれている。[35]

メニューやバケツの中身など、細部まで書き込まれる描写。あるいは、必ず午前二時ぴったりに店に来る男や、イルカを運び、それを食べるという金歯の男も紹介する。

「ハラワタなんて美味いもんですよ。」／「そして、それに、イルカの刺身ってのはこたえられないね。／これ食わせると、カアちゃん、マイッタ、マイッタって言うよ。」／ふうん。と私は感心して、この金歯の男にも、やはり待っている妻子がいるのだな、と思う。だが、こんなさむい風の海にもイルカなんているのだろうか？　と思う。いつのまにか金歯の男を待っているアパートの妻子と冬の海のイルカとがダブルイメージになってその男の煙草のけむりのなかでいりまじる。イルカいるか。いないか、いるか。／妻子はイルカ。イルカはいるか。／何だか、ひどくやるせない気分だが、それも午前二時という時間のせいだろうか？[36]

しかし現場主義とはいえ、それでもやはり多忙だった寺山は、自ら取材に行くことができない時は、質問項目を電話で伝えてきたという。取材結果を知らせると、あたかも自分が体験したかのように書いたというから、やはり想像力と現実の線引きは難しくはあるのだが、少なくとも「暁に祈る」の食堂と描かれた人々は実在するのではないだろうか。

木下氏によれば、「街に戦場あり」の写真は、朝日新聞社の整理部員と森山、中平が決めた。だから通常、社員カメラマンなら起こらないことだが、二人は整理マンとよく揉めたという。

「ネガの焼きのときにライトを半分消したりふわふわにしたりするでしょ？　そういうのは朝日新聞の写真部とはちょっと相容れない。芸術性が強すぎるから。もちろんうちの写真部はノータッチだけど、『アサヒグラフ』の編集部でも保守派のじいさんたちがいて、おれも間に入って苦労した」

いわゆる「アレブレボケ」の挑発的（プロヴォカティブ）な写真である。こうした逸話からも窺えるが、木下氏によれば、当時『アサヒグラフ』の編集部員たちは、寺山のことは知っていても、森山中平のことは知らなかったという。彼ら若手の写真家を引き入れたのは、紛れもなく寺山修司ということになる。

また、「街に戦場あり」では、「長距離トラック」といった大まかなテーマを寺山が決めて、森山中平にも伝え、文章も書いたが、写真を見ながら執筆する時間などなかったはずだと木下氏は語った。森山中平と整理マンの揉めごとについても、「寺山はそこには関知しない。写真にはいっさい関知しない。寺山はつかまえるだけで大変」だった。

中平の言葉を思い出したい。「編集者とカメラマンのロジックのぶつかりあい、それを通じての新しい認識への飛躍の可能性」。寺山たちの仕事は、テーマ、つまりここでは取材対象、は決めても、それがどのようなものかという結論が予め決められることはなかった。トラックの荷台のイルカと、家に残した運転手の妻子が二重写しになる幻想を抱きましょうと、会議室で決めることなど不可能だろう。それぞれが現場で得た真実を、それぞれがそれぞれの方法で表現し、そしてそれぞれの仕事が誌面上でぶつかり合ったのが「街に戦場あり」なのである。

一方で「ショウの底辺」はどうであったか。寺山の文章には、戸波竜太郎一座などへの取材も反映されているが、旅役者や映画産業、ヘルスセンターと、大衆向けの「ショウ」の現状を「解説する」、という姿勢が強い。歴史や社会状況を情報として伝える場合、新しい認識、飛躍したロジックは生まれにくい。というよりも、新しさや飛躍は知識を得ようとする時には邪魔である。「零落しつつあるショウ」という会議室的な前提の下に、角川写真文庫はつくられようとしていたのではないだろうか。おそらく寺山は、自分がしたかったのはこれではないと気づいた。取材の現場で、編集室で、誌上で、そして雑誌メディアを介して、個人と個人がぶつかり合うような連載を目指し、達成されたのが、「街に戦場あり」だったのである。

世界の街角で

寺山修司は森山大道、中平卓馬との一連の仕事のなかで、何を得たのだろうか。

一九六七年四月十八日は、演劇実験室・天井棧敷の旗揚げ公演「青森県のせむし男」の初日であった。その後、寺山はこの劇団を軸に、映画、写真と活動の幅を一気に拡げていく。劇団設立のための準備は六六年から着々と進められており、「街に戦場あり」の連載が終わった直後の六七年正月に、「寺山は早々に一年間の劇団のプログラムを提案した」という。[37] ところが、旗揚げ公演に向けて劇団員が一丸となり準備を進めるなか、寺山は映像作家の松本俊夫や撮影監督の鈴木達夫とともに、ドキュメンタリーフィルム『母たち』をつくるため、海外へ発ってしまう。当時の寺山の、公私ともにパートナーであった九條今日子（一九三五―二〇一四）はこう語っている。

正直言って、私はあわてた。他人事ではなかった。「四月の公演どうするの？　まだ台本もできていないのに」
「構成はもうできているし、向こうからちゃんと送るから心配しなくていいよ」
〔中略〕
寺山からは、毎日のように手紙がとどいた。国際電話もたびたび入ってきた。台本の進行状態を伝えてくるばかりでなく、舞台美術や音楽に関する注文、さらには演出についての指示もあり、私はそれをスタッフめいめいに伝えていかなければならなかった。[38]

旗揚げ公演のみならず映画制作にまで関与し、それをこなしてしまう寺山の精力的な活動の様子がよく分かる。

もっとも、この時の寺山の活動は、それだけにとどまるものではなかった。寺山は一九六七年三月末に帰国したというが、[39] 同年の『アサヒグラフ』四月二八日号から五月二六日号まで、全五回にわたって連載されることとなる「世界の街角で」シリーズに繋がる取材も、同時に行なっていたのである。

この連載で寺山は、ニューヨーク、パリ、アクラの各都市をリポートした。つまり、「街に戦場あり」が国内における大衆文化を論評したのに対して、今度はグローバルな文化論を展開しようというわけである。内容的には「街に戦場あり」とほぼ同じく、写真とともに寺山の現地紀行文が掲載されるものであった。二つの見開きに四枚の写真が、文章とほぼ同等の面積を使って並置される連載だが、広告が入る頁もあり、実際の誌面は四頁分には満たなかった。誌面構成としては「街に戦場あり」とよく似た連載ではあったが、一点だけ重要な違いがあった。それは、寄せられた写真が全て、寺山自身の撮影によるものだったのである。

本書では、寺山撮影の写真を掲載誌から再録している。これまで知られていた演劇的なものとは全く異なる、当時の交友関係がよく分かるその写真をぜひ見てほしい。

第一回「盗聴器の慰め」は、ニューヨークの文化、風

世界の街角で
寺山修司
①ニューヨーク
盗聴器の慰め

俗を伝える。三ページ目、紙面の飾りのように英語で書かれた紹介文には、こうある。

IN THE CORNER OF NEW YORK
Poet Shuji Terayama shot these candid photos. He writes about languid but lively bums and solitary yet inquisitive city dwellers in his poem-style essay on New York.[40]

「ニューヨークの街角で／詩人寺山修司は、これらのスナップショットを撮影した。寺山はこのニューヨークに関する詩的なエッセイで、無気力だが陽気な浮浪者や孤独で詮索好きな都市の住人たちについて記している」（拙訳）。この英文は津田塾卒の編集部員が書き、先の木下秀男氏が校正したという。寺山自身の撮影であること、そしてそれらの写真が「candid photos」と記されていることに注目されたい。“candid”は「気取らない」とか「自然のまま」といった意味で、“candid photo”は「スナップショット」の意味をもつ。

エッセイの内容は、紹介文にある「無気力だが陽気な浮浪者や孤独で詮索好きな都市の住人たち」のほか、ベトナム戦争で亡くなった詩人兵士の弔いをする教会での

話、「半月前まで新宿の歌舞伎町でテキ屋をしていた」見ず知らずの日本人との会話。どことなく「孤独」を感じさせはするが、これといった主題もないまま、話が並べられている。ニューヨーク見聞録といった趣だ。

エッセイに並置された写真も同様だ（本書二五五―二五八頁）。文の内容との接点はほぼなく、冬の大都会ニューヨークを断片的に切り取ったものである。

頁をめくって三枚目、「マンハッタンのダンスホール「チータ」のハイティーンたち」とキャプションが付された大きな写真は要注目だ。画面中央辺りでキスを交わす二人が辛うじて確認できるが、まさにこれこそ、当時の森山や中平が好んで使ったアレブレボケの写真である。

ほとんどの人はさりげない表情で写されており、寺山が怪しまれずに街の風景のある瞬間をかすめ取ったことが窺える。撮影のためにつくり込んだ対象を写すのではなく、街を歩きながら何気ない風景、都会の乾燥した空気や人々の日常などをフィルムに呼び込むスナップショットを、寺山は披瀝している。ほかの回も含め、「世界の街角で」に掲載された写真はいずれも同様である。

寺山の写真で知られているのは、天井桟敷設立以降の一九七〇年代に撮られたものが多かった。スタジオや限られた空間での、飾りたてつくり込んだ対象を捉える演出写真だと従来認識されてきた。しかし中平、森山と過ごしたこの時期に発表された作品は、写真史を塗り替えつつあった彼らの手法と同じスナップショットだったのである。

ただし、非常に興味深いことに、木下氏によれば、これらの写真は森山か中平が、少なくとも焼き付けを、場合によっては現像も行なったという。寺山が海外で撮ってきたフィルムと、書いてきた文章を『アサヒグラフ』編集部に渡し、森山、中平がフィルムを像にして採用する写真を選び、全五回の連載が行なわれたという流れだろうか。写真は、フィルムの選択や暗室での現像、そしてトリミングなども行なわれる焼き付けによって、印象が大きく変わる。寺山がアレブレボケの写真を撮っていた、と判断するのは早計かもしれない。ニューヨークの三枚目の写真は、暗い室内で撮られたものだから、ピントが合わないのもブレるのも意図したことではなかったかもしれない。アレた粒子は単に焼き付けた者の好みかもしれない。しかし、寺山がスナップショットを撮ったことと、雑誌に掲載された写真に自らのクレジットを付した、あるいは付すことを認めた、ということだけは事実である。

一年後、この連載が単行本に収録される際、ニューヨークの三枚目のブレボケ写真など、自身の撮影によるものが載っているにもかかわらず、寺山は奥付に「写真＝中平卓馬・森山大道」とクレジットし、自分の名前を削除した。[41] 一九七〇年代に入ると、寺山は「写真家」としての活動も始めるが、その作品にスナップショットはない。

「世界の街角で」に見られるように寺山は、少なくとも一時期、スナップショットを自ら撮るほどに、同時代の写真界の最先端の潮流に身を置いた。森山中平はその後、プロヴォーク（provoke）の活動などを通じて、写真とは何かということを執拗に問いはじめる。寺山は、彼らとの一九六〇年代を通じて、あまりによくその分野の最前線を知ったのだろう。その最前線に立って、なそうとすることを理解し認めた寺山は、賢明にも、写真においては彼らと別の途を歩むことを決めた。本書収録の「世界の街角で」の寺山の写真は、森山、中平と寺山との関係が最も縮まった一瞬、三人の精神がつかのま乱れ交わった時間を定着した、魂のスナップショットでもある。

脚注

1　寺山修司『ぼくが戦争に行くとき——反時代的な即興論

文』読売新聞社　一九六九　二四七頁

2　寺山修司「酒場のカウンターの荒野」『読売新聞　夕刊』一九七六・一二・一　七面「自伝抄」欄／『黄金時代』九藝出版　一九七七／河出文庫　一九九三

3　卓（中平卓馬）「考えさせられるいくつかの思いつき　寺山修司著『現代の青春論』」『現代の眼』一九六三・八　一一四―一一五頁

4　寺山「酒場のカウンターの荒野」

5　森山大道「有楽町で逢いましょう」『犬の記憶』朝日新聞社　一九八四／河出文庫　二〇〇一　二一六―二一九頁

『犬の記憶』の初出は『アサヒカメラ』（一九八二・四―一九八三・六）。以下森山文の引用は全て文庫版に拠る。

6　森山大道「逗子」『犬の記憶　終章』朝日新聞社　一九九九／河出文庫　二〇〇一　一四七―一四九頁

7　森山「新宿」『犬の記憶　終章』九九頁

8　森山「写真よさようなら」『犬の記憶』二四四頁

9　寺山修司「時評　カメラによって〝何を燃やす〟」『カメラ毎日』一九六七・二　一五六―一五七頁

10　森山「新宿」一〇〇頁

11　森山「写真よさようなら」二四五頁

12　同

13　同　二四六―二四七頁

14　名取洋之助「組写真の基礎的技術」『写真の読みかた』岩波新書　一九六三　一四四―一五二頁

15　荒川美世子博士学位論文「『岩波写真文庫』論――その在り方と名取洋之助の編集をめぐって」大阪芸術大学大学院　二〇〇七　一頁

16　組写真への批判について、たとえば今橋映子『フォト・リテラシー』（中公新書　二〇〇八）は「かつて名取洋之助は、一枚の写真は弱い、だから組写真にすべきだと言った。組写真なら全てが語れると――。しかしそれは一体、誰が誰へ発信する「物語」なのだろうか。あるいはユージン・スミスのように、結局は優れた一枚の映像の方が、物語を自由に誘導してしまえるとも言えるのではないか。いずれにしてもそれを読み取るのは、読者である私たちなのである」（一一七頁）とする。

17　荒川『『岩波写真文庫』論』

18　冨士田元彦「寺山ランド」『アサヒグラフ』一九九三・五・七‐一四合併号　三三頁

『冨士田元彦短歌論集』（国文社　一九七九）によれば、冨士田は一九六〇年から六四年の半ばまで、同じく角川書店発行の『短歌』誌の編集者であり、寺山と多くの活動をともにしている。写真文庫の編集には六四年頃から携わった（一一二―一一四頁）。

19　寺山修司「ショウの底辺（見世物の戦後史・3）　ヘルスセンター」『俳句』一九六六・六　九八頁

20　寺山修司「ピクチュア・エッセー　街に戦場あり　1　ああ歌謡曲！」『アサヒグラフ』一九六六・九・一一

21　寺山修司「歌謡曲人間がんばる！　日本人一億総歌謡曲人間化を提唱する」『漫画読本』一九六六・一一　一五三―五頁

22　寺山「ああ歌謡曲！」四頁

この箇所の歌詞は、正確には「あんたこの世へ何しに来たの／女ばっかり追いかけず／天下国家に目を向けて

／なって頂戴　大物に／きっとなれます　あんたなら」。

23　同　三—五頁

24　同　五頁

25　当時編集者の長部日出雄（一九三四—　）の可能性もある。長部は寺山と同郷。

26　寺山「ピクチュア・エッセー　街に戦場あり　13　歩兵の思想」『アサヒグラフ』一九六六・一二・九　三—五頁

27　同　三頁

28　同　四頁

29　同　五頁

30　倉石信乃「「中平卓馬展　原点復帰—横浜」の概要と構成」中平卓馬『中平卓馬　原点復帰——横浜』展カタログ　オシリス　二〇〇三　一三二頁

31　中平卓馬「映像は論理である——東松照明とグラフジャーナリズムの現在」『日本読書新聞』一九六五・二・二二／『見続ける涯に火が…　中平卓馬批評集成1965—1977』オシリス　二〇〇七　一〇頁

32　中平卓馬「写真は言葉を蘇生しうるか」『日本読書新聞』一九六八・九・三〇／『なぜ植物図鑑か　中平卓馬映像論集』晶文社　一九七三　一一八頁／ちくま学芸文庫　二〇〇七　一三六頁

33　名取「組写真の基礎的技術」

34　中平「映像は論理である」九—一〇頁

35　寺山「ピクチュア・エッセー　街に戦場あり　15　暁に祈る」『アサヒグラフ』一九六六・一二・二三　四頁

36　同　四頁

37　九條今日子「天井桟敷誕生の瞬間」「オーディション始まる」『回想・寺山修司　百年たったら帰っておいで』デーリー東北新聞社　二〇〇五　七〇—七五頁／角川文庫　二〇一三

38　同　七四—七五頁　引用は単行本に拠る。

39　九條今日子『ムッシュウ・寺山修司』ちくま文庫　一九九三　二〇三頁

40　無署名「世界の街角で1　盗聴器の慰め」『アサヒグラフ』一九六七・四・二八　二〇頁

41　寺山修司『街に戦場あり』天声出版　一九六八　奥付

収録作品解題

本稿について以下のことを前記しておく。

各章の解題の冒頭に本書収録作品の初出誌の情報を順次掲げた。また、註やことわりのない「」内の文言は、解題で扱った本書収録作品からの引用を指す。

1（九篇）

ロミイの代辯――短詩型へのエチュード　『俳句研究』一九五五・二
チエホフ祭　『短歌研究』一九五四・一一
火の継走　『短歌研究』一九五四・一二
座談会　明日を展く歌〈傷のない若さのために〉　『短歌研究』一九五五・一
空について――シャンソンのための三つの試み　『短歌研究』一九五八・一
時間性の回復を　『短歌研究』一九五九・八
双児考　『短歌』一九六〇・一〇
盗作病　『現代詩』一九六一・九
短歌が現代詩に与えうるものは何か　『短歌』一九五六・三

若き日の寺山修司が巻き起こした「模倣問題」に関わる作品等を中心に九篇を集めた。寺山には模倣、盗作の問題がつねにつきまとい、作家の真価や主題を探る上でも最重要項目の一つである。「模倣問題」は、『短歌研究』一九五四年一一月号にて、寺山が「第二回五十首応募作品特選」に選ばれたことに端を発する。第一回で中城ふみ子を見出した同誌編集長の中井英夫（一九二二―一九九三）が次に選んだのが寺山だったが、「贋の金貨」の可能性がどこかに感じられたという。[1] 特選発表の際に施した校正（「チエホフ祭」解題参照）もその直観によったものだろう。サーカスや手品のようにどこか怪しく浮薄だという寺山への巷間の印象は、デビュー時にすでに醸し出されていたと云える。

「模倣」や「引用」は寺山の方法であると同時に、オリジナルという概念を喚(よ)び寄せることから、〈私〉性へと通ずる問題でもある。また、〈私〉とは他者との相対的な関係において生じる概念だが、他者と〈私〉の出会いには「ダイアローグ」という問題もある。単行本未収録だったのは、詩人の本質に迫る内容ゆえに、寺山自らが収録を控えた結果とも思える、読み応えのある論考の数々である。ぜひ堪能されたい。

本書のタイトルとなった最も重要な寺山の論考の一つ「ロミイの代辯」を冒頭に収録したが、初出情報のとおり、時系列としてはまず『短歌研究』一一月号に「チエホフ祭」が掲載された。そして同誌一二月号掲載の「火の継走」で作者の寺山が抱負を記すも模倣問題が取り沙汰され、これを受けて翌月、年明けの一月号に、弁明の意味合いもある「座談会　明日を展く歌　〈傷のない若さのために〉」が掲載された。寺山個人による弁明「ロミイの代辯」はその翌月の別誌『俳句研究』二月号に掲載された。早稲田大学入学のために上京した一九五四年から翌年にかけての出来事であり、この問題のさなかに寺山は一九歳の誕生日を迎えた。そうこうするうちにネフローゼという大病を患い、五五年の夏前から五八年夏まで、長きにわたる入院生活を送ることになる。闘病中も真摯に芸術へ心を寄せていたことは、本章末尾に収録した「短歌が現代詩に與えうるものは何か」が伝える。また病床にあっても、寺山は創作をやめることはなかった。当時の作品の一つが本章の五番目に収録した「空について　――シャンソンのための三つの試み」である。六番目の「時間性の回復を」、七番目の「双児考」、八番目の「盗作病」は退院後に書かれた。

ロミイの代辯――短詩型へのエチュード

初出誌『俳句研究』一九五五年二月号の特集は「短歌と俳句」で、そこに寺山の論も含まれている。「チエホフ祭」における模倣問題等への批判に応じるかたちで執筆された重要な論考なので、長めの解題としたい。

◇特集「短歌と俳句」の真意

「模倣」の具体例については先行する寺山論がたびたび紹介しており、なかでもあからさまでよく知られる一首に「向日葵の下に饒舌高きかな人を訪わずば自己なき男」がある。これは中村草田男の俳句「人を訪わずば自己なき男月見草」（『万緑』一九五四・七）[2]の初句と二句をそのまま挿入した作歌である。事例の数々については当時の批評に詳しい。ともに『俳句研究』同号掲載の若月彰「俳句と短歌の間」と楠本憲吉「或る「十代」――短歌・俳句に於ける純粋性の問題」である。とくに若月は、草田男をはじめ西東三鬼、秋元不死男らとの類似も指摘している。あまり触れられることはないが、以降の寺山論における模倣の考察は、若月の論の成果を基盤にしていると思われる。

　見落とすべきでないのは、それらの論が、糾弾のためというより、「チエホフ祭」で寺山がなした短歌と俳句における詩想の横断に引きつけ、「短歌と俳句」の本質的な差異を考える試みだった点だ。寺山の「ロミイの代辯」（以下「ロミイ」）も、若月の論、楠本の論、そして寺尾省一の論とあわせて、特集「短歌と俳句」の下に編まれた。編集部はこの特集に寄せ、前年の『短歌研究』一一月号掲載の「チエホフ祭」に触れながら、以下のように記している。

> たまたま特選になった寺山修司氏が、「万緑」・「麦」・「七曜」等の投句者であり、且「牧羊神」と云う俳句同人雑誌をやっている俳句作家であった為、その短歌に表われた俳句的発想乃至転換法及び同一材を短歌と俳句に扱っている点、其他同じ定型詩としての短歌・俳句の底に共通に横たわっている詩の問題、そして両者固有の性格等について俳人・歌人の話題となった。そこで、本誌はここに諸氏を煩わしい寺山氏の作品にふれつつ〝短歌〟と〝俳句〟について夫々の御意見を纏めていただき、寺山氏のお考えも併せて特集した。[3]

作歌で特選になった人物がたまさか俳句作家でもあったことから、これを機会に「短歌と俳句」の差異と共通性について考えてみようという企画意図である。歌群に対する弁明が『俳句研究』誌に載った背景には、このような事情があった。問題は人の言葉を盗んだか否かよりも深く、両短詩の音数と、それに盛られる内容の関係にこそあった。

　それが寺山糾弾の隠れ蓑でないことは、彼らの論考を読めば分かる。確かに楠本の論には、従来よく引かれるように「俳句・短歌自由自在のアレンジの手腕の妙、その精神の堕落ぶりには全く恐れ入ったのであった」とか「一つの様式が長い時間生き続けて来るとそれは公式的な便利さを生じ、機械的な怠惰を生むことも確かなことだ。その便利な惰性にやすやすと便乗して言葉のクロースワードパズルに耽ることこそ〝禁じられた遊び〟なのだ。きみ〔寺山〕はその遊びを君自身の手で禁じるべきである」等々、厳しい文言もある。しかし続けて、「何よりも君自身の行方にかくされた豊饒な未開拓の領域を発見する為に。」[4]との結びがあることは、従来の寺山論が省略してきたのであまり知られていない。若き詩人をたしなめ導こうとする結語が、単なるポーズでないことは、同論中の以下の言にも顕れている。

歌も句も、時代の要請に応うるに急なる余り、表現の新奇をめざし素材の拡充を求め、遂にはそれぞれプロパーの重量を喪失し成立の基盤を失いつゝあるのではあるまいか。歌のことは深く知らぬのでこれ以上の言及は遠慮し、俳句のみのことについて考えるとき、私は一層その感を深くするのである。[5]

俳人楠本は切実に定型短詩の散文化を憂えていた。散文と同様に、俳句や短歌の別を問わないまま何でも語ろうとする状況に、反省を促しているのである。寺山の模倣については先の草田男句を引き、「何をか言わん」の一言で済ませ、ほぼ問題にしていない。楠本の矛先は、俳句の詩想を短歌に持ち込んだ寺山だけでなく、蛸壺式の歌俳壇を批判した伊藤整にも向けられていた。楠本が問題にしたのは、伊藤整による次の記述である。

俳句や歌というものは詩の一形式にすぎないのである。しかし歌人が俳句をつくらず、両者とも自由な詩は書かない、という狭い考え方が横行している現状はとてもこれを現代の文芸のあり方とよぶことはできない。俳句や歌というものは詩の一形式に過ぎないのである。〔中略〕一般に前進的詩人は一種類の文芸形式に縛りつけられなかった。[6]

本当の詩人ならば、形式を自由に利用すべきもので、それに従属すべきではない、というのが私の考えです。[7]

これらの伊藤による記述のうち前者を、楠本とは反対に、寺山は同号の「ロミイ」で援用している。前月の『短歌研究』の「座談会」（本書二六頁）で、同誌編集長の中井英夫が寺山に薦めたのが、前年一一月一三日付『朝日新聞』に掲載されたこの伊藤の随筆である。ちなみに「座談会」が実際に行なわれたのはその翌日である。

　論旨は違えど単なる寺山糾弾ではないのは、若月も同様である。これまでの寺山論では、他者との類句をいくつも並べて「クロースワードパズル」と記した楠本と同様、「盗句歴然たる模倣の不純性」と述べた若月を、模倣を糾弾した人物として扱う向きがあったが、若月の論は、「もの」を詠む俳句と、意味的な「こと」を詠む短歌という従来的なジャンル解釈が、寺山らの登場で更新される可能性があるとの趣旨であった。すなわち「もの」を詠む短歌が出てきたことを歓迎する論旨でもある。若月は草田男句と寺山短歌を並べたあと、以下のように述べている。

> これらの盗句歴然たる模倣の不純性をば一応おいて短歌作品として独立的にみれば、寺山短歌の特異性は在来の短歌的詠嘆調、伝統的我執性から脱皮しており酷薄な表現の、うちに私的孤独性を同化させている点であり、また意味的なことよりものに重きをおいた表現で詩の復活を感じさせている点である。[8]

　従来の短歌の「詠嘆調」や「我執性」は「意味的なこと」を重視していた。そのように自らの心を抒情的に表現するのではなく、「もの」を重視した短歌として、若月は「チエホフ祭」中の「包みくれし古き戦争映画のビラにあまりて鯖の頭が青し」ほかを引く。確かに眼前の状況を詠んだだけと思われる歌だが、戦争映画のチラシから顔を覗かせる鯖の様子が、じわじわと包み紙に侵食する青魚の水分、それを持つじっとりとした手、そして立ち昇る生臭さをも想像させ、「もの」の描写に、散文的評釈の難しいこころ、若月の云う「私的孤独性」が同化せられているように感じる。若月が草田男らの俳句と寺山の短歌を並べたのは、これを云わんがためであり、模倣の問題は二の次であった。

　これまでの寺山論でも、自作俳句の短歌への変換の問題は認識されてきたが、寺山が糾弾されたという漠たる事実のインパクトがあまりに強く、問題の細部は曖昧であった。草田男句の文言を使ったことと、短歌にも同じ詩想が入り得るかという問題は別物である。

　唯一、寺山と同時代の評論家である篠弘だけが、『俳句研究』の特集の趣旨や歌壇の反応を正確に伝えた。[9] 篠は、「対象を変えて模倣巡礼を続けるなら、君は文字通り「自己なき男」（これは君の好きな詩句らしい）のレッテルを貼られてしまうだろう」[10]という部分と、そのタイトル「模倣小僧出現」だけがとかく流通している「匿名時評

ABC」(『短歌』一九五五・一)のA氏の文章を調べ直し、「自己の否をあっさり認め、今後は眼の前のまぶしい作品にはできるだけ抵抗することによって、「自己」を打出すことだ。「チエホフ祭」全体に流れる詩情の新鮮さを大切にし給え」[11]と述べていることを紹介した。このA氏は、多分に皮肉な言葉を使ってはいるものの、「芸術は自然の模倣から出発するが、また、同時に芸術作品そのものの模倣から出発することが多い」と記し、「もし歌壇人が口を揃えて、この少年の作品を模倣呼ばわりするならば、それは滑稽というもの」[12]だと、寺山を擁護してもいる。もちろん、同じ「匿名時評」のC氏のように、「もし妹や弟たちが、よそさまのものを盗みでもしたら、きっと、こんなさびしい、頼りない気持を味うでしょう」[13]と、倫理的に断罪するものもあったが、そのような論調ばかりではなかったのである。篠は「チエホフ祭」について、「全体に新鮮な詩情が溢れていることもあって、歌壇側は意外なほどに寺山に寛大だった」[14]と当時を的確にまとめている。

また、近年の栗原裕一郎の論は、篠の論を概ね正当に踏まえている。[15]栗原は、中井英夫ほか従来論の、寺山への集中的批判が存在した旨の言説を引いた上で、「が、実際に読むと酷評は酷評だが温情的で、むしろ叱咤激励する内容のように思われる」[16]と述べている。先に引いた『俳句研究』の特集における若月の文章についても、「さて、これを「排撃」と読むかといわれれば、「盗句歴然」という強い言葉はともあれ、短歌と俳句とにおける問題をかなり整然と理詰めで論じているように思えるのだがどうか」[17]としている。これらの趣旨に筆者も同意する。ただし、「ロミイの代辯」での寺山の創作理論を「後付けの(屁)理屈の気味があったにせよ」[18]とするあたりには首肯しかねる。それは寺山が生涯抱いた創作の理念だったはずである。ともかくも、本項は篠―栗原論の同一線上で、当時の歌俳壇ならびに従来の寺山論を実証的に再検討することに主眼を置いている。論旨上必然的に、栗原論と引用箇所が重複する箇所があることを、予めお断りしておく。

◇中井英夫、杉山正樹の功罪

さて、篠と栗原を除けば、従来の寺山論では、模倣の文脈と「不当な」批評が強調されてきた。

従来の寺山論で問題の本質と云える部分が捨象されてきたのは、「特選」を与えた当の本人である中井英夫の影響が大きいだろう。中井は、第一回五十首詠特選の中城ふみ子(一九二二―一九五四)に対する当初の悪評が川端康成の推薦文でひっくり返ったこと、そして第二回の寺山には反対の流れがあったことに引きつけ、当時の歌壇の状況、結社的結びつきと序列優先、結果としての新人排斥の体制に憤懣を隠さない。

この五十首の選を歌人に依嘱せず、私個人でやると決めたのは、二十五年度の終わりに記した理由〔すぐれた歌人が決して同時にすぐれた選者ではないという確信」（中井同書 一〇三頁）〕にもよるが、何よりこれまでの経験で、全歌壇的な新人など歌壇自体が決して欲していないと知ったからである。事実、——いいにくいことだが記しておこう。後年、私の編集する前に、対抗上『短歌』も角川短歌賞というものを設けて五十首を募集したことがある。そのときの五人の選者はいずれも一流の歌人だが、五人が五人とも自分の主宰する結社の同人、つまり愛弟子を推して譲らず、とうとうその回の賞は流れてしまったことがある。私にはそれがいまもって苦い戯画としか思えない。信頼し敬愛すべき作家たちでさえそうだというとき、一体誰に本当の意味での「選」を頼めるだろう。[19]

当時の結社の様子と、それをいかに中井が打ち破ろうとしたかは、本書の「座談会 明日を展く歌 〈傷のない若さのために〉」を一読されたい。確かに中井は、当時の歌壇にあって、真の良作を見出そうと孤軍奮闘していたのだろう。寺山の問題が起きた時は「糾弾の査問委員会が開かれて出席させられ、しきりに吊るし上げを喰った」[20]というから、のちに寺山が華々しく活躍し、短歌の評価も揺るぎないものとなったことは誇りでさえあったはずだ。その確かな眼をもつ中井が、当時の歌壇をことあるごとに批判するのである。以降の寺山論が若月、楠本を「模倣問題」の範疇でしか捉えなくなった、少なくとも彼らの論を仔細に検討しなくなったのも無理からぬことかもしれない。

当時、中井の下で編集者をしていた杉山正樹も、同様に楠本らを扱っている。

発表後まもなく、時事新報の俳壇時評に端を発した俳壇からの模倣・剽窃（ひょうせつ）の非難は、やがて歌壇に反響してすさまじく、集中豪雨さながらでした。／前年に創刊された「短歌」が奇貨居（お）くべしとばかり「模倣小僧あらわる」と揶揄したのをきっかけに、各結社誌には、前回の中城ふみ子の「乳房喪失」を上まわる罵詈雑言が繰りひろげられます。模倣・剽窃・盗作者・贋札づくり・アプレの不徳義漢……と、寺山作品への非難は次第に倫理的非難に傾いて声高になってゆき、さらに翌年の「俳句研究」二月号では〈俳句と短歌〉(ママ)という特集を組んで盗作問題を追及する有様です。[21]

以上の調子だが、『俳句研究』二月号では「盗作問題」とは一言も記していないし、内容もそれを「追及」するものではなかった。先の楠本の「パズル」の引用もあるのだが、結びの寺山へのメッセージは引用から省かれている。楠本論文は個人的な倫理観を理由に寺山を貶めようとするものではなく、あくまでも芸術の問題として寺山や伊藤整に反論するものである。同号の若月論文も、先述の栗原論にあったとおり、寺山の試みに棹さし励ますもののように筆者には思える。

また杉山は、模倣問題が取り沙汰された当時の寺山について、当事者として立ち会った際の様子を以下のように記している。

当の寺山修司も、前述の二階の応接室〔「日本橋本町にある日本短歌社の二階の応接間」(同書　三八頁)〕で、われわれの糾問に顔色青ざめてうなだれ、「……時間がなかった」というばかりでした。つまり、中城ふみ子の作品に触発されて短歌を作りはじめたのだが、咀嚼(そしゃく)して再構成するには時間が足りなかったというのです。〔中略〕やがてかれは「でも」といって、顔をあげました。／「自分の俳句を短歌に作りかえたのが、なぜ悪いんだろうか」／たしかに、彼自身の俳句を短歌に詠みかえた作品もあって、それがまた非難の対象にされていたのです。

籠の桃に頰痛きまでおしつけてチェホフの日の電車に揺らる
・チエホフ忌頰髭おしつけ籠桃抱き　修司
この家も誰かゞ道化者ならむ高き塀より越え出し揚羽
・この家も誰かゞ道化揚羽高し　修司

うん、これはいいじゃないか、とこっちは応えます。俳句作品よりずっと余裕と深みがあって、悪くないよ。しかし、以下の三首はどうだろう。むしろ、俳句の方がよくはないかな。

西瓜浮く暗き桶水のぞくとき還らぬ父につながる思ひ
・桃うかぶ暗き桶水父は亡し　修司
桃太る夜はひそかな小市民の怒りをこめしわが無名の詩
・桃太る夜は怒りを詩にこめて　修司
叔母はわが人生の脇役ならむ手のハンカチに夏陽たまれる
・叔母はわが人生の脇役桜餅　修司[22]

そして杉山は「しかし、問題はそんな巧拙にあるのではなく、俳句を短歌に書き換えた行為そのものが批判されていたのです。「俳句研究」の特集での楠本憲吉の批判がその典型で」と、例の楠本の「パズル」の引用を続ける。

ここで引用した杉山の文章では、前二首を俳句よりも短歌が優れている例として挙げ、後三首を「俳句を短歌に詠みかえた」がために詩趣を損なった例として挙げている。では、その間に挟まれたコメント「うん、これはいいじゃないか」云々は、誰が誰に向けて云ったのだろうか。当時の「こっち」側には中井もいたはずである。もともとこの文章を収録した杉山の著書が、寺山研究を志す架空の大学院生に向けた手紙という体裁を採っている[23]こともあるし、いくつかの可能性が考えられる。しかし素朴に読むならば、杉山が寺山を諭したようにとれる。だが、中井ならまだしも、寺山よりわずかに年長に過ぎない当時の杉山が、自らの判断でこう云うだろうか。あるいは、大学院生に手紙で教授するという姿勢なのかもしれないが、いまひとつ杉山の立ち位置が見えてこない。もっとも、そもそもが「寺山修司をテラヤマの方法で書こうとおもい立って」[24]記された虚構の手紙でもあるわけで、確定しようとするほうが無粋なのだろう。しかし同書がいくらフィクションを導入しようとも、それが実在した寺山修司を伝える内容であることに違いはない。

一つだけ、実証的に辿って確認できるのは、杉山の五種類の歌句の比較のほとんどが、若月が記した評価の追認となっていることだ。[25]若月は先の論文で、短歌の成功例として三首三句を、反対に俳句のほうが良い例として二首三句を比較検討しているのだが、杉山の評価のうち「西瓜浮く暗き桶水のぞくとき還らぬ父につながる思ひ」を除く全てが、若月が例で挙げたものと重なっている。唯一、若月が記していない「西瓜」の短歌も、楠本論文で、「桃浮かぶ暗き桶水父は亡し」という、杉山も引く俳句の「同一イメージの変型」と批判されており、既存の評価に沿うものである。

もちろん評価が重なることはあり得るし、仮に若月、楠本の両論文を杉山が参照して納得し、自分の見解として書いたのだとしても、何ら問題はない。というよりも当然参照していなければおかしい。ただ、そのように若月や楠本も書いている、という事実は一言記しておくべきではないか。そもそも類句を探してくるだけでも見識と手間が必要である。楠本にいたっては句の初出まで明記している。その成果を利用しながら、当事者としての自分の立ち位置はテクスト上で定かにせず、「『俳句研究』二月号では〈俳句と短歌〉という特集を組んで盗作問題を追及する有様です」と書く。楠本については「パズル」云々と寺山を「断罪したのでした」と、本来の論旨を損ねる書き方をする。いささか都合が好すぎるのではなかろうか。

◇若月彰について

中井は、「『俳句研究』は三月号（ママ）にわざわざ特集を組んで盗作問題を追求（ママ）した。〔中略〕中でも先頭に立って寺山排撃に走り廻ったのは、中城のときあれほど提灯持ちをした若月彰で」[26]云々と記している。「三月号」でなく二月号だということはともかく、中井も杉山と同じくこれを「盗作問題」の追及と認識している。順序としては杉山が中井を参照、踏襲したのだろう。若月が「寺山排撃」の急先鋒であるというのは、少なくとも『俳句研究』一九五五年二月号の論から考えるならば、先述のとおり無理があった。先の栗原は『黒衣の短歌史』には、当時の歌壇への批判が止め処のない呪詛のように全編にわたり刻まれている」と述べ、「歌壇という狭い共同体に閉じていたせいで、過敏になっていた気味が中井にはあったのではないか」としている。[27]これには半ば頷かれるのだが、二月号の真意が「寺山排撃」とは別にあるからといって、中井英夫の憤懣が多分に主観に由来すると断ずるのは早計だろう。中井が筆頭に挙げる若月彰（一九三一―　）について、掘り下げてみたい。

先述のとおり、寺山に先立って『短歌研究』第一回五十首詠特選に選ばれたのが、中城ふみ子である。この時、歌壇は冷淡な反応を見せたが、のちに評価が逆転したと中井は記す。


〔一九五四年〕六月号の『短歌』に川端康成の推薦文と宮柊二の解説をつけて五十首が発表され、歌壇は俄かに湧き立ったのだが、その賛否の嵐は、ともに中城が夫と離婚し、乳癌で死期を待つ奔放な女性という実生活を根に応酬されたのである。もっとも、時の時事新報記者若月彰が東京から出かけていって、死期近い患者と一種の同棲生活を始め、その手記『乳房よ永遠なれ』が映画化されるという、いまならば週刊誌が一斉に騒ぎ立てそうなおまけまでついては、到底まっとうな作品評や問題の分析など、望む方が無理だったであろう。[28]

ここにあるとおり、「時事新報記者」であった若月は、取材を目的に突如注目を集めた病床の歌人中城を北海道に訪ねて、病室で寝泊まりする仲となった。一九五四年七月の二十日間、中城が亡くなる八日前まで若月は彼女と過ごし、作品論および手記の『乳房よ永遠なれ』（第二書房）を、死後の五五年四月に出版した。それは一〇万部のベストセラーとなり、同年一一月には田中絹代が監督を務めて映画化した。[29] 中井が若月を「中城のときあれほど提灯持ちをした」と云うのは、このあたりも含めて揶揄したものだろう。

さて、寺山に対して若月は、『俳句研究』の特集以外でどのような評価を下していたか。そもそも寺山批判の発端は、『時事新報』の「俳壇時評子」による記事だったという。[30] 一九五四年一一月一一日付『時事新報』の時評「風見鶏」欄で、匿名の評者は確かに寺山の「チエホフ祭」の短歌のいくつかと草田男らの俳句を並べて「そっくり」だと記し、「読んでつくづく十代が怖くなったね」と結ぶ。短い時評なので真意は定かではないが、盗作、模倣に関する倫理的批難のように読める。この評者が誰であったかは、今もって明らかになっていないはずだが、結論から云えば、これは若月彰だったようである。

というのはまず、この頃若月は『時事新報』の記者を務めていた。彼が『時事新報』を辞めるのは、中城、寺山が歌俳壇を騒がした翌年、若月の本が映画化された一九五五年の暮れだったという。[31]

次に、一九五四年暮れ、寺山が糾弾の渦中にあった頃、『時事新報』の「風見鶏」は、今度は齋藤史（一九〇九―二〇〇二）の近作が中城ふみ子の模倣だと記した。それに対して、同人誌『地中海』上で、齋藤を擁護し中城こそ模倣だとする匿名の評者が現われた。全て匿名のやりとりだが、一連の事の顛末をまとめたのが若月なのである。若月は当時、『短歌新聞』の「歌壇時評」を署名入りで担当していたが、その一九五五年四月号に「匿名批評の功罪」という文章を寄せ、『時事新評』と『地中海』の論争に『短歌』が闖入して『地中海』を擁護するも、結局『時事新評』に軍配が上がったといった顛末を記している。さらに同年六月号に「再び匿名批評について」を記して以下の如く述べる。

> 前号のこの欄で「匿名批評の功罪」を例証したところ、早速「短歌」五月号で匿名子Cが半ばカラんで来たから、当方からも早速、返礼しよう。／「短歌」のC匿名子は私のこの時評を「注意して読んだ」といっている、嘘をつけ！彼の一文によると「地中海」の香川進が私〔若月〕と模倣論争をして結局、香川が「軍門に屈した」とある。そんな事件があったとは私自身におぼえがない。よもや香川が、私の軍門に屈したなどとは夢想もしていないであろう。何故そんなデタラメをCは書いたのか？　文の順序を追ってみると、時事新報記者である私は同新聞の歌壇批評匿名蘭の執筆者でもあるとCは勝手にきめてかかっており、或る席上で私自らそう公言したとある。Cよ、耳の穴をきれいにして聞き給え。／私が公言したことは「時事新報の匿名批評欄は私が編集セキニン者です」と言ったまでだ。匿名の執筆者がワタクシデゴザイマスなどとバカバカしいことを誰が言えるか。[32]

鼻息荒く回りくどいが、要するに若月は、仮に『時事新報』の匿名子が自分であったとしても、それを明かす気はないと述べ、そう記すことで、それが自身だと限りなく認めている。そもそもこの食ってかかる態度が、『地中海』からの反論に荒々しく応じた「風見鶏」とよく似ている。もっとも若月は、

> 本来、匿名批評は一般大衆の責任を負う尖鋭なる声でなければならず、且つその責任者は掲載の任を負う編集者に帰せられるはずだ。従って「地中海」対「時事新報」の匿名論争は香川進と若月彰が責任を負うのは当然だが、Cが早合点したような香川対若月の論争ではない。因に、香川は過日私に覆面を脱いだが、私は「時事」の匿名子を明かさずただ同欄の編集責任者として一応彼に返事を出しただけのことだ。[33]

と、匿名批評は「一般大衆の責任を負う尖鋭なる声」であると、「自分ではない」風見鶏の匿名子をさりげなく盛り立てつつ、それを選ぶのは編集者である、だからその責は編集者である自分に帰する、という結論を導いている。結局のところ、匿名子が誰であろうと若月が責

任をとる、ということになる。

　この論争は、齋藤—中城の模倣問題に関する「風見鶏」の記事についての話題だが、当然寺山の模倣を初めて指摘した同時期の匿名子も同様、若月が書こうが書くまいが、少なくとも責は負うこととなる。だから、寺山批判の口火は、当時『時事新報』の記者だった若月が切ったと判断して良さそうだ。

　事実に基づき、模倣を指摘するのは何ら悪いことではない。そこから何を云いたいのかが重要だ。『俳句研究』一九五五年二月号の若月は、寺山の方法に、俳句から導き得る新たな短歌の可能性を見ていた。一方で、『短歌新聞』の若月は、多分に倫理的な批判に傾いている。五五年一月号では、寺山や齋藤の「模倣作」が仮に「同人雑誌へ発表されたものなら私も試作のつもりで寛容視しただろう」と述べた上で、

　問題は「短歌研究」だの「小説新潮」という公式の席へすでに有名な作品の表現手法のみならず意味までも借用して公然と出場したのだから、個性を第一義とする作家としては当然批判を受けることぐらい覚悟していたか知らない。断っておきたいのは、影響を受けて作品することと、盗意による作品とは、純粋度がはなはだしく違うことで、この点を作者は安直もしくは曖昧に考えていたのかも知れぬ[34]。


と、「個性」を問題にし、同時代の十代を「感化力強き時代環境」にあって、「環境に毒されて個性を喪失してしまう危険も充分にある」と、釘を刺す。他方で「「短研」（『短歌研究』）の英断で登場した十代歌人から真に個性的な作家が出るかどうかは本年度に持ちこされた期待」としており、単なる断罪というよりは叱咤激励の気味もある。ただし若月は同記事中、「前回この欄で寺山修司と齋藤史の模倣作について少しくフンガイの辞を述べた」と記しているから、筆者は直接読んでいないが、おそらくは一九五四年一二月号の「許せぬ模倣歌[35]」という若月の論は、より鮮明に模倣を非難しているのだろう。

　つまり若月は、寺山の模倣問題から俳句と短歌のジャンル間比較を展開する視点と、盗作の文脈で断罪する視点の二つをもっていた。匿名をぼかす詭弁じみた論法からすると、神経を逆なでするようなところもあったかもしれない。したがって中井が若月を「先頭に立って寺山排撃に走り廻った」としたことも、半分は理に適っている。

　ちなみに若月はこの問題の以前から、中井の評価を受

けて『短歌研究』に批評を寄せるようになっていた。一九五四年七月下旬、若月は中城の傍から帰京すると、中井に中城のもとへ行ってやれと詰め寄り、中井は交替するように北海道へ向かったという。中城の『短歌研究』での特選を経て、中井と中城はすでに懇意であった。中井を病床で、化粧をして迎えた中城は、中井が東京へ帰った二日後に亡くなっている。二人の間にも兄妹とも恋人ともつかぬ感情があったようだから、単純に模倣問題の文脈だけで中井の若月に対する批判や歌壇への「呪詛」の根拠を見出すのは、なお一面的なのかもしれない。[36]

中井、杉山の当事者としての証言は重要に違いない。当事者しか知り得ない歌俳壇の状況もあっただろうし、ひとかたならぬ苦労を負わされたことは推察される。歌壇の更新には寺山の存在が不可欠で、その流れをつくったという自負も得ただろう。ただやはり、彼らのテクストには、当事者という特権の裏返しとして、対象への主観が拭い難くある。遺された資料を見る限り、彼らの論旨とはいささか異なった当時の俳壇の主張も見えてくる。しかし、従来の寺山論の方向性は、中井らの論旨に追随するかたちで定まってきた。旧態然たる歌俳壇に果敢に挑戦し、新たな風を呼び込んだ寺山、中井らという構図である。加えて寺山論には、模倣問題として考えるほうが寺山の前途を占う象徴的出来事として重要だという判断もあっただろう。歴史的事実としてはそれが正しいのだろうし、模倣が示唆することは多いという点に私も異議はない。しかしそうした方向性から導かれる知見は、少なくとも「チエホフ祭」の問題においては、もう出尽くした感がある。

後代のわれわれには、それら「既成事実」を問い直す必要がある。なぜなら、寺山にとって〈俳句〉が何であったかという問題が残されているからだ。一九五六年一二月、寺山は『青年俳句』一九・二〇号にて俳句に別れを告げたが、その後も作句を止めず、[37]最晩年には世界で最も優れた詩形式だという認識を示し、『雷帝』なる俳句同人誌を創刊しようとした。それは寺山の急逝で叶わなかったが、没後に有志によって刊行された。『雷帝』創刊終刊号は、深夜叢書社より一九九三年一一月刊。編集は宗田安正、齋藤愼爾、松村禎三、三橋敏雄、倉橋由美子である。寺山の短詩型文学の認識には、短歌―俳句のジャンル論の可能性も残されており、「ロミイの代辯」はそれを考えるための開かれたテクストとして、われわれの前にある。

◇「ロミイの代辯」解題

「ロミイ」は、寺山が「チエホフ祭」で意図したことを、その想像世界（ロマネスク）の分身ロミイが代弁するという体裁が採られている。この設定についてはあとで触れる。

まず寺山は、俳句と短歌のジャンルを跨ぐことについて前提的に論じている。「チエホフ忌」の俳句を短歌に変換したことを成功例とし、そして「桃太る」の短歌を失敗例として挙げ、「このようにイメージをちゞめたりのばしたりして一つの作品を試作してゆくことは既成の歌、俳壇ではインモラルなことと受けとられるらしいが、しかし至極ぼくには当然のように思われる」と述べている。これには先述のとおり主に楠本の批判があり、若月も場合によっては認めるが、成功する場合と失敗する場合があると述べていた。篠弘は楠本らの見解に賛同しており、同一箇所を引用して以下のように記す。

> 一人の作者が二つの韻文ジャンルを駆使できることとして、むしろ寺山が自負していたふしがうかがわれる。しきりに俳人が「インモラルなこと」として忌避する理由を理解しようとはしなかった。／ここで、わたしは批判めいたことを言うつもりはないが、初期における寺山の思い上がりを見ないわけにはいかない。その魅力ある着想の可能性とは別の問題として、詩型にたいする認識の弱さ、表現をめぐる基礎的なものの不在が、とくに短歌において、人間心理の深層にふれてくるリアリティや深みを欠きがちであった。小手先の効いた、きれいごとに終るものも目立っていたのである。[38]

寺山が短詩型文学のジャンルに対していかなる認識をもっていたか、問われるべきだろう。

本文に戻る。続けて寺山は三つの論点を用意する。「一、現代の連歌」「二、第三人物の設計」「三、単語構成作法」である。「四、短歌有季考」も予告するが、紙幅の都合で触れられずに終わっている。ただし「短歌有季考」に関して寺山は本章後出の「座談会」で触れているので、そちらの解題を参照されたい。

「一、現代の連歌」で寺山が主張するのは、時間が一方向に流れるように、何かが起こって何かが終わり、そしてまた何かが起こる、といった線的叙述ではなく、同時に、つまり空間的に、いろいろな事象が起こるさまを描出しようという企てである。ロミイの語りが、同時に書き進める寺山の想いに重なるという設定である。「ロミイ」中、寺山は連歌のように短歌を並べている。田を打つ母親を見ながらアカハタを売ると同時に、学校をさぼってハイネを読みに森へ駆け込む。また同時に、遠く汽車を眺めながら揺れるチエホフ祭のビラを見る。彼らは皆同時に「自分」である。

こうした認識は「二、第三人物の設計」に繋がる。従来的な短歌では、語り手＝歌人その人という図式があった。杉山正樹の説明が分かり易い。「当時の歌壇はアララギ派を中心に身辺雑詠が大半を占めており、歌われた事象はそのまま作者の実体験だと見なされていました。素朴な体験的リアリズム（寺山流にいえばメモリアリズム）が信奉されていたのです」[39]。ここにあるような、語り手と一致し、現実と対応する出来事しか書かない作者を、寺山は「メモリアリスト」と呼んだ。一方の寺山には、ロミイという「ロマネスクの未来的な経験者」がいた。「自己の前に生活する自己の理想像」であり、「自己をそれに近づけてゆくことが、真の意味で自己に対して誠実」だというのが寺山とロミイが一致して抱く見解である。同様のことは後出の「座談会」でも述べられている。「「今歌いたいもの」というアンケートに皆、今年も精一ぱいやりたいという抱負だけに終って、現在何をやりたいかということがない。みんなメモリアリストなんだ。ぼくは逆に一番大切なこととして、どういう歌を作ろうということを先に設定して、そのために自分の生活を変えてゆこう――いまは先に生活があってさそれも生活といえない惰性的なもので、それに従って生ぬるい短歌が作られるんで、これじゃたまらない」（本書三三頁）。あるいは、同じく「座談会」の最後、「今までフィクションというと必ず幻想的なものしか指さないでしょう、そうじゃなくて可能性のフィクションとでもいうものをもっと取入れていかなくちゃと思うんだ。たとえばぼくの「アカハタ売るわれを夏蝶超えゆけり」の歌なんか読むと、すぐお前アカハタを売ったことがあるか、嘘をつくなとか、自己に誠実でないとかいわれるでしょう」（本書五一頁）から始まる一連の言葉を参照されたい。

さて、ロミイの言に「ぼくの作者はぼくを傷つけずに自分だけで責任を負おうという思いやりからこんな代辯形式をとった」というものがあるが、これは、寺山がその存在を否定する議論の俎上には載らない、という意思表明と考えられる。仮に寺山が語り手として登場し、自分はロミイという別人格を設定したから、実体験にないことも書いた、と弁明したとする。もし、それは短歌では許されない、と返されたら、そこで議論が始まり、ロミイの存在自体が揺らぐ。そうならないための工夫である。ロミイがここで発言している以上、ロミイは存在する。ロミイなどいない、という現実での批判は、寺山は嘘つきだとする域を出ず、むろんロミイにまで届くことはない。

「三、単語構成作法」では、模倣問題に応じる。「イマージュがまとまらない個所を抜かしておき、あとでそこへい丶言葉をさがしていれ」る試みの結果が、草田男句の短歌への挿入に繋がった、という弁明である。楠本が記した「クロースワードパズル」の比喩は、いみじくも寺山の企図を云い当てていたことになる。先述の篠の「小手先の効いた、きれいごとに終るものも目立っていた」という批判は、この辺りの寺山の認識にも繋がっている。ただここでロミイは「構成しようとして使用した俳句的なものがそのま丶同じ構成で出てくる。」という様な失敗」に、寺山が「可愛そうな位」「しょげていた」と語り、模倣に関しては自分の非を認めていることが分かる。

文中、自作の俳句および短歌の引用で、後出のものと表記の異なる作品がある。〔ママ〕とルビを振った作品の表記に関しては、後出のものと見比べていただきたい。

くり返すが、「ロミイ」で寺山が記したことの前段階として、本章の四番目に収録した「座談会　明日を展く歌〈傷のない若さのために〉」がある。また、「ロミイ」執筆後に病に倒れる寺山が、ここでの考えを病床で温めていたことを示すのが、本章末尾の「短歌が現代詩に與えうるものは何か」である。併読することで寺山の意図への理解が深まるだろう。

余談だが、資料がデジタル化される以前の国会図書館で「ロミイ」収録の『俳句研究』を閉架から取り寄せると、貴重書として別室で閲覧させられた。出てきた雑誌はぼろぼろで、多くの寺山研究者がこの論考を目当てに永田町へ足を運んだことが想像された。非常に有名な論考ではあるが、単行本としては本書が初めての収録になる。

チエホフ祭

初出は『短歌研究』一九五四年一一月号。寺山修司は『短歌研究』の「第二回五十首詠」公募に「父還せ」五〇首を投稿し特選を与えられるが、初出誌には三四首しか載っていない。当時の編集長中井英夫がタイトルを「チエホフ祭」と改めた上で、短歌の数をも絞って特選を与えたためである。中井の校正の様子は、当時の生原稿上に見ることができる。[40]

冒頭のエピグラムの「ソレル」はスタンダール『赤と黒』（一八三〇）の登場人物だが、同書にこの趣旨の文言はない。この事実は堂本正樹によって広く知られることとなった。曰く「「青い種子は／太陽の中にある／ジュリアン・ソレル／寺山修司〔署名〕」／という山頭火風の「句」だ」と寺山自身が述べたという。[41] つまりソレルが作品世界でそう云ったという、寺山の二次創作がエピグラムになっているのである。スティーブン・クラークはそれを接いで、「引用元」として想起される『赤と黒』自体も「偽エピグラム」が豊富だと指摘した。[42] 同氏が述べるには、草田男俳句からの引き写し等々で「引用が禁止されている短歌に引用文を入れ」たこと、次にスタンダール『赤と黒』の登場人物が述べたように見せかけて実は作中にない文言を入れるという「引用文でしか成り立たないエピグラムに引用のふりをした自作を入れ」たこと、最後に「引用文でしか成り立たないエピグラムに引用のふりをした自作を入れ」るという「スタンダールの方法をも引用した」こと、以上三つの意味で「チエホフ祭」は「三重の剽窃」であり、ゆえに「三倍面白くな」った。

「チエホフ祭」の一首一首は、寺山自身が推敲を重ね、順序や組み合わせも変えて『われに五月を』『空には本』『寺山修司全歌集』等、単行本に何度も収められている。一見「単行本未収録作品」を収録するという本書の方針に背くようにも思えるが、小菅麻起子の記す「一般的に寺山短歌をめぐる批評の場においては、全歌集〔『寺山修司全歌集』風土社　一九七一〕からの作品引用のために、出典が混乱している場合が多い。寺山の初期短歌を研究するにあたっては、一首ごとの成立（初出）を明らかにした上で、歌集および全歌集における作品の位置付けを考える必要がある」[43] という主張は重要かつ首肯されるものであり、本書もその一助となることを企図して、資料的価値を鑑み、初出誌に掲載された順序、表記でここに再録した次第である。なお小菅著『初期寺山修司研究』（翰林書房　二〇一三）には、「チエホフ祭」（原題「父還せ」）全五〇首それぞれの来歴が記されるほか、作品および同時代の背景も詳しい。

さらには、短歌作品はどこまでをまとめて一つの「単位」と見なすか、一首なのか順番を含めた連作なのか、という問題もあるが、本書では「連作」を一つの「単位」と見なした。つまりこの再録には、連作の単位においては「未収録」と見なす立場を採った、という本書の見解も反映されている。文脈を移すことによって当該一首のもつ意味は変化する。小菅の言をなぞることになるが、短歌改編の多い寺山を考えるにあたっては、一首ごとの歴史的成立や推敲過程を追った上で、場所が移されることで作品の意味がどう変化したか、その効果は何かを考えねばならない。

火の継走

初出は『短歌研究』一九五四年一二月号。「チエホフ祭」で「第二回五十首詠」の特選を受けての「入選者の抱負」である。その年八月三日に「第一回五十首詠」の入選者中城ふみ子（一九二二―一九五四）が乳がんのため三一歳で死去していた。寺山修司は中城選出の『短歌研究』を立ち読みし、「身震いしていたという」[44]。中城を「約束されたたゞ一つの種子も乳癌という鴉のために啄まれてしまい、歌史は一つのrayを喪失してしまった」と追悼している。

文中の「プレメテ」は、ギリシャ神話で火を人間界にもたらしたプロメテウスを指すのだろうか。火を繋ぐさまに、中城の遺志を継ごうという気概を見せる。「空から卵や剣が降ってくることは覚悟している」という文言は、すぐに湧き上がる批判の嵐を予見するかのようで、不気味である。

座談会　明日を展く歌〈傷のない若さのために〉

初出は『短歌研究』一九五五年一月号。「チエホフ祭」に関する問題を受けて、中井英夫編集長が企画した。直前の同誌五四年一二月号「あとがき」には、「なお寺山氏の歌に現代俳句の模倣がある旨一、二のご指摘を受けたが、これは寺山氏自身俊英な俳句作家であることを含めて興味深い問題であり、偶々朝日新聞紙上で伊藤整氏の疑問とされた点にも触れるので、次号座談会に稍（やや）詳しく弁じて貰った」とある。座談会中、中井が「昨日の朝、伊藤整さんが朝日新聞に書いていましたの、読みましたか」と振り、寺山修司が「昨日の朝日は読んでないけど」と応じる場面があるが、伊藤の記事は『俳句研究』一九五五年二月号掲載の「ロミイの代辯」で援用されることとなる。この座談会が行なわれたのは、伊藤の記事を『朝日新聞』が掲載した翌日、一九五四年一一月一四日である。

座談会で寺山は、中井が企図したとおり、模倣問題への弁明をさせられている。中井の「何だか無意識みたいなことといってるんで、それだったら却って問題だと思う。むろんぼくはあの歌全部に原典があったって驚かない」という寺山への振りは、模倣問題に対する防衛である。「ケロリと気がつかなかった」と応じる寺山は未だ老獪さが足りない印象だが、中井は「そんな風にちょろっと人の句が出てくるっていうのは問題ですね。何々しなければ何々でない〔人を訪わなければ自己のない、という草田男句の内容〕、という形のバリエーションを幾つも作ってゆくのは面白いけど、それはあくまで意識した上でなくちゃ」とフォローを忘れない。

中井に「おしまいに皆さんから具体的に何をやりたいか」と訊かれ、寺山は「「笑い」ということとも四つに組んでみたい」と応じ、「悪の部分を美しく誤魔化そうとする意識と笑いと……〔中略〕方法としては必ず物を通してやる。観念的にならないように肉体（色感としての季語など）を通して歌うことによって読者にサービスするわけです」と述べる。それに大澤清次が「もし読まれ愛される短歌を目指すんだったら、本当に読者へのサービスということは必要ですね」と返すが、座談会では「一般の大衆から判らないものになっちゃう」（大澤）とか「一般人にアッピールしない歌はだめだと思う」（永井禧有子）とか「要するに現代短歌はどこが面白いか分からない」（北村満義）と、読者への訴求力を視野に入れた場面も見られる。彼ら十代の歌人たちが揃って新しさをもたらし、明るい前途を拓こうとする様子が分かる。

そのようなか、寺山は「芸術だから判らないなんてバカなことはないんで、つまり文学を愛する人によく判る歌を作ればいいんでしょう」と述べている。面白くてかつ芸術的であることの具体案が、物や「肉体」を通じて表現される悪と美と笑いなのである。「ロミイの代辯」文中に「あまりにノンフィギュラティフにならずに、しかも俳句性、俳句的即物具象性をレトリックとして」という文言があるが、物や「肉体」を通じて表現することの意だとこの部分から分かる。

寺山の云う「肉体（色感としての季語など）」は、「ロミイ」では語られなかった「四、短歌有季考」について述べたものと見られる。ここでの「肉体」とは必ずしも人間の身体を指すのではなく、具体的で共通のイメージを湧かせ易い言葉を指すのだろう。短歌にも季語を入れることで、より分かり易く、かつ芸術となり得るような作品を寺山は目指している。

寺山における悪と美、笑いは、一九六〇年頃、短歌俳句のみならず、ほかのジャンルの作品も多く手がけるようになって、一気に展開されるテーマでもある。本書「附録1」の『マンハント』誌の作品もその範疇にある。

石川不二子について中井英夫は、中城に並ぶ「スタア」と述べ、「二十歳の農学部学生、いかにも清純で一見ぶっきらぼうにさえ見えながら、全体に女性の優しさがこもっているその歌風」[45]と評価している。全体的に発言は少ないが、意見を求められると周りを気にせず自身の考えを述べたり、関心事が話題にのぼると、食いついて離さなかったりする芯の強さが窺える。座談会中、寺山と相互評をし、「歌に破綻がある」とか「計算は確からしいけれど、短歌というものは、それが露わになったり失敗したりすると致命的だということを考えていただきたい」と、すぱっと云ってのけるあたりも読みどころである。

〔この座談会を収録するにあたって、参加者の北村満義、大澤清次、永井禧有子各氏の連絡先が判明しませんでした。ご存知の方は編集部までご一報ください〕

空について——シャンソンのための三つの試み

初出は『短歌研究』一九五八年一月号。同年刊行の第一歌集『空には本』(的場書房)に、一首ごとにばらばらに解体され、再配置の上収録されている。これは、小菅真紀子が詳細な調査により導いた結論の一つ「初出歌群の連作は基本的には解体され、歌集の各章ごとに再構成されている」[46]に沿う編集方針である。単行本収録の際に冒頭の「ノオト」は消されているため、初出誌にはあった寺山修司の企図とともに、もとの順番で読まれたい。

「空について」の歌群ではないが、短歌を歌曲にするという案は、一九六〇年代に入って「木の匙」で実現することになる。[47]全一一曲中、一番目の「小さな五つの歌」は、「そら豆の殻一せいに鳴る夕べ母につながるわれのソネット」をはじめ五つの寺山の短歌に曲がつけられている。

時間性の回復を

初出は『短歌研究』一九五九年八月号。「〈連作と一首〉の関係をどう考えているか」[48]を短いエッセイにまとめ、寺山修司自らが選んだ代表作一〇首を添えたもの。

一首ごとに「空間的な自発性」をもたせず、並べた時に「線の上で連作としてつながっている」との意識で作歌すべきだと主張する。「ロミイの代辯」で語った「空間性」の連歌という案と正反対のことを述べているが、四年半前の考えを捨てたわけではない。長い闘病生活を終えたあとの作であり、空間的に自己を遍在させる必要をひとまず感じなくなったという事情も考えられるが、「歌がそのもっとも特質とするリズムを失い散文化して、ルポルタージュ文学的になってきている時には歌のもつメタフィジカルな空間性の回復より先に〈時間性〉に正当さを与えることを思いつくのは間違っていない」と記していることから、目標である「空間性」の連歌に辿り着くまでの経過的な措置として「時間性の回復を」考えたのだと思われる。

双児考

初出は『短歌』一九六〇年一〇月号。同誌の特集「短歌の模倣をめぐって」内に掲載された。後述するが、この年の同誌「読者サロン」では、宮柊二の短歌が模倣されたとの問題に端を発し、モラルを問う読者と、意識的な模倣に何ら問題はないとする編集部（中井英夫）の間で幾度か意見が交わされた。「船橋市の関口さん」とあるのは、同誌八月号に実際に投稿した人物で、『短歌』を離れたばかりの中井が対応している。

冒頭に記された近藤啓太郎の芥川賞受賞は、正確には昭和三十一年度である。

全きオリジナルなどない、という自明の理を、寺山修司にこそ説いてほしかった、という論者は多い。たとえば谷川俊太郎は以下のように記す。

> 彼の若い頃の盗作問題というのがあります。〔中略〕ほんとは寺山は盗作が問題になったときにもっと開き直って、その作家の個人の名前なんてのは、何ものであるかと向かっていけばよかったと思う。／言語というものは、日本語なら日本語は日本人全部の共有であって、それをお互いに取ったり奪ったり、あげたりやったりってことで良いのだというところまで、徹底した弁明をほんとはすればよかったと思う。彼にはたぶん罪の意識みたいなものはなかった筈です。つまり誰かの素晴らしいものがあれば、それは自分の中に取り込んで全くかまわないし、自分の面白い俳句があれば、それを短歌に引き伸ばしたってかまわないと。それは言ってみれば、近代の芸術家の「個」っていう風なものが確立する以前の、芸術の状態みたいなものだということです。[49]

「双児考」で寺山が述べたのはまさにこのことである。完全にオリジナルな言葉が存在するとすれば、「山上の気狂いがしゃべりまくる、全く独創的な無意味なつぶやき」しかあり得ないが、それは「芸術ではなく、ナンセンス」だと喝破している。なぜなら「指示的機能の文章のなかにあっては独創は言語のユニヴァサリテをなくしこそすれちっとも機能性を発揮しない」からである。「完全なる独創」は「不幸な夢」にすぎない。「もし言語に於て一切の模倣を拒否したら、われわれにとってコミュニケーションは不能になり百万の啞が呪文をとなえあう不気味な毎日がやってくるにちがいない」。究極的には「すべては経済的に詐欺行為であるかないかによってきまる」のであり、「シュール・リアリストのコラージュ」然り、古典と後発作品の影響受容関係然り、「ラジオや映画の脚色」然り、「芸術的な問題では模倣に出発しないものはありえない」。その帰結として寺山は、「作品が感動的であるなら誰のものでもいい」という立場をとる。「つまりシェークスピアとぼくの合作だっていい、訳で、たまたまシェークスピアが先に死んでしまって合議でできなかったために模倣よばわりされるという喜劇にはまきこまれたくない」とする。

　これが書かれたのと同時期に、寺山と「親友」として過ごしたという堂本正樹は次のように記している。

　彼は自分が「盗作小僧」と呼ばれたこと（〝模倣小僧〟よりひどい）そのまま袋叩きに逢っていては社会的に抹殺され兼ねぬので、ネフローゼで西大久保病院に入院し、面会謝絶の間も文章を書き捲っていたことを語った。谷川俊太郎が「『盗作論』を書いて居直れ」と勧めてくれたともいった。／だが谷川俊太郎の慫慂によっても、この「盗作論」は遂に書かれた形跡がない。歌壇情勢的にそれが行えない空気だったのかも知れない。[50]

もちろん、その谷川の勧めで「盗作論」はしっかりと書かれた。この「双児考」である。「歌壇情勢的にそれが行えない空気」など微塵もなく、『短歌研究』誌を辞し、『短歌』誌に移った中井英夫が、率先して模倣自体を慫慂（しょうよう）した。一九五八年に中井は「読者サロン」を通じ、「選者を欺して賞金でもとろうという、中学生じみたヒョウセツは別として、模倣についてはそれほど神経質になる必要はありません。[51]」と記した。これに首をかしげた読者が、先述の宮柊二短歌が模倣された問題に引きつけて、一九六〇年七月号の「読者サロン」へ投稿し、それに中井が応じて、さらなる反響が八月号、九月号と続き、一〇月号の特集「短歌の模倣をめぐって」を編むに至ったのである。

　さて、現在の研究者にも谷川同様に寺山の独創否定論を望む声がある。久松健一は云う。

繰りかえし記すが、「日の下に新しいものなし」である。なのに、その点で寺山は潔さを欠いていた。もっと正面から、他人の作品に向かい、嚙みつき、齧り盗る姿を見せつけるべきであった。それを己の胃の腑で消化したと声をあげれば良かった。他人の作品から言葉を借りたにせよ、出来あがったものは間違いなく寺山修司だという正当で、健全な自負を表に出すべきだった。ところが、こうした点に寺山は言葉を惜しんだ。そのせいで、言葉の世界と密通しようとした少々さもしい魂胆が透けて、負のラベルをいくつも呼びこむことになった。[52]

主旨は谷川と同じで、寺山はもっと主張すべきだったというものである。また、結論にあたる「日の下に新しいものなし」という見解は寺山に共通する。別の論文も引用してみよう。スティーブン・クラークは云う。

完璧なオリジナリティを持つということは、他者とのコミュニケーションを不可能にするということでもあります。言語でも芸術でもそうです。言語で文章を作ろうとすると、すでに他人に使用された言葉を選んで、すでに他人に使用された文法の形にアレンジせざるをえません。つまり、言葉という内容のレベルでも文法という形式レベルにおいてもコミュニケーションのためにオリジナリティは邪魔になります。われわれが一般的に考えている「オリジナリティ」とは、その言葉と文法という材料を用いて、すでに書かれた文章と異なる文章をアレンジすることでしょう。／部分的に解体して見ればどんな文章でもオリジナリティは持っていません。けれども、全体的に見ればほとんどの文章は新しい。そのオリジナリティはどこにあるかと言えば、それは選ばれた言葉の配列です。こんなふうに、仮にオリジナリティとはアレンジメントにおいて現出するものだということにしておきましょう。近現代芸術の世界では、新しい材料を使うよりも今まで「材料」として考えられなかったものを材料にしてアレンジするというのがオリジナリティだと私は思います。横尾忠則やアンディ・ウォーホルの作品を見ればすぐ分かるように、それぞれの要素そのものはまったく新しいというのではないのです。が、総合的に新しいということはその画家の頭の中に自分で「材料」という言葉を新しく定義した証拠だと考えていいでしょう。材料はペンキではなくてマスメディアのイメージなので、そのイメージを使ってオリジナルな作品を作るわけです。[53]

「引用」による作品生成という寺山の方法を現代芸術の文脈に置いて、たいへん分かり易く説明しているが、「完璧なオリジナリティを持つということは、他者とのコミュニケーションを不可能にする」は「山上の気狂い」という寺山の例と同じ意味であり、既存のものの組み替え（「アレンジメント」）でしか「新しさ」は生まれないというのは、「模倣に出発しないものはありえない」とする寺山の言葉と同義と云えよう。

　これまでほぼ知られていなかったが、「双児考」や次の「盗作病」のように、寺山は自らの方法を理論武装するような文章を書いていた。しかし、谷川らが記したように、その理論を声高に主張することはなかった。それはおそらく、「言語そのものが共有物であることは」――言語に限らず芸術は、と唱えるほうがよいが――「わかりきった」ことだからであろう。確かに寺山は魅力的な言葉で語ってはくれるが、結局論理の行きつく先はみな同じなのである。模倣の先には、とくに新しいものは待っていない。加えて模倣は、仮に倫理面がクリアされたとしても、「経済的に詐欺行為」となるかどうかで判断されなければならない。よく云われるとおり、著作権フリーが社会の共通了解になれば、作家やメディアは廃業し、歴史の整理は実質上ほぼ不可能となり、結果として人類全体の不幸を招くだろう。社会生活を営む以上、盗作した場合、経済の文脈で罰せられることはいかんとも し難い。そうであれば、芸術の文脈と経済の文脈がぶつかり合う波打ち際に、作品を提示しつづけることのほうが、開き直って身も蓋もないことを語ってしまうよりよほど面白いし、その都度、読者、社会に問題提起が図れる点で意義深い。それは、世界を共有する読者への「謎かけ」というかたちの、寺山から投げられるコミュニケーションのボールなのである。

　さて、その先に寺山が、「作品は一人なのだ」という洞察を導いていることは極めて興味深い。「いつまでも作品を作者の私有物だ」と考えて「手垢のついたネムプレート」を手放さないのは「影響される不安とよろこびをわかっていない」。作品は生まれた時点で作者から解放されている。「作品は一人なのだ」の文言が示すのは、この解放である。ロラン・バルトが「作者の死」を唱え[54]たことに先んじ、寺山はテクストの解放を訴えているのである。バルトがテクストを作者の手元から読者の側へ奪うのに対して、寺山はそれを次の作者に委ねる。この点でバルトの一歩先を見ている。すなわち、読者はつねに作者に転化し得る存在なのであり、作者も読者もない。あるいは、読者かつ作者として行為する人間像が提唱されているのである。「書を捨てよ町へ出よう」そして「町は開かれた書物である」の精神は目前に迫る。「作品は一人である」との寺山の確信はわれわれに、読者であることはすなわち行為者であることだと伝える。

なお、文中の「ネルソン・アレグレン」は一般にはオルグレン（一九〇九―一九八一）の名で知られ、のちに寺山と親交を結ぶアメリカの作家である。

盗作病

初出は『現代詩』一九六一年九月号。「双児考」に続き、寺山修司の模倣・盗作考である。「安保デモの日にイワシを生で食べる男がいて、それが彼のオリジナルの抗議の方法だ、と言いながら下痢便を政府へ提出しても、デモ以上の効果が上ったとは決して考えられないのは、それがコミュニケーションの媒体となりがたいからです」という言葉は、前項「双児考」の「山上の気狂いがしゃべりまくる、全く独創的な無意味なつぶやきは芸術ではなく、ナンセンス」と同趣旨のものである。ここで寺山が新たに記すのは、日々の行動、その所作すら、何かをなぞっているのではないか、という挑発である。新聞に目を落とすこと、ハシで食べることは、昨日の自分の行動を盗んでいるのではないか、行動も格好も「すべて〈かくあるべきもの〉という概念の盗作」だというわけである。

途中「大藪春彦問題」とあるのは、大藪の小説「街が眠る時」（一九五八）が、フランク・ケーン「特ダネは俺に任せろ」（一九五四）とほぼ同じ内容だったことを指す。ケーンの小説が日本語版『マンハント』一九六〇年七月号に翻訳、掲載されたことで露見した盗作問題である。『マンハント』編集長の中田雅久は「わが社が虚心坦懐にこの2作を読みくらべて見たところでは、似ているといっても、たんに部分的なアイデアではなく、ごくわずかな改変がなされているとはいえ、ストーリーの全般にわたっての、これほどの相似が偶然に生じるとは思えません」とし、正当な解決に到達できるよう努力すると同誌一九六〇年一一月号の編集後記「マンハンターズ・ノート」に記している。「大藪春彦問題」を詳しく調べた栗原裕一郎によると、その後はうやむやに終わったそうだ。[55]

「大藪春彦問題」は当時かなり話題になったようで、前項「双児考」に並んで特集「短歌の模倣をめぐって」に掲載された、中井英夫「模倣のすすめ」にも詳しい。寺山の模倣問題の当事者として奔走し、周囲に愛想をつかした彼らしく、この問題に対しては、興味深いのは、この種の記事が、つねに〝盗作は天、人ともに許さざる卑劣行為〟とでもいいたげな常識論を、錦の御旗として掲げる点である。この健全な常識性こそ大衆のものであり、週刊誌などの支えに違いない。違いはないが、大衆の感覚ほど表裏矛盾したものを容易に受け入れる性質もないので、その旺盛な野次馬精神だけでいえば一般の読者は、なるほどけしからんと目鯨たてる代りに、〔中略〕質は悪かろうと小粒だろうと、大藪流翻案で結構満足もし、娯しんでもいよう。〔中略〕つきつめてゆけばこの事件で責められるべきことは、作者が「街が眠る時」の冒頭に〝フランク・ケーン原作による〟という一行をつけずに済ませた点だ[56]〔後略〕

と、芸術の本質とは無縁の話として突き放している。

短歌が現代詩に與えうるものは何か

初出は『短歌』一九五六年三月号。模倣・盗作考から時間は溯り、まだ寺山修司が病床にあった頃の論考である。

おそらくは編集部から与えられた題目「短歌が現代詩に与えうるものは何か」との問いに、開口一番「それは皆無である」と受けるさまが小気味よい。

「日本文化の性格」は「原始生活を農耕に依ったせいで、終結なしには開始がない」「縦の線」に貫かれているとし、対比して西欧の「思考法」は「牧畜に生活の因を依っ」て「横につながりをもつ」と捉えるくだりには、「ロミイの代辯」と同様の主旨が見られる。寺山が「ロミイ」以後一年を経ても変わることなく、自らの理論を温め、さらに鍛えていたことが分かる。

ここでの寺山の論は「ロミイ」よりも明確だ。縦の線に貫かれる日本文化にあって、短歌だけが、横に広がる西欧的な「ダイアローグ性」をもっている。「ロミイ」で空間性の連歌を提唱した所以だろう。「散文形式が法則に従うものと法則を創るものの対比によって問題意識を掘り下げる」というのは、ある事象から法則を導き出すという営為によって、思考が深まることを意味する。この時、事象も法則もともに自分の外部にある。法則を認識し、その法則に従う事象を突き合わせるのが散文の特徴だという。

一方で「短歌には始めから「私」がある」。散文のように、外にある何かと何かを衝突させて深みを導くのではなく、短歌は、主体である自分が何かに衝突して思考を展開することが可能だ。それを指して寺山は「「私」対アンチテーゼという図式こそ文芸様式によるアンガジェの最も確かなものではないか」と述べている。短歌によって「私」と外、すなわち世界を衝突させることが、世界への主体的参画（アンガジェ）の確固たるかたちなのだと。ただし、短歌にこうした「ダイアローグ性」をもたせるには、「私」が「「私」に責任をもつ、全体に責任をもつ」ことが前提となる。「全体の感情に「私」を捨て去ったり、政治的（すなわち匿名的）であることは一見いかにもダイアローグ的でありながらその実、全体に対して最大の無責任であることに気づかねばならない」。「私」が自分にも全体にも責任をもって主体を確立した上で、世界というアンチテーゼに出会い、ジンテーゼ、つまり総合の高みへと昇り、新たな自己を発見すべきだという弁証法のすすめである。芸術が抵抗の精神だとすれば、「抵抗の本質は対象を変えることに極まるのだから「私」を変えることよって全体を変えなければならず、そのゆえに短歌性の認識が（現代詩にも）必要なのである」。

衝突によって「私」を変え、「「私」を変えることよって全体を変え」ることが、寺山の目指す「ダイアローグ」なのである。本書の附録や解説で私がたびたび用いる「ダイアローグ」の語は、寺山のこうした理念を指す。なお、文末の「《青銅》」は、寺山が当時『青銅文学』の同人であったことを示している。[57]

2（七篇）

夏のノオト　『VOU』一九五五・七
マダムがシャワーを浴びる間に　『VOU』一九五六・一
ダイアナ　『現代詩』一九六〇・一
タバコ・ロード――BLUES OF KILLER　『現代詩』一九六〇・三
わたしに似た人　『現代詩』一九六一・一〇
わたしに似た人　『現代詩』一九六一・一一
ボクシング　『短歌』一九六二・二

本章では『VOU』『現代詩』掲載の詩七篇を集めた。

夏のノオト
マダムがシャワーを浴びる間に

ともに初出誌は『VOU』で、「夏のノオト」は一九五五年七月刊の第四六号、「マダムがシャワーを浴びる間に」は翌五六年一月刊の第四九号である。その二篇についてあわせて記す。

「夏のノオト」は、夏のうたた寝に見た夢だろうか。クルーザーで海上に出て、目の前の大きな空と大きな雲、広がる海を堪能する。

「マダムがシャワーを浴びる間に」（以下「マダム」）は、一九五七年刊行の処女作品集『われに五月を』（作品社）と、『現代詩文庫105　続・寺山修司』（思潮社　一九九二）に、「シャボンの恋唄」と改題の上、収録されているが、以下のとおり変更箇所があることと、「夏のノオト」との関係が深いように思われたので収録した。

まず改変について、「マダム」は『われに五月を』では、第二連に手が加えられている。変更箇所に傍線を引いた。

●初出

五月はギターだ
蹴球だ　小鳥の爆發だ　音だ
そうして僕は泥棒です
帽子をとつたらまず電話を
お食べなさいな

●『われに五月を』収録時

五月はギターだ
蹴球だ　小鳥のドラムだ　音だ
そして

僕は泥棒です
帽子とったらまず電話を
おかけなさいな

大きな変化は、初出時の「そうして僕は泥棒です」の「そうして」を「そして」に改めた上で以下を改行し、さらに一行あけた点である。また「お食べなさいな」が「おかけなさいな」となっている。電話を「食べ」るから「かけ」るに変更したことは大きい。この変更で初出時の非現実的な猟奇性が、単行本『われに五月を』では失われている。ほかには、初出時の第四連「おゝ」を「おお」に改め、踊り字は用いていない点が挙げられる。

寺山修司は上京後『VOU』同人となり、白石かずこや諏訪優との知遇を得る。寺山は一九五四年七月刊の第四二号、本書所収の五五年七月刊の第四六号と五六年一月刊の第四九号、そして同三月刊の第五〇号、同六月刊の第五一号に詩を寄せた。[58] 大半が入院中の投稿ということになる。想像のなかの語り手は、夏の海で夢を彷徨う。

ダイアナ
タバコ・ロード——BLUES OF KILLER
わたしに似た人
わたしに似た人

『現代詩』掲載の四篇。初出は「ダイアナ」が一九六〇年一月号、「タバコ・ロード——BLUES OF KILLER」が同年三月号、「わたしに似た人」が翌六一年一〇月号、次の「わたしに似た人」が翌月の一一月号である。

寺山修司は『現代詩』に一九五九年一〇月号から六三年一一月号まで投稿した。[59] 寺山の代表作の一つ「李庚順」の連載も同誌である。

一九六一年の『現代詩』では「わたしに似た人」をメインタイトルに、七篇の散文詩を二回に分けて掲載している。なかでも多くの人が目にしたことがあると思われるのは、一〇月号の「生れた年」である。「肖像画に／まちがつて髭をかいてしまつた／ので仕方なく／髭をはやすことにした／門番をやとつてしまつたから／門をつくることにした」と始まるこの詩は、「存在が本質に先行する」ことを信じた寺山が殊に気に入っていた。「存在と本質」については、本書「3」章所収「くたばれ、恋愛論」の「ロバから聞いた」一二四頁、本書「5」章所収「三つの問題について」三一三頁に同趣旨の文章がある。『現代の青春論』（三一書房　一九六三　二四三頁）やそれを改編した『家出のすすめ』（角川文庫　一九七二　一九四—一九五頁）に引用されているため、よく知られた作品である。また、かなり手が加えられた上で、「わたしのイソップ」として『現代詩文庫52　寺山修司詩集』（思潮社　一九七二　七四—七五頁）に収録されてもいる。もとのかたちで全篇が掲載されるのは今回が初めてである。

ボクシング

初出は『短歌』一九六二年二月号。散文詩と短歌が交互に入る構成の実験詩である。

「ノオト」にあるように冒頭の詩「1　墨田川」は、森秀人のエッセイ「なにさ、という理論」にあるエピソードが下敷きになっている。森秀人の文章には、工場でテレビの部品をつくっているが、それが全体のなかでどのような役割を果たすかを会社から何も知らされていない女工が登場する。「あのつまらない仕事に、妄執の鬼のようになって取り組んでいると、不思議に力が湧いてくる。がっかりしたり、あきらめたりしたらこっちの負けだ。課長がなにさ、係長がなにさ、という気持ちでハンダづけする」[60]。女工は『人間の條件』と『眠狂四郎無頼控』を読んだ感想からそのような強い気持ちを抱く、という内容である。してみると「1　隅田川」は「冒頭の二行」ではなく、「四行」までが直接に、また、男女が「強さ」を考えるという点では全体が、森の文章からの刺激で書かれたと云えそうだ。

　短歌による気分や気配の無時間的な暗示と、散文による線上の論理を交互に繋ぐのは、「ロミイの代辯」その他で示した、西欧的な横の繋がりと日本的な縦の線の弁証法的な相克であり、ゆくゆくは映画『田園に死す』（ATG　一九七四）へと結実していく寺山の方法だろう。

3（一二篇）

洪水以前　『短歌研究』一九五九・一

零年　『現代詩』一九六〇・二

ロバから聞いた――くたばれ、恋愛論　第1集　『週刊　生きる女性』一九六一・一・五

年上の女――くたばれ、恋愛論　第二章　『週刊　生きる女性』一九六一・一・一二‐一九

キス、キス――くたばれ、恋愛論　第三章　『週刊　生きる女性』一九六一・一・二六

贋ヴァレンタイン――くたびれ恋愛論　第四章　『週刊　生きる女性』一九六一・二・二

ブルースは嘘つき――くたばれ、恋愛論　第5章　『週刊　生きる女性』一九六一・二・九

カルメン党――くたばれ、恋愛論　NO.6　『週刊　生きる女性』一九六一・二・一六

さよならクラブ――くたばれ恋愛論　NO.7　『週刊　生きる女性』一九六一・二・二三

ベッドに殺し屋を…――くたばれ恋愛論　第8章　『週刊　生きる女性』一九六一・三・二

海賊マンボ――くたばれ恋愛論(9)　『週刊　生きる女性』一九六一・三・九

おやすみ――くたばれ恋愛論〈最終の章〉　『週刊　生きる女性』一九六一・三・一六

本章では写真家、美術家とのコラボレーションによる作品一二篇を集めた。詳細は拙稿「附録1」の「ダイアローグの理念とクロスジャンル論の視点」および「解説」の「寺山修司の一九六〇年頃――人脈とダイアローグ」を参照されたい。

洪水以前

初出は『短歌研究』一九五九年一月号。「洪水以前」は「附録1」で述べたとおり、「戦後の体験のなかで、今もなお強く心に生きつづけるもの」という題目と奈良原一高の写真に応えて、一〇名の歌人が作歌する企画のなかで掲載された。寺山修司の短歌には、下半身だけの二体のマネキンが海岸の岩場に漂着した様子の写真が使われている。二つの下半身は上半身に接続する部分を画面中央で寄せ合い、一体化されているように見えるが、そこには一枚の白布が被せられている。海岸で超現実的にある、下半身同士が繋がったハンス・ベルメールを想起させる人形。この奈良原の写真に、寺山は「洪水以前」と題した三十首を寄せている。「作者のノート」には次のように記されている。

> 戦いは僕にとって物質的体験を伴わなかった。従って、それを再構成することなど不可能なのである。オルテガの世代論に口裏をあわせるなら、この「洪水以前」はすべて戦いの精神的体験の「新構築」でしかない。洪水はいまの僕の宿題だ。戦いはむしろ今日のものだ。ふりかえるなら／その頃僕は半ズボンをはいていた。／地球はまだ十七才であった。[61]

スペインの哲学者ホセ・オルテガ・イ・ガセット（José Ortega y Gasset　一八八三―一九五五）についての言及がある。戦前から日本で盛んに翻訳されていたので、寺山の目にも触れたのだろう。オルテガは「生」ならびに世界と人との関係を考察した哲学者で、[62]寺山の思想と近く、ダイアローグの理念の練磨に役立ったのではないか。

戦争は、少年だった自分にとって「物質的体験を伴わなかった」と寺山は云う。第二次大戦は、寺山が九歳の時に終結した。戦地で病死した父の合同葬儀の列を外れて、定期刊行物『少年倶楽部』の販売状況を確認に本屋へ行った寺山の逸話[63]からも分かるように、戦争による父の不在、物資の欠乏が常ならぬことだと理解するには、少年の頭は柔軟に過ぎた。寺山のみならず当時の子供たちにとって、当たり前のようにそこにあったのが戦争だろう。あとに訪れたのは、戦中教育を一八〇度転回させた新たなイデオロギーの「洪水」である。岩場に漂着した異形のヒトガタは、戦争に殉じたものたちの遺骸か、はたまた新生した怪物か。

「洪水はいまの僕の宿題だ。戦いはむしろ今日のものだ」との言に照らせば、寺山はこの「洪水」を、一九五九年当時の「今」もなお続くものだと認識している。つまり「洪水以前」とは、終戦以前を指すわけである。そうであるとすれば、意図的なものかどうか定かではないが、寺山は編集部からの「戦後の体験のなかで、今もなお強く心に生きつづけるもの」という題目をとり違えていることとなる。編集部としては、この三年前の『経済白書』に「もはや「戦後」ではない」と記し、戦後の混乱と復興の時期は終わったとする国の見解に対して、今なお残る「戦後」という問題を提起したかったはずだ。しかし寺山は、「洪水以前」のなかで「戦後」ではなく、「戦後以前」すなわち「戦中」を問題としたわけである。短歌連作では戦中の少年の「精神的体験」が構成されている。作歌する現在、まさに洪水の渦中にいる自分の足場を、ここで寺山はつくっているのである。

零年

初出は『現代詩』一九六〇年二月号。本書「2」章に収録した『VOU』や『現代詩』の作品を含め、一九六〇年頃、寺山修司が傾斜した都会の気分がよく顕れている。当時については篠田正浩（一九三一―　）の以下の評論が優れている。

　何よりも寺山修司の出現のインパクトは、彼の育った風土が私たちの忘却した前近代であることであり、その土地で純粋培養されることによって生れた異形の姿にある。〔中略〕寺山自身、その異形を、上京して知った〈現代詩〉を前にして一層、明確に認知すると同時に、それが彼をとりまく世界に向っての痛烈な武器になり得ることを、本能的に嗅ぎとったにちがいない。／荒地グループに拠る詩人群を中心として展開された戦後の情況と詩の世界は、東北の少年には遅れた体験であった。この新たな体験に向って、彼が知ってしまった短歌による検証が、異形の者、寺山修司の戦いであった。彼にはその古い形式を嫌う理由がなかった。彼は、それを初めて田舎の古びた教室の中で知ったのであり、それによって世間に触れることが出来たのであり、それを通してしか宇宙を語ることの術（すべ）を知らなかったのだ。

　麻薬中毒重婚浮浪不法所持サイコロ賭博われの
　　ブルース

　この歌には、上京少年が都会で触れた事物への好奇心と即物的な反応が率直に現れてしまっている。少年らしい悪意さえ読みとれるのである。〈現代詩〉

へ接近する態度さえみせている。遅れた体験をすばやくわがものにしようとする初初しいあせりがある。短歌が武器としてその鋭い刃（やいば）になるには、まだまだ試行の時間を必要としたのである。〔中略〕〈現代詩〉あるいはそれにまつわる新世界のイベントは、上京少年の好奇心の対象であると同時に、そのイベントに慣れしたしんだものには想像もつかない新鮮さと敵意を育てていった。この〈純〉な心こそ表現の源泉である。〔中略〕〈現代〉を構成する巷を、少年は、家出集団のカオスと捉え直すことによって、彼の力を確認するという方法にゆきついていくのであった。そこでは、朝鮮人、黒人、囚人、地下鉄の乗客たちが、まず主役として登場することになる。

黒人に生れざるゆえあこがれき野生の汽罐車、オリーブ、河など

彼の第二歌集『血と麦』〔白玉書房　一九六二〕は、寺山修司の代理戦争の戦跡に外ならない。〈現代詩〉の鋭く知性化された言葉の魔術は上京少年の感受性をひどく傷つけると同時に、何がしかの劣等感を与えたのではあるまいか。むしろ、この劣等感を隠蔽するために、彼は、まず彼の代理人を必要とした。偽の黒人、偽の朝鮮人を押し立て、オリーブの実など決して咲くことのないこの土地で戦うことであった。〈現代詩〉という記号化した言葉には血は決して流れることはない。[64]

長くなったが、当時、映画をつくるなかで最も身近にいた篠田が、短歌と現代詩の関係性における寺山の背景を鋭くあぶり出している。篠田は寺山が内部に秘め、のちに歌集『田園に死す』〔白玉書房　一九六五〕で展開した「純粋培養」の「前近代」性を愛し、都会と出会うことで生まれた上澄みの如き「キッチュさ」[65]と、そこで生じた人脈とを、映画のなかに生かした。

くたばれ、恋愛論（全一〇回）

『週刊　生きる女性』の一九六一年一月五日から三月一六日まで毎号連載された。その全一〇回を並べてみると、「第四章」の通しタイトルが「くたびれ恋愛論」になっていたり、また「第1集」「第二章」「第5章」「NO.6」等々、回数表記の揺れがあったりと、不統一や誤植の多さが気にはなるが、九か月という短命の週刊誌の様子と

当時の喧騒をできるだけ再現するため、本書では初出時の表記に従っている。

　エッセイと呼ぶべきかどうか迷う内容だが、たとえば第六回の「これから大変な告白をいたします。どうかお笑いにならないで下さい。」「さあ、どうか目を閉じて下さい。」とか、第七回の「みなさん、さようなら。／皆さんももし自殺なさるなら、そのときはどうかパンツを脱いで下さい」といった語りかける文体に特徴を感じる。一方で、その語り手を寺山修司とすることには無理があり、多分に二人称小説的な作品としても捉え得る。よって「くたばれ、恋愛論」は、現実の読者に語りかけるメタフィクションとしての「小説」だと規定したい。

　細江英公とのコラボレーションについては、先の拙稿「寺山修司の一九六〇年頃——人脈とダイアローグ」を参照されたい。『週刊　生きる女性』は、同時代の人脈形成の様子を知る上で重要な雑誌である。「くたばれ、恋愛論」第五回の誌面には小さく、篠田正浩との映画第二作『夕陽に赤い俺の顔』（松竹　一九六一）の告知が挿入されており、「殺し屋映画」と紹介している。

　文中の固有名詞等について触れておきたい。

　一九六一年一月五日号掲載の1「ロバから聞いた」の「キンゼイ報告」は一九四八年、五三年に全米で行なわれた性行動調査。「チャップマン報告」は『キンゼイ報告』に材を採った六〇年の小説。「謝国権」は『性生活の知恵』（六〇）の著者。

　一九六一年二月二三日号掲載の7「さよならクラブ」の「柏戸関」は、この年の一月場所で幕内初優勝を果たし、九月場所後に横綱に昇進した当時大関の力士。「カストロ」は前年にキューバ革命を成功させ、社会主義化を着々と進めていた。「ミッキー・マントル」は米大リーグ、ニューヨーク・ヤンキースの主砲で、前年に四度目のホームラン王になっていた。

4（九篇）

旅役者——ショウの底辺（見世物の戦後史1）『俳句』一九六六・四

活動写真——ショウの底辺（見世物の戦後史2）『俳句』一九六六・五

ヘルスセンター——ショウの底辺（見世物の戦後史・3）『俳句』一九六六・六

盗聴器の慰め——世界の街角で1　ニューヨーク『アサヒグラフ』一九六七・四・二八

エレベーターの第三の男——世界の街角で2　パリ

その1　『アサヒグラフ』一九六七・五・五
カタロウパの贈りもの――世界の街角で3　パリ　その2　『アサヒグラフ』一九六七・五・一二
シイジアムビ・ソンケ――世界の街角で4　アクラ　その1　『アサヒグラフ』一九六七・五・一九
さらば、アフリカ――世界の街角で5　最終回　アクラ　その2　『アサヒグラフ』一九六七・五・二六
「撮る」という暴力の復権――「PROVOKE」の実験　『デザイン』一九六九・五

本章では、森山大道や中平卓馬ら若手写真家との関係をふまえ、寺山修司の写真に対する姿勢を切り口に九篇を集めた。

ショウの底辺（全三回）

『俳句』の一九六六年四月号から六月号まで三回連載された。『アサヒグラフ』の「街に戦場あり」連載への布石であると同時に、森山大道が六七年に日本写真批評家協会新人賞を受賞するきっかけともなった。また、このとき撮られた写真の数々はのちに、寺山修司の文章とともに『にっぽん劇場写真帖』（室町書房　一九六八）に収録されることとなる。

世界の街角で（全五回）

『アサヒグラフ』一九六七年四月二八日号から五月二六日号まで五回連載された。寺山修司自身の撮影による写真が掲載された作品である。文章はすべて『街に戦場あり』（天声出版　一九六八）に収録されているが、写真のほとんどが未収録の上、単行本自体、現在では手に入りにくく、ゆえに文字テクストも含め、ここに再録した。なお本書での寺山の写真は、初出誌から適宜トリミングして配置されているので、掲載時とは見え方の異なるものもある。

1「ニューヨーク」の文中、引用されたエド・ブライアの詩にある「ジョンソン大統領」は当時、ベトナム反戦運動の矢面に立たされていた。また、2「パリ」の「カフェ・ドーム」はサルトルやヘミングウェイが通った店として知られる。

「撮る」という暴力の復権――「PROVOKE」の実験

初出は一九六九年五月号の『デザイン』。『provoke』は中平卓馬（一九三八―二〇一五）、高梨豊（一九三五―　）、多木浩二（一九二八―二〇一一）、岡田隆彦（一九三九―一九

九七）が一九六八年に創刊し、森山大道（一九三八― ）が二号から参加した写真同人誌。一九六九年八月の三号まで刊行された。同人は一九七〇年刊行の『まずたしからしさの世界をすてろ　写真と言語の思想』（田畑書店）を総括として解散した。

文中「詩人よりも早足で時代の領界線に近づきつつある」と述べているのは、森山、中平が「詩人」すなわち寺山修司自身よりも「早足で」最前線に立とうとしているとの意であり、彼らへの最大の賛辞である。

5（五篇）

短歌における新しい人間像　『短歌』一九五七・一一

三つの問題について　――吉本・岡井論争の孕むもの

『短歌研究』一九五七・一一

明日のための対話――若い世代の提言　往復書簡

『短歌研究』一九五八・四

〝愛〟の歌について　『短歌研究』一九五八・六

森での宿題　『短歌研究』一九五六・一

最終の「5」章では、病床にあった頃の寺山修司の文章を五篇集めた。ここでは情報を付記するに留め、精読は自重しよう。死と隣り合わせの状況にあっても、なお寺山が大局的な視点で詩の未来を考えたことを伝える文章の数々である。

短歌における新しい人間像

初出は『短歌』一九五七年一一月号。本書「1」章所収の「ロミイの代辯」「座談会　明日を展く歌」「短歌が現代詩に与えうるものは何か」と重なる内容を記す。併読されたい。

三つの問題について――吉本・岡井論争の孕むもの

初出は『短歌研究』一九五七年一一月号。「吉本・岡井論争」は『短歌研究』五七年五月号掲載の「論争　政治と文学と前衛の課題」に端を発する。ここに載せられたのは、吉本隆明の「前衛的な問題」と、岡井隆の「定型という生きもの　吉本隆明に応える」であり、六月号に吉本の「定型と非定型　岡井隆に応える」が、七月号に岡井の「二十日鼠と野良犬　再び吉本隆明に応える」が掲載された。そして八月号に掲載された吉本の「番犬の尻尾　再び岡井隆に応える」が、この論争の一応の終結と見なせる。篠弘はこれらを「もっぱら定型意識を強烈にうながした点で、その論争のかぎりのない存在理由がある」[66]と評価した。二人の相克を受けて組まれた記事「吉本・岡井論争はどこに問題があり可能性があるか」に、寺山修司をはじめ金子兜太、岩田正が執筆したなかの一篇である。

　文中、吉本の「散文的解釈法」とは、岡井の歌「どの論理も〈戦後〉を生きて肉厚き故しずかなる党をあなどる」（「思想兵の手記」）を「どの論理も〈戦後〉を生きてきて／肉が厚いから／しずかなる党をあなどっている」と「口語に分解した」ことを指す。また、岡井が「全くみとめ」なかった赤木健介の歌とは「誰も泣かぬ、／それがいい、おれも泣かぬと、／自分に言いつつ、死の深い影。」（「ドライな挽歌」）を指す。

明日のための対話——若い世代の提言　往復書簡

　初出は『短歌研究』一九五八年四月号。谷川俊太郎に宛てた公開書簡である。寺山修司が病床で書いた戯曲を観た谷川が、その病室を見舞い、二人の交流は始まった。その頃の書簡である。ここで構想されたシャンソンと定型詩の試みは、本書「1」章の「空について」で実践されているので、併読されたい。なお「往復書簡」とあるとおり、谷川の返事も同号に掲載されている。

〝愛〟の歌について——短歌で何が歌えるか

　初出は『短歌研究』一九五八年六月号。退院を目前に書かれた一篇である。「死の歌がその一としての資格を喪失したいま、愛の歌について語るのが僕の責務である」という言葉に、現実の生をまさにこれから得ようとする寺山修司の喜びが重なる。

森での宿題

　初出は『短歌研究』一九五六年一月号。末尾の「（編集部注）」にあるように、病床で重篤な状態にあった寺山修司が日録風に記した断片である。

　一九五七年一月の入院中に刊行された処女作品集『われに五月を』収録の「森での宿題」は全面的に改稿され、初出時から削除もしくは加筆されたテクストが多くある。単行本所収テクストは、一部初出と重なるものの、本書所収の初出テクストとは全く別のものと見なしたほうが良い。

　『われに五月を』の刊行に尽力した中井英夫は、以下のように当時の気持ちを綴っている。

　もう助からぬといわれ、顔はむくみ腹はふくれるだけふくらんだ〝不完全な死体〟を見ていると、なんとしてでも生きているうちに、このきらめく才能を一巻に結晶させ、手に持たせてやりたかった。何しろ五四年に中城ふみ子に続いて短歌研究新人賞を受賞してから――いや、その受賞作の多くは現代俳句の模倣だときめつけられてからというもの、歌壇は寺山の悪口をいうだけが楽しみなほどだったのだから。〔中略〕とにかく時間がない。中城の死の床にやっと見本を一冊航空便で届けた、あの思いをするのはもういやなので、寺山が好きだという鈴木悦郎に装丁・挿画を急がせ、どうにか元気なうちに――〔中略〕寺山自身の著者目録にはなぜか『われに五月を』が省かれているところを見ると、もしかしたら私が何かと恩着せがましいことばかりいうので、すっかりいやけが差したか腹を立てたか、そんなわだかまりがあったことはどうやら確からしい。でも、もういい。

二十才、僕は五月に誕生した。

という軽やかな序詞をおいたことによって〃完全な死体〃はまた〃完全な誕生〃に転化し得るのだから。そして弔辞にも記したように、当時の歌人諸侯が寺山の輝かしさをかけらも認めようとしなかったればこそ、演劇から映画への世界をうならせた新しい仕事へ、みごとのめりこむことが出来たのだから。[67]

中井が寺山の才能を愛で、何とか世に遺そうとした様子が分かる。「ロミイの代辯」の解題で触れた、歌壇への恨みがここにも顔を出している点は措こう。唯一の作品集となる可能性があった『われに五月を』から寺山は二六年も生き、枠に収まらない活躍をみせた。寺山の生きた時間を最後まで見届けた上で中井は、それも良しとした。

四番目の日録、「嘘の方が本当より好きなこともあるんです」と始まる一節。ある嘘が未来において叶ったら嘘でなくなるから、過去を嘘にしようという試み。父はおらず貧しい家に母子二人で暮らす「不幸」。母が連れてくる米軍基地の男たち。この文章に寄せて、小川太郎は次のように記している。

不思議な文章である。まさに、寺山修司は十二の夏、母とふたりで三沢市の小さな家に棲んでいた。／米軍基地で働いていた母を、休日に家まで訪ねてきたアメリカ人がいたということにはもう触れた。／重態の身を横たえるベッドで、死と向き合いつつ、十九歳の寺山はこれを書いた。〃幼年時代に組み立てた嘘〟といっても、「本当」が色濃く混じっている。自己の少年期の酷薄な生活体験をメルヘンに込めて提示する。そこには、苦しい思い出から逃れたいという、切ない少年の「記憶の修正願望」のようなものが働いていたのではないか。[68]

嘘をつく、つまり過去にはなかったことをさも実際の思い出のように語る、と前置きをしておいて、実際の過去を記す寺山少年の気持ちはどのようなものだっただろうか。あれほど「メモリアリスト」を嫌った寺山が、フィクションのふりをして事実を語ってしまっている。しかしこれは逆に、フィクションという枠組みさえあれば、本当のことを語れるという自らの性情の再発見に繋がっただろう。後年、病床から立ち上がった寺山は、過去の批判をものともせずに、自伝や短歌等ノンフィクションの枠組みで「嘘」を、戯曲等フィクションの枠組みで「本当」を語るという方法を駆使する。もちろんこのフィクションとかノンフィクションとかといった「枠組み」は、既成概念がわれわれに無意識に強いているものに過ぎず、自伝とか短歌といったジャンルが生来的にもつ性質ではない。生死の境で混沌とする意識のなか、境界を見失った寺山が見た真実の一つである。

『われに五月を』に収録する際、寺山はこのひとまとまりの文章を削除した。「これは嘘だ」というフィクションの枠づくりは、まだ方法論としては荒削りである。本当のことを記しすぎている。最初で最後の作品集となる可能性もあった当時において、後世に潰すには、あまりに生々しく、メモリアリストには決してならないという自己像の維持のために削除したのではないか。

そのほか、夢と現実が入り混じる挿話の数々は昏睡状態の寺山の意識だろうか。「これじゃあいけない。これじゃあいけないんだ。」と自らを奮い立たせる寺山は、この時まだ一九歳であった。

附録2（一篇）

インテリ無宿・寺山修司

初出は『アサヒグラフ』一九六七年六月二三日号。朝日新聞社の社員で同誌編集者の木下秀男によるインタビュー記事である。先の拙稿「写真史のなかの寺山修司——森山大道と中平卓馬を中心に」で記したとおり、インタビュアー当人の話を聴くことができた。

この記事は、寺山修司がＮＨＫの仕事で青森へ行くのに、木下氏とカメラマンが同行し、朝の時間だけもらって取材したものだという。本書に図版として引用した初出誌の三つ目の見開き左上に、寺山が原稿に目を落とす姿があるが、これは北へ向かう列車のなかの様子である。[69]寺山と同じ一等車両に乗った木下氏は、カーテン越しの灯りがずっと消えなかったことを記憶している。つまり、カーテンのみに隔てられた寺山の個室の灯りは、点け放したままだったと。夜が明けて「おはようございます」と挨拶すると、寺山は「いいとこに来た」と、木下氏は原稿に頁番号を振る手伝いをさせられたという。寺山は頁番号を記さずに原稿を書くことが多く、そのためトラブルもあったと述懐された。

初出誌の同じ見開きの右上の写真でも、喫茶店で寺山は原稿を書いている。[70]木下氏は原稿をめぐる寺山との思い出の一つを語ってくれた。夏のある日、原稿を受け取りに、指定された渋谷の道玄坂の喫茶店へ行くと、寺山はいなかった。坂を上がって隣の喫茶店に入ると、寺山はそこにいた。寺山は「きみはぼくを探すのに坂を最初から上がったのかね、それとも下がってから上がって来たのかね?」と言った。木下氏は「寺山さん、暑いから、上を探していなきゃ下に行きますよ。逆じゃ暑くてたまんない。」と答えた。すると寺山は「きみがそう考えるかと思って、俺は上で待ってた」と云ったという。寺山は原稿を書く時間を少しでも確保しようとした、という趣旨のエピソードだったと思う。

さて、列車に揺られて青森に朝六時頃着くと、木下氏は質問項目を書いたメモを寺山に渡した。すると寺山は「これは面白い質問だから今やろう」と、いきなり朝から開いていた喫茶店に入り、その場で答えて、取材は終了したという。朝の数時間で仕事は終わり、同行したカメラマンはその足で帰っていった。が、後日話を聞くと、駅前の飲み屋が開いていて、夕方まで飲んでいたらしい。そのカメラマンが、菅野喜勝氏である。朝日新聞社では木下氏の先輩にあたり、職人気質で怖いところもあったという。寺山の有名な線路上の写真は、ゴミ箱の上に立って撮られたという。菅野氏はこの時、見開きの写真を撮るからと、ファインダーを木下氏に覗かせ、誌面構成上、寺山を左右どちらに入れるかの判断を委ねたという。菅野氏は寺山について、カメラを意識する、凄く神経質なところのある人物だと云ったそうだ。

ところで、寺山がこの時着ていたコートについて、木下氏は、記憶は朧げだがとことわった上で、自分のものだったのではないかとも話された。「貸したことは貸したけど、どの時だったか。九條さんは、このコートは木下さんのコートだと云ったから。それ以上俺は云うことはない」と。実際のことはもう分からない。「九條さん」とは、寺山と一時期婚姻関係もあり、生涯、仕事のパートナーでありつづけた九條今日子氏（一九三五―二〇一四）のことである。木下氏は晩年の九條氏を句会へ誘い、ともに吟行したという。

ノンブルのなき原稿や寺山忌　木下秀男

脚注

1　中井英夫「さむき視野」『現代詩手帖』一九八三・一一臨時増刊号　六九頁
2　楠本憲吉の調べによる。「或る「十代」――短歌・俳句に於ける純粋性の問題」『俳句研究』一九五五・二　三二頁
3　編集部『俳句研究』一九五五・二　二二頁
4　楠本「或る「十代」」
5　同
6　伊藤整「歌と俳句」『朝日新聞』一九五四・一一・一三／『俳句研究』一九五五・二　三三頁
7　伊藤整「歌と俳句再言」『朝日新聞』一九五四・一一・二〇／『俳句研究』一九五五・二　三三頁
8　若月彰「俳句と短歌の間」『俳句研究』一九五五・二　二八頁
9　篠弘「寺山修司の初期作品――チエホフ祭にみられるパロディの萌芽」『現代詩手帖』一九八二・一一　二三〇―二三五頁
10　篠弘「寺山修司の出現」『現代短歌史Ⅱ　前衛短歌の時代』短歌研究社　一九八八　一三八―一四五頁
A（匿名）「模倣小僧出現」『短歌』一九五五・一　一三三―一三四頁
11　同　一三四頁
12　同　一三三頁
13　C（匿名）「十代の倫理」『短歌』一九五五・一　一三三頁
14　篠「寺山修司の出現」一四四頁
15　栗原裕一郎「模倣が切りひらいた地平――寺山修司「チエホフ祭」」『〈盗作〉の文学史　市場・メディア・著作権』新曜社　二〇〇八　三一〇―三三二頁
16　同　三二一頁
17　同　三二七頁
18　同　三三〇頁
19　中井英夫『黒衣の短歌史』潮出版社　一九七一　一九六頁
20　中井「さむき視野」七〇頁
21　杉山正樹『寺山修司・遊戯の人』新潮社　二〇〇〇／河出文庫　二〇〇六　四五―四六頁
22　杉山『寺山修司・遊戯の人』四六―四七頁
23　杉山は『寺山修司・遊戯の人』の『文庫版のための長いあとがき』（三二一―三二二頁）にて、「あなた」には三人のモデルがあり、それを「ひとりの女性として造型し、「あなた＝読者」へ直接訴えかけようと」したという。
24　同　三二〇頁
25　若月「俳句と短歌の間」二九頁
26　中井『黒衣の短歌史』二一八頁

27　栗原「模倣が切りひらいた地平」三一三頁
28　中井『黒衣の短歌史』一九九頁
29　小川太郎『聞かせてよ愛の言葉を　ドキュメント・中城ふみ子』本阿弥書店　一九九五
30　楠本「或る「十代」」三一頁
以後の寺山論では、この情報が踏襲される。栗原の前掲書『〈盗作〉の文学史』がその日付を特定し、全文を引用している（三一六―三一七頁）。
31　小川『聞かせてよ愛の言葉を』二一二―二一三頁
32　若月彰「再び匿名批評について」『短歌新聞』一九五五・六　三面　短歌時評欄
33　同
34　若月彰「十代短歌考」『短歌新聞』一九五五・一　五面　短歌時評欄
35　若月彰「許せぬ模倣歌」について、篠「寺山修司の出現」と栗原「模倣が切りひらいた地平」は『短歌新聞』一九五五年一月号掲載としているが、誤りである。
36　最期の頃の中城と中井の様子は、小川『聞かせてよ愛の言葉を』を参照。
37　久慈きみ代『編集少年　寺山修司』論創社　二〇一四　三八四―三八五頁
38　篠「寺山修司の初期作品」二三三頁
39　杉山『寺山修司・遊戯の人』四三頁
40　世田谷文学館編『帰って来た寺山修司』展カタログ二〇一三　六四―六六頁
ここにあるのは「個人蔵」のコピーの図版である。また、寺山修司記念館に展示される、第三章の机の「引出2」にもコピーがある（『寺山修司記念館①』第二版　テラヤマ・ワールド　二〇〇三　二六頁）。小川太郎は「中井英夫の最晩年に助手を務めていた本多正一の好意で、寺山の応募原稿を見せてもらったことがある」（前掲書　一〇〇頁）とし、同書の九〇頁から九一頁に原稿の図版の一部を載せている。
41　堂本正樹「寺山修司論序説　万引騎手流離譚」『芸能』一九八三・六　一七頁
42　Clark, Steven「寺山修司・ミッキーマウス・青ひげ」『剽窃・模倣・オリジナリティ　日本文学の想像力を問う　第27回国際日本文学研究集会会議録　二〇〇三』国文学研究資料館　二〇〇四　一四八頁
43　小菅麻起子『初期寺山修司研究』翰林書房　二〇一三　一九〇―一九一頁
44　田澤拓也『虚人　寺山修司』文藝春秋　一九九六　七五頁
45　中井『黒衣の短歌史』二〇二頁
46　小菅『初期寺山修司研究』二〇八頁
47　初演は一九六四年。中田喜直作曲。楽譜『二人のモノローグによる歌曲集　木の匙』音楽之友社　一九七一
48　編集部「読者への手紙」『短歌研究』一九五九・八　奥付
49　谷川俊太郎「わたくし性の否認」風馬の会編『寺山修司の世界』情況出版　一九九三　二一頁
50　堂本「寺山修司論序説」一七頁
51　H・N（中井英夫）「読者サロン」内の回答『短歌』一九五八・一〇　一五六頁
52　久松健一「原稿の下に隠されしもの　〝引用・模倣・盗用・盗作〟を通じて文芸の創造のなんたるかを考える2「盗むこと」を創作の原理とした男・寺山修司：模倣巡礼年表付」『明治大学教養論集』四四六号　明治

大学教養論集刊行会　二〇〇九　八八頁

53 Clark「寺山修司・ミッキーマウス・青ひげ」一四五頁

54 Barthes, Roland «La mort de l'auteur», *Manteia*, 5, fin 1968／ロラン・バルト、花輪光訳「作者の死」『物語の構造分析』みすず書房　一九七九

55 栗原『〈盗作〉の文学史』一六四―一六八頁

56 中井英夫「模倣のすすめ」『短歌』一九六〇・九　二四―二五頁

57 小菅「寺山修司と樫村幹夫――『青銅文学』への参加」『初期寺山修司研究』一四三―一六四頁

58 『戦後詩誌総覧⑧　60年代詩から70年代詩へ』日外アソシエーツ　二〇一〇

59 『戦後詩誌総覧⑥　1950年代の〈日常〉と〈想像力〉』日外アソシエーツ　二〇一〇

60 森秀人「〝なにさ〟という理論」『反道徳的文学論』三一書房　一九五九　三一―三二頁

61 寺山修司「作者のノート」全文『短歌研究』一九五九・一　三六頁

62 杉山武「オルテガの「世代論」　歴史的方法として」『広島修大論集　人文編』四五巻二号　二〇〇五　一〇七―一四五頁

63 寺山はつ『母の螢　寺山修司のいる風景』新書館　一九八五　四〇頁

64 篠田正浩「寺山修司論　七五調の呪性」『現代短歌大系』第九巻　三一書房　一九七三　七一―七五頁

65 篠田正浩「言語宇宙への飛翔　前衛としての寺山修司の生涯」『現代詩手帖』一九八三・一一　七二―七五頁

66 篠弘「岡井隆と吉本隆明の定型論争」『篠弘歌論集』国文社　一九七九　八二頁

67 中井英夫「『われに五月を』に寄せて」『寺山修司作品集　われに五月を』新装版　思潮社　一九九三　差し込み附録

文章の初出は、一九八五年四月一二日付『毎日新聞』とのこと。

68 小川太郎『寺山修司その知られざる青春』三一書房一九九七　一六〇頁

69 初出誌のキャプションは「原稿に追いまくられるので　いつもアタシュケースに紙と鉛筆を入れて持歩く」。

70 同じくキャプションは「家の電話は午前中鳴りっぱなしなので　喫茶店に逃げだして原稿を書く　チビた鉛筆で力をこめ　マス目いっぱいの大きな字を書く」。

本書の性格と成立過程

――編者あとがきにかえて

本書の性格

本書は、寺山修司が著した論考、詩歌等のうち、生前、没後を通じてこれまで一度も単行本に収録されてこなかった作品を一冊にまとめたものである。各章で四二篇、附録で四篇、計四六篇を収めた。一部例外もあるが、それについては適宜解題に記した。

寺山修司は、一九八三年五月四日に阿佐谷の河北総合病院で亡くなっている。二〇一八年で没後三五年が経過することになるが、いかんせん、仕事の量が膨大で幅も広く、その全体像を見渡すことからして困難な作家である。著作も多い上に、既収録テクストを編み変えて出版すること、あるいは同じ文章に別の題名をつけるということも頻繁に行なっていて、書誌の整理だけでも非常に厄介という性格ももっている。さらに、同様のことが没後に出版された著作群でも起こり、状況は錯綜に錯綜を重ねている。しかしその分、学術の対象としていかに資料をまとめ整理するか、試行錯誤のなかで方法を構築していくに、これ以上なくやりがいのある対象でもある。本書は、未だ途半ばではあるが、そんな仕事の過程で発掘した資料の一部である。

なぜ寺山は本書の作品を単行本に収めなかったのか。何を後世に遺し、何を抹消するか、寺山は充分に作為的であった。だとすれば、本書の作品群が未収録であるという事実について考えることは、寺山の作家としての特性を見出す一助となるだろう。

角川書店で中井英夫のあとを継ぎ、『短歌』誌の編集をした冨士田元彦は、

寺山氏にはずいぶん仕事をしてもらった。時には「冨士田さんの原稿は書きたいけれど、冨士田さんの仕事ばかりやっていると、おれは食えないんだよね」などとぼやかれたりもしたが。というのは、寺山氏は自分が仕事をする際のプリンシプルとして、芸術的な意欲を満たせるか、報酬がいいか、名前が売れるか、のいずれかでないと引き受けないのだと、つねづね語っていたからである。原稿料の少ない「短歌」の仕事などは、氏にとっては、実験作を発表したり、思わぬ顔合わせを実現する舞台だったのであろう。(「寺山ランド」『アサヒグラフ』一九九三・五・七 - 一四合併号 三三頁)

と、寺山の仕事に対する向き合い方を伝える。三つの「プリンシプル」、「芸術的な意欲を満たせるか、報酬がいいか、名前が売れるか」という基準が目を惹く。

「芸術」については、『短歌』での「実験作」として、たとえば本書所収の、散文詩と短歌を交互に並べた「ボクシング」がまさにそれにあたる。『VOU』における散文詩の推敲の例もあるとおり(解題参照)、芸術を志向した詩は、さらなる推敲を経て単行本に収録されるか、削除される。初出時は未だ「実験」的な段階だということだろう。その意味で本書の収録作品は、寺山が認めなかったものとも解釈できるが、しかし、作家の意思と離れたところに作品はある。まさに「作品は一人なのだ」。また、当然ながら、作品の変遷を知るという資料としての価値もある。「2」章の詩群はそうしたタイプだと云えよう。「1」章や「5」章の一九五〇年代の論考も「芸術」を志向したタイプだが、未だ寺山は若

く、機会もないまま時機が過ぎ、収録されなかったものと考えられる。一九六〇年代以降、評論集を出す頃には、寺山の興味は読者を挑発する方向へ移っていた。あるいは、最後に収めた「森での宿題」を、寺山が自らのイメージを構築するために、敢えて改変して単行本に収録したと考えるのと同様（解題参照）、硬質で誠実な印象を与える論考群を敢えて消した、と考えることもできるかもしれない。

次の「報酬」については、ほかにも証言がある。女性週刊誌の編集者だった小川太郎は、『寺山修司その知られざる青春』（三一書房　一九九七　二〇九頁）で、一九六七年初頭に寺山に仕事を依頼した際、「二万円の約束でグラビアに詩を書いたが、まだ原稿料が届かない。それがはっきりしないうちは、インタビューには協力できない」と云われたと記している。ちなみに結果としてそれは寺山の勘違いだったようだ。「前年入社した筆者の初任給は、諸手当て込みで、二万八千七百円だった」（同頁）というから、当時としてはかなり高い原稿料だったと考えられるわけだが、その金額については寺山が「女性週刊誌に書いたものは、全集には入れられないから、原稿料はがっちり貰いたい」（同頁）と、グラビア担当者に伝えたという。「女性週刊誌に書いたものは、全集には入れられない」という言は興味深い。寺山が生前に企画した『寺山修司全詩歌句』（思潮社　一九八六）の編注には、「著者自身の構想では、少年少女詩の類いの読物風な詩は思潮社版では意識的に外されている」（七四九頁）とあり、サービス精神の強い詩群を「全集」的色合いの強い書籍から排除する指針が確かに寺山にあったことを裏づける。

なお、報酬面から考えられるものに、テレビドラマの分野もある。「全集」的色合いの強い書籍には『全詩歌句』のほかに『寺山修司の戯曲』（思潮社　全九巻）もあるのだが、これは、生前に四巻までが、没後にそれ以降が刊行されているから、第四巻までを見るほうが寺山の意思を知る上で確度が高い。たとえば、寺山が仕上がったテレビドラマをかなり高く評価した脚本「一匹」（和田勉演出）を追うと、単行本『血は立ったまま眠っている』（思潮社　一九六五）および『寺山修司の戯曲』第三巻（一九七〇）に収めている。一方で、脚本は残るも、単行本には収められなかった作品も多数ある。後者の作品は、『寺山修司の戯曲』の第五巻以降や『ジオノ・飛ばなかった男』（筑摩書房　一九九四）のように、没後に公になっている。

最後の「名前が売れるか」というのは、「名声が得られるか」というのではなく、知己が増えるか、人脈が拡がるか、と解釈するほうがよさそうだ。本書の「3」章、「4」章では、写真家や画家、デザイナーたちとのコラボレーション作品を収録している。「1」章の座談会もそれに入るだろう。これらが単行本に入らなかったのは、雑誌というメディアを利用して人と出会うことに主眼が置かれ、作品それ自体の比重が高くないという理由があったのだろう。クレジットの難しさも予想される。

もちろん、これらの理由が複合的に重なる仕事もあっただろう。たとえば本書所収の、『週刊　生きる女性』に連載された「くたばれ、恋愛論」では、先の小川の記述、「女性週刊誌に書いたものは」云々という報酬面と、写真家と出会うという人脈面の二つが合致したのではないだろうか。『アサヒグラフ』の「世界の街角で」も、劇団を設立して物入りな頃だったのと同時に、森山大道、中平卓馬とのコラボレーションの残滓があった。篠田正浩監督らとの一九六〇年代初頭の商業映画、たとえば『夕陽に赤い俺の顔』（松竹　一九六一）等も、この両面が合致したことが大きかったのではないか。

寺山は自らの方針に基づいて仕事を受け、その仕事の性格を踏まえた上で原稿をきっちりと書いた。それらはまず雑誌に載る。そのなかから、芸術として遺すに足る仕事を選り抜き、「全集」的位置づけの作品集に向けて推敲、改編していく。雑誌と全集の中間に単行本があり、これは時機との兼ね合いで編まれていったものと考えられる。「中間」というのは、単行本には同時代の読者に向けて編むという雑誌的意図と、アーカイブされ時代を超えて遺すという全集的意図の二つの目的が重なっているからだ。

複合的な要因のなかで、雑誌初出以降、単行本からも全集からも零れ落ちていった作品群を収めるのが、本書である。もしも解題に記したもの以外で、既収テクストが混じっていたら、それはわたしの仕事の甘さであり、お詫び申し上げる。御一報いただきたい。

謝辞――本書の成り立ちとともに

刊行にあたってまず感謝すべきは、篠田正浩氏と寺山修司氏である。
本書が編まれる端緒は、二〇一五年暮れの表現社の忘年会であった。表現社は、二〇一七年に設立五〇周年を迎えた、篠田正浩監督の独立プロダクションである。その場に居合わせたのが、本書の編集者田口博氏であり、お話しをするうち、当時わたしが寺山修司を研究する大学院生だったという素性も知られ、寺山の未刊行本を出そうという流れになったのである。田口氏は、篠田氏の著作をこれまでに二冊手がけており(『河原者ノススメ　死穢と修羅の記憶』二〇〇九、『路上の義経』二〇一三)、その時も篠田氏と次作の打ち合わせをされていた。わたしは篠田氏とは、寺山修司と氏に関する論文(「映画におけるオマージュの在り方――『少年時代』から寺山修司『田園に死す』へ」『比較文学研究』九九号　東大比較文学会　二〇一四)を書いたことでご縁をいただき、二〇一五年一二月には、日本比較文学会東京支部の特別企画として「映画と文学の対話」という講演をお願いもした。その流れで忘年会に参加させていただいたわけである。それから二年以上が経過したが、この間にわたしは博士論文を提出し、約束の本の基礎が整った。田口氏も別の仕事が一段落し、次を始める時期でもあったのだろう。二〇一七年の春頃から打ち合わせを重ね、(ついでに中央線の夜に杯も重ね、)このたびの刊行に至った。もちろん、寺山修司という著者ありきの本書とはいえ、一介の院生に大きな責任が伴う書籍を任せることは冒険だっただろう。舵をきってもらえたのは、出会う場と縁を提供してくださった篠田氏への信用が大きかったのだとわたしは理解している。

寺山修司氏への感謝は、その仕事に対してである。思うにまかせない日々の生活——誰しもそうだろうけども——のなかで、氏の文章からわたしは励ましを得た。とはいえ、それは、氏の真骨頂とも云える諧謔と抵抗の精神から得たのではない。その精神の背後にある芸術への誠実さからである。ほめられた人間ではない自分には、生死の境でなお強靱に芸術を志向し、恢復後に実践した彼の厳格な（「リゴリスチック」な）姿勢は響いた。氏が大病を患った二〇歳前後に書かれた文章には、反抗の精神をしっかりと支える基盤、理念や覚悟がよく読み取れる。本書のはじめとおわりを、その頃の文章で構成したのは、これまで抱かれてきた前衛性や挑発性のイメージでは導きにくい、「寺山修司」の深部に光をあてたかったからである。

畏敬を込めて、両氏に御礼を申し上げたい。また、本書刊行に御快諾くださったテラヤマ・ワールドの笹目浩之氏にも御礼申し上げる。

「附録」および「解説」の内容について触れておく。

「附録1」は、先述の篠田氏講演会の前座として発表した「一九六〇年代日本の「クロス・ジャンル」——篠田正浩と寺山修司を中心に」の内容をもとに書いた。篠田氏と大岡山の東京工業大学正門で待ち合わせ、冬晴れのキャンパスを講演会場まで御一緒に歩いた日であり、わたしにとっては、その内容とはまた別に思いのある論である。

「附録2」は、木下秀男氏が『アサヒグラフ』記者だった頃に手がけられた記事である。たまたま田口氏が木下氏と懇意だったため、当時のお話を伺うことができた。木下氏に心より御礼を申し上げたい。

「解説」の「寺山修司の一九六〇年頃——人脈とダイアローグ」は、二〇一六年に東京大学大学院比較文学比較文化研究室に提出したわたしの博士論文「一九六〇年代寺山修司のクロスジャンル論——詩情の源泉と、自己遡及的批評への途」（以下博論）の一部である。適宜修正、加筆した。同じく「解説」の「写真史のなかの寺山修司――森山大道と中平卓馬を中心に」の写真論の一部は、博論に組み込む以前に、「寺山修司・写真前史――中平卓馬、森山大道との競作過程」として『寺山修司研究』第三号（国際寺山修司学会　二〇〇九）に発表している。

博論にまつわる思いや、その際お世話になったかたがたへの感謝の念は深甚なるものだが、ここで記すのは早計だからやめておく。博論はいつか遠くない未来に単著としてまとめ直すつもりなので、言葉にするのはその時に期したい。ただ、提出後にお世話になった、新宿ゴールデン街の「ナベサン」については、ここに記すのが適当だろう。ナベサンは、ロバート・キャンベル先生のご紹介で通わせていただくようになった、あたたかい飲み屋さんだが、現オーナー、渡辺ナオさんのご厚意で、夫君で前オーナーの故渡辺英綱氏の蔵書を譲っていただいた。英綱氏は寺山論も書いておられ（「コカコーラ壜の中のトカゲ」『別冊新評　寺山修司の世界』新評社　一九八〇／「エロス、そして時間」『寺山修司の世界』新評社　一九八三）、寺山著作のほか、一九六〇年代の日本文化に関する貴重な書籍なども所蔵しておられた。ナベサンには、田口氏もたまたま行かれており、本書との因縁も深い。ナオさんと故英綱氏に感謝申し上げたい。本書が出たら田口さんと一緒にナベサンへ報告に行くだろう。その日を恃みに、刊行までもう一息、残された仕事にいそしむつもりだ。

「収録作品解題」は、ほぼ書き下ろした。

本書刊行の過程で、編集、組版、校正、装丁それぞれの仕事に接した。すべてプロフェッショナルなもので、わたしはただただ感服し、自分の幸運を喜んだ。田口氏は、こちらの意図をよく理解し、提案した要望は、それが適切と判断されたならすべて叶えてくれた。その実現のために、現実との調整を一手に引き受けてもくれた。どんどん複雑になる文章の構成を繊細な手並みで紙面に配置したのは佐藤英子氏である。組み直された本文の高い完成度は、校正の望月正俊氏の仕事による。わたしの文章のレベルを上げてくれたのは、田口氏と望月氏である。読者になってくださったかたの多くは、本屋さんでまずその装いと佇まいにこころ惹かれ、この書を手にとられたのではないだろうか。ネットで購入したかたは、封を開けてただちに、自分の判断の正しさを確認しただろう。緒方修一氏の仕事である。ずらせない奥付の日付が本当にずれなかったのはこのかたたちの尽力による。佐藤英子氏、望月正俊氏、緒方修一氏、そして飲んだくれ凄腕編集者田口博氏に、心より御礼を申し上げる。

田口氏とは打ち合わせにかこつけてよく飲み歩いたが、氏は深夜に正体をなくしても、最後には決まって、「カッコいい本をつくりましょう」と別れの挨拶をくれた。「いま、われわれが新しくつくる本だ」と折にふれて云った。「百年遺る本をつくる」とも。本書のトータルイメージは氏が導いた。その気概は口だけではなかったとわたしは思っている。これが手前贔屓にすぎないかどうかは、読者諸賢の御判断に委ねます。

二〇一八年三月末

堀江秀史

※本書は、サントリー文化財団「若手研究者による社会と文化に関する個人研究助成（鳥井フェローシップ）」を受けて行なった研究の成果である。財団および職員の皆様に、記して御礼申し上げます。
並びに、株式会社ゼンショーホールディングスの人文社会科学への御理解と御支援に、感謝を申し上げます。

寺山修司（てらやま　しゅうじ）
詩人ほか。一九三五年一二月一〇日生まれ。一九三六年一月一〇日生まれという説もある。出生地は青森県弘前市。本人は「走っている汽車のなかで生まれた」という逸話を好んだ。一九五四年、早稲田大学教育学部国語国文学科入学（のち中退）、「チエホフ祭」で『短歌研究』第二回五十首応募作品特選。一九五五年から五八年まで入院。一九五七年、第一作品集『われに五月を』、五八年、第一歌集『空には本』刊行。映画の脚本に一九六〇年の篠田正浩監督作品『乾いた湖』、六八年の羽仁進監督作品『初恋：地獄篇』、七八年の東陽一監督作品『サード』等。テレビドラマの脚本に一九六三年の『一匹』等。ラジオドラマの脚本に一九六四年の『山姥』、六六年の『コメット・イケヤ』等があり、両作品はイタリア賞を、六五年の『犬神の女』は第一回久保田万太郎賞を受賞。一九六七年、演劇実験室「天井棧敷」結成、代表作に同年初演の『青森県のせむし男』『毛皮のマリー』、七〇年の市街劇『人力飛行機ソロモン』、七五年の同『ノック』、七八年初演の『奴婢訓』。一九七一年、『書を捨てよ町へ出よう』で商業映画界に監督として進出、七四年公開の『田園に死す』で文化庁芸術祭奨励新人賞ほか受賞。一九八三年五月四日、東京都杉並区阿佐谷の河北総合病院で敗血症のため死去。四七歳。著書に歌集『血と麦』（一九六二）、同『田園に死す』（一九六五）、小説『あゝ、荒野』（一九六六）、随筆『書を捨てよ、町へ出よう』（一九六七）等。

＊

堀江秀史（ほりえ　ひでふみ）
一九八一年三月二五日、島根県生まれ。東京大学大学院総合文化研究科比較文学比較文化コース博士課程修了。博士（学術）。二〇一六・二〇一七年度サントリー文化財団鳥井フェロー。東京大学東アジアリベラルアーツイニシアティブ・ゼンショープログラム特任助教。

ロミイの代辯（だいべん）

寺山修司単行本未収録作品集

二〇一八年五月四日　第一刷発行

著者　寺山修司

編者　堀江秀史

発行者　田尻　勉

発行所　幻戯書房

郵便番号一〇一-〇〇五二

東京都千代田区神田小川町三-一二

電話　〇三-五二八三-三九三四

FAX　〇三-五二八三-三九三五

URL　http://www.genki-shobou.co.jp/

印刷・製本　中央精版印刷

定価はカバーの裏側に表示してあります。

ISBN978-4-86488-146-3　C0095

河原者ノススメ　死穢と修羅の記憶　篠田正浩

構想50年。日本映画界の旗手が、白拍子から能、歌舞伎まで、自らの経験をもとに、漂流し、乞食から神にまで変身する芸能者たちの運命を追跡。この国の芸能史が時系列で記される単純化に抗った、渾身の書き下ろし。いま再構築される日本の芸能史。図版多数。

泉鏡花文学賞受賞　3,600 円

路上の義経　篠田正浩

この国の隅々にまで伝播した“判官びいき”という鳴動――被差別芸能者の禁足地に重なる流離の足跡を追って、日本演劇史の劇的な光景、鎌倉・南北朝・室町という激動の時代を生きた民衆の共同幻想、そして、その死後に誕生したとも言える“実像”を浮き彫りにする、渾身の書き下ろし。図版多数。　2,900 円

ダイバダッタ　唐 十郎

死こそ妄想――地を這い、四つん這いになったダイバダッタの手だけが、汚辱にまみれた地表の果実を摑む……。単行本未収録の小説、随筆を集成。唐十郎の現在を伝える長女・大鶴美仁音の跋文掲載。「私は放心して、側溝に尾を引く赤黒い液体を呆然と眺めた……倒れた父の頭蓋から流れ出る鮮血だった」（「父のこと」）。　2500 円

森鷗外の『沙羅の木』を読む日　岡井 隆

つまりこのころ、鷗外は傍若無人だった。詩歌のような余分なもの、あってもなくてもいいものをわざわざ書くとき、人はまず「どうしてもそれを書きたい」という自発的な動機におそわれる筈なのである――齢九十を迎える著者が、百年前の詩歌集に寄り添い、考えた日々、評論的記録。　3,500 円

ハネギウス一世の生活と意見　中井英夫

異次元界からの便りを思わせる“譚”は、いま地上に乏しい――江戸川乱歩、横溝正史から三島由紀夫、椿實、倉橋由美子、そして小松左京、竹本健治らへと流れをたどり、日本幻想文学史に通底する“博物学的精神”を見出す。『虚無への供物』から半世紀を経て黒鳥座XIの彼方より甦った、全集未収録の随筆・評論集。　4,000 円

東京バラード、それから　谷川俊太郎

都市に住む人々の意識下には　いつまでも海と砂漠がわだかまっている――街を見ることば、街を想うまなざし。書き下ろし連作を含む、故郷・東京をモチーフにした詩と、著者自身が撮影した写真60点でつづる「東京」の半世紀。時間を一瞬止めることで、時間を超えようとする、詩人の《東京物語》。　2,200 円

幻戯書房の好評既刊（税別）